문장강화 외

이태준 전집 7

지은이

이태준(李泰俊, Lee Tae-jun) 호는 상허(尙虛). 1904년 강원도 철원에서 태어났다. 1909년 부친 사망, 1912년 모친 사망으로 친척집에서 성장하였다. 1921년 휘문고등보통학교에 입학하였으나 동맹 휴교의 주모자로 지목되어 퇴학하였다. 일본으로 건너가 고학하면서 쓴 「오몽녀」로 1925년 등단하였다. 도쿄 조치대학 예과에 입학하여 수학하다가 1927년 귀국하였다. 개벽사, 『중외일보』, 『조선중앙일보』 기자, 『조선중앙일보』 학예부장을 지냈고, 이화여자전문학교, 경성보육학교 등에서 작문을 가르쳤다. 1933년 정지용, 김기림, 박태원, 이상 등과 구인회활동을 하였고, 1939년 『문장』지를 주재하였다. 해방 이후 조선문학가동맹에서 활동하다가 1946년 월북하였다. 북조선문학예술총동맹 부위원장을 지내기도 하였으나, 구인회 활동과 사상성을 이유로 숙청되었다. 소설가, 수필가, 문장가로서 한국 문학의 발전에 기여하였다.

엮은이(가나다 순)

강진호(姜珍浩, Kang Jin-ho) 성신여자대학교 교수
김준현(金埈顯, Kim Jun-hyun) 성신여자대학교 초빙교수
문혜윤(文惠允, Moon Hye-yoon) 고려대학교 강사
박진숙(朴眞淑, Park Jin-sook) 충북대학교 교수
배개화(裵開花, Bae Gae-hwa) 단국대학교 교수
안미영(安美永, Ahn Mi-young) 건국대학교 교수
유임하(柳壬夏, Yoo Im-ha) 한국체육대학교 교수
정종현(鄭鍾賢, Jeong Jong-hyun) 인하대학교 교수
조윤정(趙胤姃, Jo Yun-jeong) 카이스트 교수

문장강화 외 – 이태준 전집 7

초판 1쇄 발행 2015년 6월 10일
초판 2쇄 발행 2020년 10월 5일
지은이 이태준 **엮은이** 강진호·김준현·문혜윤·박진숙·배개화·안미영·유임하·정종현·조윤정
펴낸이 박성모 **펴낸곳** 소명출판 **출판등록** 제13-522호
주소 서울시 서초구 서초중앙로6길 15, 1층
전화 02-585-7840 **팩스** 02-585-7848 **전자우편** somyungbooks@daum.net **홈페이지** www.somyong.co.kr

ISBN 979-11-86356-25-8 04810
     979-11-86356-18-0 (세트)

값 16,500원 ⓒ 상허학회, 2015

이태준
전집

7

THE LECTURE ON WRITING(MUN-JANG-GANG-HWA)
AND OTHER WORKS

문장강화 외

상허학회 편

『이태준 전집』을 내며

상허(尚虛) 이태준(李泰俊)은 20세기 한국 문학의 상징적 지표이다. 이태준은, 1930년대에 순수 문학단체이자 모더니즘 운동의 중심지로 평가받는 구인회(九人會)를 결성하여 활약한 소설가로서, '시의 정지용, 소설의 이태준'이라는 평가를 받으며 한국 근대문학의 형태적 완성을 이끈 인물이다. 그가 창작한 빼어난 작품들은 한국의 소설을 한 단계 발전시켰을 뿐만 아니라 대중의 폭넓은 지지를 얻었다. 이태준이 가지고 있던 단편과 장편에 대한, 그리고 소설 창작에 대한 장르적 인식은 1930년대 후반 『문장(文章)』지의 편집자로서 신인작가들을 등단시키는 데 큰 영향력을 행사하였다.

이태준이 소설을 발표하던 당시부터 그의 소설에 대해 언급하는 논자들은 공통적으로 그가 어휘 선택이나 문장 쓰기에 예민한 감각을 소유하고 있다는 점을 인정하였고, 소설은 물론 수필에서도 단정하면서 현란한 수사를 구사하는 '스타일리스트'로 평가하였다.

그런데 이태준의 작가적 행보를 따라가다 보면 그가 제기했던 문학에 대한 인식에 모순되는 문제들과 마주치게 된다. 근대적인 언어관·문학관과 상충되는 의고주의(擬古主意)라든지, 문학의 순수성에 대한 발언과 어긋난, 사회 참여적인 작품 창작과 해방과 분단 이후로까지 이어지는 행적(조선문학가동맹 부위원장, 월북, 숙청) 등은, 이태준의 문학 경향을 일관성 있게 해명하는 데 여러 가지 난점을 제공한다. 이태준의 처음과 중간과 끝의 작가적 행보를 확인하는 일은 한국 소설, 나아가 한국 문학이 성립·유지되었던 근거를 탐색하는 일이라 할 수 있다.

1988년 해금 이후 이태준에 대한 연구가 활발하게 집적되었고 이태준 관련 서적들의 출판도 왕성하였다. 이태준 전집이 발간된 지도 20년이 지났다. 상허학회가 결성된 1992년 이후 전집 간행의 필요성이 본격적으로 제기되면서 총 17권의 전집이 기획되었고, 1994년부터 순차적으로 전집이 간행되기 시작하였다. 그렇지만 여러 요인들로 인해 전집은 완간을 보지 못한 채 현재 절판과 유실 등으로 작품을 구하기 힘든 상황에 이르렀다. 이런 현실에서 상허학회는 우선 상허의 문학적 특성을 잘 보여주는 작품들만이라도 묶어서 간행할 필요를 절감하였다. 작가의 생명력은 독자를 통해서 유지되기에 전집의 간행은 더 이상 지체할 수 없는 일이었다.

상허학회는 이런 문제의식을 바탕으로, 기간(旣刊) 『이태준 전집』(깊은샘)을 전면적으로 재검토하고 체제와 내용을 새롭게 구성하였다. 원본 검토와 여러 판본의 대조를 통해서 기간 전집의 문제점을 최소화하고자 했고, 또 새로 발굴된 작품들을 추가하여 한층 온전한 형태의 전집을 만들고자 하였다. 총 7권으로 기획된 『이태준 전집』은 이태준의 모든 단편소설, 중편소설, 수필, 기행, 문장론을 대상으로 삼았다. 『이태준 전집』 1권과 2권은 이태준의 첫 번째, 두 번째 단편집인 『달밤』과 『가마귀』 및 그 시기 전후 발표한 모든 단편소설을 모았고, 3권과 4권은 해방 전후 발표한 「사상의 월야」, 「농토」 등 중편소설을 모았다. 5권과 6권은 『무서록』을 비롯한 수필과 소련기행·중국기행 등의 기행문을 묶었고, 마지막 7권은 『문장강화』와 여타 문장론들을 모두 실었다. 이 전집은 한국 문학을 연구하는 전문 연구자들뿐만 아니라 문학을 사랑하는 일반 독자들에게도 유용하고 의미 있는 텍스트가 될 것이다.

어려운 여건에도 불구하고 전집 간행에 뜻을 같이 해 준 상허학회 여러 선생님들께 감사의 말씀을 전한다. 특히 물심양면으로 도움을 주신 이태준 선생의 외종질 김명렬 선생님과 상허학회 안남연 이사께 감사의 말씀을 드린다. 그리고 작지 않은 규모의 전집 간행을 흔쾌히 수락해 준 소명출판 박성모 사장님과 전집 간행을 위해 정성을 쏟은 편집부 한사랑 님의 수고도 잊을 수 없다. 이분들의 정성과 노고가 헛되지 않도록 이 전집이 일반 독자들과 연구자들에게 널리 사랑 받기를 소망한다.

2015년 6월
『이태준 전집』 편집위원 일동

차례

6

일러두기

1. 『이태준 전집』은 이태준의 단편소설(1~2권), 중편소설(3~4권), 수필 및 기행(5~6권), 문장론(7권)으로 구성되어 있다. 새롭게 발굴된 이태준의 작품을 모두 수록하였다. 일문소설은 번역문을 실었다.

2. 이태준의 해방 전 최초 단행본을 원본으로 삼았고, 단행본에 수록되지 않은 작품은 잡지나 신문에 게재된 텍스트를 원본으로 하였다. 단행본에 수록되었음에도 검열 등의 이유로 삭제·수정되어 원본의 훼손이 심한 경우 잡지나 신문의 판본을 확인하여 각주에 표시하였다. 단행본에 수록되었던 작품은 단행본의 순서를 따랐고, 단행본에 게재되지 않았던 작품은 발표순으로 배열하였다. 작품마다 끝부분에 본 전집이 정본으로 삼은 판본의 출전을 밝혔다.

3. 띄어쓰기는 현대 표기법에 따라 교정하였다. 쉼표는 문법이나 문장의 일관성에 알맞도록 수정하였다.

4. 문장론의 특성을 감안하여 이태준의 이론적 진술은 현대 표기법으로 수정하였다. 글에 삽입된 예시문의 경우 맞춤법은 원문을 따르되, 원문의 의미가 훼손되지 않는 경우 현대 표기법으로 수정하였다. 단, 예시문 속의 대화는 인물의 말투를 최대한 전달하기 위해 원문을 따르는 것을 원칙으로 하였다.

   • 현대 표기법을 따른 경우 :
   거이 → 거의 / 곳 → 곧 / 구지 → 굳이 / 끄치다 → 그치다 / 나려가다 → 내려가다, 나려오다 → 내려오다 / 너머, 넘우 → 너무, 도로혀, 도리혀 → 도리어 / 도모지 → 도무지 / 마조 → 마주 / 모다 → 모두 / 모히다 → 모이다 / 벌서 → 벌써 / 보히다 → 보이다 / 씨이다 → 쓰이다 / 아모 → 아무 / 안해 → 아내 / 않었다 → 않았다 / 우에 → 위에 / ~이여 ~ → ~이어 ~ / 일즉이, 일직이 → 일찍이 / 자연이 → 자연히 / 잠간 → 잠깐 / 조고만 → 조그만, 조곰 → 조금 / 조이 → 종이 / 지거리다 → 지껄이다 / 질겁다 → 즐겁다, 질기다 → 즐기다 / 집웅 → 지붕 / 참아 → 차마 / 칙량 → 측량 / 하로 → 하루 / ~하야 → ~하여 / 훨신 → 훨씬

5. 외래어의 경우 현대 표기법에 맞도록 수정하였다.

6. 한글 표기를 원칙으로 하여 원본의 한자는 모두 한글로 고쳤다. 필요한 경우에는 괄호 안에 넣어 병기하였다.

7. 장단을 구분하지 않는 현대 표기법에 따라 장음 기호 ‘—’은 생략하였다.

8. 작품은 「 」, 책·잡지는 『 』, 대화·인용은 " ", 생각·강조는 ' '으로 표시하였다.

문장강화

문장강화

차례

1. 문장의 고전

2. 문장의 현대

3. 언문일치 문장의 문제

제1강 문장작법의 새 의의

1. 문장작법이란 것

문장이란 언어의 기록이다. 언어를 문자로 표현한 것이다. 언어, 즉 말을 빼어 놓고 글을 쓸 수 없다. 문자가 회화(繪畵)로 전화(轉化)하지 않는 한, 발음할 수 있는 문자인 한, 문장은 언어의 기록임을 벗어나지 못할 것이다.

혜련은, 저는 마음에 깊이 괴로움이 있어서 하는 말이언마는 그것이 문임에게는 통치 못하는 것이 불만하여서 입을 다물고 좀 새쭉하였다.

(이광수 씨의 소설 『애욕의 피안』의 일절)

풍우(風雨) 한설(寒雪)에 대하여 우리가 이를 피할 수 있는 집이라는 안전지대를 갖는다는 것은 고마운 일이지만 이 안전지대인 우리들의 집 창문에 우리가 서로 기대어 거리와 거리의 모든 생활이 임림(霖霖)히 내리는 세우(細雨)에 가벼이 덮히어 거대한 몸을 침면(沈湎)시키고 있는 정경을 볼 때 누가 과연 그 마음이 기쁘지 않다 할 수 있으랴.

(김진섭 씨의 수필 「우찬(雨讚)」의 일절)

시가(詩歌)의 발생은 어느 나라, 어느 민족을 물론하고 아득한 옛적 일이다. 이를 극단으로 말하면 인간이 발생하는 동시에 시가가 발생하였다고 볼 수 있을 것이다.

(조윤제 씨의 『조선시가사강(朝鮮詩歌史綱)』 제1장 제1절 중)

고요히 그싯는 손씨로
방 안 하나 차는 불빛!

별안간 꽃다발에 안긴 듯이
올빼미처럼 일어나 큰 눈을 뜨다!

(정지용 씨의 시 「촉불과 손」의 일절)

하나는 소설, 하나는 수필, 하나는 논문, 하나는 시이되, 모두 말을 문자로 적은 것들이다. 한자어(漢字語)가 적기도 하고 많기도 할 뿐 성향(聲響)이 고운 말을 모으기도 하고 안 모으기도 했을 뿐, 결국 말 이상의 것이나 말 이하의 것을 적은 것은 하나도 없다. 문장은 어떤 것이든 언어의 기록이다. 그러기에

말하듯 쓰면 된다.

글이란 문자로 지껄이는 말이다.

하는 것이다. 글은 곧 말이다.

"벌써 진달래가 피었구나!"

를 지껄이면 말이요 써 놓으면 글이다. 본 대로 생각나는 대로 말을 하

듯이, 본 대로 생각나는 대로 문자로 쓰면 곧 글이다. 아직 봄이 멀었거니 하다가 뜻밖에 진달래꽃을 보고, "벌써 진달래가 피었구나!"란 말쯤은 누구나 할 수가 있다. 이 누구나 할 수 있는 말은, 또 문자만 알면 누구나 써 놓을 수도 있다. 그럼 말을 알아 누구나 할 수 있듯이 글도 문자만 알면 누구나 쓸 수 있는 것이 아닌가?

물론, 누구나 문자만 알면 쓸 수 있는 것이 글이다.

그러면 왜 일반으로 말은 쉽사리 하는 사람이 많되, 글은 쉽사리 써 내는 사람이 적은가?

거기에 말과 글이 같으면서 다른 점이 존재하는 것이다.

이 말과 글이 같으면서 다른 점은 여러 각도에서 발견할 수 있다. 말은 청각에 이해시키는 것, 글은 시각에 이해시키는 것도 다르다. 말은 그 자리, 그 시간에서 사라지지만, 글은 공간적으로 널리, 시간적으로 얼마든지 오래 남을 수 있는 것도 다르다. 그러나 여기서 더 긴절(緊切)한 지적으로는,

먼저, 글은 말처럼 절로 배워지는 것이 아니라 일부러 배워야 단자(單子)도 알고, 기사법(記事法)도 알게 되는 점이다. 말은 외국어가 아닌 이상엔 장성함을 따라 거의 의식적 노력이 없이 배워지고, 의식적으로 연습하지 않아도 날마다 지껄이는 것이 절로 연습이 된다. 그래 말만은 누구나 자기 생활만치는 무려(無慮)히 표현하고 있다. 그러나 글은 배워야 알고, 연습해야 잘 쓸 수 있다.

또, 말은 머리도 꼬리도 없이 불쑥 나오는 대로, 한마디, 혹은 한두 마디로 쓰이는 경우가 거의 전부다. 말은 한두 마디만 불쑥 나오되 제삼자에게 이해될 환경과 표정이 있이 지껄여지기 때문이다. 연설이나 무슨 식사

(式辭) 외에는 앞에 할 말, 뒤에 할 말을 꼭 꾸며 가지고 할 필요가 없다.

"요즘 한 이틀쟨 꽤 따뜻해, 아지랑이가 다 끼구…… 벌써 봄이야."

이렇게 느껴지는 대로, 생각나는 대로 지껄여 버리면, 말로는 완전히 사용되는 것이다. 그러나 글로야 누가 전후에 보충되는 다른 아무말이 없이

"요즘 한 이틀쟨 꽤 따뜻해, 아지랑이가 다 끼구…… 벌써 봄이야."

이렇게만 써 놓을 것인가. 이렇게만 써 놓아도 문장은 문장이다. 그러나 한 구절, 혹은 몇 구절의 문장이지 실제로 발표할 수 있는 일 제(一題), 일 편(一篇)의 글은 아니다. 혼자 보는 일기나, 비망록이나, '금일상경' 식의 전보 약문(畧文)이나, '일 없는 사람 들어오지 마시오'류의 표지이기 전에는, 글은, 공중(公衆)에 내어놓기 위해서는 무론, 개인 간에 주고받는 편지 한 장이라도, 적든 크든 일 편(一篇)의 글로서 체재를 갖추어야 하는 성질의 것이다.

"요즘 한 이틀쟨 꽤 따뜻해, 아지랑이가 다 끼구…… 벌써 봄이야."

이것은 말이요 몇 토막의 문장일 뿐이다. 한 편의 글은 아직 아니다.

"요즘 한 이틀쟨 꽤 따뜻해, 아지랑이가 다 끼구…… 벌써 봄이야."

이런 재료가 한 편(篇), 한 제(題)의 글이 되기엔 적어도 얼마만한 계획과 선택과 조직이 필요한가는 다음 문례(文例)에서 볼 수 있을 것이다.

조춘(早春)[1]
아침 햇빛이 유리창 밖으로 내다보이는 붉은 벽돌담 앞에 어리었다. 그

---

1 작품의 원래 제목은 '초춘(初春)'임.

위로는 쪽빛 같은 푸른 하늘이 어슴푸레 얹히었다. 아래로 보이는 스리가라스[2]에는 벽돌담이 일광(日光)에 반사하여 분홍색으로 빛나고 다시 그 위로는 벽공(碧空)이 마주 이어 보이는 색채의 고운 대조는 무어라고 형용키 어려운 안타까운 정서를 자아낸다.

동안 뜬 담 위로는 아지랑이가 껴서 양염(陽炎)[3]에 아물거린다. 그 위에 앉은 참새 두세 마리, 이따금 쩍, 쩍, 울어 주위의 적막을 깨트릴 뿐, 고요한 빈 방 안에 홀로 부처같이 정좌(正坐)하여 전경(前景)을 바라볼 때, 아! 그때의 심경! 그것은 청정(淸淨), 동경, 기도, 정열 등 복잡한 감정이 바다 속의 조류같이 흘렀다.

초춘(初春)! 작금(昨今)의 기후(氣候)는 어느덧 지난 시절의 그때를 문득 추억케 한다.

(이기영 씨의 소품)

소품(小品)이나 이만한 조직체를 이룬 뒤에 비로소 한 제의, 한 편의 글로 떳떳한 것이다. 루나르는 '뱀'이란 제(題)에
"너무 길었다."
란 두 마디밖에는 쓰지 않은 것도 있으나, 그것은 『박물지(博物誌)』라는 큰 작품의 일부분으로서였다.

그러면 글이 되려면 먼저 양(量)으로 길어야 하느냐 하면 그런 것도 아니다. 한 사람의 일상생활에서 지껄이는 말을 아무리 몇 십 년 치를 기록해 놓는대야 그것이 글 되기엔 너무 쓸데없는 말이 많고, 너무 연

---

2   일본어 すりガラス. 불투명 유리.
3   아지랑이.

락(連絡)이 없고 산만한 어록(語錄)의 나열일 것이다.

그러니까 글은 아무리 소품이든, 대작이든, 마치 개미면 개미, 호랑이면 호랑이처럼, 머리가 있고 몸이 있고 꼬리가 있는, 일종 생명체이기를 요구하는 것이다. 한 구절, 한 부분이 아니라 전체적인, 생명체적인 글에 있어서는, 전체적이요 생명체적인 것이 되기 위해 말에서보다 더 설계와 더 선택과 더 조직, 발전, 통제 등의 공부와 기술이 필요치 않을 수 없는 것이다. 이 필요되는 공부와 기술을 곧 문장작법이라 대명(代名)할 수 있을 것이다.

글 짓는 데 무슨 별법(別法)이 있나? 그저 수굿하고 다독다작다상량(多讀多作多商量)하면 고만이라고 하던 시대도 있었다. 지금도 생이지지(生而知之)하는 천재라면 오히려 삼다(三多)의 방법까지도 필요치 않다. 그러나 배워야 아는 일반에게 있어서는, 더욱 심리나 행동이나 모든 표현이 기술화하는 현대인에게 있어서는, 어느 정도의 과학적인 견해와 이론, 즉 작법이 천재에 접근하는 유일한 방도가 아닐 수 없을 것이다.

명필 완당(阮堂) 김정희는 '사란유법불가무법역불가(寫蘭有法不可無法亦不可)'라 하였다. 문장에도 마찬가지다.

2. 이미 있어 온 문장작법

문장작법은 이미 있었다.

동양의 수사(修辭)나 서양의 레토릭(Rhetoric)은 애초부터 문장작법은 아니요 변론법이었다. 문장보다는 언어가 먼저 있었고 출판술 이전에 변론술이 먼저 발달되어 수사법이니 레토릭이니는 다 말하는 기술로서의 기원을 가졌던 것이다. 그러다가 한번 인쇄기가 발명되어 문장이 대량으로 출판되고 말보다는 문장이 시간적으로, 공간적으로 장수할 수 있어 문장은 연설보다 절대한 세력으로 인류의 문화를 지도하게 된 것이다.

따라 근대에 와 수사학은 말보다 글의 수식법(修飾法)으로서 완전히 전용(轉用)되는 운명에 이르렀다.

그런데 조선서는 산문에서는 이 수사를 이론한 바가 극히 적었다. 적으면서도 과거의 문장을 읽어 보면 수사 관념에 얽매지 않은 문장이 별로 없다. 비판이 없이 이 맹목적으로 한문체(漢文體)를 모방하여, 수사로 인해 발달이 아니라 도리어 중독에 빠지고 말았다.

> 금풍(金風)이 소삽(瀟颯)하고 옥로조상(玉露凋傷)한대 만산홍수(滿山紅樹)가 유승이월화진(猶勝二月花辰)이라 원상백운석경(遠上白雲石逕)하야 공영정차좌애풍림만지구(共詠停車坐愛楓林晚之句)가 여하(如何)오.
>
> (어느 척독대방(尺牘大方)에서)

친구에게 단풍 구경을 가자고 청하는 편지다. 그런데 한마디도 자기네 말이나 감정은 없다. '옥로조상(玉露凋傷)'은 두시(杜詩) '옥로조상풍수림(玉露凋傷楓樹林)'에서, '유승이월화진(猶勝二月花辰)'이란 당시(唐詩) '상엽홍어이월화(霜葉紅於二月花)'에서, '원상백운석경(遠上白雲石逕)'이란 '원상한산석경사 백운심처유인가(遠上寒山石逕斜 白雲深處有人家)'에서, '정차좌애풍림만(停車坐愛楓林晚)'이란 당시(唐詩) '정차좌애풍림만(停車坐愛楓林晚)'에서 그대로, 모두 고전에서 따다 넣어 연락만 시킨 것뿐이다. 제 글보다 전고(典故)에서 널리 남의 글을 잘 따다 채우는 것이, 과거 문장작법의 중요한 일문(一門)이었다.

얼마나 자기를, 개성을 몰각한 그릇된 문장 정신인가.

> 이때, 좌수 비록 망처의 유언을 생각하나 후사를 아니 돌아볼 수 없는지라 이에 두루 혼처를 구하되 원하는 자 없으매 부득이하여 허 씨를 취하매 그 용모를 의논할진대 양협은 한 자이 넘고 눈은 퉁방울 같고 코는 질병 같고 입은 미에기 같고 머리털은 돗태솔 같고 키는 장승만 하고 소리는 시랑의 소리 같고 허리는 두 아름 되고 그중에 곰배팔이며 수중다리에 쌍언챙이를 겸하였고 그 주둥이는 썰을면 열 사발이나 되고 얽기는 멍석 같으니 그 형용을 차마 견대어 보기 어려운 중, 그 용심이 더욱 불측하여……
>
> (『장화홍련전』의 일절)

장화와 홍련의 계모 되는 허 씨의 묘사다. 이런 인물이 사실로 있었다 하더라도 자연성을 살리기 위해는 그중에도 가장 특징될 만한 것만 한두 가지를 지적하는 데 그쳐야 할 것이다. 춘향전에, 이 도령이 춘향의 집에 갔을 때, 과실을 내오는 장면 같은 데도 보면, 그 계절에 있고 없고, 그 지방에 나든 안 나든 생각해 볼 새 없이 천하의 과실 이름은 모조리 주워섬기는데, 그런 과장이 역시 과거 수사법이 끼친 중대한 폐해의 하나이다.

과거 우리 문학에 좋은 작품이 없었던 것은 먼저 좋은 문장이 없었기 때문이다. 춘향전 같은 것도 그 문장마저 전고, 과장, 대구(對句) 등

에 얽매지 않았어 보라. 얼마나 그대로 전승할 수 있는, 완전한 소설이
요, 완전한 희곡이었으랴!

동양에 있어 수사 이론의 발상지인 중국에서도 호적(胡適)은 그의 「문
학개량추의(文學改良芻議)」에서 다음과 같은 여덟 가지 조목을 든 것이다.

1. 언어만 있고 사물이 없는 글을 짓지 말 것.

    (즉 공소(空疎)한 관념만으로 꾸미지 말라는 것)

2. 병 없이 신음하는 글을 짓지 말 것.

    (공연히 오! 아!류의 애상에 쏠리지 말라는 것)

3. 전고를 일삼지 말 것.

    (위에서 예 든 단풍 구경 가자는 편지처럼)

4. 난조투어(爛調套語)를 쓰지 말 것.

    (허황한 미사여구(美詞麗句)를 쓰지 말라는 것)

5. 대구를 중요시하지 말 것.

6. 문법에 맞지 않는 글을 쓰지 말 것.

7. 고인(古人)을 모방하지 말 것.

8. 속어(俗語), 속자(俗字)를 쓰지 말 것.

이 8개 항목 중에 1, 2, 3, 4, 5, 7의 여섯은 직접 간접으로 구(舊) 수사
이론에 대한 항의라 볼 수 있는 것이다.

그런데 여기서 한 가지 이해하고 내려갈 사실은 그처럼 폐단이 많은
재래의 수사법이 과거에 있어선 무엇으로써 그렇듯 적응성을 가져온
것인가 하는 점이다.

활판술이 유치하던 시대에 있어서는, 오늘처럼 책을 구하기가 쉽지 않았을 것이다. 따라서 한 권 책을 가지고 여러 사람이 보는 수밖에 없었고, 또는 문맹인이 많았기 때문에 자연히 한 사람이 읽되 소리를 내어 읽어 여러 사람을 들리는 경우가 많았을 것이다. 소리를 내어 읽자니 문장이 먼저 낭독조(調)로 써지어야 할 필요가 생긴다. '문장 곧 말'만이 아니라 음악적인 일면이 더 한 가지 필요하게 되었던 것이다. 내용은 아무리 진실한 문장이라도 소리 내어 읽기에 거북하거나 멋이 없는 문장은 널리 읽히지 못하였을 것이니, 쓰는 사람은 내용보다 먼저 문장에 난조투어를 대구체로 많이 넣어 노래조가 나오든, 연설조가 나오든, 아무튼 낭독자의 목청에 흥이 나도록 하기에 주의하였을 것이다. 더구나 과거의 수사법이란 문장을 위해보다 사설(辭說)을 위한 것이었던 만큼 문장을 낭독조로 수식하기에는 가장 합리적인 방법인 데다가 객관적 정세까지 그러하였으니 더욱 반성할 여지는 없이 전고와 과장과 대구 같은 데 몰두하지 않을 수 없었을 것이다.

3. 새로 있을 문장작법

"쌀은 곡식의 하나다. 밥을 지어 먹는다."

선생이 이런 문례(文例)를 주면

"무는 채소의 하나다. 김치를 담가 먹는다."

이런 문장을 써 놓아야 글을 잘 짓는 학생이었다. 자기의 감각이란 사용될 데가 없었다. 양자강 이남에서 '상엽홍어이월화(霜葉紅於二月花)'라 한 것을 2월 달에 꽃이라고는 냉이꽃이나 볼지 말지 한 조선에 앉아서도 허턱 '만산홍수(滿山紅樹)가 유승이월화진(猶勝二月花辰)'이라 하였다. 뜻이 어떻게 되든, 말이 닿든 안 닿든, 그것은 문제가 아니었다. 오직 글을 지으면 된다. 자기 신경은 딱 봉해 두고 작문 그대로 문장의 조작이었다.

여기서 새로 있을 문장작법이란 글을 짓는다는 거기 대립해서

첫째, 말을 짓기로 해야 할 것이다.

글짓기가 아니라 말 짓기라는 데 더욱 선명한 인식을 가져야 할 것이다. 글이 아니라 말이다. 우리가 표현하려는 것은 마음이요 생각이요 감정이다. 마음과 생각과 감정에 가까운 것은 글보다 말이다. '글 곧 말'이라는 글에 입각한 문장관은 구식이다. '말 곧 마음'이라는 말에 입각해 최단 거리에서 표현을 계획해야 할 것이다. 과거의 문장작법은 글을 어떻게 다듬을까에 주력해 왔다. 그래 문자로 살되 감정으로 죽이는 수가 많았다. 이제부터의 문장작법은 글을 죽이더라도 먼저 말을 살려, 감정을 살려 놓는 데 주력해야 할 것이다.

둘째, 개인 본위의 문장작법이어야 할 것이다.

말은 사회에 속한다. 개인의 것이 아니요 사회의 소유인 단어는 개인적인 것을 표현하기에 원칙적으로 부적당할 것이다. 그러기에, 언어에 의해서 개인의식의 개인적인 것을 타인에게 전하기는 불가능하다는, 비관적인 결론을 가진 학자도 없지 않은 바다.

아무튼 현대는 문화 만반(萬般)에 있어서 개인적인 것을 강렬히 요구하며 있다. 개인적인 감정, 개인적인 사상의 교환을 현대인처럼 절실히 요구하는 시대는 일찍이 없었을 것이다. 그런데 감정과 사상의 교환, 그 수단으로 문장처럼 편의한 것이 없을 것이니 개인적인 것을 표

현하기에 가능하기까지 방법을 탐구해야 할 것은 현대 문장 연구의 중요한 목표의 하나라 생각한다.

전화로 말소리를 그대로 들을 뿐 아니라 텔레비전으로 저쪽의 표정까지를 마주 보는 시대가 되었다. 어찌 문장에서만 의연히 척독대방식, 만인적인 투식 문장에다가 현대의 복잡다단한 자기의 표현을 의뢰할 수 있을 것인가.

셋째, 새로운 문장을 위한 작법이어야 할 것이다.

산 사람은 생활 그 자체가 언제든지 새로운 것이다. 고전과 전통을 무시해서가 아니라 '오늘'이란 '어제'보다 새것이요, '내일'은 다시 '오늘'보다 새로울 것이기 때문에, 또 생활은 '오늘'에서 '어제'로 가는 것이 아니라 '오늘'에서 '내일'로 나아가는 것이기 때문에 비록 의식적은 아니라 하더라도 누구나 정신적으로, 물질적으로 자꾸 '새것'에 부딪쳐 나감을 어쩌는 수가 없을 것이다. 아무리 보수적인 머리를 가진 사람이라도 생활 자체가 무한한 새날을 통과해 나가는, 그 궤도에서 역행하지는 못한다. 어떤 평범한 생활자이든 불가불 새것의 표현이 나날이 필요해지고 만다. 그러나 흔히는 새것을 새것답게 표현하지 못하고 새것을 의연히 구식으로 비효과적이게 표현해 버리고 마는 사람이 대부분이다.

언어는 이미 존재한 것이다. 기성의 단어들이요 기성의 토들이다. 그러기 때문에 생전 처음으로 부딪쳐 보는 생각이나 감정을 이미 경험한 단어나 토로는 만족할 수 없다는 것이 성립될 수 있는 이론이다. 회화에서처럼 제 감정대로 선이나 색채를 절대의 경지에서 그어 버릴 수는 없지만 제삼자에게 통해질 수 있는 한에서는 새로운 용어와 새로운 문체에의 의도는 필연적으로 요구되며 있다.

현대 불문단(佛文壇)에서 가장 비전통적 문장으로 비난을 받는 폴 모랑은 자기가 비전통적 문장을 쓰지 않을 수 없는 답변을 다음과 같이 하였는데 그 답변은 어느 곳 문장계에서나 경청할 가치가 있다고 생각한다.

물론 나도 완전한, 전통적인, 그리고 고전적인 불란서어로 무엇이고 쓰고 싶기는 하다. 그러나 무엇이고 그런 것을 쓰기 전에 먼저 나에겐 나로서 말하고 싶은 것이 따로 있는 것이다. 더욱 그 나로서 말하고 싶은 그런 것은 유감이지만 재래의 전통적인, 그리고 고전적인 불란서어로는 도저히 표현해 낼 수가 없는 종류의 것들이기 때문이다.

이 전통적인, 그리고 고전적인 말만으로는 도저히 표현해 낼 수가 없는 종류의 것이란 폴 모랑 일인에게만 한해 있을 리가 없다 생각한다.

제2강 문장과 언어의 제 문제

1. 한 언어의 범위

언어는 어떤 언어나 고요한 자리에 놓고 위하기만 하는 미술품은 아니다. 일용 잡화와 마찬가지의 생활품으로 존재한다. 눈만 뜨면 불을 쓰듯, 물이나 비누를 쓰듯, 아니 그보다 더 절박하게 먼저 사용되는 것이 언어라 하겠다. 언어는 철두철미 생활품이다. 그러므로 잡화나 마찬가지로 생활에 필요한 대로 언어는 생기고 변하고 없어지고 한다.

상쾌! 륙색에 가을을 지고

산천돌이하는 좋은 시즌

현대적 주말 휴양을 위한 토요 특집

이것은 소화(昭和) 12년 가을 어느 토요일, 『조선일보』의 산책지 특집 기사의 제목이다. '륙색'과 '시즌'은 외래어다. '주말 휴양'이니 '토요 특집'이니도 한자어이긴 하나 전 시대에 없던 새말들이다. 여기서 우리는 이런 외래어나 한자어를 쓰지 않고는 의사를 발표할 수 없는 것인가? 한번 의문을 가져볼 수 있다.

길이 없기어든 가지야 못하리요마는 그 말미암을 땅이 어대며 본이 없기어든 말이야 못하리요마는, 그 말미암을 바가 무엇이뇨, 이러므로 감에는 반드시 길이 있고, 말에는 반드시 본이 있게 되는 것이로다.

(김두봉 저 『말본』의 머리말의 일절)

외래어나 한자어가 하나도 없다. 그러나 자연스럽지 못한 문장인 것은 어쩔 수가 없다. 시험해 보노라고 만든 것 같다. 더구나 그 『말본』의 본문에 들어가

쓰임 ┌ ㅏ, 몸은 다른 씨 위에 쓰일 때가 있어도 뜻은 반드시 그 아래 어
     │   느 씀씨에만 매임
     └ ㅓ, 짓골억과 빛깔억은 흔히 풀이로도 쓰임

이런 문장이 나오는데 아무리 읽어 봐도 무슨 암호로 쓴 것같이 보통 상식으로는 이해할 수가 없다. 거의 저자 개인의 전용어란 느낌이 없지 않다. 개인 전용어의 느낌을 주며라도 무슨 내용이든 다 써낼 수나 있을까가 의문이다.

선풍기의 동작에 관한 조출(操出) 공기량, 발생 압력, 회전도, 소요 마력 급(及) 효율 등의 상호 관계로 일어나는 변화 상황을 표시하는 것을 선풍기의 성능이라 한다.

이런 내용을 '씀씨', '짓골억' 식 용어법으로 어떻게 제삼자에게 선뜻 인식되게 써낼 수 있을 것이며, 더욱

그는 클락에서 캡을 찾아 들고 트라비아타를 휘파람으로 날리면서 호텔을 나섰다. 비 개인 가을 아침, 길에는 샘물같이 서늘한 바람이 풍긴다. 이제 식당에서 마신 짙은 커피 향기를 다시 한번 입술에 느끼며 그는 언제든지 혼자 걷는 남산 코스를 향해 전찻길을 건넌다.

이 문장에서 '클락', '캡', '트라비아타', '호텔', '커피', '코스' 등의 외래어를 굳이 안 쓴다고 해 보라. 이 외에 무슨 말로 '그'라는 현대인의 생활을 묘사해 낼 것인가? 만일 춘향이라도 그가 현대의 여성이라면 그도 머리를 '퍼머넌트'로 지질 것이요 '코티'를 바르고 '파라솔'을 받고 '초콜릿', '아이스크림' 같은 것을 먹을 것이다. '흑운 같은 검은 머리, 반달 같은 와룡소(臥龍梳)로 솰솰 빗겨 전반같이 넓게 땋아……'나 '초록 갑

사 곁마기' '초록 우단 수운혜(繡雲鞋)' 이런 말들로는 도저히 형용할 수 없을 것이다.

　새말을 만들고, 새말을 쓰는 것은 유행이 아니라 유행 이상 엄숙하게, 생활에 필요하니까 나타나는 사실임을 이해해야 할 것이다. 커피를 먹는 생활부터가 생기고, 퍼머넌트 식으로 머리를 지지는 생활부터가 생기니까 거기에 적응한 말, 즉 '커피', '퍼머넌트'가 생기는 것이다. 교통이 발달되어 문화의 교류가 밀접하면 밀접할수록 신어가 많이 생길 것은 정한 이치로 어디 말이 와서든지 음(音)과 의의(意義)가 그대로 차용되게 될 경우에는 그 말은 벌써 외국어가 아닌 것이다. 한자어든 영자어든 괘념할 필요가 없다. 그 단어가 들지 않고는 자연스럽고 적확한 표현이 불가능할 경우엔 그 말들은 이미 여기 말로 여겨 안심하고 쓸 것이다.

　그러나 한 가지 주의할 것은, 신어의 남용으로, 넉넉히 표현할 수 있는 말에까지 버릇처럼 외국어를 꺼낼 필요는 없다. 신어를 남용함은 문장에 있어선 물론, 담화에 있어서도 어조의 천연스럽지 못한 것으로 보나 현학(衒學)이 되는 것으로 보나 다 품위 있는 표현이라 할 수 없을 것이다.

　2. 언어의 표현 가능성과 불가능성
　말은 사람이 의사를 표현하려는 필요에서 생긴 것이다. 그러나 사람의 의식 속에 있는 것을 무엇이나 다 표현해 내는 전 능력은 없는 것이다. 말도 역시 신이 아닌 사람이 만든 한낱 생활 도구다.

완미전능(完美全能)한 신품(神品)이 아니다. 뜻은 있는데, 발표하고 싶은 의식은 있는데 말이 없는 경우가 얼마든지 있다. 그래 옛날부터 '이루 측량할 수 없다'느니 '불가명장(不可名狀)'이니, '언어절(言語絶)'이니 하는 말이 따로 발달되어 오는 것이다. 이것이 어느 한 언어에만 있는 결점이냐 하면 결코 그렇지 않다. 거의 세계어인 영어에도 'inexpressible'이니 'beyond expression'이니 하는 유의 말이 얼마든지 쓰이고 있는 것을 보면 세계 어느 언어에나 표현 불가능성의, 암흑의 일면은 다 가지고 있는 것으로 짐작할 수가 있다.

그런데 이 표현 가능의 면과 표현 불가능의 면이 언어마다 불일(不一)하다. 갑(甲) 언어엔 '그런 경우의 말'이 있는데 을(乙) 언어엔 그런 말이 없기도 하고, 을 언어에 '그런 경우의 말'이 있는 것이 갑 언어엔 없기도 하다. 영어 'wild eye'에 꼭 맞는 조선말이 없고 또 조선말의 '뿔뿔이'에 꼭 맞는 영어가 없다. 꼭 'wild eye'를 써야 할 데서는 조선말은 표현을 못하고 마는 것이요, 꼭 '뿔뿔이'를 써야 할 데서는 영어는 벙어리가 되고 마는 것이다. 어느 언어가 아직 그 표현 불가능성의 암흑면을 더 광대한 채 가지고 있나 하는 것은 지난한 연구 재료의 하나려니와 우선, 어느 언어든 표현 가능성의 일면과 아울러 표현 불가능성의 일면도 가지고 있는 것, 그리고 이 표현 불가능성은 언어마다 불일해서 완전한 번역이란 영원히 불가능한 사실쯤은 알아야 하겠다. 이것을 의식하기 전엔 무엇을 번역하다가 자기가 필요한 번역어가 없다고 해서 이 언어는 저 언어보다 표현력이 부족하니, 저 언어는 이 언어보다 우수하니 하고 부당한 단정을 하기가 쉬운 것이다. 번역을 받는 원문은 이미 그 언어의 표현 가능 면의 말로만 표현된 문장이다. 그런데 표현의 가능,

불가능 면은 언어마다 불일하다. 나중의 언어로는 표현이 불가능한 것도 있을 것은 오히려 지당한 이치다. 이 우열감(優劣感)은, 하나는 구속이 없이 마음대로 표현한 것이요, 하나는 원문에 구속을 받고 재표현해야 되는 번역, 피번역의 위치 관계이지 결코 어느 한 언어와 언어의 본질적 차이는 아니다.

그런데, 언어에는 못 표현하는 면이 으레 있다 해서 자기의 표현욕을 쉽사리 단념할 바는 아니다. 산문이든, 운문이든 문장가들의 언어에 대한 의무는 실로 이 못 표현하는 암흑면 타개에 있을 것이다. 눈매, 입모, 어깻짓 하나라도 표현은 발달하며 있다. 언어문화만이 암흑면을 그대로 가지고 나갈 수는 없다. 훌륭한 문장가란 모두 말의 채집자, 말의 개조 제조자들임을 기억할 것이다.

3. 방언과 표준어와 문장

어느 말에든지 방언과 표준어가 있다. 방언이란, 언어학상으로는 얼마든지 복잡한 설명이 있겠지만 쉽게 말하면 사투리다. 그 한 지방에만 쓰는 특색 있는(말소리로나 말투로나) 말이다.

"아매 계심둥."(함경북도 지방)

"할메미 기시는기요."(경상남도 지방)

"클마니 계섭네께."(평안북도 지방)

"할매 계시유."(전라남도 지방)

"할머니 계십니까."(경성 지방)

이렇게 모두 다르다. 모두 다른 중에 어느 도 사람이나 다 비교적 쉽게 알아들을 수 있는 것은 아무래도 경성 지방 말 '할머니 계십니까'다. 경성은 문화의 중심지일 뿐 아니라 지리로도 중앙 지대다. 동서남북 사람이 다 여기에 모이기도 하고 흩어지기도 한다. 그러니까 경성 말은 동서남북 말의 영향을 혼자 받기도 하고 또 혼자 동서남북 말에 영향을 주기도 한다.

그래 어느 편 사람 귀에도 가장 가까운 인연을 가진 것이 경성 말이다. 경성 말의 장점은 이것뿐도 아니다. 인구가 한곳에 가장 많기가 경성이니까 말이 가장 많이 지껄여지는 데가 경성이다. 그러니까 말이 어디보다 세련되는 처소다. 또 제반 문물의 발원지며 집산지기 때문에 어휘가 풍부하다. 또 계급의 층하가 많고 유한한 사람들의 사교가 많은 데라 말의 품(品)이 있기도 하다. 그러니까 어느 편 사람이나 다 함께 표준해야 할 말은 무엇으로 보나 경성 말이다.

경성 말이라고 다 좋은 것은 아니다. '돈'을 '둔'이라, '몰라'를 '물라'라, 정육점을 '관'이라, '사시오'를 '드령'이라는 것 같은 것은, 결코 보편성도, 품위도 없는 말이다. 그러기에 조선어학회에서 표준어를 조사할 때 경성 말을 본위로 하되, 중류 이하, 소위 '아래대 말'은 방언과 마찬가지로 처리한 것이다.

그런데 문장에서 방언을 쓸 것인가 표준어를 쓸 것인가는, 길게 생각할 것도 없이

첫째, 널리 읽히자니 어느 도 사람에게나 쉬운 말인 표준어로 써야겠고,

둘째, 같은 값이면 품(品) 있는 문장을 써야겠으니 품 있는 말인, 표준어로 써야겠고,

셋째, 언문의 통일이란 큰 문화적 의의에서 표준어로 써야 할 의무가 문필인에게 있다 생각한다.

그러나 방언이 문장에서 전혀 문제가 안 되는 것은 아니다. 방언이 존재하는 날까지는 방언이 방언 그대로 문장에 나올 필요가 있기도 하다.

만날 복녀는 눈에 칼을 세워 가지고 남편을 채근하였지만 그의 게으른 버릇은 개를 줄 수는 없었다.

"뻿섬 좀 치워 달라우요."

"남 조름 오는데 님자 치우시관."

"내가 치우나요?"

"이십 년이나 밥 먹구 그걸 못 치워."

"에이구, 칵 죽구나 말디."

"이년, 뭘."

이러한 싸움이 그치지 않다가, 마침내 그 집에서도 쫓겨 나왔다. 이젠 어디로 가나? 그들은 할 일 없이 칠성문 밖 빈민굴로 밀리어 나오게 되었다.

(김동인 씨의 단편 「감자」의 일절)

여기서 만일 복녀 부처의 대화를 표준어로 써 보라. 칠성문(七星門)이 나오고, 기자묘(箕子墓)가 나오는 평양 배경의 인물들로 얼마나 현실감이 없어질 것인가?

작자 자신이 쓰는 말, 즉 지문은 절대로 표준어일 것이나 표현하는 방법으로 인용하는 것은 어느 지방의 사투리든 상관할 바 아니다. 물소리의 '졸졸'이니 새소리의 '뻐꾹뻐꾹'이니를 그대로 의음(擬音)해 효과를 내듯,

방언 그것을 살리기 위해가 아니요 그 사람이 어디 사람이란 것, 그곳이 어디란 것, 또 그 사람의 '리얼리티'를, 여러 설명이 없이 효과적이게 표현하기 위해 그들의 발음을 그대로 의음하는 것으로 보아 마땅할 것이다.

그러니까 어느 지방에나 방언이 존재하는 한, 또 그 지방 인물이나 풍정(風情)을 기록하는 한, 의음의 효과로서 문장은 방언을 묘사하지 않을 수 없을 것이다.

4. 담화와 문장

1) 담화와 문장을 구별할 것

말을 문자로 기록하면 문장인데 우선 그 말이란 것이 글 쓰기 좋게 만 지껄여지는 것은 아니다. 같은 사람이 같은 뜻을 말하더라도, 경우 따라, 기분 따라 말의 조직이 달라진다.

"그 사람이 비행기를 타고 왔다지오?"를,

"비행길 타고 왔다죠 그 사람?"

하기도 한다. 즉 누구에게나 말 그것의 조직을 주의해 하는 경우와 말에는 관심할 여유가 없이 목적에만 급해서 호흡에 편한 대로 지껄여 버리는 경우가 있다. 그런데 누구나 일상생활에서는 어체(語體)를 생각지 않는다. '그 사람이 비행기를 타고 왔다지오'보다 '그 사람 비행길 타고 왔다죠' 하는 편이 더 많다. 그러나 글을 쓸 때에는 생활 속에서 누구를 만나 말할 때처럼 목적에 절박하지 않다. 천천히 단어와 토를 골라 조직에 관심할 여유가 있다. 그래 글로 쓸 때에는 '그 사람이 비행기를 타고 왔다지오'로 많이 쓴다. 이것이 쓰는 사람에게나 읽는 사람에게나

다 관례가 되어 토가 완전히 다 달린 것은 담화보다 문장인 맛을 더 받고, 토가 약(弱)해진 것은 문장보다 담화인 맛을 더 받는다. 이렇게 받아지는 맛이 다른 것을 글 쓰는 사람들은 이용할 필요가 있다. 즉 문장으로 쓰는 말은 토를 완전하게 달아 문장감을 살리고, 담화로 쓰는 말은 토를 호흡감이 나게 농간을 부려 담화풍을 살릴 수 있는 것이다.

내가 알기에도 기름이 떨어졌느니, 초가 떨어졌느니 하고 아내가 사다 달라는 부탁이 다른 식모 때보다 갑절이나 잦았다. 아내가 아무리 잔소리를 해도 기름병이나 촛병을 막아 놓고 쓰는 일이 없다 한다.

"뭬 힘들어 그걸 못 막우?"

하면

"쓸랴구 할 때 마개 막힌 것처럼 답답한 일이 세상에 어딧세요."

하고 남이 막아 놓은 것까지 화를 내는 성미였다. 하 어떤 때는 성이 가시어 아내가

"그리구 어떻게 시집살일 했우?"

하면

"그래두 시아범 작잔 힘든 일 잘 해낸다구 칭찬만 했는데요."

하고 킬킬거리었고,

"그건 그런 힘든 일을 메누리헌테 시키는 집이니까 그렇지 인제 가지게 사는 집으루 가두."

하면

"인제 내 살림이문 나두 잘허구 싶답니다."

하는 뱃심이었다.

그는 별로 죽은 남편에 대해서는 말도 없었고 조용히 앉기만 하면 다시 시집갈 궁리였다. 월급이라고 몇 원 받으면 그날 저녁엔 해도 지기 전에 저녁을 해치우고 문안으로 들어가서 분이니 크림이니 하는 화장품에 쓸데없이 여러 가지를 사들이었고, 우리가 무슨 접시나 찻잔 같은 것을 사 오면 이건 얼만가요, 저건 얼만가요 하고 가운데 나서 덤비다가 으레

"나도 인제 살림험 저런 거 사 와야지…… 화신상회랬죠."

하고 벼르는 것이다.

(졸작 단편 「색시」의 일절)

이 글에서 만일,

'뭬 힘들어 그걸 못 막우?'를

'무엇이 힘이 들어 그것을 못 막우?' 한다든지,

'쓸라구 할 때 마개 막힌 것처럼 답답한 일이 세상에 어딋세요'를

'쓰려고 할 때에 마개가 막힌 것처럼 답답한 일이 세상에 어디 있어요'라, 해 보라, 아무리 딴 줄로 끌어내어 쓴다 하더라도 어감이 나지 않을 것이다. 호흡이 느껴지지 않으니까 산 인물의 면모가 비추어지지 않는 것이다. 그러니까, 이것이 자기가 쓰는 문장인가? 나오는 인물의 지껄이는 담화인가를 분명히 의식하고 가려 써야 할 것이다. 이것은 다만 소설에서만 필요한 방법은 아니다.

2) 담화의 표현 효과

글에서 담화를 인용할 필요가 어디 있느냐 하면

1. 인물의 의지, 감정, 성격의 실면모를 드러내기 위해서요

2. 사건을 쉽게 발전시키기 위해서요

3. 담화 그 자체에 흥미가 있는 때문이라 할 수 있다.

담화는 그 글을 쓰는 사람의 것이 아니라 그 글 속에 나오는 인물의 것이다. 글에서 인물의 다른 소유물을 보여줄 수 없되, 담화만은 그대로 기록해 보일 수 있다. 즉 그 인물의 것을 그대로 가져다 보일 수 있는 것은 담화뿐이다.

그런데 담화는 누구에게 있어서나 가장 보편적이요 가장 전적인 표현이다. 그 보편적이요 전적인 표현을 그대로 인용하는 것처럼 그 인물의 인상을 보편적이게 전적이게 전해 줄 것은 없다.

"쏠랴구 할 때 마개 막힌 것처럼 답답한 일이 세상에 어딋세요."

한마디로 그 식모의 성미 괄괄한 것을 구구히 설명할 필요가 없게 되었고,

"인제 내 살림이문 나두 잘허구 싶답니다."

한마디로 그 식모의 뻔뻔스러운 것,

"나두 인제 살림험 저런 거 사와야지…… 화신상회랬죠?"

한마디로 그 식모의 부러워 잘하는 것, '제 살림'을 어서 가져 보고 싶어 하는 생활욕에 타는 것들이, 또 이런 담화들의 총화에서는 그 식모의 유들유들한 외모까지도 긴 설명이 없이 드러나는 묘리가 있다.

담화는 인물의 성격과 심리를 독자에게 단정시키는 귀중한 증거품이다.

인물들의 심리는 곧 인물들의 행동이 될 수 있다. 그러니까 심리를 단정시키는 담화는 곧 행동까지를 단정시킬 수 있어 담화의 한두 마디로, 행동, 사건을 긴축, 비약시킬 수가 있다.

처음 어린것들이 담요를 밀고 당기게 되면 어른들은 서로 마주 보고 웃게 된다. 그러나 어머니, 아내, 나— 이 세 사람의 웃음 속에는 알 수 없는 어색한 빛이 흘러서 극히 부자연스러운 웃음이었다. K의 아내만이 상글상글 재미있게 웃었다.

담요를 서로 잡아다릴 때에 내 딸년이 끌리게 되면 얼굴이 발개서 어른들을 보면서 비죽비죽 울려 울려 하는 것은 후원을 청하는 것이었다. 이것은 K의 아들도 끌리게 되면 하는 표정이었다.

그러다가 서로들 어우러져서 싸우게 되면 어른들 낯에 웃음이 스러진다.

"이 계집애, 남의 애를 웨 때리느냐."

K의 아내는 낯빛이 파래서 아들과 담요를 끄집어다가 싸 업는다. 그러면 내 아내도 낯빛이 푸르러서

"우지 마라 우지 마. 이담에 아버지가 담요 사다 준다."

하고 내 딸년을 끄집어다가 젖을 물린다. 울음은 좀처럼 그치지 않았다.

"아니! 응 흥!"

하고 발버둥을 치면서 K의 아내가 어린것을 싸 업은 담요를 가리키면서 섧게 섧게 눈물을 흘린다. 이렇게 되면 나는 차마 그것을 볼 수 없었다. 같은 처지에 있건마는 K의 아내나 아들의 낯에는 우월감이 흐르는 것 같고 우리는 그 가운데 접질리는 것 같은 것도 불쾌하지만 어린것이 서너 살 나도록 포대기 하나 변변히 못 지어 주는 것을 생각하면 너무도 못생긴 느낌도 없지 않았다. 그리고 그 어린것이 말을 할 줄 모르고 그 담요를 손가락질하면서 우는 양은 차마 눈으로 볼 수 없었다.

그 며칠 뒤 나는 일 삯전을 받아 가지고 집으로 가니 아내가 수건으로 머리를 싼 딸년을 안고 앉아서 쪽쪽 울고 있다. 어머니는 그 옆에서 아무 말

없이 담배만 피우시고⋯⋯. 나는 웬 일이냐고 눈이 둥그레서 물었다.

"××(딸년 이름)가 머리 터졌다."

어머니는 겨우 목구녕으로 울어 나오는 소리로 말씀하시었다.

"네? 머리가 터지단요?"

"K의 아들애가 담요를 만졌다고 인두로 때려⋯⋯."

이번은 아내가 울면서 말하였다.

"응! 인두로⋯⋯."

나는 나로도 알 수 없는 힘에 문밖으로 나아갔다. 어머니가 쫓아 나오시면서

"애, 철없는 어린것들 싸움인데 그걸 타 가지고 어른 쌈 될라⋯⋯."

하고 나를 붙잡았다. 나는 그만 오도 가도 못하고 가만히 서 있었다. 그때 나는 분한지 슬픈지 그저 멍한 것이 얼빠진 사람 같았다. 모든 감정이 점점 갈앉고 비로소 내 의식에 돌아왔을 제 나는 눈물에 흐리고 가슴이 무여지는 것 같았다.

나는 그길로 거리에 달려가서 붉은 줄 누른 줄 푸른 줄 진 담요를 사 원 오십 전이나 주고 샀다. 무슨 힘으로 그렇게 달려가 샀던지 사 가지고 돌아설 때 양식 살 돈 없어진 것을 생각하고 이마를 찡기는 동시에 흥! 하고 냉소도 하였다.

(고 최학송 씨의 단편 「담요」의 일부)

담요 이야기를 발전시키는 데 담화들이 얼마나 사건 기록을 경제(經濟)시키고 행동을 비약시키는가.

그런 객쩍은 생각을 구보가 하고 있을 때, 문득, 한 명의 계집이 생각난

듯이 물었다.

"그럼 이 세상에서 정신병자 아닌 사람은 선생님 한 분이겠군요?"

구보는 웃고,

"웨 나두…… 나는, 내 병은, 다변증(多辯症)이라는 거라우."

"무어요 다변증……."

"응, 다변증. 쓸데없이 잔소리 많은 것두 다아 정신병이라우."

"그게 다변증이에요오."

다른 두 계집도 입안말로 '다변증' 하고 중얼거려 보았다.

(박태원 씨의 단편 「소설가 구보 씨의 일일」에서)

담화 그것에 흥미가 있다. 그 글 전체에 군혹이 되지 않는 정도로는 쓰는 자신도 즐기고, 읽는 남도 즐기게 할 수만 있다면, 그것은 훌륭히 담화 자체의 미덕일 수 있는 것이다.

이렇게 인물 묘사가 많은 소설에서만 담화 인용이 필요한 것은 아니다. 담화로 시종하는 극(劇)은 워낙이 별개 문제려니와 보통 일반 기록에 있어서도 담화를 인용할 경우가 전무한 것은 아니다. 우리가 누구를 형용할 때, 그의 행동거지만을 입내 내지 않고 말투까지도 입내 내는 때가 얼마든지 있다. 아무리 소설은 아닌 기록에서라도 한 인물이나, 인물의 어떤 정상(情狀)이나, 심리나, 환경을 보여 줄 필요가 있다면 그런 때, 그 인물의 단적인 말을 그대로 옮겨 놓음이 천언만어(天言萬語)의 구구한 설명보다 오히려 선명한 인상을 줄 수 있는 것이다.

그리고 담화는 그냥 문장보다 두드러지는 것이다. 말을 하면 받는 사람이 있으니 대립감이 나오고 문장은 평면인데 어감은 입체적인 것이니 전문(全文)의 문태(文態)가 조각적이요 동적일 수 있다. 반대로 담화가 적거나 없는 글이면 전체가 평면적이요 정적일 수 있다. 동적이어야 할 내용과 정적이어야 할 내용을 미리 가려서 담화를 계획적으로 넣고 안 넣고, 적게 넣고 많이 넣고 해서 표현을 보다 더 효과적이게 할 것이다.

3) 담화와 문장이 일여시(一如視)되는 경우

위에서 '자기가 쓰는 문장인가? 나오는 인물의 지껄이는 담화인가' 분명히 의식하고 가려 써야 할 것이라 하였다. 그런데 그것을 가려 쓰지 않은 것 같은 표현들이 여기 있다.

이튿날 내가 눈을 떴을 때 아내는 내 머리맡에 앉아서 제법 근심스러운 얼굴이다. 나는 감기가 들었다. 여전히 으시시 춥고, 또 골치가 아프고 입에 군침이 도는 것이 쓸쓸하면서 다리팔이 척 늘어져서 노곤하다.

아내는 내 머리를 쓱 짚어 보더니 약을 먹어야지 한다. 아내 손이 이마에 선뜩한 것을 보면 신열이 어지간한 모양인데 약을 먹는다면 해열제를 먹어야지 하고 속생각을 하자니까 아내는 따뜻한 물에 하얀 정제약 네 개를 준다. 이것을 먹고 한잠 푹 자고 나면 괜찮다는 것이다. 나는 널름 받아먹었다.

(고 이상의 단편 「날개」의 일절)

이 글에서 아내라는 인물의 말로 '약을 먹어야지'와 '이것을 먹고 한잠 푹 자고 나면 괜찮다'가 있는데 딴 줄로 끌어내지도 않았고 어세(語勢)도 지문세(地文勢)에 묻혀 버리고 말았다.

바로 그저껜가두 전화가 왔는데 낮잠을 자다 머리도 쓰다듬지 않고 달려 온 옥희는 수화기를 떼어 들기가 무섭게 요새는 대체 게서 무슨 재미를 보구 있기에 내게는 발 그림자두 안 하느냐고 내일이라도 곧 좀 올라오라고, 제일에 돈이 없어 사람이 죽을 지경이라고, 그래 내일 못 오더라도 돈은 전보환으로 부쳐 주어야만 된다고, 그럼 꼭 믿고 있겠다고 한바탕 재껄이고 나서 응 그럼 꼭 믿구 있겠수 하고 전화를 끊기에 미쳐서야 생각난 듯이 참 몸이 편찮다더니 요새는 좀 어떻수 하고 그런 말을 하였다고, 그는 그 계집의 음성까지를 교묘하게 흉내 내어 내게 여실히 이야기하였다.

(박태원 씨의 단편 「거리(距離)」의 일절)

어떤 여자가 전화로 한 담화, 그라는 사람이 다시 그것을 이야기해 준 담화, 모두를 담화대로 묘사하는 대신 작자 자신이 지껄이는 투로 써 내려가고 '그는 그 계집의 음성까지를 교묘하게 흉내 내어 내게 여실히 이야기하였다' 하였다. 그런데 이 두 글은 자기가 쓰는 '문장'인지, 인물의 '담화'인지 그 취급이나 표현에나 의식이 없이 써진 것은 하나도 아니다. 취급엔 무론, 표현에 있어서도 의식적 계획에서 담화를 딴 줄로 끌어내다, 어감대로 묘사하기를 피한 것이다. 여기에 이르러는 당연히 문체론이 나와야 한다. 문체에 관하여는 아래에 제(題)를 달리 해 말하겠으므로 여기서는 다만, 이런 표현들은 담화를 의식적으로 지문에 섞고, 섞더라도 담화만 두드러지지 않게 지문까지도 담화체로 쓴 것이란 것, 또는, 자기의 문체를 담화풍에게 쓰려니까, 담화가 지문과 그다지 대립감이 나지 않으니까 의식적으로 한데 섞어 쓴 것이란 것을 밝히는 데 그치려 한다.

4) 담화술

말은 한 개인의 것이 아니라 민중 전체의 것이다. 문장인 것에는 둔감한 독자라도 담화인 데서는 '그 인물에 어울리느니 안 어울리느니' 하는 평을 곧잘 한다. 글 쓰는 사람이 문장은 제 문체대로 쓸 수 있으나 말은 자기 것이 아니라, 그 인물의 것을 찾아 놓는 데 충실하지 않을 수 없다. '그 인물의 말'을 찾는 데는 몇 가지 사고할 점이 있다.

(1) 하나밖에 없는 말을 찾을 것

여러 가지 사람의, 여러 가지 경우의 말이란 무한히 많을 것이다. 그러나 당황할 필요는 없다. 무한히 많은 것은 찾기 이전이요, 그 사람이 그 경우에 꼭 쓸 말이란 찾아만 들어간다면 구경(究竟)엔 한 가지 말밖에는 없을 것이다. 전에 이런 이야기가 있다. 갯가 뱃사람 하나가 서울 구경을 오는데, 서울 가서나 뱃사람티를 내지 않으리라 하였으나 멀리 남대문의 문 열린 구멍을 바라보고 한다는 소리가

"똑 킷통 구멍 같구나."

해서 그예 뱃사람티를 내고 말았다는 것이다. 이 사람이 만일 요즘 철로 공부(工夫)라면 궁금스럽게 목선의 키를 꽂는 구멍을 생각해 내기 전에 철로의 터널부터 먼저 생각했을 것이다. 그 사람으로서 무심중 나와질 말, 말에 그 사람의 체취, 성미의 냄새, 신분의 냄새, 그 사람의 때(垢)가 묻은 말을 찾아야 하는데 그런 말이란 얼마든지 있을 것이 아니라 결국은 하나일 것이다. 뱃사공이 남대문 구멍을 형용하는 데는 '똑 킷통 구멍 같구나'가 최적의 하나밖에 없는 말일 것이요, 철로 공부가 남대문 구멍을 형용하는 데는 '똑 돈네루 구멍 같구나'가 최적의, 하나

밖에 없는 말일 것이다. 이 하나밖에 없는 말을 찾아야 할 것이오.

(2) 어감이 있게 써야 할 것이다

문장은 시각에 보이는 것이요 담화는 청각에 들려주는 것이다. 담화는 눈에 아니라 귀에니까 읽혀질 소리로 쓸 것이 아니라 들려질 소리로 써야 한다. 정말 말로 들리자면 어감이 나와야 한다.

"나 좀 봐요."

"나를 좀 보아요."

는, 뜻은 조금도 다를 것이 없다. 그러나 형식에 있어 전자는 담화요 후자는 문장이다. 담화감이 나게 하고 문장감이 나게 하는 것은, 오직 어감 때문이다. 위에서 이미 문례를 들어 설명하였거니와 여기서 한 가지 더 밝히려는 것은, 그때, 그 인물의 호흡에 더 관심해서,

무엇을 말하나?

가 아니라

어떻게 말하나?

에 주의하라는 것이다.

"오늘 아무 데두 안 갔구나."

"아 영감께서나 불러 주시기 전에야 제가 갈 데가 어딧세요?"

"왔다 고것⋯⋯."

"근데 참 웨 그렇게 뵐 수 없에요?"

"응 좀 바뻐서⋯⋯."

"참 저어 춘향전 보셋에요?"

"춘향전이라니?"

"요새 단성사에서 놀리죠."

"거 재밌나?"

"좋다구들 그래요. 오늘 동무 몇이서 구경 가자구 맞췄는데…… 영감 같

이 안 가시렵쇼?"

"가두 좋지만 글쎄 좀 바뻐서……."

(박태원 씨의『천변풍경』중 민주사와 취옥의 담화)

'근데', '놀리죠', '재밌나?', '가시렵쇼' 등을 보면 작자가 '어떻게 말하나?'에 얼마나 날카롭게 주의하였나를 넉넉히 엿볼 수 있다. 그러기에 당시에 여러 가지 인물이 여러 가지 경우에 무심코 지껄이는 어태를 사생(寫生) 수집할 필요가 있다. 사생할 어록을 그대로 쓸 경우도 없지 않을 것이요, 또 쓰려는 내용에 맞도록 고친다 하더라도 결국, 그 고치는 어감에의 실력이란 사생과 수집에서처럼 쌓을 길이 없을 것이다.

(3) 성격적이게

담화를 그대로 끌어오는 것은, 인물의 의지와 감정과 성격의 실면모를 드러내기 위해서라 하였다. 담화는 내용이 표시하는 뜻만이 아니라 인물의 풍모까지 간접으로 나타내는 음영(陰影)이 있는 것이니, 제2의 (義)적 효과까지를 거두기 위해서는 뜻에 맞는 말이되, 되도록은 의지적이게, 감정적이게, 통틀어 성격적이게 시킬 필요가 있다.

제법 가을다웁게 하늘이 맑고 또 높다. 더구나 오늘은 시월 들어서 첫 공일—

그야 봄철같이 마음이 들뜰 턱은 없어도 그냥 이 하루를 집 속에서 보내기는 참말 아까워 그렇길래 삼복더위에도 딴말 없이 지낸 한약국집 며느리가 조반을 치르고 나서

"참 어디 좀 갔으면……."

옆에 앉은 남편이 들으라고 한 말이다.

"어디?"

물어주는 것을 기화로 그러나 원래 어디라 꼭 작정은 없던 것이라 되는대로

"인천—"

한 것을 의외에도 남편은 앞으로 나앉으며

"인천? …… 그것두 준 말이야. 인천 가본 지두 참 오랜데……."

남편이 그러니까 젊은 아내도 참말 소녀와 같이 마음이 들떠

"돈 뭐 그렇게 많인 안 들죠?"

"돈이야 몇 푼 드나?…… 허지만 여행을 해두 괜찮을까?"

"뭬?……"

"이거 말야."

그의 약간 나올까 말까 한 배를 손꾸락질하는 것이 우스워

"아이 참 당신두……. 달 차구두 돌아댕기는 사람은 으떡허우?"

"으떡허긴 그런 사람들은 그럭허구 댕기다 기차 속에서두 낳구 전차 속에서두 낳구 그래 신문에 나구 법석이지."

"어이 참 당신두……."

"책에두 삼사 개월 됐을 때 조심허라지 않어?"

"글쎄 괜찮어요. 어디 먼 데 가는 것두 아니구…… 기차를 탄 대야 그저

한 시간밖에 안 되는걸……."

그래 두 사람은 어디 요 앞에 물건이라도 살 듯이 가든하게 차리고 경성 역으로 나갔다.

(박태원 씨의 『천변풍경』 중 한약국집 젊은 내외의 대화)

'참'이니 '아이 참'이니 하고, 비사고적인 감탄 감정에서 나오는 말을 많이 쓰고, 또 '인천', '뭐?' 이런 한 개 단어만을 쓰기도 하고, '돈 뭐 그렇게 많이 안 들죠'니 '참 어디 좀 갔으면……' 하고, 목적에 급해 토가 나올 새 없이 단어만 연달아 나오는 말을 하는 것은, 무엇이나 전참후고 (前參後考)할 새 없이, 돌발적이게 마음 솟는 대로 지껄이는, 아직도 소녀 성이 가시지 않은, 젊은 여인의 성격이 훌륭히 보이는 말들이요, '으떡 허긴 그런 사람들은 그럭허구 댕기다 기차 속에서두 낳구, 전차 속에서두 낳구, 그래 신문에 나구 법석이지……'의 이죽거리는 품이나 '…… 낳구 …… 낳구 그래……' 하는 투와 '그것두 준 말이야', '허지만' 이니의 늘어진 품은, 말 자체로만 그의 아내와 대립적이 아니라 엿보이는 성격까지도 훌륭히 대립되어 드러난다.

형님 되시는 왕의 문약(文弱)을 불만히 여기는 수양대군은 자연히 문학과 풍류를 좋아하는 아우님 안평대군이 미웠다. 더구나 안평대군이 근래에 와서 명망이 크게 떨치며 그의 한강 정자인 담담정(淡淡亭)과 자하문(紫霞門) 밖 무이정사(武夷精舍)에는 날마다 풍류 호걸들이 모여들어 질탕히 놀므로 세상에서 안평대군이 있는 줄은 알고 수양대군이 있는 줄은 모르는 것이 분하였고 더구나 형제분이 혹시 서로 대할 때면 안평이 형님 되시는

수양을 가볍게 보는 빛이 있을 때에 분하였다. 한번은 무슨 말끝에

　"형님이 무얼 아신다고 그러시오? 형님은 산에 가 토끼나 잡으슈."

하고 수양대군이 활 쏘는 것밖에 능이 없는 것을 빈정거릴 때에 수양은 분노하여

　"요 주둥이만 깐 것이."

하고 벽에 걸린 활을 벗겨 든 일까지 있었다.

　　　　　　　　　　　　　　　　　　　　(이광수 씨의 『단종애사』의 일부)

　아우님 안평대군이 형님 수양대군에게 하는 말로는 좀 과장되었다고 할 수가 없지도 않다. 그러나 담화를 내세우는 것은, 그 인물과 그 사태의 성격적인 데를 단적이게 인상을 주기 위해서니까 조화를 잃지 않는 범위 내에서는 어의(語義) 어세(語勢)를 강조시키지 않으면 안 된다. 담화를 '성격적이게'란 말은 조화를 잃지 않는 정도의 '강조'를 의미한다 할 수도 있다. 그 인물, 그 사태에서, 가능한 정도로는, 정점적(頂點的)인, 초점적인 담화라야 할 것이다.

　성격적인 것이란 개인과 개인이 다르다고 널리 보아 버릴 것이 아니라 좀 더 구체적이게 성별로 남녀가 다르고, 또 같은 남성, 같은 여성끼리도 신분과 교양 따라 다르고, 또 동일인이라도 연령 따라 다른 점에 착안할 필요가 있다.

　　진지— 잡수셨습니까?

　　진지— 잡쉈습니까?

　　진지— 잡수셨어요?

진지— 잡쉈어요?

진지— 잡수셨에요?

진지— 잡쉈에요?

진지— 잡수셨나요?

진지— 잡쉈나요?

진지— 잡수셨수?

진지— 잡쉈수?

진지?

진진?

다 밥 먹었느냐 묻는 말이다. 그러나 다 말이 가지고 있는 신경이 다르다. '잡수셨습니까?' 하면 '까'가 몹시 차고 딱딱하고 경우 밝고 도드라진다. '잡쉈수'는 너무 텁텁해서 사십 이상 마나님의 흉허물 없는 맛이 난다. '잡수셨에요'나 '잡수셨나요'는 회웃둥하는 리듬이 생긴다. 날씬한 젊은 여자의 몸태까지 보인다. 그냥 '진지' 하는 단어만에는 은근한 맛이 나고 그 '진지'에 ㄴ을 붙여 '진진' 하면 악센트가 훨씬 또렷해진다. 말하는 사람의 명랑한 눈이 보인다.

위에서 보거니와 받침의 농간은 여간 중요하지 않다. 될 수 있는 대로 받침이 없는 말만 시키면 말이 가벼워질 것이요 받침이 있는 말만 시키면 무게와 탄력이 생기되 ㄱ이나 ㄷ이 많이 나오면 거셀 것이요 ㄴㅁㅂㄹ이 많이 나오면 연싹싹하고 매끄러워 대체로 명랑할 것이다. 뜻에 닿는 한에서는 성향까지도 성격적인 것에 통일되어야 할 것이다.

1. 그런 데 가기 나는 싫여

2. 싫여 나는 그런 데 가기

3. 나는 찬성할 수 없네 그런 데 가는 것

4. 난 단연 불찬성 그런 데 가는 건

얼마든지 다르게 말할 수 있으려니와

1과 2는 단어들의 위치만 다르다. 1은 '그런 데 가기'란 설명부터 나왔고 2는 '싫여 나는' 하고 의욕과 자기, 즉 주관부터 나와졌다. 아무래도 2는 주관에 강한 성격이다.

3과 4는 단어들의 위치가 다르기보다, 토가 있고 없는 것과 '단연'이란 단어가 있고 없는 것과, 하나는 '찬성할 수 없'이라 했는데 하나는 '불찬성'이라고 한 것이 다르다. 첫째, 토가 있고 없는 것인데, 토가 제대로 달리면 말이 느린 만치 순하고 토가 없으면 급하다. 둘째 '단연'이란, 긍정과 부정을 강조하는 부사다. 성향(聲響)까지도 '단연'은 ㄴ이 포개 놓인 말이라 어의, 어세가 여간 강해지지 않는다. 셋째로, '찬성할 수 없'에는, 설명인 '찬성할 수'가 먼저 나왔으니 순하고, '불찬성'에는 설명보다 '불'이란 의욕부터, 먼저 나왔으니 훨씬 의지적이다. 4는 3보다 몇 배 의지적인 성격이라 하겠다.

더욱 다음의 논설들을 참고하라.

언어의 미. 한 언어를 미화시키는 그것이야말로 문단인의 특수한 업무요 또 직책이 아니랄 수 없다. 그 언어의 미화 정도를 가져서 그 언어에 소속된 문학의 길이와 깊이를 함께 점(占)칠 수 있다고 하여도 과언이 아니다. 그런데 만일 미화라는 말이 연문학(軟文學)의 교구여사(巧句麗辭) 즉 명치 연대 소위 성동파류(星童派類)의 음영(吟咏)으로 오해될 우려가 있다면 언어의 세련이라고 고쳐도 무방하다. 언어의 세련은 너무나 의의가 범박하기 때문으로 오해를 무릅쓰고 미화라는 말을 썼을 뿐이다. 그러나 현재의 조선어를 더 한층 미화시키는 것도 오직 문단인을 기다리어서 가능하겠지마는 조선어가 목하 가지고 있는 미 그것도 그들의 힘을 빌어서 발휘할 수밖에 없는 형편이다. 아직도 문학적으로 발달되지 못한 조선어에 무슨 미가 있겠느냐고 물을지도 모르되 한 언어는 그 독특한 문체를 가지듯이 반드시 독특한 미를 가지고 있다는 것을 잊어서는 안 된다. 가령 '발갛게, 벌겋게, 볼고레하게, 불구레하게'나 '파랗게, 퍼렇게, 포로소름하게, 푸루수름하게' 등의 말을 살피어보라. 조선어가 아닌 다른 말에 어디 그렇게 섬세한 색채 감각이 나타나 있는가? 또 '이, 그, 저'나 '요, 고, 조' 등의 지시사를 살피어보라. 거기도 조선어 독특한 맛이 있지 않은가?

(홍기문 씨의 「문단인에게 향한 제의」의 일부)

어감이란 것은 언어의 생활감, 다시 말하면 언어의 생명력입니다. 어감 없이는 모든 말이 개념적으로 취급되어 버립니다. 즉 어감 없는 말은 언어의 시체거나 그렇지 않으면 정신 상실자입니다. 이와 같이 어감은 언어 활동에 있어서 생동하는 힘을 가지고 있습니다. 그리하여 사상을 전달하는 언어 활동은 감정을 이입함으로써 표출자의 표현 효과를 훨씬 증대시킬 수 있습니다.

그러면, 어감의 정체는 무엇인가. 그것을 다시 한번 생각하여 보려 합니다. 대개 언어에는 의미 즉 뜻과 음성 즉 소리 두 방면이 있습니다. '사람'이란 말은 '사'란 발음과 '람'이란 발음이 합하여 성립되어 가지고 'ㅅ(사람)'이란 개념 즉 의미를 나타내게 됩니다. 그러므로 발음은 말의 형식이요, 의미는 말의 내용입니다. 그리하여 어감이란 것이 형식과 내용에 다 관계를 가지고 있습니다.

① 형식 즉 발음이 어감을 규정하는 데는 다음과 같은 조건이 있습니다.

(가) 발음의 강약입니다. '바람', '구름', '달', '꽃' 등과 같은 명사라든지 '얼른', '천천히'와 같은 부사라든지 '아름답다', '탐스럽다' 등의 형용사와 같은 동일한 어휘라도 그 발음의 강약은 무수히 변화시킬 수 있습니다. 그 강약이 이와 같이 변화됨을 따라 그 말에 따르는 어감도 실로 무수히 다를 수 있습니다. 그리하여 그 발음을 조절함으로써 그 말의 표현 효과를 크게도 할 수 있고 적게도 할 수 있습니다.

(나) 발음의 지속 즉 장단입니다. 발음의 장단은 명사의 어감에도 크게 관계가 있겠지마는, 형용사, 부사, 감탄사 같은 것에 더욱 효과적이라 생각합니다. '바람이 솔솔 분다'는 말과 '바람이 소ー르소ー르 분다'는 말이라든지 '걸음을 느릿느릿 걷는다'는 말과 '걸음을 느리ーㅅ느리ーㅅ 걷는다'는 말의 어감의 차는 지금 저의 발음을 들으시는 여러분이 용이히 판단하실 줄 압니다.

(다) 발음의 고저입니다. 이 발음의 고저는 발음의 강약과는 다른 것입니다. 발음의 강약은 음파의 진폭의 대소에 달렸습니다마는 그 고저는 음파의 진동수에 달렸습니다. 그리고 강음과 고음, 약음과 저음은 항상 일치되는 것은 아닙니다. 남성은 저음인 동시에 강음이요, 모기 소리(蚊聲)는 약하면서도 높은 소립니다. 그리하여 이 고저가 또한 어감을 크게 좌우합니다.

(라) 발음 속에 섞인 모음의 명암입니다. 명랑한 모음이 포함되고 음암

(컴컴)한 모음이 포함됨을 따라 그 말의 어감은 엄청나게 달라집니다. 그리하여 그 의미까지 달라지다시피 합니다. 조선말에는 이와 같은 예가 퍽 많습니다. 명사로도 '가짓말'과 '거짓말'이라든지, '모가지'와 '머가지', '뱅충이'와 '빙충이' 등의 '가', '모', '뱅'이란 발음은 퍽 명랑하고 가벼운 소리요, '거', '머', '빙'이란 발음은 매우 어둡고 무거운 소립니다.

그러나 형용사나 부사에 이런 예가 가장 많습니다.

(동사) : 빌어먹다―배라먹다, 잘린다―졸린다

(형용사) : 보얗다―부옇다, 까맣다―꺼멓다, 하얗다―허옇다, 까칠하다―꺼칠하다, 복실복실하다―북술북술하다, 배뚤하다―비뚤하다, 쌉쌀하다―씁쓸하다, 짭짤하다―찝찔하다 등의 예만 들겠습니다.

(부사) : 팔랑팔랑―펄렁펄렁, 달랑달랑―덜렁덜렁, 모락모락―무럭무럭, 바실바실―부실부실, 발긋발긋―불긋불긋, 복작복작―북적북적 등 이루 셀 수 없을 만큼 많습니다. 그 어감의 차가 어쩌나 심한지 명랑한 모음을 포함한 말들을 얕잡아 하는 말이라고 하기까지에 이르렀습니다.

(마) 발음 속에 섞인 자음의 예둔(銳鈍)입니다. 그 자음의 날카롭고 둔한데 따라 역시 어감은 큰 차이가 납니다. 몇 개의 예를 말씀한다면

(명사) : 주구렁이―쭈구렁이, 족집게―쪽집개, 고치―꼬치

(동사) : 떤다―턴다, 반다―빤다

(형용사) : 검다―껌다, 발갛다―빨갛다, 뜬뜬하다―튼튼하다, 감감하다―깜깜하다―캄캄하다

(부사) : 반작반작―빤짝빤짝, 기웃기웃―끼웃끼웃, 곰실곰실―꼼실꼼실, 부시시―뿌시시―푸시시, 덜렁덜렁―떨렁떨렁―털렁털렁, 번번히―뻔뻔히―펀펀히, 바싹―바짝, 재갈재갈―재잘재잘

이상은 그 말 속에 포함된 자음의 날카롭고 둔함으로 인하여 어감이 사 뭇 다른 것들입니다.

(바) 접미음 혹은 접두음을 가진 말
(접미음을 가진 말) : 뺨–뺨따귀, 코–코빼기, 눈–눈깔, 배–배때기, 등 –등떨미, 팔–팔때기
(접두음을 가진 말) : 밟는다–짓밟는다, 주무른다–짓주무른다, 자빠진 다–나자빠진다, 추긴다–부추긴다, 질기다–검질기다

이상에 든 여섯 가지 조건은 주로 그 말의 '악센트'와 리듬 즉 운율을 규정 하여 가지고 각각 그 말이 독특한 어감을 나타내게 됩니다. 대개 언어의 음 성은 각각 독특한 청각적 성질을 띠고 있어서 여러 가지 형태를 표현합니 다. 그리하여 시각이나 촉각이나 후각이나 미각 등 다른 감각과도 서로 통 하는 성질을 가지고 작용한다고 볼 수 있습니다. 이 음성이 가지고 있는 성 격이 각종의 감각을 통하여 결국 그 말의 의미에까지 영향을 주어서 변동이 생기게 됩니다. 이런 종류의 문제는 여러 가지로 실험적 연구가 행하여지고 있습니다. 호른쁘스테르(Hornboster) 씨의 연구 발표한 것이 있습니다.

② 그리고 내용 즉 의미가 어감을 규정하는 조건은 다음과 같으리라 생 각합니다.
(가) 계급성. 말의 계급성이란 것은 그 말이 경어(敬語)인가 비어(卑語)인 가 보통 평등되는 사람 새에 쓰는 말인가를 가리키는 것입니다.
잡숫는다–먹는다–처먹는다–처든지른다

이를테면

주무신다−잔다, 계시다−있다, 돌아가셨다−죽었다−거꾸러졌다

편치 않으시다−앓는다

수라−메−진지−밥, 간자−숟갈

갱−국, 치아−이−이빨

이점−이질 등

이 위에 예 든 말들은 그 의미는 똑같으면서도 상대자에 주는 인상은 다다릅니다. 그리하여 상대자의 존비, 친소에 따라서 다 달리 써야 합니다. 참으로 이 조건이 어감으로는 다른 어느 조건보다도 중대성을 가졌습니다.

(나) 친밀성. 말의 친밀성이란 것은 상대자의 계급에는 아무 관계가 없고 다만 친애 정도를 나타낼 뿐입니다. 즉

아버지−아빠, 어머니−엄마

오라버니−오빠, 형님−언니

이 아빠·엄마 등의 말들은 아이들이 많이 사용하는 말인데, 아이들이 쓰는 만큼 그 말들을 들어서 말할 수 없이 친애미(味)를 느끼게 됩니다.

이상은 결국 언어의 품위를 결정하는 것이 됩니다.

말의 품위와 리듬이 잘 조화 일치될 때에 그 말은 한 개의 단어로서 생동 발랄한 힘을 가지고 나타나게 됩니다.

이 위에서 말씀한 것은 개개의 단어에 대한 문제입니다마는, 어구라든지 문장 전체로서는 어떠하냐 하면 여러 개의 단어가 종합될 때에 또한 그 각개 단어의 발음이나 의미와 잘 조화되도록 전체로서의 억양(인토네이션)과 완급이 이루어져야 할 것입니다. 그리하여 의미와 음향의 훌륭한 선율(멜로디)과 율동이 창조될 것입니다. 언어가 이와 같이 표현될 때에 그것은

듣는 이에게 호감을 줄 뿐 아니라, 사상을 가장 완전히 전달할 수 있으며 언어 그것만으로도 훌륭한 예술이 될 것입니다.

(이희승 씨의 「언어 표현과 어감」의 일부)

(4) 암시와 함축이 있게

아이들은 배가 고프면 곧

"배가 고파."

하고 솔직한 말을 해 버린다. 그러나 언어 표현에 노련한 어른들은 좀 여유를 가지고 간접적인 말을 쓰는 수가 많다.

"좀 시장한데."

"좀 출출한데."

이 말들은 '배가 고픈데'보다는 훨씬 덜 절박하게 들린다고 할 수 있다.

"나는 당신을 사랑합니다."

"나는 밥이 먹고 싶습니다."

똑같은 말들이다. '나는 당신을 사랑합니다'는 워낙 'I Love You'를 직역한 말로 동양식인 감정의 말은 아니다. 동양인의 감정에는 이런 말을 마주 대고 하기가 뻔뻔스럽고 억지로 하면 신파 연극 같아서 오히려 진정을 상한다.

"어머니!"

　"엄마!"

하면 우리 감정으로는 어머니를 찾는, 자식의 진정이 아무리 심각한 것이라도 그 속에 함축되고 만다.

　"오오 사랑하는 어머님이시여!"

하면 서양식의 직역이거니와 호들갑스럽기만 해서 넋두리 잘하는 사람의 울음처럼 진정이 상하고 만다. 미인의 표정을 말하는데 '반함교태반함수(半含嬌態半含羞)'란 문구가 많이 돌아다니거니와 노골적인 표정보다도 이면에 함축된 정염에 더 매력을 느낄 줄 아는 동양인이라 감정표현이긴 마찬가진 모든 예술의 표현도 노골적이기보다 암시와 함축에 더 존중해 왔다. 이것은 우리 문화 전반에 있어 아름다운 전통의 하나려니와 요즘 와 너무나 많이 읽고 너무나 많이 보는 서양 예술을 덮어 놓고 본뜨게 되어 심지어는, 엽서 한 장에 쓰는 사연에다가도, 유서나 쓰는 것처럼

　"오! 나의 사랑하는 어머니!"

니,

　"당신의 사랑하는 ××로부터."

니 하고 허턱대고 호들갑을 떠는 사람이 하나둘이 아니다.

　한 자의 문자, 한마디의 말로 족할 수 있으면 그것은 최상의 표현이다. '족할 수'란 그 일 문자, 일 단어의 표면만이 아니라 배후의 실력, 즉

암시와 함축을 말함이다. 중국 고대소설 『수호지(水滸誌)』에 이런 묘한 한 자의 문자, 한마디의 말이 있었다. 그 제23회 분에 반금련(潘金蓮)이란 여자가 나오는데 남편 무대(武大)는 못난이요 시아재 무송(武松)은 인물 밝고 힘세어 호랑이를 때려잡아 상까지 탄 헌헌장부(軒軒丈夫)다. 금련이 딴마음이 움직여 무송을 조용히 만나 술을 권하는데 '욕심사화(慾心似火)'에 이르기까지는 무송을 부르되 부르기를 39차를 하되 모두 '숙숙(叔叔, 아주버님)'이라 하다가,

"…… 나부인욕심사화불간무송초조변방료화근각사일잔주래자함료일구잉료대반잔간간무송도(那婦人慾心似火不看武松焦燥便放了火筋却篩一盞酒來自啣了一口剩了大半盞看看武松道)"에 이르러서는 '숙숙(叔叔)'으로 부르지 않고 돌연히 '칭(偁, 여보)'라 불러

칭약유심끽아저반잔아잔주(偁若有心喫我這半盞兒殘酒)

라 하였다. 부젓가락을 집어 내던지며 술을 따라 제가 먼저 한 입을 마시고 권하는 그 태도만으로도 정욕 심리가 나타나지 않은 바는 아니나 여태껏 '아주버니'라 부르던 형수가 갑자기 '여보'라 터놓는 것은 '여보' 그 하나 단어에 반금련의 심리가 그만 전적으로, 결정적으로, 드러나고 말았다. '여보' 한마디 속에 팽창된 정욕의 덩어리 반금련이가 훌륭히 뭉쳐졌다. 그러기에 명문장 비평가 김성탄은 그 문구 밑에 주를 달되

기상범규과삼십구개숙숙지차홀연환주일칭자묘심묘필(己上凡叫過三十九箇叔叔至此忽然換做一偁字妙心妙筆)

이라 감탄하였다.

김옥균은 금릉위와 함께 난간을 붙들고 서서 인제는 벌써 윤곽조차 보이

지 아니하는 고국의 육지가 놓여 있던 방위로 시선을 주었다.

조선이 인저는 보이지 않는구나! 자기들이 실력을 양성해 가지고 재거해 올 때까지 저 땅의 백성들이 기다리고 있을까? 혹은 어쩌면 흘러가는 물결에 쌓여서 눈 깜짝하는 동안에 왔다가 다시 눈 깜짝하는 동안에 가 버리는 물거품 모양으로 자기들은 지나가 버리고 마는 인물이 되고 말지 아니할까? 그리고 조선은, 저 땅의 백성들은 까마득하게 모르는 장래로 자기들을 떼어 버리고 달음질쳐서 목적한 대해로 흘러 들어가지 아니할까? 혹은 중간에까지 흘러가다가 물거품이 저절로 사라지듯이 형적조차 남기지 아니하고 없어지지나 아니할까. 이렇듯 지향 없는 생각에 헤매이다가 그는 문득 조금 전 꿈속에서 들은 유대치 선생의 마지막 말을 생각하고서 자기 자신에게 이같이 말했다.

"요원한 내 뒤엣일을 뉘 알랴? 다음 일은 다음에 오는 사람에게 맡기고 지금 우리가 해야 할 일만 해 보는 것이다."

(김기진 씨의 『청년 김옥균』의 끝)

긴 소설의 끝을 주인공의 혼자 지껄이는 말 한 구절로 막았다. 이런 경우에 이 담화 일절은 유대치나 김옥균의 말로만 제한되는 표현은 아니다. 이 작품 전체의 점정(點睛)이 되기 때문에 작자 자신의 말로도 볼 수 있다. 유대치의 말일 수도 있고, 김옥균의 말일 수도 있고, 작자의 말일 수도 있는 것은, 이 말이 이 세 사람의 하고 싶은 뜻을 다 포함하고 있는 표다. 함축 있는 말 한마디로 말미암아 전 작품이 천근 중량을 얻는 듯하다. 암시와 함축과 여운력을 가진 담화의 선이용(善利用)이라 할 수 있다.

5. 의음어, 의태어와 문장

수수께끼에

"따끔이 속에 빤빤이, 빤빤이 속에 털털이, 털털이 속에 오드득이가 뭐냐?"

하는 것이 있다. 그것은 밤(栗)을 가리킨 것인데 모두 재미있게 감각어들로 상징되었다.

또 옛날이야기에

이차떡을 늘어옴치래기,

흰떡을 해야반대기,

술을 올랑쫄랑이,

꿩을 꺼꺽푸드데기,

라고 형용하는 것도 있다. 이런 데서도 우리는 감각어가 얼마나 풍부한 사실을 느끼지 않을 수 없다. 감각은 오관을 통해 얻는 의식이다. 시각, 청각, 미각, 후각, 촉각, 이 다섯 신경에 자극되는 현상을 형용하는 말이 실로 놀랄 만치 풍부한 것이다.

몇 가지 예를 들면

시각에 있어 적색 한 가지에도

붉다, 뻘겋다, 빨갛다, 벌겋다, 벌-겋다, 새빨갛다, 시뻘겋다, 붉으스럼, 밝으스럼, 불그레, 빨그레, 볼그레, 볼그스럼, 보리끼레, 발그레 등

세밀한 시신경 성능을 말이 거의 남김없이 표현해 낸다.

동물이 뛰는 것을 보고도

　　깡충깡충, 껑충껑충, 까불까불, 꺼불꺼불, 깝신깝신, 껍신껍신, 껍실렁껍
　실렁, 호닥닥, 후닥닥, 화닥닥 등,

의태 용어에 퍽 자유스럽다.

청각에서도 그야말로 '풍성학루계명구폐(風聲鶴淚鷄鳴狗吠)', 모든 소리
에 의음 못할 것이 없다.

바람이

　　솔솔, 살살, 씽씽, 쇠솨, 쏴쏴, 앵앵, 웅웅, 윙윙, 산들산들, 살랑살랑, 선
　들선들, 휙, 홱……

미각에서도 감미만 해도 달다만이 아니요,

　　달다, 달콤하다, 달큼, 달크므레, 달착지근……

층하가 있고

후각에서도,

　　고소하다와 꼬소하다가 거리가 있고 고소와 구수, 꾸수가 또 딴판이다.

촉각에 있어서도 껄껄하지 않은 하나만이라도

　　매끈매끈, 반들반들, 번들번들, 반드르르, 번드르르, 반질반질, 반지르
르, 번지르르, 빤지르르, 으리으리, 알른알른, 알신알신 등,

　　얼마나 찰찰(察察)한가? 음악이나 회화에서처럼 얼마든지 감각되는
그대로 구체적이게 말해 낼 수 있다.
　　정확한 표현이란 가장 구체적인 표현이다. 뺙 하는 기차 소리와 뚜
하는 기선 소리를 뺙과 뚜로 구별하지 못한다면 그것은 정확한 표현일
수 없다.
　　살랑살랑 지나가는 족제비의 걸음과 아실랑아실랑거리는 아낙네의
걸음을 살랑살랑, 아실랑아실랑으로 구별하지 못한다면 그것은 우수
한 표현일 수 없다. 풍성구폐(風聲狗吠), 무슨 소리든 소리를 그대로 따라
내는 의음어와 풍수주금(風水走禽), 무슨 동태이든 동태 그대로를 모의
하는 말이 많은 것은 언어로서 풍부는 물론, 곧 문장으로서, 표현으로
서 풍부일 수 있는 것이다.

　　…… 원산(遠山)은 첩첩(疊疊) 태산(泰山)은 주춤하야 기암(奇巖)은 층층
(層層) 장송(長松)은 낙락(落落) 에이 구부러져 광풍(狂風)에 흥(興)을 겨워
우줄우줄 춤을 춘다. 층암절벽상(層巖絶壁上)에 폭포수(瀑布水)는 콸콸, 수
정렴(水晶簾) 드리운 듯, 이 골 물이 주루루룩 저 골 물이 솰솰, 열에 열 골
물이 한데 합수(合水)하여 천방져 지방져 소코라지고 펑퍼져 넌출지고 방
울져, 저 건너 병풍석(屏風石)으로 으르렁 콸콸 흐르는 물결이 은옥(銀玉)같

이 흩어지니, 소부 허유(巢父許由) 문답(問答)하던 기산영수(箕山潁水)가 이
아니냐.

(「유산가」의 일절)

바다

바다는 뿔뿔이
달어날랴고 했다.

푸른 도마뱀떼같이
재재발렀다.

꼬리가 이루
잡히지 않었다.

흰 발톱에 찢긴
산호(珊瑚)보다 붉고 슬픈 생채기!

가까스루 몰아다 부치고
변죽을 둘러 손질하여 물기를 시쳤다.

이 앨쓴 해도(海圖)에
손을 씻고 떼었다.

찰찰 넘치도록

돌돌 굴르도록

회동그란히 받쳐 들었다!

지구(地球)는 연(蓮)잎인 양 오므라들고…… 펴고…….

(정지용 시집에서)

괄괄, 주루루룩, 쏼쏼, 으르렁, 꽐꽐 등의 의음과 주춤, 우줄우줄, 찰찰, 돌돌, 회동그란 등의 의태가 얼마나 능란하게 문의(文意)의 구체성을 돕는 것인가?

운문인 경우엔 더욱 물론이지만, 산문에 있어서도 특히 묘사인 경우엔 이 풍부한 의음, 의태어를 되도록 많이 이용할 필요가 있다. 표현 효과를 위해서뿐 아니라 우리 문장의 독특한 성향미(聲響美)를 살리는 것도 된다. 황진이(黃眞伊)의 노래

동짓달 기나긴 밤을 한 허리를 둘러 내여

춘풍 이불 아래 서리서리 넣었다가

어룬 님 오신 날 밤이여드란 구비구비 펴리라.

를 신자하(申紫霞)가

절취동지야반강(截取冬之夜半強)

춘풍피리굴반장(春風被裏屈蟠藏)

등명주난랑래석(燈明酒煖郎來夕)

곡곡포성절절장(曲曲舖成折折長)

이라 번역한 것이 능역(能譯)이라 하나 '곡곡(曲曲)', '절절(折折)'로는 원시의 구체성은 제이(第二)하고 성향만으로라도 '서리서리', '구비구비'의 말맛을 도저히 따르지 못하는 것이다.

6. 한자어와 문장

'푸른 하늘' 하면 '푸른'은 푸른 뜻, '하늘'은 하늘이라는 뜻 외에는 다른 뜻이 없다. 음 그대로가 뜻이요 뜻 그대로가 음이다.

'청(靑)'이나 '천(天)'은 한자다. '청천(靑天)'이라 하면 한자어다. '청천'이란 음은 곧 뜻이 아니다. '청천'이란 음의 뜻은 '푸른 하늘'이다. 음은 '청천', 뜻은 '푸른 하늘' 이렇게 음과 뜻이 따로 있다.

소리가 곧 뜻인 '푸른 하늘'의 문장은 읽혀지는 소리가 곧 뜻인, 성의일원적(聲意一元的)인 문장이다.

소리와 뜻을 따로 가진 한자어로 된 문장은 읽혀지는 소리가 곧 뜻이 아닌, 성의이원적(聲意二元的)인 문장이다.

양복을 혼자 주섬주섬 떼어 입고 안방으로 나오랴니까 아씨는 그저 뾰르퉁하여 경대 앞에 앉아서 열심으로 가름자를 타고 있는 모양이다.

"오늘은 언제 들어오시랴우? 회사 시간이 늦어도 좀 들려 오시지."

돌려다도 보지 않고 연해 바가지를 긁다가 남편이 안방문을 열랴는 것을 거울 속으로 보고 입을 잽싸게 놀린다.

"그 빌어먹을 전화, 내 이따 떼어 버려야. 기생년하고 새벽부터 이야기하라구 옷을 잽혀 가며 매었드람? 참 기가 막혀! …… 그럴 테면 마루에 매지 말구 아주 저 방에 매지."

하며 구석방을 돌려다 보다가 남편과 눈이 마주치자 외면을 하더니 빤드를 한 머리 밑에 빨간 자름 당기를 감아서 뽀얀 오른편 볼을 잘룩 눌러 입에 물고 곁눈으로 거울을 들여다보며 머리를 땋기 시작한다. 주인은 한참 바라보다가

"느느니 말솜씨로군!"

하고 방 밖으로 휙 나오다가 좌우 북창 사이에 달린 전화통을 건너다보았다. 네모반듯한 나무 갑 위에 나란히 얹힌 백통빛 새 종 두 개는 젊은 내외의 말다툼에 놀란 고양이 눈같이 커다랗게 빤짝한다.

(염상섭 씨의 단편 「전화」의 일부)

소리가 모두 그대로들이어서, 새겨야 할 말이나 구절이 없다. 생활어 그대로기 때문에 현실 광경이 노골적이게 드러난다. '주섬주섬'이니 '뽀르퉁'이니, '빤드를 한 머리 밑에 빨간 자름 당기를 감아서 뽀얀 오른편 볼을 잘룩 눌러 입에 물고 곁눈으로 거울을 들여다보며'니, '네모반듯한 나무 갑 위에 나란히 얹힌 백통빛 새 종 두 개는 젊은 내외의 말다툼에 놀란 고양이 눈같이 커다랗게 빤짝'이니 그 얼마나 표현에 구체력이 강한가.

'나는 벌써 처녀가 아니다'라는 굳센 의식은 아직 굳지 않은 이십 전후의

어린 마음에 군림합니다. 그것은 마치 종교 신자의 파계(破戒)라는 것이, 결코 용이하지 않으나, 단 한 번의 실족(失足)이 반동적으로 타락의 독배(毒杯)를 최후의 일적(一滴)까지 말리지 않으면 만족할 수 없는 것과 다를 게 없습니다. 성적(性的) 감로(甘露)에 한번 입을 대인 젊은 피의 약동과 기갈(饑渴)은 절제의 의지를 삼키어 버렸습니다.

(염상섭 씨의 단편 「제야(除夜)」의 일부)

군림, 파계, 용이, 실족, 반동적, 타락, 독배, 최후, 일적, 만족, 성적 감로, 약동, 기갈, 절제, 의지 등 한자가 많이 섞이었다.

구절마다 소리 이외에 딴 관념을 일으킨다. 내용이 보여지는 정경이 아니라 마음으로 인식되는 것이다. 눈으로 어떤 정경을 보며 읽는 것이 아니라 마음으로 생각하며 읽게 된다. 묘사이기보다도 논리인 편이다. 동일 작가의 문장이되, 용어에 따라 이렇게 다르다. 묘사 본위라야 할 데서는 아무래도 한자어는 구체력이 적다 아니할 수 없다.

그러나 문장이란 모두가 묘사를 위해 써지는 것은 아니다. 문학의 대부분은 묘사이나 학문과 논설은 묘사가 아니라 이론이다.

나는 한편으로 덮어놓고 한문학을 배척하기만 하는 인사에게 할 말이 있다. 한문학은 수천 년의 전통을 가지어 온 세계에 가장 유구한 연원과 풍부한 내용을 가진 인류 문화의 중요한 유산이요, 더구나 우리의 문화와는 일천 년래 심심(深甚)한 관계를 맺어온 것이다. 문학 자체로 보더라도 그것이 당연히 영미 문학보다 못지않게(혹은 그 이상) 우리의 지식의 일 단층을 형성하여야 할 것은 저 서인(西人)이 희랍의 고전 수양을 필요로 하는 것 이상이려니와 더구나 우리 문화의 저류(底流)에는 우리의 사유와 감정에는 아직도 한문학의 난류(暖流)와 혈맥(血脈)이 통하여 있느니만치 우리 문화의 과거와 현재를 통찰함에 있어서 우리는 도저히 한문학을 부인할 수 없다. 우리는 자문화의 수립 선양(宣揚)을 위하는 나머지 성급하게 한문학을 거부함이 무모한 태도임을 안다. 하물며 이 전통적인 저류를 모르고 극히 피상적인 서문학(西文學)에만 심취하여 한문학을 경시하는 태도는 성급과 천부(淺膚) 이외의 아무것도 아니다.

비근(卑近)한 일례를 든다면 유사(遺事)나 사기(史記)나 퇴계(退溪)나 화담(花潭)이나 내지 성호(星湖), 다산(茶山), 완당(阮堂)의 학을 일찍이 요해(了解)한 것도 없이 조선 문학을 하노라 하면 그것은 전혀 망발이다. 그런데 그것들은 모두 한문학의 소양을 필요로 한다. 우리의 요구하는 새로운 지식은 선인(先人)의 문화유산을 먼저 그 자체를 엄밀히 조사 검토하여 그 속에 깊이 침잠(沈潛) 유영(遊泳)한 뒤에, 그것을 다시 엄정한 과학적 체계로써 새로운 방법론으로써 연구, 정리, 규정하는 것이다. 무론 후자 없는 전자의 지식만은 죽은 기계적, 골동적 소재 지식에 불과하고 도리어 종종 그 소재조차 왜곡, 곡해할 우(虞)가 있으나 또 한편으로 전자의 예비한 지식이 먼저 축적되지 않은 후자의 판단은 일종 모험, 무모에 가깝다. 텍스트와 체계, 고증학과 방법론은 금후 엄밀한 통일을 요구한다.

(양주동 씨의 「한문학의 재음미」의 일부)

화담(花潭)의 학은 궁리진성(窮理盡性) 사색체험(思索體驗)을 주로 삼아 언어 문자로써 발표하기를 좋아 아니하여 그 저술이 매우 적고 상기(上記) 수 편의 논문이란 것도 극히 간단하여 설(說)이 미진한 감(憾)이 없지 아니

하나 그래도 그의 고원(高遠)한 철학적 사상은 이에 의(依)하여 잘 규지(窺知)되고 그 의미로 보아 이들 논문을 수집한 화담집 일 책은 오인(吾人)이 귀중히 여기는 바의 하나이다. 화담의 사상의 대체(大體)는 이율곡(珥)의 설파함과 같이 송(宋)의 장횡거(張橫渠)(載)류의 사상에 속하되 간혹 독창의 견(見)과 자득의 묘(妙)가 없지 아니하며 그 우주의 근저를 들여다보려 함이 비교적심각하였다. 지금 화담의 우주 본체관에 취(就)하여 보면 그는 횡거와 같이우주의 본체를 태허(太虛)에 불과한 양으로 생각하고, 태허의 담연무형(淡然無形)한 것은 선천(先天)의 기(氣)로서, 이는 시간 공간의 제약에서 전혀 독립한 무제한 · 무시종(無始終) · 항구불멸의 실재라고 인(認)하였다.

(이병도 씨의 「서화담급이연방(徐花潭及李蓮坊)에 대한 소고」 중의 일절)

이런 문장들에서 한자어들의 정당한 세력을 무시할 수는 없다. 음뒤에 뜻을 따로 가진 것은 글자 그 자체의 함축이다. 함축이란, 어구, 문장, 그 자체의 비밀이요 여유다. 인물이나 사건을 묘사하는 문장에서는 구체적으로 인물과 사건을 보여주니까 독자가 시각적으로 만족하지만, 인물도, 아무 사건도 보이지 않는 문장에서는 어구나 문장 그자체까지 아무 맛볼 것이 없다면 읽는 데 너무나 흥미 없는 노력만이부담될 것이다.

그러기에 문예 문장에서도 아무 시각적 흥미가 없는 수필류의 문장은 한자가 섞인 편이 훨씬 읽기 좋고 풍치가 난다.

전원의 낙

경산(耕山) 조수(釣水)는 전원생활의 일취(逸趣)이다.

도시 문명이 발전될수록 도시인은 한편으로 전원의 정취를 그리워하여 원예를 가꾸며 별장을 둔다. 아마도 오늘날 농촌인이 도시의 오락에 끌리는 이상으로 도시인이 전원의 유혹을 받고 있는 것이 사실이다.

인류는 본래 자연의 따스한 품속에 안겨 토향(土香)을 맡으면서 손수 여름지이를 하던 것이니 이것이 신성한 생활이요 또 생활의 대본(大本)일는지 모른다.

이른바 운수(雲水)로써 향(鄕)을 삼고 조수(鳥獸)로써 군(群)을 삼는 도세자류(逃世者流)는 좋은 것이 아니나 궁경(躬耕)의 여가에 혹은 임간(林間)에서 채약(採藥)도 하고 혹은 천변(川邊)에서 수조(垂釣)도 하여 태평세(太平世)의 일일민(一逸民)으로서 청정하게 생활함은 누가 원하지 않으랴.

유수유산처(有水有山處) 무영무욕신(無榮無辱身).

이것은 고려 때 어느 사인(士人)이 벼슬을 내어놓고 전원으로 돌아가면서 자기의 소회를 읊은 시구(詩句)이어니와 세간에 어느 곳에 산수가 없으리오마는 영욕(榮辱)의 계루(係累)만은 벗어나기 어렵다. 첫째 심신의 자유를 얻어야만 하는데 심신의 자유는 염담(恬淡) 과욕(寡慾)과 그보다도 생활 안정을 반드시 전제 요건으로 삼는다.

그렇지 않으면 산수 사이에 가 있어도 무영무욕(無榮無辱)의 몸이 되지 못할 것이다. 그러나 이 시구를 읊은 그로 말하면 아마도 그만쯤 한 수양과 여요(餘饒)는 있던 모양이다. 아무리 단사표욕(簞食瓢欲)의 청빈철학을 고조(高調)하는 분이라도 안빈낙도(安貧樂道)할 생활상 기초가 없고서는 절대 불가능할 것이 아닌가. 인생이 공부는 고요한 곳에서 하고 실행은 분주한 곳에서 하는 것이 좋으나 그러나 권태해지면 다시 고요한 곳으로 가는 것이 상례(常例)이니 전원생활은 권태자의 위안소(慰安所)이다.

권태자뿐이 아니라 병약자에 있어서도 도시 생활보다 전원생활이 유익함은 말할 것도 없다. 맑은 공기와 일광과 달큼한 천수(泉水)는 확실히 자연의 약석(藥石)이며, 좋은 산채(山菜)와 야소(野蔬)며 씩씩한 과실은 참말로 고량(膏粱) 이상의 진미이니 이것은 전원생활에서 받는 혜택 중의 몇 가지로서 병약자에게도 크게 필요한 바이다.

흔연작춘주(欣然酌春酒) 적아원중소(摘我園中蔬).

이것은 전원시인 도연명(陶淵明)의 명구로써 이익제(李益齊)의 평생 애송하던 바이다.

청복(淸福)이 있으면 근교에 조그만 전원을 얻어서 감자와 일년감을 심고 또 양이나 한 마리 쳐서 그 젖을 짜 먹으며 살아볼 것인데 그러나 이것도 분외과망(分外過望)일는지 모른다.

(고 문일평 씨의 「영하만필(永夏漫筆)」,[4] 중에서)

한자어는 술어, 즉 교양어가 많다. 교양인의 사고나 감정을 표현하려면 도저히 속어만으로는 만족할 수 없는 것이다. 이 「전원의 낙(樂)」에서도 한자어를 모조리 속어로 돌려놓는다 쳐 보라. 얼마나 품과 풍치가 감쇄될 것인가. 극히 개념적인, 생기 없는 과거의 한자 문체는 배격해 마땅할 것이나 한자어가 나온다 해서 필요 범위 내의 한자어까지를 배척할 이유는 없다 생각한다.

속어만의 문장과, 한자어가 주로 쓰인 문장이 성격으로, 표현 효과로 각이한 장단점을 가진 것은 이미 설명한 바와 같다. 그러기에 자기

4　작품의 원래 제목은 '영주만필(永晝漫筆)'임.

가 표현하려는 내용이 속어만의 문장이어야 효과적일지, 한자어가 주로 쓰여야 효과적일지, 또는 속어와 한자어를 반분반분 섞어야 효과적일지 한번 계획할 필요가 있다.

7. 신어, 외래어와 문장

언어는 미술품이 아니라 잡화와 같은 일상생활품이란 것, 신어나 외래어를 쓰는 것은 쓰고 싶어서기 전에 신어 외래어의 생활부터가 생기니까 안 쓸 수 없으리란 것은 이미 위에서 말하였다. 현대에 있어 남녀를 물론하고 전래의 복장만으로는 실제에 불편하다. 양장을 하고 싶어하는 사람도 많겠지만 대체로는, 시대와 생활에 순응하는 것으로 볼 수밖에 없다. 그런데 양복을 입고 장신품을 신식 것과 외국품으로 지닌다면 이른바 모던해 보이고 스마트해 보이는 것이 사실이다. 문장에서도 신어가 많이 나오면 같은 이치로 모던해 보이고 스마트해 보인다.

나는 눈을 감고 잠시 그 행복스러울 어족(魚族)들의 여행을 머릿속에 그려본다. 난류를 따라서 오늘은 진주(眞珠)의 촌락, 내일은 해초(海草)의 삼림으로 흘러 댕기는 그 사치(奢侈)한 어족들. 그들에게는 천기 예보도 트렁크도 차표도 여행권도 필요치 않다. 때때로 사람의 그물에 걸려서 호텔 식탁에 진열되는 것은 물론 어족의 여행 실패담이지만 그것도 결코 그들의 실수는 아니고 차라리 카인의 자손의 악덕 때문이다. 나는 그들이 해저에 국경을 만들었다는 정보도 프랑코 정권을 승인했다는 방송도 들은 일이 없다. 그러나 나는 둥글한 선창에 기대서 포수선(砲手線)으로 모여드는 어린

고기들의 청초(淸楚)와 활발을 끝없이 사랑하리라. 남쪽 바닷가 생각지도 못하던 써니룸에서 씹는 수박 맛은 얼마나 더 청신하랴. 만약에 제비같이 재잘거리기 좋아하는 이국의 소녀를 만날지라도 나는 조금도 두려워하지 않고 서투른 외국말로 대담하게 대화를 하리라. 그래서 그가 구경한 땅이 나보다 적으면 그때 나는 얼마나 자랑스러우랴! 그렇지 않고 도리어 나보다 훨씬 많은 땅과 풍속을 보고 왔다고 하면 나는 진심으로 그를 경탄할 것이다. 허나 나는 결코 남도 온천장에는 들르지 않겠다. 북도 온천장은 그다지 심하지 않은데 남도 온천장이란 소란해서 우선 잠을 잘 수가 없다. 지난 봄엔가 나는 먼 길에 지친 끝에 하룻밤 숙면을 찾아서 동래 온천에 들른 일이 있다. 처음에는 오래간만에 누워 보는 온돌과 특히 병풍을 두른 방 안이 매우 아담하다고 생각했는데 웬걸 밤이 되니까 글쎄 여관집인데 새로 한 시 두 시까지 장고를 때려 부수며 떠드는 데는 실로 견딜 수 없어 미명(未明)을 기다려서 첫차로 도망친 일이 있다. 우리는 일부러 신경 쇠약을 찾아서 온천장으로 갈 필요는 없다. 나는 돌아오면서 동래 온천장 시민 제군의 수면 부족을 위해서 두고두고 걱정했다.

나는 투어리스트 뷰로로 달려간다. 숱한 여행안내를 받아 가지고 뒤져 본다. 비록 직업일망정 사무원은 오늘조차 퍽 다정한 친구라고 지녀 본다.

(김기림 씨의 수필 「여행」의 일절)

트렁크, 호텔, 카인, 프랑코, 써니룸, 투어리스트 뷰로 등 외래어와 난류, 어족, 천기 예보, 여행권, 정보, 방송, 포수선, 이국, 신경 쇠약, 시민, 여행안내 등 한자어라도 현대적인 뉘앙스를 가진 신어들이 연달아 나왔다.

참신하고 경쾌한 맛이 십이분 풍겼다. 참신이나 경쾌만이 최상의 미라는 것은 아니다. 사람따라 극단일 수 있는 것이니 그것은 문제가 다른 것이요, 아무튼 말은 문장의 재료라 재료따라 현대미가 나오고 고전미가 나오고 할 것은 복장이나 마찬가지 단순한 이치란 것이다. 그러나 신품과 외래품을 많이 쓴다고만 스마트한 몸태가 나는 것은 아니다. 몸에 조화를 얻지 못하면 잡속(雜俗)을 면치 못한다. 문장에서도 신어와 외래어만 쓴다고 '스마트'가 나오는 것은 아니다.

그러면 어떤 내용에라야 신어나 외래어를 써서 아름다워질까? 그것은 간단하다. 신어와 외래어가 자연스럽게 나와질, 또는 신어와 외래어가 아니고는 표현할 수 없는 내용에뿐이다. '여행'하더라도, '트렁크'를 들게 되고, '호텔'에 들게 되고, 차와 배에서 신문을 볼 것이니 '프랑코'도 나올 법하고, 배나 호텔에는 '써니룸'이 있을 것이요, 차표를 미리 사기 위해서나 여행할 것에 대한 조사를 위해서는 '투어리스트 뷰로'에 찾아갈 것이니 이 모든 외래어가 자연스럽게 읽히는 것이다.

즉 '여행'이란 내용에 이 외래어들이 조화되어 여행 기분을 돋우는 것이다. 신어도 마찬가지이다.

8. 평어, 경어와 문장

나는 세상을 비관하지 않을 수 없다.

저는 세상을 비관하지 않을 수 없습니다.

'나는'이나 '없다'는 평범히 나오는 말이다. '저는'과 '없습니다'는 상대자를 존칭하는 정적(情的) 의식, 상대 의식이 들어 있다. '나는'과 '없다'는 들띄워 놓고 여러 사람에게 하는 말 같고, '저는'과 '없습니다'는 어떤 한 사람에게만 하는 말 같다. 평어는 공공연하고 경어는 사적인 어감이다. 그래서 '습니다 문장'은 읽는 사람에게 더 개인적인 호의와 친절이 느껴진다. 호의와 친절은 독자를 훨씬 빠르게 이해시키고 감동시킨다.

> 어떤 토요일 오후였습니다. 아저씨는 나더러 뒷동산에 올라가자고 하셨습니다. 나는 너무나 좋아서 곧 가자고 하니까
>
> "들어가서 어머님께 허락 맡고 온."
>
> 하십니다. 참 그렇습니다. 나는 뛰쳐 들어가서 어머니께 허락을 맡았습니다. 어머니는 내 얼굴을 다시 세수시켜 주고 머리도 다시 땋고 그리고 나를 아스라지도록 한 번 몹시 껴안았다가 놓아 주었습니다.
>
> "너무 오래 있지 말고 온."
>
> 하고 어머니는 크게 소리치셨습니다. 아마 사랑 아저씨도 그 소리를 들었을 게야요.
>
> (주요섭 씨 「사랑 손님과 어머니」에서)

나긋나긋 읽는 사람의 귀 옆에 와 소곤거려 주는 것 같다. 내가 안 들어주면 들어줄 사람이 없을 것 같다. 퍽 사적인, 개인적인 어감이다. 그래서 경어는 1인칭(나)으로 쓰는 데 적당하고, 내용이 독자에게 위곡(委曲)히 호소할 필요가 있는 회고류, 정한류(情恨類)와 권격류(權檄類)에 적당하다.

그러나 이와 반대로, 정으로써 나설 필요가 없는 일반 기록, 서술에 있어서는 경어는 도리어 교언영색의 흠이 될 수 있는 것은 주의할 점이다.

9. 일체 용어와 문장

전래어든, 신어든, 외래어든, 문장은 일체의 언어로 짜지는 직물이다. 언어에 따라 비단이 되고, 인조견이 되고, 무명이 되고 한다. 언어에 대한 인식과 세련이 없이 비단 문장을 짜지 못할 것이다. 언어에 대한 인식으로는 무엇보다 먼저 유일어의 존재를 의식해야 한다.

1) 유일어를 찾을 것

"한 가지 생각을 표현하는 데는 오직 한 가지 말밖에는 없다."
한 플로베르의 말은 너무나 유명하거니와 그에게서 배운 모파상도

우리가 말하려는 것이 무엇이든 그것을 표현하는 데는 한 말밖에 없다. 그것을 살리기 위해선 한 동사밖에 없고 그것을 드러내기 위해선 한 형용사밖에 없다. 그러니까 그 한 말, 그 한 동사, 그 한 형용사를 찾아내야 한다. 그 찾는 곤란을 피하고 아무런 말이나 갖다 대용함으로 만족하거나 비슷한 말로 맞추어 버린다든지, 그런 말의 요술을 부려서는 안 된다.

하였다. 명사든 동사든 형용사든, 오직 한 가지 말, 유일한 말, 다시없는 말, 그 말은 그 뜻에 가장 적합한 말을 가리킴이다. 가령, 비가 오는 동사에도

비가 온다
비가 뿌린다
비가 나린다

비가 쏟아진다

비가 퍼붓는다

가 모두 정도가 다른 것은 두말할 필요가 없거니와 달이 밝은 형용에도

달이 밝다

달이 밝단하다

달이 훤하다

달이 환하다

가 모두 다르다. 달이 보이고 쨍쨍하게 밝은 데서는 '밝다'나 '밝단'인데 그중에도 '밝단'이 더 쨍쨍한 맛이 날 것이요, 달은 보이지 않고 빛만 보이는 데서는 '훤'이나 '환'인데 그중에도 '훤'이라 하면 멀리 보는 맛이요 '환'이라 하면 가까이 미닫이나 벽 같은 데 어린 것을 가리키는 맛이다.

토에 있어서도

한번 죽기로 각오하고서야

한번 죽길 각오했을진댄

이 다르다. 뜻은 한뜻이나 비장한 정도에 차가 크다.

외모로 사람을 취하지 말라 하였으나 대개는 속마음이 외모에 나타나는 것이다. 아무도 쥐를 보고 후덕스럽다고 생각은 아니할 것이요 할미새를

보고 진중하다고는 생각지 아니할 것이요 도야지를 소담한 친구라고는 아니할 것이다. 토끼를 보고 방정맞아는 보이지마는 고양이처럼 표독스럽게는 아무리 해도 아니 보이고 수탉을 걸걸은 하지마는 지혜롭게는 아니 보이며 뱀은 그림만 보아도 간특하고 독살스러워 구약(舊約) 작가의 저주를 받은 것이 과연이다─ 해 보이고 개는 얼른 보기에 험상스럽지마는 간교한 모양은 조금도 없다. 그는 충직하게 생기었다. 말은 깨끗하고 날래지마는 좀 믿음성이 적고 당나귀나 노새는 아무리 보아도 경망꾸러기다. 족제비가 살랑살랑 지나갈 때 아무라도 그 요망스러움을 느낄 것이요 두꺼비가 입을 넙적넙적하고 쭈그리고 앉은 것을 보면 아무가 보아도 능청스럽다.

(이광수 씨의 「우덕송」에서)

이 글을 보면 한마디의 형용마다 한 가지 동물의 모양, 성질이 눈에 보이듯 선뜻 나타난다.

수탉은 수탉, 족제비면 족제비다운 제일 적합한 말을 골라 형용하였기 때문이다. 만일 '족제가 살랑살랑 지나갈 때'를 '족제비가 설렁설렁 지나갈 때'라 고친다면 그 아래 '요망스럽다'는 말을 수긍할 수 없을 것이다. '요망스럽다'는 것이 족제비의 성질에 알맞은 말이라면 그 '요망스러움'을 살리기 위해서는 아무래도 '설렁설렁'보다 '살랑살랑'이 더 적합되는 형용이다. 이런 경우에 '살랑살랑'은 제일 적합되는 말, 즉 유일어다.

모파상의 말대로 유일어를 찾는 노력을 피해 아무 말로나 비슷하게 꾸려 버리는 것은, 자기가 정말 쓰려던 문장은 아니요 그에 비슷한 문장으로 만족하는 마는 것이나 마찬가지다. 자기가 쓰려던 문장은 끝내 못 쓰고 마는 것이다.

2) 말을 많이 알아야 할 것

유일어란 기중 골라진 말, 최후로 선택된 말임에 틀림없다. 선택이란 만취일수(萬取一收)를 의미한다. 여럿에서 하나를 골라내는 것이다. 먼저 여럿이 없이는 고를 수 없다. 먼저 말을 많이 알아야 할 것이다. '밝다'와 '밝단' 둘밖에 모른다면, 이 사람은 달이 아직 솟지는 않고 멀리 산머리에 빛만 트인 것을 보고도 '밝다' 아니면 '밝단'으로밖에 형용 못 할 것이 아닌가? 그러니까 저 아는 범위 내에서 하나를 택하기만 했다고 유일어의 가치가 발휘될 것은 아니다. 유사어는 있는 대로 전부를 모아놓고 그중에서 하나를 택하는 데만 유일어의 의의가 있는 것이다.

먼저는 말 공부를 해야 한다. 말 공부라니까 무슨 학문어, 술어만이 아니다. 학문어, 술어는 일정해 있다. 일상생활에서 쓰이는 속어 일체에 통효(通曉)해야 한다. 말 공부의 방법으로는,

1. 듣는 것으로
2. 읽는 것으로
3. 만드는 것으로

이 세 길일 것이다. 듣는 것과, 읽는 것에 졸업 정도가 되어야 만들어 쓰는 데 비로소 짐작이 날 것이다.

3) 자기의 발견과 가공으로

"퍽 그리워."

"몹시 그리워."

"못 견디게 그리워."

퍽, 몹시, 못 견디게, 다 떠돌아다니는 부사다. 아무나 지껄일 줄 아

는 말이다. 그리움에 타는 지금에 내 속만을 처음으로 형용해 보는 무슨 새로운 부사가 없을까. 내 그리움을 강조시킬 내 말을 찾아냄이 마땅하다.

예전엔 미처 몰랐어요
봄가을 없이 밤마다 돋는 달도
예전엔 미처 몰랐어요

이렇게 사뭇차게 그리울 줄도
예전엔 미처 몰랐어요

달이 암만 밝아도 쳐다볼 줄은
예전엔 미처 몰랐어요

이제금 저 달이 설움인 줄은
예전엔 미처 몰랐어요

(고 김소월의 시)

소월은 '사뭇차게'라 하였다. 힘차기도 하거니와 훌륭히 신선한 말이다. '이제금 저 달이 설움인 줄'에 '이제금'도 좋은 발견이다. '이제는' 한다든지 '지금엔' 하면 '이제금' 같은 향토적, 민요적인, 자기적인 풍정이 느껴지지 않을 것이다.

해협(海峽)

포탄으로 뚫은 듯 동그란 선창으로

눈썹까지 부풀어 오른 수평이 엿보고,

하늘이 함폭 나려앉아

큰악한 암탉처럼 품고 있다.

투명한 어족이 행렬하는 위치에

훗하게 차지한 나의 자리여!

망토 깃에 솟은 귀는 소라 속같이

소란한 무인도의 각적(角笛)을 불고—

해협 오전 2시에 고독은 오롯한 원광을 쓰다.

서러울 리 없는 눈물을 소녀처럼 짓자.

나의 청춘은 나의 조국!

다음날 항구의 개인 날씨여!

항해는 정히 연애처럼 비등(沸騰)하고

이제 어드메쯤 한밤의 태양이 피어오른다.

(정지용 씨의 시)

함폭, 큰악, 홋, 오롯, 다 이 시인의 발견이요 가공이다.

세월이 빠른 것 같은 것은 고금인이 다 같이 느끼는 바다. 고인과 금인이 공통적으로 느껴지는 것에는 고인들의 말을 그대로 쓰게 되는 것이 많다.

세월은 유수 같다.

광음이 살같이 지나……

진리는 의연하되 얼마나 케케묵은 형용인가? 귀에 배고 쩔어서 도리어 거짓말처럼 느껴진다. 남이 이미 해 놓은 말을 쓰는 것은 임내다. 세월이 빠른 것을 '유수 같다' 한 것은, 처음 말한 그 사람의 발견이다. 정도 문제지만 남의 발견을 써선 안 된다. 문장에 있어서야말로 특허권 도덕을 지켜야 한다. 될 수 있는 대로 나는 나로서 발견해 써야 한다.

옥수수밭은 일대 관병식(觀兵式)입니다. 바람이 불면 갑주 부딪치는 소리가 우수수 납니다.

(고 이상의 「성천 기행문」의 일절)

옥수수밭을 관병식으로 형용한 것은 이상의 발견이다.

마스트 끝에 붉은 기가 하늘보다 곱다.

감람(甘藍) 포기포기 솟아오르듯 무성한 물이랑이여!

(정지용 씨의 시 「다시 해협」의 일절)

탐스런 물결이 갈피갈피 솟는 바다를 포기포기 무성한 감람밭에다 형용하였다.

남이 쓰던 묵은 말들이 아니어서 얼마나 신선하기도 한가?

좋은 글을 쓰려는 노력은 좋은 말을 쓰려는 노력일 것이다. 생활은 자꾸 새로워지며 있다. 말은 자꾸 낡아지며 있다. 말은 영구히 '헌것, 부족한 것'으로 존재한다. 글 쓰는 사람은 전래어든, 신어든, 외래어든, 그, 오늘 아침부터라도 이미 존재해진 모든 언어들에 만족해서는 안 될 것이다. 끊임없는 새 언어의 탐구자라야 한다.

보편성만 있어 수모(誰某)에게나 편히 쓰일 수만 있는 말이면 누구의 발견이든, 가공이든, 창작이든 민중은 따른다. '느낌'이란 말도 근년에 누가 쓰기 시작해 퍼진 말이다. 지금 일반적으로 쓰는 '하였다'도 '도다' 나 '하니라'에 불만을 가진 누구의 발견일 것이다. '거니와'도 고어 냄새 가 나면서도 '였지만'에 단조(單調)하여 새로 많이 쓰이는 새 맛의 토다. 과거의 조선 문장은 어휘는 풍부하면서도 토가 없는 한문맥(漢文脈)의 영향을 받아 토에 발달하지 못하였다. 신문학이 일어나며 문장에 있어 첫 번으로 고민한 것은 이 토였음에 틀리지 않을 것이다.

아무튼 언어는 의, 식, 주보다도 민중 전체가 평등하게 가지는 최대 의 문화물이다. 문필인은 문장보다 먼저 언어에 책임이 큰 것은 누언 (累言)할 필요가 없다.

제3강 운문과 산문

1. 운문과 산문은 다른 것

문자는 눈으로 보기만 하는 부호가 아니라 입으로 읽을 수 있는 음향을 가졌다. 악기와 같이 음향이 나는 것을 이용하면 뜻, 사상뿐 아니라 기분, 정서를 음악적이게 표현할 수 있게 되었다. 그래 문장은 대체로 음향을 주로 하는 것과 뜻을 주로 하는 것으로 갈리게 된다. 음향을 주로 하는 글은 '운문(韻文)' 또는 '율문(律文)'이라 하고 뜻을 주로 하는 글은 '산문(散文)'이라 일러 오는데, 이 운문과 산문이 근본적으로 성격이 다름을 의식하지 않고, 반운문, 반산문인 글 혹은 비운문, 비산문인 글을 써 표현 효과를 철저히 하지 못하는 이가 흔히 있으므로 여기에 잠깐 운문과 산문이 다름을 간략히나마 밝히려 한다.

2. 운문

창 안에 혔는 촉불 눌과 이별하였관대
겉으로 눈물지고 속 타는 줄 모르는고
저 촉불 날과 같하여 속 타는 줄 모르더라.

(이개의 시조)

이 글은 운문이다. 문장에 뜻만 읽힐 뿐 아니라 운율이 일어나기 때문이다.

$$\underset{\text{창안에}}{\underline{3}} \quad \underset{\text{혔는촉불}}{\underline{4}} \quad \underset{\text{눌과이별}}{\underline{4}} \quad \underset{\text{하였관대}}{\underline{4}}$$

에는 음수(音數)에 벌써 계획적인 데가 있다. '창 안에 켠 촉불 누구와 이별을 해서'란 뜻뿐이 담겨 있는 것이 아니라, 삼사, 사사조의 율격이 나온다. 즉 뜻뿐이 아니요 음악적인 일면까지 가지고 있다. 이 음악적인 일면이 나타나지 않게

　　창 안에 켠 촉불은 누구와 이별을 해서 겉으로 눈물만 흘리며 속이 타는 줄은 모르는 것일까. 저 촉불은 나처럼 속이 타는 줄을 모르고 있다.

해 보라. 이 글의 맛은 반 이상이 없어지고 만다. 그러면 이 글의 맛의 반 이상의 것을 살리고 죽이고 하는 것은, 음악적인 일면, 리듬에 있다. 운문은 리듬이 주(主)요 뜻이 종(從)이다. 먼저 즐겁거나 슬프거나 기분부터를 주고 사상은 나중에 준다. 알랭은 그의 「산문론」에서 '산문은 도보(徒步)요 운문은 무도(舞蹈)'라 하였다. 도보는 볼일이 있어야 걷는다. 실용적인 행동이다. 춤은 볼일이 있어 하는 행동은 아니다. 흥에 겨워야 절로 추어지는 것이다. 흥이 먼저 있고서야 나타날 수 있는 행동이다.

샘물이 혼자서

샘물이 혼자서

춤추며 간다

산골짜기 돌 틈으로.

샘물이 혼자서

웃으며 간다

험한 산길 꽃 사이로.

하늘은 맑은데

즐거운 그 소리

산과 들에 울리운다.

(주요한 씨의 시)

뜻보다도, 그 얼마나 아름다운, 가볍고, 맑고, 즐거운 정서인가.

가는 길

그립다

말을 할까

하니 그리워

그냥 갈까

그래도

다시 더 한 번…….

저 산에도 까마귀, 들에 까마귀,

서산에는 해 진다고

지저귑니다.

앞 강물, 뒷 강물,

흐르는 물은

어서 따라 오라고 따라 가자고

흘러도 연달아 흐릅디다려.

(고 김소월의 시)

'그립다 말을 할까 하니 그리워'

나,

'앞 강물, 뒷 강물, 흐르는 물은'

같은 리듬은 산새 소리와 강물 소리에 자라난, 소박하면서도 처량한 향토 정조의 가곡조가 썩 잘 풍기어진다.

이렇게 뜻이 아니라 모두 정서가 주가 되었고 정서는 설명으로 아니라 음조를 맞추어 직접 음악적으로 드러내었다. 자기가 표현하고 싶은 것이 뜻으로 알릴 것인지 정으로 알릴 것인지를 먼저 가려서 만일 뜻인 것보다 정인 것이면 철저히 운문에 입각해 표현할 것이다. 다시 말하거니와 운문은 극단의 예를 든다면, 먼저 있는 곡조에 가사를 지어 맞추는 것과 마찬가지다. 아무리 창가처럼 부를 것은 아니라도 읊을 수는 있어야 할 것이니 먼저 멜로디를 정하고 다음에 거기 맞는 말과 글자를 골라서 맞추는 것이 운문의 탄생 과정일 것이다.

3. 산문

산문은 쉽게 말하면 줄글이다. 줄글이란 마디의 길고 짧음에 관심할 필요가 없이 뜻만을 내려쓰는 글이다. 천하의 문장 대부분, 과학, 논문, 사기(史記), 신문 기사, 소설, 수필, 평론 모두가 산문이다. 이 강화(講話)가 역시 산문을 본위로 하는 것이며, 지금 이 강화를 쓰는 이 문장도 산문이다. 내가 알리고 싶은 뜻을, 생각을, 사상을, 감정을 실상답게 써 나갈 뿐이다. 운문은 노래하듯 쓰는 것이라면 산문은 말하듯 쓰는 편이다.

"윗가지 꽃봉오리 아랫가지 낙화(落花)로다."
하면 이것은 노래하듯 쓴 것이요,

"윗가지는 아직도 봉오리째로 있는데, 아랫가지는 벌써 피었다 떨어진다."
하면, 이것은 말하듯 쓴 글, 즉 산문이다. 발표하려는 뜻에 충실할 뿐, 결코 음조에 관심할 필요가 없다. 관심할 필요가 없다는 것보다,

"산문이란 오직 뜻에 충실한다."
는 의식을 가지지 않으면 어느 틈엔지 음조에 관심이 되고 만다. 글을 쓸 때는 누구나 속으로 중얼거려 읽으며 쓴다. 읽으며 쓰다가는 읽기 좋도록 음조를 다듬게 된다. 음조를 다듬다가는 그만 '뜻에만 충실'을 지키지 못하기가 쉽다.

　　춘향이 집 당도하니, 월색은 방농(方濃)하고 송죽은 은은(隱隱)한데 취병(翠屛) 튼 난간 하에 백두루미 당(唐)거위요, 거울 같은 연못 속에 대접 같은 금붕어와 들죽, 측백(側柏), 잣나무요, 포도, 다래, 으름덩굴 휘휘친친 얼크러져 청풍이 불 때마다 흔들흔들 춤을 춘다. 화계상(花堦上) 올라보니, 동백(冬栢), 춘백(春栢), 영산홍, 모란, 작약, 월계화(月桂花), 난초, 지초(芝草),

파초, 치자(梔子), 동매(冬梅), 춘매(春梅), 홍국(紅菊), 백국(白菊), 유자, 감자, 능금, 복숭아, 사과, 황실(黃實), 청실(靑實), 앵도, 온갖 화초, 갖은 과목(果木), 층층이 심었는데…….

(『춘향전』 '옥중화'의 일절)

뜻에 충실하기를 잊고 음조에 맹종되고 말았다. 운문을 읽는 것처럼 일종 흥취는 나되, 뜻은 거짓이 많다.

3	4	3	4	3	4
월색은	방농하고	송죽은	은은한데	취병튼	난간하에

4	4	4	4	4	4
거울같은	연못속에	대접같은	금붕어와	들죽측백	잣나무요

4	4	4	4		
포도다래	으름덩굴	휘휘친친	얼크러져 ……		

34조, 혹은 44조가 전문 중 대부분이다. 이런 문장은 산문이라기보다, 또 운문이기보다, 낭독 문체라고 할까, 낭독하기 위해 다듬어진, 의식적인 일종 율문(律文)이다. 한 사람이 목청을 돋우어 멋지게 군소리를 넣어가며 읽으면, 여러 사람이 듣고 즐긴다. 독자가 아니라 연자(演者)요, 청중이었다. 독서와는 거리가 먼 낭독 연기를 위해 쓰여진 대본이다.

산문이 아니라 가사 그대로다. 그런데 이런 글, 『춘향전』이나 『심청전』을 보면 필사(筆寫)거나 인쇄거나 모두 줄글로 되었기 때문에 무의식 중 산문이거니, 산문을 이렇게 써도 좋거니, 그보다, 무슨 글이든 이렇게 우선 낭독하기 좋아야 좋은 글이거니 여겨 오게 되었다. 이것은 조선의 산문 발달을 더디게 한 큰 병폐의 하나였다.

나는 윤 때문에 도무지 맘이 편안하기가 어려웠다. 윤의 말은 마디마디 이상하게 사람의 신경을 자극하였다. 민에게 하는 악담이라든지, 밥을 대할 때에 나오는 형무소에 대한 악담, 의사, 간병부, 간수, 자기 공범, 무릇 그의 입에 오르는 사람은 모조리 악담을 받는데 말들이 칼끝같이 바늘끝같이 나의 약한 신경을 찔렀다. 내가 가장 원하는 것은 마음에 아무 생각도 없이 가만히 누워 있는 것인데, 윤은 내게 이러한 기회를 허락지 아니하였다. 그가 재재거리는 말이 끝이 나서 '인제 살어났다' 하고 눈을 좀 감으면 윤은 코를 골기 시작하였다. 그는 두 다리를 벌리고 배를 내어 놓고 베개를 목에다 걸고 눈을 반쯤 뜨고 그러고는 코로 골고, 입으로 불고, 이따금 꺽꺽 숨이 막히는 소리를 하고 그렇지 아니하면 백일해 기침과 같은 기침을 하고 차라리 그 잔소리를 듣는 것이 나은 것 같았다. 그럴 때면 흔히 민이,

"어떻게 생긴 자식인지 깨어서도 사람을 못 견디게 굴고 잠이 들어서도 사람을 못 견디게 굴어."

하고 중얼거릴 때에는 나도 픽 웃지 아니 할 수가 없었다.

(춘원의 「무명(無明)」의 일절)

뜻을 전하는 것 이외에 어디 무엇이 있는가? 일념 뜻에만 충실한 글들이다. 뜻의 세계가 환하게 보인다. 이 환하게 보이는 뜻, 그것을 가리며 나설 다른 것(음조)를 용허하지 않았기 때문이다. 실증, 실증, 이것은 산문의 육체요 정신이다.

제4강 각종 문장의 요령

1. 일기문의 요령

▲ 그날 하루의 중요한 견문, 처리 사항, 감상, 사색 등의 사생활기다.

누구나 '그날'이 있고 '그날' 하루의 생활이 있다. '그날'은 자기 일생의 하루요, '그날' 하루의 생활은 자기 전 생명의 한 토막이다. 즐겁거나, 슬프거나, 즐겁지도 슬프지도 않거나, '그날'의 하루를 말소하지는 못하는 만큼 '그날'이란 언제 어느 날이든 자기에게 의의가 있다. 하물며 즐거워서 잊어버리기 아까운 날, 슬퍼서 백천(百千)의 인생 감상을 새로 경험하는 날이랴. 우리는 이런 의의 있는 날을 곧잘 사진을 찍어 기념하는 수가 있다. 그러나 사진이란 결혼식이라든지 장례식같이 눈으로 볼 수 있는 형태 있는 사건이 아니고는 촬영할 수가 없다. 인생의 고락, 중경사(重輕事)가 반드시 형태를 갖는 것에만 있지 않으니, 실연한 사람의 아픈 마음이 렌즈에 비쳐질 리 없고, 석가나 야소(耶蘇)가 대오(大悟)를 얻은 것도 형태 없는 마음속에서였다. 누구나 그날그날의 잊어버리기 아까운, 의의 있는 생활을 기록하는 것이 일기이다. 보고 들은 것 가운데, 또 생각하고 행동한 것 가운데 중요한 것을 적어두는 것은, 그것은 형태가 있는 것이나 형태가 없는 것이나 모조리 촬영한 생활 전부의 앨범일 것이다.

그러나 일기는 앨범과 같이 과거를 기념하는 데만 의미가 다하지 않는다. 과거보다는 오히려 장래를 위해 의의가 더욱 크다.

첫째는, 수양이 된다. 그날 자기의 한 일을 가치를 붙여 생각하게 될 것이니 자기를 반성하는 날마다의 기회가 되고, 사무적으로도 정리와 청산(淸算)을 얻는다.

둘째로는 문장 공부가 된다. '오늘은 여러 날만에 날이 들어 내 기분이 다 청쾌해졌다' 한마디를 쓰더라도, 이것은 우선 생각을 정리해 문자로 표현한 것이다. 생각이 되는 대로는 얼른 얼른 문장화하는 습관이 생기면 '글을 쓴다'는 데 새삼스럽거나 겁이 나거나 하지 않는다. 더구나 일기는 남에게 보이려는 것이 목적이 아니기 때문에 쓰는 데 자유스럽고 자연스러울 수 있다. 글 쓰는 것이 어렵다는 압박을 받지 않고 글 쓰는 공부가 된다.

셋째, 관찰력과 사고력이 예리해진다. 견문한 바에서 중요한 것을 취하자면 우선 경미한 사물에도 치밀한 관찰과 사고가 필요하게 될 것이다. 관찰과 사고가 치밀하기만 하면 '만물정관개자득(萬物靜觀皆自得)' 격으로 천사만물(千事萬物)의 진상, 오의(奧義)를 모조리 밝혀 나갈 수 있을 것이다.

일기는 훌륭한 인생 자습이라 할 수 있다.

7월 ×일(금)

오늘부터 방학! 방학 중엔 여름 방학이 제일이다. 어제 화신서 사 온 밀짚모자를 쓰고 포충망을 메고 청량리로 나갔다. 청량리는 전차에서부터 싱그러운 풀내가 풍겼다. 동무가 없어 좀 심심했지만 호랑나비를 많이 만나 해 가는 줄 몰랐다. 호랑나비 일곱 마리, 작은 나비, 흰 것, 노란 것, 얼룩이 모두 스물네 마리, 청개구리 한 마리, 매미도 벌써 났는데 두 마리나 퉁기기만 하고 모두 놓쳤다. 분했다. 나비는 모두 전시판(展翅板)에 꽂아 놓았다.

나비는 곤충인데 어떻게 저렇게 이쁠가!

어떤 중학생의 일기다. '나'라는 자칭 대명사가 하나도 없다. 일기에는 없는 편이 오히려 생활감이 더 절실히 느껴진다.

11월 ✕일(수)

집에서 서류가 왔다. 시간이 늦어 돈을 찾지 못해서 소위체(小爲替)째 주인에게 식비를 주고 거슬러 받았다. 거슬러 받은 것이 9원, 신문값 2원 20전을 내면 7원 80전, 속셔츠를 한 벌 사면 용돈이 빠듯하겠다. 집에 곧 돈 받았습니다, 하고 답장 써 부치다.

순전히 사무적인 내용이다. 무엇을 내면적으로 생각하고 어떤 감상을 체득한 기록이 아니라 집에서 돈 온 것을 처리한, 또 처리할 것과, 편지 답장한 것뿐이다. 생활의 외면적인 기록뿐이어서 제삼자가 읽을 맛은 조금도 없다. 그러나 일기로는 역시 사무적인 것도 필요한 것은 물론이다.

✕월 ✕일

오늘도 나는 겨드랑에서 체온기를 꺼낼 때 조마조마하였다. 벌써 4~5일을 내려 두고 단 1도의 미열이 나를 안타깝게 구는 것이다. 그러나 오늘은 다행히도 고 1도의 열이 자취를 감추고 말았다. 나는 얼른 손을 씻고 마당으로 나왔다. 늦은 봄, 벌써 모란은 이울고, 불두화(佛頭花)가 싱그럽게 피기 시작한다. 나는 흙내 향그러운 훈훈한 공기를 마음껏 들여 마시고, 아직 쇠약한 눈이라 현기가 나서 그만 방으로 들어오고 말았다.

이번, 20여 일을 앓는 동안, 나는 잊어 버렸던 여러 예전 동무들을 생각해 냈다. 그들 속에는 내 편에서 야속하다기보다 저편에서 나의 무신(無信)함을 야속케 생각할 동무가 더 많았다. 나는 좀 더 건강해지면 우선 동무들에게 편지부터 쓰리라.

내가 바쁘고, 내가 건강할 때는 잊었다가, 내가 아프고, 내가 외로울 때는 생각나는 사람들, 그리운 사람들, 그들은 이미 무얼로나 나에게 고마웠던 사람들임에 틀림없을 것이다. 고마운 사람들을 잊어버리고 지내는 생활, 그것은 그리 좋은 생활이었을 리 없다.

어느 동무에게고, 내 자신도 그들이 외로운 때 생각나지는 사람이 되어 있을까? 알고 싶은 일이다. 나도 무얼로나 남에게 고마운 사람이 되어야 한다.

(어느 학생의 일기)

제삼자도 읽을 맛이 있다. 맛만이 아니라 이 일기의 주인과 함께 수양됨이 있다. 내면생활의 기록은 훌륭히 문학에 접근할 뿐 아니라 내면생활이 풍부한 사상가나 예술가들은 일기가 그들의 작품만 못하지 않게 예술 가치를 발휘하는 것이다.

일기와 기상

누구에게나, 그날 하루 기분에 날씨처럼 영향을 주는 것은 없다. 더구나 조선처럼 춘하추동 네 계절이 분명히 오고 가고 하는 데서는 기상의 변화가 우리 생활에 직접 간접으로 미치는 영향은 결코 적은 것이 아니다. 그냥, 청(晴), 담(曇), 소우(小雨), 이렇게 표만 할 것이 아니라 좀 더 자기 생활에 들어온 기상을 인상적이게 써야겠다.

2월 ×일
제법 날이 따뜻하다. 봄이 주는 공포! 야릇한 변태 심리다.
겨울이 아직도 물러가지 말기를 바라는 심리다.

(모윤숙 씨 일기의 일절)

12월 25일
대단히 추운 날이다. 하루 종일 책도 책다웁게 읽지 못하고 벌써 해가 졌다. 음력으로 동지가 지난 지 열흘이면, 해가 노루 꼬리만치 길어진다 하니, 지금쯤은 아마 한 시간도 넘어 길었겠지만, 웬일인지 내겐 짧게 생각된다.
저녁밥을 먹고 홀로 책상 앞에 앉았으니, 마음의 정적을 한층 더 깨닫게 된다. 나는 무엇인지 모르게 생각의 갈피를 찾고 그 실 끝을 잡아내려고 더듬었다. 어둠에 쌓인 밖은 바람 소리가 지동 치듯하여, 더운 방에 들어앉은 나를, 마음으로 한없이 춥게 하였다.

(박영희 씨 일기의 일절)

일기와 사건

하루 세 끼 밥을 먹듯, 으레 있는 일, 학생이면 날마다 등교하는 것, 사무인이면 날마다 출근하는 것 같은 예사(例事)는 사건이 아니다. 적든, 크든 날마다는 있는 일이 아닌 일이라야 사건이다. 날마다 있는 일이 아니니까 우리는 주의하고, 주의하니까 가치를 붙여 생각하는 데 이른다. 무슨 사건이든 비판 의식이 없이 기록하기만 하는 것은 신문 기사처럼 '자기'라는 것은 없는 보도문일 따름이다. 일기에는 '자기'가 없으면 아무 의의도 없다.

1월 18일

두통이 나고 몸이 몹시 고단하였으나 열시 반부터 『대지(大地)』 시사회에 출석. M좌(座) 문간에서 대학 교수를 만났다. 『대지』를 보면서 나는 자꾸 조선 생각을 하지 않을 수 없었다. 조선 사람의 눈으로 보면 『대지』가 갖고 있는 에그조티슴에서 오는 흥미는 반감되리라 생각하였다. 어머니가 해산을 하고 바로 일어나 바느질을 하는 것쯤은 조선서는 항다반(恒茶飯)한 일인데 관객의 몇 사람은 너무나 부자연하다고 야지까지 하고 있었다. 그러나 어쨌든 좋은 사진이다. 『런던 머큐리』의 영화평에는 작년도의 최대 걸작이라고 하였으나 그렇게까지 격칭할 것은 못 되어도 근래에 드물게 보는 좋은 영화였다. 너무나 통속적 흥미에 타(墮)하였다고 말할 사람이 있을는지도 모르나 통속적이라 해서 반드시 배척할 것도 아닐 것이다.

(유진오 씨의 일기의 일절)

일기와 감상

누구에게 있어서나 생활처럼 절실한 것은 없다. 절실한 생활이니까 생활에서 얻는 감상은 모두 절실하다. 공연히 꾸밀 필요가 없다. 돌을 다듬으면 오히려 돌의 무게가 없어 보이듯, 워낙 자체가 절실한 것을 수식하다가는 도리어 절실미를 죽인다. 문득 깨닫고 느껴짐을 솔직히 만 적을 것이다.

×월 ×일

오다가다 가다오는 도중에 창작에 대한 줄기가 생기나 국(局)에를 가면 잡무에, 집에로 돌아오면 아이들 재롱에 그만 모두 다 상(想)들이 어디론지 씻은 듯이 잃어지고 마니, 딱한 일이다. 시간의 어유가 있었으면 하는 생각이 간절하다.

욕심이라면 욕심이겠지만, 읽고 싶을 때 읽으면서, 쓰고 싶을 때 쓸 만한 여유가 있었으면 나는 그 이상 더 만족이 없겠다. 그러나 이것도 모두 다 쓸 데없는 생각이다.

(김안서 일기의 일절)

2월 ×일

방이 아늑하여 책 읽기에 편하다. 그놈의 공상이란 것이 순간순간마다 머리를 점하고 멍하니 밖을 내다보게 하는 데는 딱 질색이다. 요새는 시라곤 죽어도 못 쓸 것같이 생각된다. 그러니까 그 전에 썼던 것은 시가 아니라 그저 기분에서 솟아나온 문구들인가 보다.

오늘도 제목 없는 시를 여러 번 생각해 보았으나 종시 붓으로 옮기지 못했다. 나는 책을 한참 읽고 나면 무엔지 쓰고 싶어지는 충동을 꼭 받는다. 그러나 오늘은 아무것도 못 썼다. 요새는 펄 벅이 머리에 큰 자리를 점하고 있다.

(모윤숙 씨 일기의 일절)

일기와 서정

거리에 나가 여러 사람에게 소리쳐 자랑하고 싶게 타오르는 정열, 그러나 자랑하자면 말은 할 수 없는, 비밀스러운 기쁨이 있는 반면에 또 그런 슬픔도 없지 않은 것이다. 더욱 일기는 누구에게 보고가 아니니까 희비 간에 그 정서의 동기를 적을 필요는 없다. 그 정서에 가장 큰 쇼크를 주는 사태, 물정을 묘사하면 그 사물의 음영에는 자기의 정서가 반드시 깃들여지는 것이다.

5월 ×일

방 안에 햇발이 쫙 퍼졌을 때 뻐꾸기 우는 소리에 옅은 잠이 깨었다. 가슴이 후둘후둘 떨렸다. '뻐구우욱' '뻐구우욱' 하는 소리도 나고 '뻑국' '뻑국' 마디마디를 똑똑 끊어서 우는 소리도 들렸다.

어느 것이나 내겐 다아 서글픈 소리였다. 중에도 '뻐구우욱' 하는 마디 없는 소리가 더 마음을 흔들었다. 뻐꾸기 세상에도 무슨 원통한 일이 있고 억울한 일이 있고 슬픈 일이 있는가 봐. 그렇지 않으면 어째서 저리 설게 울랴.

문을 열고 뻐꾸기 우는 방향을 찾아보았다. 앞산 푸른 숲 그윽이 서 있는 데서 우는 듯. 그 숲 속엔 안개도 끼어 있어서 바람이 숲을 지날 때면 안개가 푸른 숲 위에 물결같이 넘실거렸다. 그런 데서 뻐꾸기는 자꾸만 울고 있었다. 울어라. 울어라.

(최정희 씨의 일기체로 된 「정적기(靜寂記)」의 1일분)

일기와 관찰

일기는 사생활기(私生活記)라 관찰도 대개 자기 신변을 범위로 한다. 신변 묘사가 많은 것이 일기의 특징일 것이다. 일엽(一葉)이 떨어짐을 보고 천하개추(天下皆秋)를 느끼는 것도 신변적인, 일기적인 관찰이다. 꽃씨 하나를 묻고 그것이 싹터 나오고 그것이 자라는 것을 들여다보는 것도 일기에서나 맛볼 수 있는 관찰미일 것이다.

11월 23일

매헌(梅軒)이 수선화분(盆) 둘을 갖다 준다. 하나는 한 뼘이나 되는 전복 껍질에 시멘트를 이겨 발을 달고 투술투술 붙은 잔조개껍질들을 그냥 두어 천연한 정취를 지니고, 또 하나는 그보다 좀 작은 도기(陶器)인데 연엽형(蓮葉形)으로 우묵하게 되고 안은 연엽빛 겉은 대춧빛이고 한 모르엔 게와 조개를 맨들어 붙였다. 옛날 북경서 사온 것이 지금은 고가(高價)를 가지고 북경을 가도 구할 수 없다 한다. 매헌과 함께 이궁(二宮) 앞 청인전(淸人廛)에 가서 장주(漳州)서 온 수선을 여덟 뿌리 샀다. 양쪽에 덧뿌리가 달린 해형(蟹形)감으로 골랐다. 커도 푸석한 놈보다는 작아도 볼록하고 단단한 놈이 꽃망울이 많이 들었다. 그중 두 뿌리는 매헌을 주었다.

11월 26일

해형 수선을 깎다. 그 형상을 보아 한쪽을 가루 자르고 그 속의 겹친 껍질을 차례차례 휘비어 내다. 손을 너무 가볍게 놀려도 안 되고 무겁게 놀려도 안 된다. 성급히 굴다가는 꽃잎도 상하고 손도 다치겠다. 몇 껍질을 벗겨내고 본즉 이파리 끝이 누렇게 보이고 그 줄깃머리는 좀 볼록하다. 분명히 꽃망울이다. 자칫하면 터칠까 하여 퍽 조심스러이 칼질을 하였다. 꽃망울이 다섯이 나왔다. 또 한 뿌리를 깎다. 이놈은 꽃망울이 셋인데 하나를 터쳤다. 몇 뿌리를 더 깎으려다 말았다. 깎은 놈은 맑은 물을 떠다 담가 두었다. 향긋한 향취가 손끝에서도 움직인다.

(이병기 씨의 일기)

일기와 사교

누가 찾아온 것, 누구를 찾아간 것, 편지를 보내고 받은 것, 누구와 무슨 약속한 것 대강은 요건과 인상을 적어 둘 필요가 있다. 당시엔 아무 소용없을 것 같아도 뒷날에 참고가 될 뿐 아니라 읽을 재미도 난다.

2월 ×일

오후에 오래간만에 선희가 왔다. 소설 쓰기에 분주한 모양, 머릿속이 대단히 적막한 모양이나 내 수법이 가난하여 동무를 달래지 못했다. 무슨 찬란한 프로그램이 우리 세상에 있을 리 있나?

(모윤숙 씨 일기의 일절)

×월 ×일

해가 높다래서 잠이 깨었다. 홈통으로 눈 녹아내리는 물소리가 주루룩 주루룩 장마 때 같아 구슬프다.

열한 시 윤 군과 만나자는 약속이 번뜩 머리에 떠올랐다.

허둥지둥 얼굴에 물칠만 하고, 늦잠 자는 버릇 빨리 고쳐야 겠다 생각하며 부산히 본정(本町)으로 나갔다.

삼십 분이나 기다렸다고 시무룩한 얼굴이다. 하릴없이 껄껄 웃어 치우고 그 대신 내가 점심을 사기로 했다. ××그릴에서 회담 한 시간, 결과는 좋지 못하다. 내일 저녁에 다시 만나기로 하고 명치정 사거리에서 헤어졌다.

날이 따뜻한 탓인지 사람들이 들볶아친다. 전찻길까지 걸어오는 사이에 P, B, K 그리고 ××사 친구들 한 떼, 합쳐 여섯 사람이나 만났다.

모두들 즐거운 얼굴이다. 같이 놀러가자고 끄는 것이었으나 머리가 무거워 굳이 사양하고 혼자서 일찍 돌아왔다.

생각해 보니 오늘이 첫 공일(空日)이었다.

우울한 일요일이다.

(정인택 씨의 일기)

2. 서간문의 요령

▲ 서간은 편지다. 편지는 하고 싶은 말을 만날 수 없으니까 글로 써 보내는 것이다.

조선에서처럼 편지를 어렵게 쓰고 무서워한 데는 고금동서에 드물 것이다. 자기 말과 자기 글이 있되, 자기 말과 자기 글로 쓰는 것은 부녀자들이나 할 것으로 돌리고 서로 체면을 볼만한 데는 으레 한문으로 썼다. 한문은 조선어화 한 얼마의 단어 외에는 전적으로 외국 문자요 외국 문장이다. 이 외국 문장은 특수한 전문이 없이는 읽을 수 없고 쓸 수도 없다. 그럼에 불구하고 행세하는 사람들이 다 이 외국문으로 쓰니까 그것을 읽을 줄도, 쓸 줄도 모르는 사람은 수치스러울 수밖에 없이 되었다. 그래 한문을 잘 쓰는 사람은 어려운 문장으로 상대편을 은연히 압박하였고, 나아가서는 난해의 문장이 개인 간에도 물론, 나라와 나라 사이에도 일종의 외교술이 된 예도 얼마든지 있다.

편지는 우선 할 말이 있어 쓰는 것이다. 그 사람이 곧 만날 수 있다면 편지를 쓸 것 없이 만나 가지고 말로 하면 고만이다. 공간적으로 멀리 떨어져 좀처럼 만날 수가 없으니까 할 말을 글로 대신 써 보내는 것이다. 그러면 편지란 어려운 성질의 것이 아니다. 할 말이란 그 내용을 만나서 말로 하듯, 쓰면 고만일 것이다. 이쪽에서 먼저 알릴 내용이니까 이쪽에서 먼저 써 보낸다. 이쪽에서 알리고 싶은 대로, 될 수 있는 대로 쉽게 알려지는 것이 성공이다. 문장이 어려워서 잘 알아보지 못하게 되면 결국 손(損)은 이쪽이다. 될 수 있는 대로 쉽게 뜻을 전하는 것이 편지뿐 아니라 모든 문장의 정도(正道)다.

> 모스크바서 셀프호프까지 오는 데는 퍽 지리했다. 옆에 앉은 사람들이란 밀가루 시세밖에는 말할 줄 모르는, 참 강(强)한 실제적인 성격자들이었다. 열두 시에 나는 구우르스에 닿았다.
>
> (체호프 서간집에서)

문호 체호프가 여행 중에서 그의 누이에게 보낸 편지다. 얼마나 쉬운가? 서양의 편지만이 이렇게 쉬운 것은 아니다. 조선의 편지도 외국 문자인 한문으로 쓴 것이 어렵지 조선문으로 쓴 것은 얼마든지 쉬운 것이 있었다.

> 그리 간 후의 안부 몰라 하노라. 어찌들 있는다. 서울 각별한 기별 없고 도적은 물러가니 기꺼하노라. 나도 무사히 있노라. 다시곰 좋이 있거라.
> 정유(丁酉) 구월 이십일
>
> (선조대왕의 친서 이병기 씨 소장)

이것은 난리로 궁궐을 떠나 계시던 선조대왕께서 역시 다른 피난처에 있는 셋째 따님 정숙옹주에게 보내신 편지다. 얼마나 마주 보고 말한 듯 쓰여진 문장인가. 말하듯 쉽게 쓰여졌다 해서 품이 없는가 하면 그렇지도 않다. 어떤 문자로 쓰든 이렇게 간략하면서도 이만큼 품이 높기도 드문 것이다.

편지는, 다른 글보다도 더욱, 말하듯 쓰면 고만이다. 아랫사람에겐 아랫사람을 만나서 물을 것은 묻고 이를 것은 이르듯이 쓰면 되고, 윗사람에겐 윗사람을 뵙고 여쭤볼 것은 여쭤보고, 아뢸 것은 아뢰듯 쓰면 된다. 첫머리와 끝에서만 '상서(上書)'니 '상백시(上白是)'니, '기체후일향만강(氣體候一向萬康)'이니, '여불비상서(餘不備上書)'니 쓰면 무얼하는가? 정말 사연에 들어가선 꼼짝 못하고 말한 듯 쓰고 말지 않는가. 한문은 영어보다도 훨씬 어려운 문자다. 그것 한 가지만 방학도 없이 공부하기를 이십 년이나 해야 무슨 사연이든지 써낼 수 있을지 말지 한, 공리적으로 보면 세계 최악성의 문자다. 그런 한문을 요즘 학교에서 배우는 정도로는 대학을 졸업한대도, 한문으로 엽서 한 장을 써내지 못할 것이다. 한문체로 통일해 못 쓸 바에는 '상백시'니 '복모구구불임하성지지(伏慕區區不任下誠之至)'류의 문구를 외일 필요가 전혀 없다.

아버님 보옵소서
어머님께 올립니다

하면, 원만하다.

안녕히 계옵신지 알고저 합니다.

하면, 훌륭히 안부를 여쭙는 것이 되고

오늘은 이만 그치나이다

하면, 끝맺음으로 나무랄 것 없다.

아버님 보옵소서

아버님께서와 어머님 안녕하옵시며 집안이 다 무고하옵십니까? 제가 입학된 것은 라디오로 들으셨을 줄 아옵니다. 방이 붙을 때까지는 입격(入格)이 됐으면 하는 욕망뿐이옵더니, 입격된 그 순간부터는 벌써 집 생각이 나 어떻게 견디나? 하는 걱정이 생겼습니다. 그러하오나 우리 고향서 온 아이들이 모두 다섯이나 들었으니까 이제 자주 한자리에 모일 것 같습니다. 울도록 외롭진 않을 것이오며 고향 학교와 달라 반 동무들이 전 조선적으로 모인 데라 공부로나 무얼로나 남보다 한번 뛰어나고 싶은 욕망이 더욱 불탑니다. 힘써 공부하겠습니다. 학교는 건물도 훌륭하고 선생님들도 유명하신 분이 많습니다. 너무 좋아서 어제저녁엔 잠이 안 와 혼났습니다. 동봉하옵는 입학 수속 서류에 아버님 도장을 찍어 곧 보내주옵소서. 오늘은 이만 그치나이다.

4월 ×일 소자(小子) ×× 드림

어느 전문학교에 처음 온 학생의 편지다. '상백시(上白是)', '일향만강(一向萬康)', '여불비상서(餘不備上書)' 따위가 없어도 얼마나 하고 싶은 사연이 뚜렷이 드러났는가? 뜻도 잘 모르는 한자 술어로 쓴 것보다 도리어 얼마나 어울리고, 자신이 있이 쓴 것으로 느껴지기도 하는가?

×숙에게 (결혼 축하 편지)

오늘 내 편지통에서 나온 건 네 결혼 청첩, 암만 들여다 봐도 네 이름이 틀리지 않는 것을 알고, 또 그 옆에 찍힌 남자의 이름이 낯선 걸 느낄 때, 나는 손이 떨리고 가슴이 울렁거려 그만 기숙사를 나와 산으로 올라갔다. 멀리 외국으로 떠나는 너를 바라보기나 하는 것처럼 하늘가를 바라보고 한참이나 울었다. 동무의 행복을 울었다는 것이 예의가 아닐지 모르나 나로는 솔직한 고백이다. 네가 날 떠나는 것만 같고, 널 한 번도 보도 듣도 못한 남자에게 빼앗기는 것만 같아서, 울어도 시원치 않은 안타까움을 누를 수 없는 것이다. 결코 너의 행복을 슬퍼하는 눈물이 아닌 것은 너도 이해해 줄 줄 안다.

네가 어떤 남자와 결혼을 한다! 지금 이 편지를 쓰면서도 이상스럽기만 하다. 어떤 남자일까? 키는? 얼굴은? 학식은? 그리고 널 정말 나만침 사랑할까? 나만침 알까? 그이가 가까이만 있다면 곧 찾아가 이런 걸 따지고 또 눈에 보이지 않는 네 훌륭한 여러 가지를 더 설명해 주고도 싶다. 아무튼 옷감 한 가지를 끊어도 누구보다도 선택을 잘하던 너니까 일생을 같이할 그이의 선택을 범연히 하였을 리 없을 것이다. 물론 어디 나서든 인망이 훌륭한 남자일 줄 믿는다.

네가 신부가 된다! 크리스마스 때 네가 하아얀 비단에 쌓여 천사 놀이를 할 때, 네가 제일 곱던 것이 생각난다. 그 고운 모양에 백합을 안고, 제비같이 새까만 연미복 옆에 선 네 전체가 얼마나 더 아름다울까! 아무것도 도와주지 못하는 이 동무이나 혼례 사진이 되는 대로 나한테부터 한 장 보내다오. 그리고 결혼은 천국이 아니면 지옥이라 한 어느 시인의 말이 생각난다.

어대까지 자유 의지에서 신성한 사랑으로 결합되는 너의 가정이야말로 지상의 천국일 것이다. 그 천국이 어서 실현되기를 너와 그이를 아는 모든 사람과 함께 나도 진심으로 축원한다. 그리고 벤벤치 못한 물건이나 정표로 한 가지 부치니 너의 아름다운 천국의 가구 중에 하나로 끼일 수 있다면 얼마나 영광일지 모르겠다.

멀리 너 있는 곳을 향해 합장하며

×월 ×일 동무 ×순

어떤 여학생이 먼저 결혼하는 동무에게 보내는 편지다. 진정이 뚝뚝 흐른다. 그의 신랑 될 남자를 보지 못했으면서도 그가 평소에 옷감 한 가지라도 선택을 잘하던 것을 비쳐 그 남자가 훌륭한 사람일 것을 믿는다는 말, 묘한 생각 묘한 말이다. 시집가는 동무를 정말 즐겁게, 희망에 차게 해 주었다. 흔히 보면 이런 편지에서 결혼은 인륜대사라는 둥, 현모양처가 되라는 둥, 사회에 모범이 되라는 둥, 동무로서는 더구나 자기보다 먼저 어른이 되는 사람에게 도리어 결혼의 정의와 훈계를 내리는 사람이 많다. 그런 것은 부질없는 지식의 나열만 된다. 저쪽은 당사자로 이쪽보다 그런 정도의 생각은 각오한 지가 벌써 오랜 것으로 아는 것이 예의요 또 자기의 현명도 된다.

생일 초대 편지

벌써 여름이야.

명이 참말 오래간만이지.

그래 그동안 잘 있었구 또 심심하지는 않았어. 난 꽤 심심하구먼. 글쎄

단 석 달 남짓한데 벌써 이렇게 심심하니 큰일 났어.

요전번에 남숙이를 길에서 만났구먼. 아주 새색시티가 나던데. 그러니까 벌써 미세스가 셋이지. 그리고 영희도 약혼을 하였대. 남자는 명대(明大) 법학사라고. 아주 '게이끼'들이 좋은데 우리들만 납작꿍이야.

오는 목요일이 내 생일날야. 좀 와요. 모두 모여서 저녁이나 같이 먹자구. 순경이헌테두 알려주고 옥순이 희영이 순남이헌테두 기별을 했으니까 오래간만에 모두 모일 거야.

어머니께 특청을 맡아서 이날은 아주 맘껏 놀기로 하였으니 떠들 준비를 맘껏 해 가지고 꼭 와요.

그럼 그동안 싸두었던 이야기는 모두 그날 하기로 하고 이만 총총.

7월 초6일 길순

(백철 씨가 『여성』에 편지본으로 쓴 것)

어감을 그대로 내인 짤막짤막한 말마디들은 전화로나 서로 주고받는 것처럼 실감이 난다. 거의 표정이 보일 듯하다. 편지도 표현이니 쓰는 사람이 더 잘 드러날수록 좋은 편지임에 틀림없다.

구조(久阻)하였습니다. 우리는 숭이동으로 이사했습니다. 아내는 쌀 씻고, 나는 불 피우고…… 이게 마치 어린애들 소꿉질 같습니다. 인산(因山) 때 상경하십니까. 상경하시거든 꼭 들리셔서 우리가 지은 진지 좀 잡수시오. 그러나 단 술과 안주는 지참해야 됩니다. 하하하. 너무 오래되어 수자(數字)로 문안합니다.

(고 최학송 씨가 조규원 씨에게 보낸 엽서)

수일 못 뵈었습니다. 가람 선생께서 난초를 뵈어 주시겠다고 22일(수) 오후 5시에 그 댁으로 형을 오시게 알려드리라 하십니다. 그날 그 시에 모든 일 제쳐 놓고 오시오. 청향복욱(淸香馥郁)한 망년회가 될 듯하니 즐겁지 않으리까.

20일 지용 제(弟)

(정지용 씨가 필자에게 보낸 엽서)

이제 편지 쓰는 요령을 요약해 말하면

1. 쓰는 목적을 분명히 따져볼 것. 위의 결혼 축하 편지 같은 데서도, 저편을 즐겁게 하여 주기 위함인가? 무슨 교훈이나 충고를 주기 위함인가? 똑똑히 그 경우와 자기의 분수에 맞추어 목적을 선명히 가지고 쓸 것이다.

2. 편지를 받을 사람을 잠깐이라도 생각해서 그와 지금 마주 앉은 듯한 기분부터 얻어 가지고 붓을 들 것.

3. 한문식 문구를 무시하고 말하듯 쓸 것.

4. 예의를 갖출 것. 말하듯 쓰랬다고 품이 없는 말을 쓴다든지, 문안을 잊어버리고 제 말부터 내세운다든지 해선 안 된다.

5. 감정을 상하지 않게 쓸 것. 마주 대해서 말로 할 때는 얼굴의 표정이 있어 말은 비록 날카롭더라도 표정으로 중화시킬 수가 있다. 그러나 글에는 표정이 따라가지 못한다. 그래 이쪽에겐 심한 말이 아닐 줄로 쓴 것도 저편에서 오해하는 수가 있다. 그러기에 중대한 일에는 편지로 하지 않고 만나러 가는 것이 그런 때문이다.

6. 저편을 움직여 놓을 것. 무슨 편지나 저편을 움직여 놓아야 한다.

문안 편지라도 저쪽에서 받고 무슨 자극이 있어야지, 심상히 왔나 보다 하고 접어놓게 되면 헛한 편지다. 더구나 무슨 청이 있어 한 편지인데 저쪽이 움직이지 않는다면 그 편지는 완전히 실패다. 써 가지고 그 사연이 넉넉히 자기가 필요한 만치 저쪽을 움직일 힘이 있나 없나 읽어 보고, 없으면 얼마든지 그런 힘이 생기도록 고쳐 써야 한다.

편지는 누구나 가져 보기 쉬운 자기 표현의 한 형식이다. 실용적인 말만이 쓰여지는 것은 아니다. 비실용적인 일면의 편지를 무시할 수 없다. 문화적으로 아무리 유치한 사람에게도 비실용적 감정, 비실용적 시간은 있다. 비록 유치한 문장으로라도 마음을 서로 주고받히는 친구끼리는 인생을 논하고, 자연을, 운명을 논하는 문장을 곧잘 서로 주고받는다. 표현욕은 본능이어서 자기가 느낀 바를 그냥 묻어 두면 갑갑하다. 그래 누구에게나 편지는 문학적 표현의 초(初)무대가 되는 수가 많다.

그러나 인생을 말하고 자연을 말하고 운명을 말하는 것은, 벌써 편지가 아니요 감상문이나 서정문일 것이다. 한 사람을 상대로 한 감상문이요 서정문으로 보는 것이 타당할 것이다.

이런 유의 편지는 따로 감상문과 서정문에서 참고하라.

그 외에 역시 편지에 속할 청첩이 있다. 청첩은 편지로는 가장 의식적인 것이라 아무래도 속어로만은 품을 잃기 쉽고, 너무 투식화하여도 신선치 못하다. 내가 받아 본 청첩 가운데 제일 품도 있고 신선키도 하고 간곡하기도 했던 것을 여기 소개한다.

이일주 씨 장남 위패 군

안여백 씨 차녀 추란 양

어버이 가리신 바이요, 서로 백 년을 함께 할 뜻이 서서, 이제 어른과 벗을 모신 앞에 화촉을 밝히겠사오니 부대 오시어 양가에 빛을 베푸시옵소서.

시일 3월 15일 오후 1시

처소 경성 부민관 중강당

소화(昭和) 15년 3월 8일

주례 김용화 재배(再拜)

예필(禮畢) 후에 돈의정 명월관에서 다과로 다시 모실까 하와 나오시는 길로 차를 등대시키겠나이다.

(어떤 결혼 청첩)

인생의 무상함은 막을 길이 없습니다. 외로운 행인 고 김유정, 이상 양군이 저같이 조서(早逝)함을 볼 때 우리는 다시 한번 차탄(嗟歎)하였습니다. 그러나 정과 사랑을 가진 우리는 그들에 대한 아깝고 그리운 생각을 금할 수가 없습니다. 동도(同道)의 전배후계(前輩後繼)가 조촉(吊燭) 아래 같이 모여서 혹은 이야기하고 혹은 묵상하여 고인의 망령을 위로하고 명복을 빌고저 합니다. 세사(世事)에 분망하신 몸일지라도 고인을 위한 마지막 한 시간이오니 부대 오셔서 분향(焚香)의 성의(盛儀)에 자리를 같이해 주시면 참으로 감사하겠습니다.

시일 5월 15일(토) 오후 7시 반

장소 시내 부민관 소집회실

발기인 약(畧)

(고 김유정, 이상 양 씨 추도회의 청장(請狀))

3. 감상문의 요령

▲ **자연, 인사(人事), 생활, 일체 사물에서 얻은 감상을 주로 쓰는 글이다.**

감상은 정과 달라 자기 자신에서 보다 어떤 대상, 자연이거나, 인사거나 한 사물을 객관적으로 상대해 가지고야 얻는 수가 많다. 산천에 대한 감상은 산천을 대해 가지고 얻을 것이요 생사에 대한 감상은 생사라는 그 사태를 대해 가지고 얻을 것이다. 그런데 산천이나 생사를 누구나 볼 수 있듯이, 자연, 인사의 모든 대상이 누구에게만 한한 것이 아니라 어떤 사람의 안전(眼前)에나 다 같이 개전(開展)되어 있는 것이다.

   '개울물도 맑기도 하다! 속이 다 시원하구나!'

하는, 촌부의 말 한마디도 감상이요,

   '그느므 땅 걸긴허이! 흙내만 맡아두 속이 흐뭇허네그려!'

하는, 농부의 말 한마디도 훌륭히 감상이다. 고저심천(高低深淺)의 차는 있을지언정, 감상은 누구에게나 있다. 누구에게나 있는 것이니 글로 쓰기까지 할 감상이면 평범해서는 안 될 것이다. 기발하고, 참신해서 읽는 사람이 무엇으로나 놀랍고, 무엇으로나 새로울 수 있어야 한다. 그러자면 어떤 대상이고 무심히 보거나 쉽사리 생각해선 안 된다. 감각과 사고가 예민해서 어떤 대상, 어떤 사태에나 투시하는 힘이 있어야 할 것이다. 좋은 감상은 발견의 노력이 없이 탄생하지 않는다. 육안이상으로 정관(靜觀), 응시, 명상하지 않으면 안 된다.

어린이가 잠을 잔다. 내 무릎 앞에 편안히 누워서 낮잠을 달게 자고 있다. 볕 좋은 첫여름 조용한 오후이다.

고요하다는 고요한 것을 모두 모아서 그중 고요한 것만을 골라 가진 것이 어린이의 자는 얼굴이다. 평화라는 평화 중에 그중 훌륭한 평화만을 골라 가진 것이 어린이의 자는 얼굴이다. 아니 그래도 나는 이 고요한 자는 얼굴을 잘 말하지 못하였다. 이 세상의 고요하다는 고요한 것은 모두 이 얼굴에서 우러나는 것 같고 이 세상의 평화라는 평화는 모두 이 얼굴에서 우러나는 듯싶게 어린이의 잠자는 얼굴은 고요하고 평화롭다.

고운 나비의 나래, 비단결 같은 꽃잎, 아니 아니 이 세상에 곱고 보드랍다는 아무것으로도 형용할 수 없이 보드랍고 고운 이 자는 얼굴을 들여다보라. 그 서늘한 두 눈을 가볍게 감고 이렇게 귀를 기울여야 들릴 만치 가늘게 코를 골면서 편안히 잠자는 이 좋은 얼굴을 들여다보라. 우리가 종래에 생각해 오던 하느님의 얼굴을 여기서 발견하게 된다. 어느 구석에 먼지만큼이나 더러운 티가 있느냐. 어느 곳에 우리가 싫어할 한 가지 반 가지나 있느냐. 죄 많은 세상에 나서 죄를 모르고 부처보다도 야소보다도 하늘 뜻 그대로의 산 하느님이 아니고 무엇이랴.

아무 꾀도 갖지 않는다. 아무 획책도 모른다. 배고프면 먹을 것을 찾고 먹어서 부르면 웃고 즐긴다. 싫으면 찡그리고 아프면 울고 거기에 무슨 꾸밈이 있느냐. 시퍼런 칼을 들고 핍박하여도 맞아서 아프기까지는 방글방글 웃으며 대하는 이다. 이 넓은 세상에 오직 이이가 있을 뿐이다.

오오 어린이는 지금 내 무릎 위에서 잠을 잔다. 더할 수 없는 참됨과 더할 수 없는 착함과 더할 수 없는 아름다움을 갖추고 그 위에도 위대한 창조의 힘까지 갖추어 가진 어린 하느님이 편안하게도 고요한 잠을 잔다. 옆에서 보는 사람의 마음속까지 생각이 다른 번루한 것에 미칠 틈을 주지 않고 고결하게 순화시켜 준다. 사랑스럽고 부드러운 위엄을 가지고 곱게 곱게 순화시켜준다.

나는 지금 성당에 들어간 이상의 경건한 마음으로 모든 것을 잊어버리고 사랑스러운 하느님 — 위엄뿐만의 무서운 하느님이 아니고 — 의 자는 얼굴에 예배하고 있다.

(고 방정환 씨의 「어린이 예찬」의 일부)

픽 고요한 관찰이다. 아무나 다 보는 어린아이의 자는 얼굴이되, 정관(靜觀)하는 시야에는 이만치 놀라운 것들이, 이만치 새로운 것들이 떠오른 것이다. 그리고 정이 있으나 서정문처럼 격하지 않은 것도 감상문으로는 참고할 점이다.

미운 간호부

어제 S병원 전염 병실에서 본 일이다.

A라는 소녀, 칠팔 세밖에 안 된 귀여운 소녀가 죽어 나갔다. 적리(赤痢)로 하루는 집에서 앓고 그 다음날 하루는 병원에서 앓고 그리고 그 다음날 오후에는 사망실로 떠메워 나갔다.

밤낮 사흘을 지키고 앉아 있던 어머니는 아이가 운명하는 것을 보고 죽은 애 아버지를 부르러 집에 다녀왔다. 그동안에 죽은 애는 사망실로 옮겨가 있었다. 부모는 간호부더러 사망실을 알으켜 달라고 청하였다.

"사망실은 쇠 다 채고 아무도 없으니까 가 보실 필요가 없어요."

하고 간호부는 톡 쏘아 말한다. 퍽 싫증 나는 듯한 목소리였다.

"아니 그 애를 혼자 두고 방에 쇠를 채와요?"

하고 묻는 어머니의 목소리는 떨리었다.

"죽은 애 혼자 두면 어때요?"

하고 다시 또 톡 쏘는 간호부의 말소리는 얼음같이 싸늘하였다.

이야기는 간단히 이것이다. 그러나 나는 그때 몸서리쳐짐을 금할 수가 없었다.

'죽은 애는 혼자 둔들 어떠리!'

사실인즉 그렇다. 그러나 그것을 염려하는 어머니의 심정! 이 숭고한 감정에 동정할 줄 모르는 간호부가 나는 미웠다. 그렇게까지도 간호부는 기계화되었는가?

나는 문명한 기계보다 야만인 인생을 더 사랑한다. 과학상으로 볼 때 죽은 애를 혼자 두는 것이 조금도 틀릴 것이 없다. 그러나 어머니로서 볼 때에는…… 더 써서 무엇하랴! '어머니'를 이해하지 못하고 동정할 줄 모르는 간호부! 그의 그 과학적 냉정이 나는 몹시도 미웠다. 과학 문명이 앞으로 더욱 발달되어 인류가 모두 '냉정한 과학자'가 되어 버리는 날이 이른다면…… 나는 그것을 상상만 하기에도 소름이 끼친다.

정! 그것은 인류 최고의 과학을 초월하는 생의 향기다.

(주요섭 씨의 감상문)

'문명한 기계보다 야만인 인생을 더 사랑한다' 하고 인간의 기계화를 저주하였다. 그러나 논문처럼 이론으로써 주장하고 남을 굴복시키려 하지 않았다. 이것도 감상문으로는 참고할 점이다.

매화옥

화초를 기르는 일도 적이 괴롭지 아님은 아니되 그 괴로움을 잊어야 한다. 괴로운 그곳이 도리어 함 직하다. 손수 심고 옮기고 물도 주고 거름도 주고 붓도 돋우고 하는 것이 실로 관심이 깊고 애정이 붙고 기쁨이 크게 된다.

분벽사창(粉壁紗窓)에 문방제구(文房諸具)와 서화골동(書畫骨董) 등을 비치하는 건 황금만 있으면 될 수 있으되 이건 황금만으로도 될 수 없다. 상노(床奴)나 원정(園丁)을 맡겨 둔다면 한 권세(權勢)요 거오(倨傲)는 될지언정 화초를 기르는 그 진의와 묘경은 도저히 이르러 보지 못하고 말 것이다.

나는 좁은 방에다 난 매화 수선 서향(瑞香) 수십 분(盆)을 들여 놓고 해마다 한겨울을 함께 난다. 어떤 친구는 와 보고 '이건 한 식물원이로군' 하고 동내(洞內) 부인들이 모이고 보면 '사내 양반이란 한 가지 오입은 다 있다. 이 집 양반은 화초 오입을 하시는군' 하고 우리 집을 화초집이라는 별명을 지어 부르기도 한다.

과연 나는 화초를 좋아하고 화초로나 더불어 일생을 소유(消遺)하려는 바 날마다 화초를 보고 거두는 것이 나의 한 일과다. 천복(天福)이다. 훌륭한 온실을 따로 지어 놓고 거두는 것보다 이 모양으로 협착(狹窄)한 냉돌(冷埃)에서 살을 마주 대고 추위를 겪는 것이 더욱 따뜻하고 정다워진다.

벽 한편 위에 걸린 '매화옥(梅花屋)'이라는 현판은 나의 친구 한 분이 어디서 추사(秋史)의 진적(眞蹟)을 얻어 모각(模刻)하여 준 것이다. 추사 글씨란 워낙 범상치 않은데 전(篆)도 예(隷)도 아닌 이 매화옥 자(字)는 더구나 이상하게 되었다. 어찌 보면 무슨 물형(物形)도 같고 된 듯 만 듯한 그것이 그 밑에 흐트러져 놓인 필연(筆硯) 책자(冊子) 화초분(盆)들과는 꼭 조화가 된다. 조화 아닌 조화와 정제(整齊) 아닌 정제와의 신운(神韻)과 향기가 서로 교류되는 그 속에 나는 한 자리를 차지하고 앉았다 누었다 하며 때로 법희(法喜)와 미소를 하고 있다.

(이병기 씨의 소품)

화초에라기보다 안빈자적(安貧自適)하는 생활에의, 인생에의 감상이다. 주장하지 않는다. 역설하지 않는다. 오직 자기로서만 느끼고 감사하고 즐거워한다. '자기로서만' 이것이 감상문의 본령이다.

4. 서정문의 요령

▲ 자연, 인사, 어느 현상에서나 정적으로 감동됨이 있을 때 그 정서를 주로 하고 쓰는 글이다.

사람은 감정의 동물이란 말이 있거니와 희, 노, 애, 낙, 애, 오, 욕의 칠정(七情)은 언제든지 우리 마음속에서 타오를 수 있는 불이 되어 있다. 종종양양(種種樣樣)의 인간 사물과 변화무궁한 자연 현상에 부딪칠 때마다 이 칠정 중의 어느 한 가지는 반드시 불이 붙는다. 대상에 따라 크게 붙고 적게 붙는 것만 다를 뿐, 칠정이 모조리 무감각한 때는 잠든 때나 죽었기 전에는 없을 것이다. 산이 온통 불이 날듯이 기슭 기슭 진

달래가 피어 올라간다 치자. 그것을 보고 산 사람인 이상엔 아무런 감
정도 안 일어날 수 없을 것이다. 밥이나 옷과 같이 먹고 입을 것이 아니
로되, 우리는 얼마든지 절실하게 흥분한다. 칠정 중의 어느 하나나, 어
느 한둘이 불붙는 때문이다. 그 불붙는 것이 정서다. 이 정서를 서술하
는 것이 서정문이다.

이번 중병을 앓는 동안에 생(生)에 대한 애착과 사(死)에 대한 공포를 제
거하기로 많이 힘을 써서 수양하노라 하였거니와 병이 조금 나으려 할 때
에는 도리어 생에 대한 애착이 증가하게 된다. 이번 신경증과 소화불량에
서도 그것을 경험하고 자신의 속됨을 한탄하였다.

그러나 연등(燃燈) 온 지 십여 일이 지난 후로는 신경통도 좀 감하고 소화
력도 약간 회복되기 시작하여 이십여 일을 경과한 금일에는 연등사 온 후의
쇠약은 회복되고 상당히 유쾌하게 그날그날을 보내리만큼 되었다. 더구나
구월 구일을 목전에 둔 만추(晚秋)의 청랑(晴朗)한 천기와 상량(爽凉)한 기후
가 나를 유쾌케 하는 데 많은 힘이 있는 것이다. 나는 아침에 정방산의 일출
을 볼 때로부터 가끔 지팡이를 끌고는 암자 모퉁이 비탈길로 거닐어 지금 한
창 때를 얻은 산국(山菊)과 감국(甘菊)으로 벗을 삼고 즐거하리만큼 되었다.

'이제는 살아나는가 보다.'

하는 가엾은 의식이 전보다 자주 내 마음에 일어나게 된다. 한 번 더 살아나
는 것이 과연 좋은 일일까 필요한 일인가 하는 것은 둘째 문제로 하고라도
좀 더 세상에 살아 있을 듯하다는 의식은 나에게 일종의 기쁨을 주는 일면
에 일종의 무거운 책임감을 느끼게 한다.

나는 이 보은의 염(念)을 기초로 하는 책임감을 가끔 너무 무겁게 감각하

는 수가 있다. 너무 무겁다는 것은 난감하다는 뜻이다. 내 병여(病餘)에 심
력(心力)과 체력이 이 의식의 압력을 감당할 수 없다고 의식할 때에 나는 불
쾌와 고통을 깨달아 차라리 죽어 버렸으면 하는 때가 가끔 있다. 그러나 건
강감이 조금 승할 때에는

'오냐 나가자. 이 생명이 다 닳도록 일하자!'

하는 유쾌한 결심과 아울러 일종의 힘의 의식을 얻는다. 그러고는 혼자 빙
그레 웃는다. 오늘 아침에도 그러하였다.

(이광수 씨의 「인생의 은혜와 사와」의 일부)

생을 탐내는 본능에 대한 연민과 한쪽으로는 의의 있는 생에의 애욕
이 굳세게 불타며 있다. 그 불길엔 읽는 사람의 가슴도 뜨거워진다. 감
염성이 가장 빠른 것이 사상보다 정서일 것이다.

눈 오는 밤

눈 오는 밤이면 끝없이 뻗힌 큰길을 걷는 것이 좋다. 가등(街燈)은 모두
눈물에 어린 눈동자처럼 흐리고 하늘은 부풀어 오른 솜꽃같이 지평선에 드
리운 밤길을 유령과 같이 혼자서 걷는 것이 좋다.

이러한 길을 걸을 때는 누구와 더불어 이야기하는 것도 너무 번잡한 노
릇이다. 발밑에서 바사삭 바사삭 눈 다져지는 소리를 들으면서 나는 내 혈
관이 가을물처럼 맑아지는 것을 깨닫는 때문이다.

이렇게 걸어가다가 다리가 지쳐지면 나는 그제서야 비로소 길가에 적은
등불이 깜박거리는 술집을 찾아드는 것이다. 되도록은 독한 술을 달래서
권하는 이 없이 잔을 거듭 하노라면 대개는 저쪽 '복스'에 '과거'를 모를 험

수룩한 늙은이가 역시 혼자서 술잔을 기울이고 앉았는 것이다. 나는 수수 께끼와 같은 그 노인의 '과거'를 푸는 동안에 밤은 한없이 깊어가고 바깥에 서는 여전히 함박눈이 소리 없이 나린다.

이러한 하룻밤에 맛보는 보헤미안 취미는 또한 행복된 일순간이기도 하다.

(이원조 씨의 소품)

상당히 애상이 있다. 감미(甘美)하다. 그러나 품이 떨어지지 않았다. 분노와 증오도 감정이요 정서이지만, 정서적이니, 서정적이니 하면, 감미한 눈물, 추억, 동경 같은 것을 가리키는 것으로 이해되는 것이 사실이다. 그러나 너무 애상이나 공상에 치우치면 품이 떨어진다.

서정의 세 가지 수법

(1) 직서법

꽃도 좋다. 그러나 나는 신록이 더욱 좋다. 밤비 뿌리는 소리에 꽃이 흩어질 것을 아까워하지 않는 사람은 무정한 사람일지도 모른다. 그러나 나는 꽃을 더 오래 보기보다 어서 신록이 드리운 푸른 그늘 아래를 거닐어 보고 싶은 것이다. 비 개인 이른 아침, 흩어진 낙화는 밟으면서라도 그 금빛 같은 태양과 맑은 미풍에 선들거리는 녹엽(綠葉)들을 우러러볼 때, 그때처럼 내 자신까지 싱그럽고 내 자신까지 힘차지는 때는 없는 것이다.

자기의 감동됨을 독자에게 직접 호소한다. '신록이 더욱 좋다' 하는 감동이 독자에게서 절로 일어나도록 묘사한 것이 아니라 대뜸 자기의 격해진 감정대로 '나는 신록이 더욱 좋다' 해 버렸다. 일반적으로 많이 쓰는 단순한 수법이다.

(2) 묘사법

연주가 끝나자 나는 꿈을 깨는 것같이 전신이 허전하였다. 정신없이 청중을 향해 예(禮)를 하고 걸었는지 뛰었는지 모르게 연단(演壇) 뒷방으로 나오니 내 귀에는 그제야 박수 소리가 와르르 들리었다. 오 초, 십 초…….
박수 소리는 아마 재청(再請)인 듯하였다.

'졸업 연주도 이걸로 끝이 났구나!'

나는 내 방 책상 위에 걸려 있을 어머님 사진이 선뜻 눈앞에 떠올랐다. 웃으시는 얼굴이다. 내 이 졸업을 위해 남모를 눈물과 땀을 흘리신 어머니, 한 학기를 한 학년보다 더 지루하게 당해 오시던 어머니, 오늘 이 저녁을 여섯 달을 남겨 놓고 그만 돌아가시고 말았다. 동무들이 재청에 나가라고 어깨를 흔들었으나 나는 뜨거워지는 눈을 뜰 수가 없어 구석 자리를 찾아가 쓰러지고 말았다.

직접 슬프다, 기쁘다 하지 않고, 객관적으로 그 정상(情相)을 묘사해서 독자가 절로 슬퍼지고 절로 기뻐지게 하는, 가장 우수한 수법이다.

(3) 영탄법

의(義)의 인(人)

"친구여, 그대의 팔에 웬 허물인고?"

"이것은 쇠사슬 자국, 의를 위해 옥에 매였을 때의 쇠사슬 자국."

"친구여, 얼마나 아팠을꼬. 아아 애달파라."

"그것도 아프기는 아프더라마는 불의를 보고 참기보다는 수월할러라. 팔목의 허물이 나아 갈수록 불의의 아픔이 더욱 재우치니, 친구여 나는 또 쇠사슬에 매이러 가노라."

"아아 거룩한 벗이여. 나도 함께 내 몸에도 의의 인을 맞어지이다."

(춘원의 소품)

고조된 감정은 파도와 같이 동적인 표현을 요구한다. 따라 어조가 율동화하며 나온다. 이것은 온전히 운문의 경지다. 그러므로 시는 서정문의 최고 형식이라 할 것이다.

산문에서라도 서정문은 가장 감정적인 글이다. 자칫하면 값싼 감상(感傷)에 빠지기 쉬우니 내용이나 형식을 물론하고 고상한 풍격(風格)을 내이기에 각별한 주의가 있어야 할 것이다. 품격이 없으면 거짓 울음이요, 거짓 넋두리가 됨을 면치 못한다.

지변(池邊)의 신화(神話)

검푸른 하늘은 엷은 늦잠에 반눈만 뜨고 푸른 새 한 마리 동녘으로 푸르르 날아갔다. 선뜻한 바람결이 뱀같이 나의 치마폭을 스쳤을 때 난데없이 광석(廣石)골로부터 달려와 내 옆을 살같이 지나친, 낯선 그 여인의 머리털은 비록 헝클어졌었으며 고무신짝은 벗어 손에 들었으나 그가 미친 여인은 아니었음을 조금 후에 또렷이 알게 되었으니 불길한 예감이 주춤거리던 나의 걸음발이 이윽고 광석골 '긴 못' 앞까지 이르렀을 때 전날 같으면 미역 감는 아해들의 물장구 소리와 웃음소리로 장미꽃 다발처럼 먼동이 터질 그

골짜기는 죽음처럼 고요하며 아직도 짙푸른 하늘 아래 '긴 못' 속에는 하얀 옷 입은 한 처녀의 시체가 길이 잠들어 있음으로였다.

　외로이 남은 별 하나 지난 밤 사이에 일어난 죽음의 비밀을 안다는 듯이 밝아오는 하늘에서 탄식처럼 깜박거리고, 못 속에 잠자는 그 처녀의 연유를 모르는 아해들은 못가에 쓸쓸이 둘러앉아 눈을 부비며 점점 환해 오는 못 속을 굽어보며 하품들만 하고 있다.

　바람은 불지 말고, 참새는 울지 말고, 태양은 떠오르지 말아, 영영 조용하고 희푸른 새벽대로 그냥 있으려무나. 그렇잖을진댄 차라리 그 처녀를 소생케 하려무나. 죽음? 아니다 고요한 잠이다. 세상의 시끄러움이 들리지 않는 삼간(三間) 남짓할 못 속을 아늑한 안방으로 삼고 누어 꽃 같은 꿈을 꾸는 그 처녀는 여섯 자 두터이의 맑은 물을 이불 삼아 고요한 영원의 잠 속에 들어 있는 것이다. 빛나는 광채로 떠오르는 태양의 광각(光脚)이 수면에 반사되어 잠자는 처녀의 살결과 한 꺼풀 휘어 감긴 치마는 흐릿한 무지갯빛으로 물들었으며, 감은 눈과 벌어진 입술은 꽃과 같은 오오 미(美)의 화신.

　　잘 자라 못 속의 처녀
　　백합화 장미화 너를 둘러 피었고
　　잘 자라 못 속의 처녀
　　아름다운 천사들 너를 보호하리니

　오빠! 나는 햄릿에 나오는 처녀 오필리아의 죽음을 제일 사랑해요. 나도 죽으려면, 아니 억지로라도 봄에, 그리고 벚꽃이 쌓인 못 위에 꽃으로 엮은

관을 쓰고, 머리는 풀어 헤치고 또 하얀 옷을 입고, 못 속에 비치는 저 꽃을 찾아 뛰어 들어가겠어요. 불행히 그렇게 되지 못한다면 오빠는 죽은 내 몸을 꽃으로 엮어 잔잔한 이 물 속에 얹어 주세요. 오빠!

미친 여인처럼 새벽에 저자로 달려갔던 그 여인은 순사와 마을 사람들을 데리고 왔다. 높이 떠오른 태양은 못가에 고요히 나려앉았던 요정들과 나의 아름다운 환상을 깨뜨려 버렸다. 진통이 심해서 지난밤 참다 못하여 방문을 박차고 뛰어 나와 '긴 못' 속에 빠져 죽은 것이라 한다. 못 속의 마술로써 영원한 열여덟의 처녀로 보이던 그 미의 화신을 순사와 마을 사람들이 건져 내어 사장(砂場)에 눕혔을 때 그것은 지옥에서나 볼 수 있을 추물의 상징이었다. 아름다운 꿈을 꾸던 처녀는 그가 아니고 나였었다. 그의 살결은 햇볕에 그을려 짙붉은 구릿빛이요, 배는 부풀러 더운 물에 쪄 내인 도야지와 같은, 아아 사십 가까운 여인! 주리고 헐벗어 괴로운 세파에 시달린 여러 어린것들의 어머니였다 한다.

(장영숙 씨의 소품)

오오, 아아, 모두 자연스럽다. 아름답다. 슬프든, 즐겁든 '아름다움'은 서정문이 다른 글에 양보해서는 안 될 생명이다.

5. 기사문의 요령

▲ 어떤 사건을 과장 없이, 장식 없이, 누락 없이, 분명 정확하게 기록하는 글이다.

자기의 체험, 혹은 견문한 사실을 누락이 없이 정확하게 기록해야 될 경우는 직업적인 신문 기자에 한한 것이 아니라 누구에게나 있을 수 있다. 자기가 처음 체험한 일을 일기에 기록할 필요도 있고 처음 견문하는 바를, 편지에, 기행문에 혹은 연구 보고문 중에 기록해야 될 경우도 있다. 이 사실, 사건의 기록문을 대표하는 것은 신문 기사로서 우선 신문 기사에서 한 가지 예를 들기로 하자.

함남 북청에서
대호포살(大虎捕殺)

(북청) 지난 달 31일 오후 3시경에 북청군 하거서면 하신흥리 웅동이란 곳에서 백주에 큰 범 한 마리를 잡았다 한다. 잡은 사람으로 말하면 풍산군 안수면 장평리 이××씨와 동군 안산면 파발리 김×× 양 씨로 그렇게 큰 범은 근래에 보기 드문 범이라 한다.

어느 신문 지방면 기사의 하나다. 얼마나 싱거운가? '대호'라 하였으니 누구나 첫째, 얼마나 큰 범인가? 에 궁금할 것이요, '포살'이라 하였으니 둘째, 어떻게 잡았나? 총으로 잡았나? 몽둥이로 잡았나? 사람은 물리지 않았나? 그 점에 흥미가 있을 것이요 백주라 하였으니, 어디서 어떻게 나타난 범인가에 호기심이 일어날 것이다. 그런데 이 기사는 독자에게 이 첫째 되고, 둘째 되고, 셋째 되는 기중 중요한 사실들은 빼어 놓고 잡은 사람들의 주소, 성명만 호적등본처럼 캐어 놓았다. 물론, 주소, 성명도 필요하지만 가장 뉴스 가치가 있는 것, 기록, 보고할 요점을 누락했기 때문에 주소, 성명만 쓸데없는 것처럼 두드러지는 것이다.

기사문은

1. 누가(혹은 무엇이)

2. 어디서

3. 언제

4. 무엇을

5. 어떻게 했다(혹은 됐다)

이 다섯 가지가 철칙이다. 그러나 이것만으로 정확하다 할 수 없는 것은 위에 신문 기사를 보고 알 수 있다. '누가, 어디서, 언제, 호랑이를 잡았다'는 다섯 가지는 다 드러났으되 독자는 물론, 그 기사를 쓴 자신도 얼마 뒤에 읽어 보면 결코 만족하지 못할 기사이다. 그러니까 '누가, 어디서, 언제, 무엇을, 어떻게 했다'의 5조를 밝히었더라도, 그 5조 중에서 가장 주안점이 되는 것, 요령이 되는 것에 치중해 써야 할 것이다. 사건의 내용을 따라 다섯 가지 중 어느 것이나 다 요령이 될 수 있는 것이다. 호랑이를 잡았다는 사건만으로도, 만일 어린아이가 잡았다면 '1'에 치중해야 할 것이요, 종로 네거리서 잡았다면 '2'에, 백주에 잡았다면 '3'에, 호랑이라도 호랑이 그것이 굉장히 큰 것이면 '4'에, 서로 싸워서 사람도 거의 죽을 뻔하다가 잡았다면 '5'에 각기 그 점에 치중해 써야 할 것이다.

이 기사문을 신문 기사만으로 논한다면 다음의 몇 가지 요점을 더 첨부해야 될 것이다.

1. 객관적이어야 할 것. 자기의 주관 감정은 추호만치라도 넣어 안 된다.

2. 대상에겐 냉정하면서도 독자에겐 친절해야 할 것. 자기의 기사가 명쾌히 읽히도록 할 것이다. 같은 토를 중복해서 어수선스럽게 하지 말 것이요, 기사가 좀 길어질 듯한 것이면 첫머리엔 대체 윤곽만 쓰고 다음에 자세히 써야 바쁜 사람은 윤곽만 알고 고만두고, 더 잘 알고 싶은 사람만 아래까지 보게 하는 것도 훌륭한 친절일 것이다.

홍등가에 넋을 잃은 탕자
그 아내가 경찰에 설유원(說諭願)

편모슬하에 고이 자라던 농촌 청년이 우연한 기회에 알게 된 네온의 환락경(歡樂境)에 빠진 나머지 귀여운 처자를 돌보지 않고 편모의 재산조차 탕진하려던 이야기─ 충남 ××군 ××면 ××리에 사는 김××는 지난 이렛날 이래 부내 인사정 ××번지 ××여관에 투숙하면서 카페, 요릿집 등의 환락에 취한 나머지 어머니 명의로 있는 토지 전부를 구천 원에 저당하여 가지고 그 돈으로 시내 일류 카페 요릿집 등으로 돌아다니며 하룻밤에 이백 원 삼백 원씩 무궤도적으로 산재를 하고 있음을 안 그의 처 주 씨는 생각다 못해 세 살짜리 어린 아들을 업고 십오 일 종로서로 찾아와 사랑하는 남편이 다시 자기 집으로 돌아오도록 설유하여 달라고 애원을 하고 있었다.

어느 신문의 사회면 기사다. '…… 탕진하려던 이야기─'에까지는 윤곽만 쓴 것이다.

바쁜 사람은 거기까지만 읽어도 대체는 알 수 있게 되었다.

3. 신속해야 할 것이다. 이것은 신문 기사의 생명이다.

6. 기행문의 요령

▲ 여일기(旅日記), 여행기이니, 자연이든, 인사든, 눈에 선 풍정에서 얻는 감상을 쓰는 글이다.

여행처럼 신선하고 여행처럼 다정다감한 생활은 없다. 보고 듣는 모든 것이 새것들이다. 새것들이니 호기심이 일어나고 호기심이 있이 보니 무슨 감상이고 떠오른다. 이 객지에서 얻은 감상을 쓰는 것이 기행문이다.

객지에서 얻은 감상, 그러니까 우선 어디로고 떠나야 한다. 가만히 자기 처소에 앉아서는 쓸 수 없는 글이다. 멀든, 가깝든, 처음이든, 여러 번째든, 어디로고 떠나야 객지일 것이니 기행문에는

1) 떠나는 즐거움이 나와야 한다.

대붕(大鵬)으로 하여금 북명(北冥)에 날으게 하라. 그러나 나는 오히려 이와 꼭 같은 말을 사람들에게 주고 싶다.

광야와 대해가 어찌 무인(武人)에게만 허락된 곳이겠느냐. 글은 상머리에서 쓰는 법이로되, 생각은 오히려 대자연 속에서 얻는 법이니, 단공(短筇)에 몸을 맡겨 진구(塵區)를 벗어나매 분방한 생각이 마치 천마(天馬)와 같다.

넘기는 책장으로 인하여 안막(眼膜)에 좀이 먹더니 이제 장풍(長風) 한 번에 씻은 듯이 맑아지고 유리보다 더 투명하여 가히 먼 데 것을 볼 수 있는 것이 얼마나 유쾌하냐.

자연의 신광(神光)이 눈앞에 번쩍이고 역사의 수시(垂示)가 발끝에 뻗힌 것을 분명히 느끼면서, 우리 한라산 순례자 53인은 7월 24일 오전 7시 50분 경성역을 떠나 목포로 향하였다.

차중(車中)은 담소로 떠나갈 듯하다. 그러나 이것은 그대로 대자연 앞에 바치는 귀향곡(歸鄕曲)이요 법열(法悅)로 가득 찬 교향악이다. 이만하면 계연(谿然)히 트이는 것을 삼 척 안두(案頭)에 소견이 그렇게도 좁으랍던가. 이만하면 닫지 못하도록 열리는 입이 그다지도 무겁게 침묵했던가.

(이은상 씨의 『탐라기행』[5]의 서두)

얼마나 즐거이 떠났는가? 작약(雀躍)이 아니라 심호흡을 하듯 깊숙한 큰 즐거움이다. 긴 기행문의 서두답다. 이렇게 그 자신이 기꺼해야 독자는 기대를 가지고 읽게 되는 것이다.

2) 노정이 보여져야 한다.

경성역에서 차를 타고 35분도 못 걸리어 신촌·수색을 지나서 능곡역에 나리었다. 한가로운 향촌의 소역(小驛)이다. 양장(羊腸)같이 꾸불꾸불한 야로(野路)를 걸어 한 5리쯤 가면 권도원사(權都元師)의 기공사(記功詞)가 있다. 넓은 들에는 벼가 한창 무성하여 자란다. 야로(野路)를 한참 걸어 조그마한 산언덕을 넘으면 모옥(茅屋) 6~7가(家)가 산 밑에 그림같이 점철(點綴)하고, 그중에 단청(丹靑)이 퇴락한 기와집이 있으니 그 집이 기공사다.

(유광렬 씨의 「행주성 전적(戰跡)」의 일절)

소화 11년 9월 26일

아침에는 예정대로 '기제'의 '피라미드'와 '스핑크스'를 찾으려고 아홉 시

---

5 작품집의 원래 제목은 '탐라기행 한라산'임.

쯤 되어서 애급의 수도 '카이로시(市)' 애급 박물관 근방에 있는 여관 '호텔 비에노이즈'를 떠났다.

'샤리아 쿠브리' 네거리에서 전차를 타고 한참 교외로 나간다. 다음에 나일강(江)의 지류를 따라 강변으로 전차가 달아나는데 거기는 집채만큼 한 이름 모를 아프리카 대륙의 고목(古木)들이 가지에서 그 이상한 뿌리를 내려서 땅에 기둥이 되고 그 속은 적은 방 안 같이 되어 보인다. 양떼는 그 가에 몰려 있고 또 가난한 애급 여인들이 남루를 입은 양으로 그늘에 앉아 있는데 대개 맨발이 많다.

맨발 이야기가 났으니 말이지 이곳 일꾼들같이 맨발의 가죽이 튼튼한 사람들은 드물 것 같다. 뜨거웁게 태양볕이 쪼이는 포도(鋪道) 위로 몇 십 리 몇 백 리를 그대로 혹은 구루마를 끄을고 혹은 말과 낙타를 몰고 간다. 여인들은 먼 길 갈 때는 대략 구루마 위에 그 검은 옷과 수건에 쌓여서 실려 간다. 마침 그때 적은 나귀가 오륙 여인과 아이들을 싣고 가는 것을 보고 그놈도 꽤 고역일 것 같다. 조선 같으면 곁을 지나가는 나를 보고 정 씨라고, 놀림을 할 친구도 있을 만도 한데 이곳은 한자(漢字)를 사용하지 않는 것은 물론, 그들의 옛 상형문자도 쓰지 않고 오직 국수를 이리저리 휘저어 놓은 듯한 '아라비아' 문자를 쓰는 곳이라 나는 조금도 내 성(姓) 때문에 놀림을 받을 염려는 없다. 이렇게 생각은 해 보았으나 역시 듣던 관습이 추상(推想)되어 그놈 당나귀들의 고역이 퍽도 가련해 보이고 또 호올로 속으로 웃어 보기도 했다.

이러한 생각에 잠기고 있는 동안에 화살같이 달아나던 전차는 한참 가서 대(大)나일강을 건너게 된다. 그 가에 초목도 상당히 무성하고 돛단배도 여러 개 떠 있다. 강변에 야자수를 흘겨보며 누른 물결 위로 범선(帆船)을 멀리 굽어보는 풍경, 그리고 다른 한편으로는 도시의 회회교(回回敎) 대사원(大寺院)의 첨탑을 수평선으로 쳐다보는 흥취란 여기가 아니면 도저히 볼 수 없는 것이다.

두 번이나 전차를 바꾸어 타니 일등 신작로가 버젓이 깔려 있고 좌우 길가에는 이름 모를 가로수가 끝없이 연(連)해 있다. 그 잎사귀는 마치 아카시아 잎사귀같이 보이는데 그보다는 훨씬 영롱하다. 물론 침도 없이 아담스럽고 깨끗해 보이는데 진홍빛 꽃이 그 사이에 피어 있다. 얼마나 귀여운 병목(並木)들이냐! 그리고 차도와 보도 사이에는 화초 재배를 시작한 모양이다. 나는 전차에서 뛰어 내려서 낙타에 짐 싣고 가는 토인(土人)들과 발을 맞추어 그 길 위로 걸어보고 싶기도 했다.

십 수 분(十數分)을 지나니 눈앞에 사막의 산이 보인다. '알렉산드리아'에서 '카이로'로 오기까지는 산 하나 없고 또 '카이로'에서 여기 오기까지도 산 하나 없었다. 그 광활한 대(大)나일평야는 비옥해서 초목과 경작들이 많았건마는 여기부터는 그야말로 사막의 황야로 변해진다.

종점에 내리니 눈앞에 태산같이 솟은 것이 있다. 그것이 곧 '피라미드'다. 어릴 적부터 사진에서 보던 그대로의 모모(模貌)이나, 색은 내 상상과는 판이 다르다. 나는 '피라미드'라면 이때까지 검푸른 것이거니 생각했더랬는데 와서 보니 그러하지 않고 검은색이란 하나도 없이 전체로 황백색이다. 적도에 가까워지는 열대 지방인 만큼 태양 광선의 직사(直射)로 약간의 연한 적갈색의 기미가 보이는 것 같으나 정작 곁에 와 보니 그야말로 백색의 바위와 그 사이에 섞인 흰 모래와 흙뿐이다.

(정인섭 씨의 「애급의 여행」의 일부)

모두 이분들의 노정이 눈에 선하다. 독자가 따라다니는 것 같다. 노정이 나타나는 것은 우선 독자에게 친절해 좋다. 그렇게 친절한 필자면 좋은 구경거리를 결코 빼놓지 않고 보여줄 것같이 믿어지는 것이다. 그러나 이 노정에 관한 친절이 지나쳐서 여행 안내소, 여관 조합 같은 데서 주는 안내기(案內記)나 설명문처럼 되면 안 된다.

3) 객창감과 지방색이 나와야 한다.

향기로운 MJB의 미각을 잊어 버린 지도 이십여 일이나 됩니다. 이곳에는 신문도 잘 아니 오고 체전부(遞傳夫)는 이따금 '하도롱'빛 소식을 가져 옵니다. 거기는 누에고치와 옥수수의 사연이 적혀 있습니다. 마을 사람들은 멀리 떨어져 사는 일가 때문에 수심(愁心)이 생겼나 봅니다. 나도 도회에 남기고 온 일이 걱정이 됩니다.

건너편 팔봉산에는 노루와 멧도야지가 있답니다. 그리고 기우제(祈雨祭) 지내던 개골창까지 내려와 가제를 잡아먹는 '곰'을 본 사람도 있습니다. 동물원에서밖에 볼 수 없는 짐승들을 사로잡아다가 동물원에 갖다 가둔 것이 아니라, 동물원에 있는 짐승들을 이런 산에다 내어 놓아준 것만 같은 착각을 자꾸만 느낍니다. 밤이 되면, 달도 없는 그믐칠야(漆夜)에 팔봉산도 사람이 침소로 들어가듯이 어둠 속으로 아조 없어져 버립니다.

그러나 공기는 수정처럼 맑아서 별빛만으로라도 넉넉히 좋아하는 '누가복음'도 읽을 수 있을 것 같습니다. 그리고 또 참 별이 도회(都會)에서보다 갑절이나 더 많이 나옵니다. 하도 조용한 것이 처음으로 별들의 운행(運行)하는 기척이 들리는 것도 같습니다.

객줏집 방에는 석유 등잔을 켜 놓습니다. 그 도회지의 석간(夕刊)과 같은 그윽한 내음새가 소년 시대의 꿈을 부릅니다. 정 형! 그런 석유 등잔 밑에서 밤이 이슥하도록 '호까' — 연초갑지(煙草匣紙) — 붙이던 생각이 납니다. 베짱이가 한 마리 등잔에 올라앉아서 슬퍼하는 것처럼 고개를 숙이고 도회의 여차장(女車掌)이 차표 찍는 소리 같은 그 성악(聲樂)을 가만히 듣습니다. 그러면 그것이 또 이발소 가위 소리와도 같아집니다. 나는 눈까지 감고 가만히 또 자세히 들어봅니다.

그리고 비망록을 꺼내어 머룻빛 잉크로 산촌의 시정(詩情)을 기초(起草)합니다.

그저께 신문을 찢어 버린
때 묻은 흰나비
봉선화는 아름다운 애인의 귀처럼 생기고
귀에 보이는 지난날의 기사

얼마 있으면 목이 마릅니다. 자릿물 — 심해(深海)처럼 가라앉은 냉수를 마십니다. 석영질(石英質) 광석 내음새가 나면서 폐부에 한난계(寒暖計) 같은 길을 느낍니다. 나는 백지 위에 그 싸늘한 곡선을 그리라면 그릴 수도 있을 것 같습니다.

청석(青石) 얹은 지붕에 별빛이 나려 쪼이면 한겨울에 장독 터지는 것 같은 소리가 납니다. 벌레 소리가 요란합니다. 가을이 이런 시간에 엽서 한 장에 적을 만큼씩 오는 까닭입니다. 이런 때 참 무슨 재조(才操)로 광음을 헤아리겠습니까? 맥박 소리가 이 방 안을 방째 시계를 만들어 버리고 장침(長針)과 단침(短針)의 나사못이 돌아가느라고 양(兩) 짝눈이 번갈아 간즐

간즐합니다. 코로 기계 기름 내음새가 드나듭니다. 석유 등잔 밑에서 졸음이 오는 기분입니다.

'파라마운트' 회사 상표처럼 생긴 도회 소녀가 나오는 꿈을 조금 꿉니다. 그러다가 어느 사이에 도회에 남겨두고 온 가난한 식구들을 꿈에 봅니다. 그들은 포로들의 사진처럼 나란히 늘어섭니다. 그리고 내게 걱정을 시킵니다. 그러면 그만 잠이 깨어 버립니다.

죽어 버릴까 그런 생각을 하여 봅니다. 벽 못에 걸린 다 해어진 내 저고리를 쳐다봅니다. 서도(西道) 천 리를 나를 따라 여기 와 있습니다그려!

(고 이상의 「성천 기행」의 일부)

기행문은 나그네의 글이다. 글의 배경은 모두 산 설고 물 설은 객지다. 공연히 여수(旅愁)만을 하소연할 것은 아니로되, 그래도 객지에 나와 며칠이 지나면, 더욱 일행이 없이 혼자라면, 길손으로서의 애수가 없을 수 없다. 이 애수란 기행문만이 가질 수 있는 미의 하나이다. 그리고 타관다운 눈에 설은 풍정이 전폭으로 풍겨져야 한다. 그러자면 기이한 것을 어느 점으로는 묘사해야 한다. '하도롱빛 편지'며 '팔봉산'이며 '공기는 수정처럼 맑아서'며 '석유 등잔'이며 모두 지방색, 지방 정조의 점철들이다.

4) 그림이나 노래를 넣어도 좋다

우리는 점심을 먹고 이럭저럭 한 시간이나 넘어 기다렸으나 인해 운무(雲霧)가 걷지를 아니합니다. 나는 새로 두 시가 되면 운무가 걷으리라고 단언하고 그러나 운무 중의 비로봉도 또한 일경(一景)이리라 하여 다시 올라가기를 시작했습니다. 동(東)으로 산령(山嶺)을 밟아 줄 타는 광대 모양으로 수십 보를 올라가면 산이 뚝 끊어져 발아래 천인절벽(千仞絶壁)이 있고 거기서 북(北)으로 꺾여 성루(城壘) 같은 길로 몸을 서(西)편으로 기울이고 다시 수십 보를 가면 뭉투룩한 봉두(峯頭)에 이르니 이것이 금강산 이천 봉의 최고봉인 비로봉두(毘盧峯頭)외다. 역시 운무가 사새(四塞)하여 봉두의 바윗돌밖에 아무것도 보이지 아니합니다. 그 바윗돌 중에 중앙에 있는 큰 바위는 배바위라는데 배바위라 함은 그 모양이 배와 같다는 말이 아니라, 동해에 다니는 배들이 그 바위를 표준으로 방향을 찾는다는 뜻이라고 안내자가 설명을 합니다. 이 바위 때문에 해마다 여러 천 명의 생명이 살아난다고 그러므로 선인(船人)들은 이 멀리서 바위를 향하고 제(祭)를 지낸다고 합니다.

이 안내자의 말이 참이라 하면 과연 이 바위는 거룩한 바위외다.

바위는 아주 평범하게 생겼습니다. 이 기교한 산령(山嶺)에 어떻게 평범한 바위가 있나 하리만큼 평범한 둥그러운 바위외다. 평범 말이 났으니 말이지 비로봉두 자신이 극히 평범합니다. 밑에서 생각하기에는 비로봉이라 하면 설백색(雪白色)의 검극(劍戟) 같은 바위가 하늘을 찌르고 섰을 것같이 생각되더니 올라와 본즉 아주 평평하고 흙 있고 풀 있는 일편(一片)의 평지에 불과합니다. 그리고 거기 놓인 바위도 그 모양으로 아무 기교함이 없이 평범한 바위외다. 그러나 평범한 이 봉이야말로 만이천 중에 최고봉이요 평범한 이 바위야말로 해마다 수천의 생명을 살리는 위대한 덕을 가진 바위외다. 위대는 평범이외다. 나는 이에서 평범의 덕을 배웁니다. 평범한 저 바위가 평범한 봉두에 앉아 개벽 이래 몇 천만 년에 말없이 있건마는 만인이 우러러보고 생명의 구주(救主)로 아는 것을 생각하면 절세의 위대를 대하는 듯합니다. 더구나 그 이름이 문인 시객(詩客)이 지은 공상적 유희적

이름이 아니요 순박한 선인들이 정성으로 지은 '배바위'인 것이 더욱 좋습니다. 아마 바위는 문인 시객의 흥미를 끌 만하지 못하리라마는 여러 십 리 밖 만경창파(萬頃蒼波)로 떠다니는 선인의 진로의 표적이 됩니다.

배바위야 네 덕이 크다.
만장봉두(萬丈峯頭)에 말없이 앉아 있어
창해에 가는 배의
표적이 되다 하니
아마도 성인의 공이
이러한가 하노라

만이천 봉이
기(奇)로써 다툴 적에
비로(毘盧)야 네가 홀로
범(凡)으로 높단 말가
배바위 이고 앉았으니
더욱 기뻐하노라

이윽고 두 시가 되니 문득 바람의 방향이 변하여 운무가 걷기 시작하여 동에 번쩍 일월출봉이 나서고 서에 번쩍 영랑봉의 웅혼한 모양이 나오며 다시 구룡연 골짜기의 봉두들이 백운(白雲) 위에 드러나더니 문득 멀리 동쪽에 심벽(深碧)한 동해의 파편 번뜻번뜻 보입니다. 그러다가 영랑봉 머리로 태태(呆呆)한 칠월의 태양이 번쩍 보이자 운무의 스러짐이 더욱 속(速)

하여 그러기 시작한 지 불과 사오 분 후에 천지는 그 물로 씻은 듯한 적나라한 모양을 드러내었습니다. 아아 그 장쾌함이야 무엇에 비기겠습니까. 마치 홍몽(鴻濛) 중에서 새로 천지를 지어내는 것 같습니다.

"나는 천지 창조를 목격하였다."

또는

"나는 신천지의 제막식을 보았다."

하고 외쳤습니다. 이 맘은 오직 지내본 사람이야 알 것이외다. 흑암(黑暗)한 홍몽 중에 난데없는 일조 광선이 비치어 거기 새로운 봉두가 드러날 때 우리가 가지는 감정이 창조의 기쁨이 아니면 무엇입니까.

"나는 창조의 기쁨에 참여하였다."

하고 싶습니다.

홍몽이 부판(剖判)하니
하늘이요 땅이로다
창해와 만이천봉
신생의 빛 마시울 제
사람이 소리를 높여
창세송(創世頌)을 부르더라

천지를 창조하신 지
천만년가 만만년가
부유(蜉蝣) 같은 인생으로
못 뵈옴이 한일러니

이제나 지척에 뫼서

옛 모양을 뵈오니라

진실로 디자연이

장엄도 한저이요

만장봉(萬丈峯) 섰는 밑에

만경파(萬頃波)를 놓단 말가

풍운의 불측한 변환이야

일러 무삼하리오

참말 비로봉두에 서서 사면을 돌아보면 대자연의 웅대, 숭엄한 모양에
탄복하지 아니할 수 없습니다. 봉의 고(高)는 겨우 육천구 척에 불과하니
내가 오 척 육 촌에서 이마 두 치를 감하면 내 눈이 해발 육천십사 척 사 촌
에 불과하지마는 첫째는 이 봉이 만이천봉 중에 최고봉인 것과, 둘째, 이 봉
이 바로 동해가에 선 것 두 가지 이유로 심히 높은 감각을 줄 뿐더러 그리도
아아(峨峨)하던 내금강의 제(諸) 봉이 저 아래 이천 척 내지 삼사천 척 밑에
모형 지도 모양으로 보이고, 동으로는 창해가 거리는 사십 리는 넘겠지마
는 뛰면 빠질 듯이 바로 발아래 들어와 보이는 것만 해도 그 광경의 웅장함
을 보려든 하물며 사방에 이 봉 높이를 당한 자 없으므로 안계(眼界)가 무한
히 넓어 직경 수백 리의 일원(一圓)을 일모(一眸)에 부감(俯瞰)하니 그 웅대
하고 장쾌하고 숭고한 맛은 실로 비길 데가 없습니다.

비로봉 올라서니

세상만사 우스워라

산해(山海) 만 리를

일모에 넣었으니

그따위 만국도성(萬國都城)이

의질(蟻垤)에나 비하리오

금강산 만이천봉

발아래로 굽어보고

창해의 푸른 물에

하늘 닿은 곳 찾노라니

청풍이 백운을 몰아

귓가으로 지나더라

(이광수 씨의 「금강산 기행」의 일부)

　　홍취와 경이가 돌발적으로 나오는 글이 기행문이다. 이미 안 지 오랜 고적도 당해 놓으면 감회가 새삼스럽고, 여태껏 기어오르던 산이라도 한 걸음을 더 오름으로 말미암아 전혀 다른 안계가 전개되는 수가 있다. 그런 돌발적으로 격해지는 감회, 홍취, 경이를 산문으로만 서술하기엔 너무나 늘어질 뿐 아니라 감격, 그대로를 전할 수가 없으니 뜻보다, 정의 표현인 운문을 이용하게 되는 것이다. 그리고 방위(方位)를 위해서나 실경을 위해서나 그림을 그려 글 속에 끼는 것도 일취가 있는 솜씨다.

　　그러나 노래나, 그림에 상당한 실력이 없이 본문에 손색이 될 만한 정도면 차라리 단념하는 것이 현명하다.

5) 고증을 일삼지 말 것이다

일청전(日淸戰)의 명소로서 오인(吾人)의 인상이 얕지 아니한 성환역(成歡驛)의 부근에서는 벌써 눈록(嫩綠)[6]을 바라보는 수 주(株)의 수양을 보았다. 속요(俗謠)에 나오는 천안 삼거리 능수버들을 생각하게 한다. 부강(芙江)에 오니 황량한 촌락에 행화(杏花)가 만개하였고 신이화(辛夷花)는 더욱 한참이다.

신이화락행화개(辛夷花落杏花開)라는 한시(漢詩)가 있거니와 두 가지 꽃이 일시에 만개한 것은 재미있다. 신이화를 속명에 '개나리'라고 하니 '나리'는 백합의 속명이요 '개나리'는 가(假)백합의 속어라 이로써 구어(歐語) '캐나리'의 귀화어로 생각하는 이가 있는 것은 잘못일 것이다. 백합과 신이가 일(一)은 구근 식물(球根植物)이요 일(一)은 관목(灌木)이지마는 꽃이 동과(同科)에 속한 고로 이러한 명칭을 지은 것이다. 그러나 '개나리'를 신이로 쓰는 것은 잘못이니 연교화(連翹花)가 그 참인 것이다.

(안재홍 씨의 기행문 「춘풍천리」에서)

일찍이 강원도는 산천이 무무하여 그 산하의 정기를 받고 태어난 사람들은 둔탁(鈍濁) 하냥으로 들었다. 춘향전 비두 팔도 산천 타령에도 이러한 의미로 쓰여진 듯 기억된다. 그러나 나는 이번에 이 산하를 대하고 그 그른 관찰임을 알았다. 옛날엔 교통이 불편하던 산협 지대라 아무리 산하의 영기(靈氣) 종집(鍾集)하더라도 문화의 중심지인 서울과 출입이 잦지 못하였음에 민지(民智)의 발달이 다른 곳에 비하여 떨어졌던 것이요 결코 산천의

---

6   새로 돋아나는 어린잎의 빛깔과 같이 연한 녹색.

죄는 아닌 것이다. 땅은 넓고 사람은 희소하니 대문만 나서면 산이요 밭이다. 평야가 없으니 화곡(禾穀)을 심을 생의도 안 한다. 쌀밥을 아니 먹으니 반찬도 그리 필요치 않다. 감자를 심고 콩을 거두어 감자밥에 산채를 씹으니 소금 한 가지면 그만이다. 가끔가다 노루를 잡고 사슴을 쏘니 고기에도 그리 주리지 않는다. 일출이경(日出而耕)하고 착정이음(鑿井而飮)하니 제력(帝力)이 하유어아재(何有於我哉)다. 이것이 옛날 그들의 순후관대(淳厚寬大)한 장자풍(長者風)의 생활이다. 물론 지금이야 어디 이것을 꿈에나 생각하랴. 기차가 달리고 경편차(輕便車)가 구르고 자동차가 좇으니 쓰고 신어지러운 세상 물결이 도리어 이 천민(天民)의 자손들을 괴롭힐 것이다.

복계(福溪)서 점심을 먹는 동안 기차는 저 유명한 검불랑(劍拂浪)을 향하여 간다. 푹푹푹, 푸푸푸 차는 죽을힘을 다하여 올라가기 시작한다. 그러나 그것은 사람의 걸음만도 못한 것이었다. 대자연과 문명, 자연 앞에 준동(蠢動)하고 있는 조그마한 사람의 힘, 그것은 마치 어린애의 작난과 같다. 푸푸 푸 헛김 빠진 소리만 저절로 터져 나온다. 만일 이것이 동물이라면 전신엔 함빡 땀으로, 물초[7]를 하였을 것이다. 칠전팔도(七顚八倒) 그 기어 올라가는 꼴이 마음에 마치 지각을 가진 동물을 타고 가는 양 안타까운 착각을 가끔 가끔 느끼며 홀로 가만한 고소를 날려 버렸다.

검불랑, 칼을 씻어 물결에 후리친다. 삼방 고전장(三防古戰場)과 그럴 듯 무슨 인연이 있는 것 같은 이름이다.

차가 가지 아니하니 '정마불전인불어(征馬不前人不語)!' 환상은 별안간 이 글귀를 불러일으켰다. 삼방 유협(三防幽峽)으로 쫓긴 선종(善宗)(궁예가

7　온통 물에 젖음.

초목에 묻혀 승으로 있을 때 이름)이 주름 잡힌 이맛살과 추해진 애꾸눈을 부릅뜨며 어이없는 기막힘을 직면하여 여성일갈(厲聲一喝) 반신(叛臣) 왕건을 목통이 터져라 하고 호령하다가 날으는 독시(毒矢)에 외눈을 마저 맞고 마상(馬上)에서 떨어져 차타(蹉跎)하는 꼴이 보인다.

십만 대병(大兵)이 물결에 휩싸인 듯, 아비규환, 갈 길을 잃고 삼방 유협에 생지옥을 벌린 모양이 눈앞에 뵈인다. '분수령육백삼미돌(分水嶺六百三米突).' 허연 나무에 묵흔(墨痕)이 지르르 흐르게 이렇게 쓰여 있다. 기차는 지금 조선의 배량(背梁)을 넘고 있는 것이다.

세포역(洗浦驛)을 지나니 이곳은 목장 지대, 면양(緬羊)을 기르고 말을 치기에 적합한 곳이다. 어지러이 피인 야화(野花), 싱싱하게 푸른 잡초, 공기는 깨끗하고 물은 맑다. 이 가운데 말은 살찌고 양은 기름지다. 그림 같은 방목의 정경이 또한 진세(塵世)의 것이 아닌 것 같다. 이왕직(李王職)의 말을 치는 목장과 난곡농장(蘭谷農場)의 방목들이 있다는 데다.

다시 차는 산협을 끼고 돈다. 일찍이 보지 못하던 천하(天下)의 절경(絶景)이다. 한 산을 지나면 한 물이 흐르고 한 물이 굽이치면 한 굴(窟)이 나온다. 캄캄한 굴 속이 지리한가 하면 어느덧 명랑한 푸른 산이 선녀의 치마폭인 듯 주름잡아 감돌아들고 물이 인제 다했는가 하면 천 길이나 되는 다리 아래엔 살진 여울이 용솟음치니 돌은 뛰어 솟고 물은 부서져 눈(雪)을 뿜는 양 백룡(白龍)이 어우러 싸우는 듯, 끊어진 언덕을 휩쓸어 어마어마한 큰소리를 지르고 내를 이루어 달아난다.

아이들은 박장(拍掌)하고, 나는 청흥(淸興)에 취하였다. 반복무상(反復無常) 이렇게 삼방 유협에 닿으니 산이 감돌기 스무 번, 물여울이 포효하기 열아홉 번, 터널의 어둠이 열네 번, 천하의 기승(奇勝)을 한곳에 몰아 놓았다.

만일 십오야(十五夜) 월광(月光)을 타고 이곳을 지난다면 달이 부서지고 금이 용솟음치는 위관기경(偉觀奇景)을 한 가지 더 볼 수 있을 것이다.

(박종화 씨의 「경원선 기행」에서)

전자엔 신이화에 대한 학술적 견해가 있고, 후자엔 삼방 고전장에 관한 역사적 회고가 있다. 독자에게 가리킴과 일깨워짐이 있다. 그러나 모두 취미 범위 내에서기 때문에 좋다. 기행문에 나오는 학문이나 역사는 취미와 회고 정도에서 의미가 있지 무슨 강의를 하듯 고증과 주장을 일삼아서는 기행문이 아니라 학문이다. 기행문에서는 흥취로 교(驕)하되, 지식으로 교할 것은 아니다.

이 외에 더욱 주의할 것은 감각이다. 감각이 날카로워야 평범한 데서도 맛있게, 인상적이게 느낄 수 있다. 이상의 「성천 기행」의 일절이 평범한 사실이나 얼마나 아름답게 써졌는가? 그리고 노정과 일정이 장원(長遠)한 데서는 형식을 일기풍으로 취함이 좋은 방법의 하나이다. 또 당일로 다녀오는 조그만 원족기(遠足記) 같은 데서는 다음과 같은 몇 가지에 관심하는 것이 요령을 잃지 않는 방법일 것이다.

1. 날씨
2. 가는 모양
3. 가는 곳과 나
4. 상상턴 것과 실지(實地)
5. 새로 보고 들은 것
6. 가장 인상 깊은 것

7. 거기서 솟은 무슨 추억과 희망

8. 이날 전체의 느낌 등

7. 추도문의 요령

▲ 고인을 추억하는 인생, 죽음, 별리에 대한 일종 감상문이요 식사문이다.

추도문은 인생에 대한, 죽음에 대한, 영결(永訣)에 대한 감상과 예식의 글이다. 그러므로 감상문과 식사문의 요령을 참작하면 고만일 것이나, 감상과 의례의 대상이 인생이요, 인생에도 이미 사망하여 우리와 모든 것으로 절연하고 간 인생 이상의 인생이라 너무나 엄숙함에 당황하기 쉽고, 비탄에 치우쳐 분별을 그릇하기 쉬운 글이 이 글이며 또한, 감정에 너무 여유를 가져도 투식(套式)에만 빠져 진정에 설필 염려도 없지 않은 것이 이 추도문이다.

죽음이란 누구나 복종하지 않을 수 없는 위대, 신비한 사태이다. 이 위대, 신비한 사태에 든 선인에게라

1. 경건해야 할 것이요

사람이 일생을 가졌다 함은 크나 적으나 그의 남긴 업적에 의의가 있을 것이라

2. 망인(亡人)의 살았을 때의 신선한 일면모를 보여 주어 그의 덕풍(德風)과 공적을 찬송해야 할 것이요

죽음이 슬픈 것은 남아 있는 사람들의 영결하는 정의(情義)에서요, 이미 죽은 그이로는 마땅히 돌아갈 데로 돌아간 것이라 슬픔이라거나 괴

로움이란 전혀 무의미한 것이다. 옥에나 갇힌 사람에게처럼 처참히 생각한다든지, 불쌍해만 여긴다든지 하는 동정심은 예(禮)가 아니라

3. 슬픔은 오직 쓰는 사람으로뿐, 망인을 위해서는 명복을 빌기를 잊어서는 안 될 것이다.

짧으나 기나 한 사람의 일생을 회고하는 내용이라

4. 강개미(慷慨美)가 있어야 한다.

서왕록(逝往錄) (전반략)

정지용

사나이가 삼십이 훨씬 넘어서 만일 상배(喪配)를 한달 것이면 다시 새로운 행복을 기대하기가 매우 어려울 것이리라. 친구를 잃은 것과 아내를 여읜다는 것을 한 갈로 비길 것은 아니로되 삼십 평생에 정든 친구를 잃고 보면 다시 새로운 우정의 기쁨을 얻는다는 것은 진정 어려운 노릇에 틀림없다.

남녀 간의 애정이란 의외에 속히 불붙는 것이요 당규(當規)를 벗는 경우에는 그야말로 전광석화의 보람을 내일 수도 있는 노릇이나 우정이란 그렇게 쉽사리 익어질 수야 있으랴? 적어도 십 년은 갖은 곡절을 겪은 후라야 서로 사랑한다기보다도 서로 존경할 만한 데까지 갈 수 있는 것이 아니랴.

우정이란 대체 어떻게 이루어지는 것인지 알 수가 없다. 그러나 우정이란 연정(戀情)도 아니요 동호자(同好者)끼리 즐길 수 있는 취미에서 반드시 오는 것도 아니요 또는 동지라고 반드시 친구가 될 수 있는 것도 아니요 설령 정견(政見)이 다를지라도 극진한 벗이 될 수 있는 것이 아니었던가. 더군다나 기질이나 이해(利害)로 우정이 설 수 없는 것은 너무도 밝은 사실이다.

그러한 것으로 미루어 보면 친구는 아내와 흡사하다. 부부애와 우정이

란 나이가 일러서 비롯하여 낫살이 든 뒤에야 둥그러지는 것이 아닐까?

'선인(善人)과 선인의 사이가 아니면 우의가 있을 수 없다. ― 키케로'

내가 어찌 감히 선인의 짝이 될 수 있었으랴.

'악인(惡人)도 때로는 기호(嗜好)를 같이할 수 있고 호오(好惡)를 같이할 수 있고 공외(恐畏)를 같이할 수 있는 것을 보아오는 바이나 그러나 선인과 선인 사이에 우의라고 일커르는 바는 악인과 악인 사이에서는 붕당(朋黨)이다. ― 키케로'

내가 스스로 악인인 것을 고백할 수도 없다.

스스로 악인인 것을 느끼고 말할 만한 것은 그것은 선인의 일이기 때문에!

'사람의 일이란 하잘것없는 것이므로 우리는 사랑하고 사랑받는 그 누구를 항시 구하지 않을 수 없다. 그 연고는 인애(仁愛)와 친절을 제거하여 버리면 무릇 희열이 인생에서 제거되고 만다. ― 키케로'

이 논파(論破)로써 내 자신을 장식하기에 주저치 아니하겠다. 이 장식에서도 내가 제거된다면 대체 나는 어느 헌 누더기를 골라 입으란 말이냐!

'그의 덕이 우의를 낳고 또한 지탱하는도다. 그리하여 덕이 없으면 우의가 결코 있을 수 없으니 우인(友人)을 화합시키고 또한 보존하는 밧자는 덕인저! 덕인저! ― 세네카'

고인이 세상에 젊어 있을 때 그의 덕을 그에게 돌리지 못하였거니 이제 이것을 흰 종이쪽에 옮기어 쓰기도 슬픈 일이 아닐 수 없다.

고인의 부음을 들었던 인사들을 만날 때마다 나는 고인의 형제나 근친이 받아야 할 만한 조위(弔慰)의 말씀을 들었던 것이다.

그의 덕을 조금도 따르지 못하였고 우의에 충실치 못하였음에도 고인의 지우(知友)가 그를 아까워할 때에 내가 그와 함께 기억된 줄을 생각하니 두려운 일이다. 한편으로는 도적도 처(妻)는 누릴 수 있으나 오직 선인에게만 허락되었던 우의에 내가 십 년을 포용(包容)되었음을 깨달았을 적에 나는 한 일이 없이 자랑스럽다. 나의 반생(半生)이 모르는 동안에 보람이 있었던 것이로구나!

짙은 꽃에 숨어 보이지 않더니
가지 높으매 소리 홀연 새로워라.
화밀장난견(花密藏難見)
지고청전신(枝高聽轉新)

(두보)

뻐꾸기 어데서 저다지 슬프고 맑은 소리를 울어 보내는 것일까. 뻐꾸기 우는 철이 길지 못하여 내가 설령 세상에서 다시 삼십 생애를 되풀이한다 할지라도 뻐꾸기 슬픈 소리로 헤일 수밖에 없지 아니하랴! 아아 애달픈지고! 고인은 덕의 소리와 향기를 끼치고 길이 갔도다.

조금도 엄살이 없이 담담요요(淡淡嬝嬝)하게 고우(故友)의 덕의(德儀)를 추모함으로써 평소에 그 벗을 위하지 못했던 것을 마음 아파하였다.

고 이상의 추억

김기림

상은 필시 죽음에게 진 것은 아니리라. 상은 제 육체의 마지막 조각까지라도 손수 갈아서 없애고 사라진 것이리라. 상은 오늘의 환경과 종족(種族)과 무지(無知) 속에 두기에는 너무나 아까운 천재였다. 상은 한 번도 '잉크'

로 시(詩)를 쓴 일은 없다. 상의 시에는 언제든지 상의 피가 임리(淋漓)하다. 그는 스스로 제 혈관을 짜서 '시대의 혈서'를 쓴 것이다. 그는 현대라는 커다란 파선(破船)에서 떨어져 표랑(漂浪)하던 너무나 처참한 선체 조각이었다.

다방 N 등의자(藤椅子)에 기대앉아 흐릿한 담배 연기 저편에 반(半)나마 취해서 몽롱한 상의 얼굴에서 나는 언제고 '현대의 비극'을 느끼고 소름 쳤다. 약간의 해학과 야유와 독설이 섞여서 더듬더듬 떨어져 나오는 그의 잡담 속에는 오늘의 문명의 깨어진 '메커니즘'이 엉클어져 있었다. 파리(巴里)에서 문화 옹호를 위한 작가 대회가 있었을 때 내가 만난 작가나 시인 가운데서 가장 흥분한 것도 상이었다.

상이 우는 것을 나는 본 일이 없다. 그는 세속에 반항하는 한 악한(?) 정령(精靈)이었다. 악마더러 울 줄을 모른다고 해서 비웃지 마라. 그는 울다 울다 못해서 인제는 누선(淚腺)이 말라 버려서 더 울지 못하는 것이다. 상이 소속한 이십 세기의 악마의 종족들은 그러므로 번영하는 위선의 문명에 항해서 메마른 찬웃음을 토할 뿐이다.

흐르고 어지럽고 게으른 시단(詩壇)의 낡은 풍류에 극도의 증오를 품고 파괴와 부정에서 시작한 그의 시는 드디어 시대의 깊은 상처에 부딪쳐서 참담한 신음 소리를 토했다. 그도 또한 세기의 암야(暗夜) 속에서 불타다가 꺼지고 만 한줄기 첨예한 양심이었다. 그는 그러한 불안 동요 속에서 '동(動)하는 정신'을 재건하려고 해서 새 출발을 계획한 것이다. 이 방대한 설계의 어구(於口)에서 그는 그만 불행히 자빠졌다. 상의 죽음은 한 개인의 생리의 비극이 아니다. 축쇄(縮刷)된 한 시대의 비극이다.

시단과 또 내 우정의 열석(列席) 가운데 채워질 수 없는 영구한 공석(空席)을 하나 만들어 놓고 상은 사라졌다. 상을 잃고 나는 오늘 시단이 갑자기 반세기 뒤를 물러선 것을 느낀다. 내 공허를 표현하기에는 슬픔을 그린 자전(字典) 속의 모든 형용사가 모두 다 오히려 사치하다. '고 이상'— 내 희망과 기대 위에 부정(否定)의 낙인을 사정없이 찍어 놓은 세 억울한 상형 문자야! (후반략)

시대를 선행함으로써 항시 고독하던 고우(故友)를 위해 열변의 위로와 그의 예술의 진가를 천명 옹호하는 미덕의 추도문이다. 추도문은 반드시 울려야만 하지 않는다.

8. 식사문의 요령

▲ **경조간**(慶弔間) **각종 의식 장소에서 낭독하는 문장이다.**

경사스러운 일이거나 불행한 일이거나 붓을 들어야 하리만치 친근한 사람이라면 구태여 식사(式辭)로 아니라도 이미 당사자와 함께 즐거웠고 함께 슬펐을 것이다. 구태여 문장을 꾸미는 의의는 의식을 위해서요 또 회참자(會參者) 일동에게 읽어 들리어 기분을 고조시킴에 있다 하겠다. 의식을 위해서니까 먼저

1. 정중해야 할 것이요,

회참자 일동에게 읽어 들리기 위해서니까

2. 낭독조로 써야 할 것이요,

공중의 앞에서 공개하는 글이라

3. 사적인 내용에 치우치지 말 것이요,

식사를 혼자 차지한 것이 아니니

4. 지리(支離)하게 길지 말아야 할 것이요,

위낙이 형식인 것을 내용까지 형식적이어선 회중의 기분을 충동시키지 못할 것이니

5. 정분(情分)에 절실해 청중에게 심각한 인상을 주는 내용이라야 할 것이다.

봉아제문(鳳兒祭文)

사랑하는 아들 봉근아! 네가 지난해 2월 22일 오후 6시, 이 세상을 떠난 지 바로 한 해가 되었다. 네가 숨을 끊은 날 아비 나는 네 무덤에 와서 네 넋을 부른다.

네 몸이 이미 썩었으니 그 몸에 네 넋이 없음을 알건마는 네 간 곳을 모르니 네 무덤에서밖에 어디서 부르냐.

너는 이제 어디 가 있느냐. 다른 별에 가서 하늘 사람으로 태어났느냐. 이 세상에서 다른 집에 아들로 태어났느냐.

아직도 갈 곳을 찾지 못하여 헤매느냐. 네 얼굴이 맑고 아름다웠고 네 마음이 밝고 어질었고 네 이 세상에 있는 동안에 보는 사람들의 귀여움을 받았으니 네 필시 전생에 좋은 뿌리를 심은 줄을 믿으매 내 아들로 태어났을 때보다 나은 곳에 간 줄은 믿는다마는 내가 사십 평생에 가장 사랑하던 사람이요 벗이던 너를 여의매 내 슬픔은 쉬일 길이 없다. 네가 내 무릎 위에 있는 동안 나는 네게 좋은 것을 하나도 못하여 주고 도리어 좋지 못한 꼴만 보였다. 내 어찌 네 마음을 늘 기쁘게 못하였던고? 내 어찌 네 눈에 거룩하고 높고 깨끗하고 자비로운 사람이 되지 못하였던고? 네가 하나님을 믿고 부처님을 믿고 착한 사람은 어찌하여 착하며 악한 사람은 어찌하여 악한가를 묻고, 사람이

죽으면 어찌 되는가를 물을 때에 네게 옳은 길로 대답할 지혜를 갖지 못하였던고? 그 많은 병을 앓고 그 많은 매를 맞고 그 많은 비위에 거슬림을 받게 하였던고? 그러나 사랑하는 아들아 나는 너를 바른 길로 인도하지 못하였건마는 너는 죽음의 방편으로 내게 바른 길을 지시하였다. 네가 가는 것을 보고 나는 내 지금까지의 잘못된 생각을 버리고 고작 높은 바른 길을 찾기를 결심하였다. 나는 천만 번 나고 죽어 지옥 아귀의 고생을 하더라도 고작 높은 바른 길을 찾아 잘못 사는 무리들을 건지리라는 큰 원을 세웠다. 사랑하는 아들아. 나는 너를 만날 것을 믿는다. 너와 함께 고작 높은 길을 닦아 괴로움에 허덕이는 모든 잔 무리를 건지는 일을 함께할 날이 있을 것을 믿는다. 그러므로 나는 내 슬픔을 죽인다. 아가, 너도 네 슬픔을 죽여라.

네 마음에 박힌 모든 입장을 다 불살라 버리고 고작 높은 길을 닦기를 힘써라. 네 태어날 곳을 찾거든 돈 많은 집이나 세력 많은 집을 찾지 말고 어진 마음을 가지고 어진 일을 하기를 힘쓰는 집을 찾아라.

사랑하는 내 아들아 봉근아. 네가 일곱 해 동안 아비라고 부르던 좋지 못한 아비, 나는 오늘 네가 생전에 좋아하던 '미루꾸'와 과자와 사이다와 포도주를 가지고 네 무덤 앞에 와서 너를 부르니 아아 봉근아, 아비의 정성을 받아라.

눈물이 없이 읽을 수 없다. 입에서 나오는 말이 아니라 새빨간 마음으로, 영혼으로 하는 말이다. 이미 들을 줄을 모르는 사람에게 하는 말은 입보다 영혼으로 하는 말이라야 옳을 것이다.

9. 논설문의 요령

▲ 종교, 예술, 정치, 경제, 교육, 과학 등 인류 일체 문화에서 일정한 문제를 가지고 자기의 의견을 주장, 진술, 선전, 권유하는 글이다.

위(魏)나라 문제(文帝)는 '문장은 경국지대업(經國之大業)이라' 하였고, 『런던 타임즈』의 어느 주필은 '내가 한번 붓을 들면 내각(內閣)을 삼 일 내에 넘어트릴 수도 있고 새로 세울 수도 있다'고 장담하였다. 다 논설 문장의 힘을 말함이다.

적게 보아 한 사회, 크게 보아 한 국가, 더 나아가 전 인류, 대체로는 동일한 생활과 운명에 살되, 개인 개인의 감정, 의견은 모두 동일한 것이 아니다. 어떤 일에서나 십인십색, 아니 만인만색으로 의견과 의견의 충돌을 면치 못한다. 모든, 자질구레한 의견을 묵살하고 대중을 지도할 만한 최선의 의견이란, 어느 사회, 어느 시대에 있어나 영원히 필요한 것이다. 그런데 누구나 사회에, 세계에 자기의 최선의 의견을 발표할 권리가 있다. 권리뿐 아니라 자기 의견이면 어서 발표하고 싶은 충동을 본능적으로 가졌다. 문화 만반에, 시사 일체에 어느 한 문제를 가지고 자기의 의견을 진술하고, 주장하고, 공명을 일으켜서 민중이 감정적으로, 의지적으로 자기를 따르게 하는 것이 논설이다. 논설문은 혼자 즐기려 쓰는 글은 아니다. 언제든지 민중을 독자로 한다. 대세를 자극해 여론의 선봉이 될 것을 이상으로 한다. 그러므로 논설문은,

1. 공명정대할 것,
2. 열의가 있어, 먼저 감정적으로 움직여 놓을 것,
3. 확호한 실례를 들어 의심을 살 여지없이 신임을 받아야 할 것.

4. 논리정연하여 공리공론이 없고 중언부언이 없을 것,

5. 엄연미(儼然美)가 있을 것

들이다.

한글철자법 시비에 대한 성명서

대개 조선문 철자법에 대한 관심은 다만 어문 연구가뿐 아니라 조선 민족 전체의 마땅히 가질 바 일이다.

그러나 그중에서도 일일천언(日日千言)으로 글 쓰는 것이 천여(天與)의 직무인 우리 문예가들의 이에 대한 관심은 어느 누구의 그것보다 더 절실하고 더 긴박하고 더 직접적인 바 있음은 자타가 공인할 것이다.

그러므로 우리는 우리 어문의 기사법이 불규칙 무정돈함에 가장 큰 고통을 받아 왔고 또 받고 있으며, 이것이 귀일통전(歸一統全)되기를 누구보다도 희구하고 갈망한 것이다.

보라! 세종 성왕(聖王)의 조선 민족에 끼친 이 지대(至大) 지귀(至貴)한 보물이 반천 재(載)의 일월(日月)을 경(經)하는 동안 모화배(慕華輩)의 독아적(毒牙的) 기방(譏謗)은 얼마나 받았으며, 궤변자의 오도적(誤導的) 장해(戕害)는 얼마나 입었던가.

그리하여 이조(李朝) 오백 년 간 사대부층의 자기에 대한 몰각, 등기(等棄), 천시, 모멸의 결과는 필경 이 지중한 언문 발전에까지 막대한 조애(阻礙)와 장예(障翳)를 주고야 만 것이다.

그러다가 고 주시경 선각의 혈성(血誠)으로 시종한 필생의 연구를 일획기(一劃期)로 하여 현란에 들고 무잡(蕪雜)에 빠진 우리 어문 기사법은 보일보(步一步) 광명의 경(境)으로 구출되어 온 것이 사실이요, 마침내 사계(斯界)의 권

위들로써 조직된 조선어학회로부터 거년(去年) 시월에 '한글 맞춤법 통일안'을 발표한 후, 주년(周年)이 차기 전에 벌써 도시와 촌곽이 이에 대한 열심한 학습과 아울러 점차로 통일을 향하여 촉보(促步)하고 있음도 명확한 현상이다.

그러함에도 불구하고 근자의 보도에 의하여 항간 일부로부터 기괴한 이론으로 이에 대한 반대 운동을 일으켜 공연한 교란을 꾀한다 함을 들은 우리 문예가들은 이에 묵과할 수 없음을 깨달은 것이다.

그 소위 반대 운동의 주인공들은 일찍 학계에서 들어본 적 없는 야간총생(夜間叢生)의 '학자'들인 만큼, 그들의 그 일이 비록 미력(微力) 무세(無勢)한 것임은 무론이라 할지나, 혹 기약 못 할 우중(愚衆)이 있어, 그것으로 인하여 미로에서 방황하게 된다 하면, 이 어문 통일에 대한 거족적 운동이 차타(蹉跎) 부진(不進)할 혐(嫌)이 있을까 그 만일을 계엄(戒嚴)하지 않을 수도 없는 바다.

그러나 또한 동시에 일에는 매양 조그마한 충동이 있을 적마다 죄과를 남에게만 전가하지 말고 그것을 반구제기(反求諸己)하여 자신의 지공(至公) 무결(無缺)을 힘쓸 것인 만큼 이에 제(際)하여 어문 통일의 중책을 지고 있는 조선어학회의 학자 제씨도 어음(語音)의 법리와 일용(日用)의 실제를 양양상조(兩兩相照)하여 편곡(偏曲)과 경색(硬塞)이라고는 추호도 없도록 재삼고구(再三考究)하지 않으면 안 될 것이다.

여하간 민중의 공안(公眼) 앞에 사정(邪正)이 자판(自判)된 일인지라, 이것은 '호소'도 아니요, '환기'도 아니요, 다만 우리 문예가들은 문자 사용의 제일인자적 책무상, 아래와 같은 삼칙(三則)의 성명(聲明)을 발(發)하여 대중의 앞에 우리의 견지(見地)를 천효(闡曉)하는 바다.

성명 삼칙

1. 우리 문예가 일동은 조선어학회의 '한글 통일안'을 준용하기로 함.

2. '한글 통일안'을 조해(阻害)하는 타파(他派)의 반대 운동은 일체 배격함.

3. 이에 제(際)하여 조선어학회의 통일안이 완벽을 이루기까지 진일보의 연구 발표가 있기를 촉(促)함.

갑술(甲戌) 칠월 구일 조선 문예가 일동

(칠십팔 씨 성명 략(畧))

논리 정연하다. 먼저 자기들은 철자법 통일과의 관계가 누구보다도 지중(至重)함을 밝힌 것은, 첫째, 이런 성명을 쓰는 것이 부질없는 일이 아니란 것, 둘째, 이런 문제에 관하여는 어느 층의 사람들보다 견해가 정확하리란 것을 믿게 하였다. 또 '한글 통일안'을 지지함에 만인의 공인을 얻기 위해 상식적인 이유를 들었고, 뿐만 아니라 어문 통일이란 문인, 학자들의 일만이 아님을 대승적 견지에서 설파하였다. 끝으로 조선어학회의 학자 제씨에게도 양양상조하여 편곡됨이 없도록 부탁한 것은, 태도의 공명뿐 아니라, 성명의 목적이 궁극엔 철자법 그것에 있음을 보이는 것이다.

일초일목에의 애

1

등산로에 길가에 쓰러진 꽃 한 포기를 세우고 뿌리를 묻어주는 심정은 누구나에게 있고 싶은 정신이다. 더구나 북한(北漢), 도봉(道峰) 등과 같이 대도시에서 인접한 산야나 금강산 같은 공원적인 산야에 다니는 자에게는 이러한 정신을 발휘할 절호한 기회가 있는 것이다. 내가 아름답다고 본 것을 남들에게도 아름답게 보이자는 심정이 그 얼마나 높고 아름다운 것이랴. 이러한 심정이야말로 문화 민족의 표가 되는 것이다.

2

춘절(春節) 이래로 하이킹하는 청년들이 많아지는 것은 다만 건강을 위해서뿐 아니라 정신의 수양상으로도 기뻐할 일이어니와 아직 이러한 생활에 관한 훈련이 부족하기 때문에 청유(淸遊)를 청유로 하지 아니하고 난잡 무례(無禮)한 놀이와 같이 생각하여서 마치 모든 도덕과 절제에서 일시 해방된 것 같이 보이는 예가 있음은 유감된 일이다. 산야에서 자연을 접할 때에도 마땅히 애(愛)와 경(敬)으로써 할 것이니 일초일목(一草一木), 일석이금(一石一禽)에 대해서 애경(愛敬)의 정을 느낄 때에 비로소 우리는 자연의 미를 느끼고 자연의 말을 들을 수 있는 것이다. 난잡한 자세를 짓고 무절제한 방가(放歌), 방언(放言)을 하면서 자연을 대하는 것은 극장에서 무대에 주의하지 아니하고 같은 관중의 정숙(靜肅)을 고려치 아니하는 자와 꼭 같은 것이다.

하물며 꽃과 나뭇가지를 꺾고 돌을 굴리며 오예물(汚穢物)을 처치하지 아니하는 등 난행(亂行)에 이르러서는 진실로 빈축할 일이요, 사회의 수치라고 아니할 수 없다. 런던의 템스강(江)에는 종이 조각 하나 뜨는 일이 없다고 하지 아니 하느냐.

(『조선일보』 소화 10년 4월 30일 사설의 일부)

논제가 「일초일목에의 애」다. 퍽 정서적이다. 읽는 사람의 감정에부터 자극을 줄 필요가 있다. '내가 아름답다고 본 것을 남에게도 아름답

게 보이자는 심정이 그 얼마나 높고 아름다운 것이랴' 하여 과연 읽는
사람에게 감정적으로 먼저 충동을 준다. 나무나 꽃을 꺾는 것이 나쁘
다는 것쯤은 상식이다. 케케묵은 상식만 중언부언하면 깊이 마음속에
울릴 리 없다. 더구나 일초일목을 아끼는 것은 사상이기보다 감정임에
더 아름다운 일이니, 사상편으로보다 정조편으로 고쳐시킴이 교화적
의의도 더욱 클 것이다. '마치 모든 도덕과 절제에서 일시 해방된 것같
이 보이는 예'를 말한 것, 템스강의 실례를 든 것은, 모두 이 논설의 훌
륭한 보강 재료들이다.

인생

인생칠십고래희(人生七十古來稀)라는 말도 있거니와 인생은 과연 짧은 것
이다. 짧은 데다가 언제 죽을는지도 모르는 불가사의의 인생이다. 짧은 이
인생을 어찌하면 좀 더 의의 있고 가치 있게 살다가 죽을 수 있을까. 별 수 있
나 되는 대로 살다 죽지 하는 것이 일종의 농담으로 되는 것은 용혹무괴(容或
無怪)나 진정한 뜻으로써 사용되어서는 안 될 줄 안다. 취생몽사(醉生夢死)의
생활, 이에서 더 공허하고 적막하고 한(恨) 되는 생활이 어디 있으랴.

*

금수의 생활은 먹고 마시고 생식(生殖)하는 것 이외에 다른 것이 없을 것
이다. 그러나 사람의 생활은 먹고 마시고 생식하는 것 이외에 진(眞)을 찾
고 선(善)을 찾고 미(美)를 찾게 되는 것이 이것이 금수와 다른 점이요 이것
이 사람의 사람다운 점이라 할 것이다. 다시 말하면 금수는 본능적으로 충
동적으로 행동하고 현재 만족에 여념이 없지마는 사람은 과거와 현재와 미
래의 모든 경험을 아울러 생각하여 보다 낫고 보다 좋은 생활을 영위하려

고 애쓰는 것이 다르다는 것이다.

*

시간적으로 보아서나 공간적으로 보아서 사람은 지극히 미약하고 보잘
것없는 물건이다. 그러나 사람은 위대한 영능(靈能)이 있어서 고결한 이상
을 동경하고 원대한 목적을 향하여 애쓰고 나가는 절대무한(絶大無限)의
생명 그 물건이다.

*

사람은 언제 죽을른지 모른다. 이따나 내일 죽을 것같이 준비치 않으면
안 될 것이요, 앙천부지(仰天俯地)하여 부끄러울 것이 없는 바른 생활을 하
도록 늘 경계하고 지나지 않으면 안 될 것이니 이러한 긴장미가 있는 생활
이야말로 진실된 생활이라 할 것이다.

*

사람은 대자연에 대하여 너무 주문이 많고 자만이 많은 것 같다. 자기 때
문에만 세상이 생겼고 자기 때문에만 삼라만상(森羅萬象)이 갖추어 있는
줄 아는 이가 많다. 조금만 자기 맘에 맞지 않고 맘대로 되지 아니하면 불평
을 말하고 실망하고 비관을 하고 염세(厭世)를 하여 자살하는 데까지 이르
게 된다. 이 얼마나 욕심 많은 자기중심의 사상인가. 마치 항해하는 자가
풍우와 파랑(波浪) 없이 대해를 건너고자 하는 바와 같은 것이다. 고어(古
語)에도 기(己)를 아는 자는 인(人)을 원(怨)치 않고 명(命)을 아는 자는 천
(天)을 원(怨)치 않는다 하였으니 한 번 더 자신을 반성해 볼 필요가 없을까.

*

간난과 역경은 언제나 있는 것이다. 간난과 역경은 사람의 수양에 따라
능히 경감되는 수도 있고 또 이것이 인연으로 좋은 결과를 맺게 할 수도 있

는 것이니 간난과 역경은 인생의 시금석인 동시에 폭풍우 후에 청천(晴天)이 있는 바와 같이 순경(順境)과 호운(好運)이 전개될 것이다. 인생의 찬연한 페이지는 한 번도 실패 없이 위험 없이 운 좋게 지났다는 것보다도 백 번 쓰러지되 굽히지 않고 일어서는 곳에 있을 것이다.

(『신동아』의 권두언)

'인생'이란 거대한 문제를 가졌으되, 조금도 덤비지 않고, 진리란 쉽고 가까운데 있다는 듯한 자신을 가지고 도란도란, 친절히 이야기하듯 썼다. 동물과 인생의 다른 점, 자연에의 욕심이 너무 많은 것, 실패 없는 성공이 없다는 것, 모두 한 번 반성하고 굳센 새 신념을 품게 하는 힘이 있다.

금일의 문학을 비평함에 있어 관학적(官學的) 비평은 알맞지 않는다. 학자의 비평과 같이 너무도 교양이 많고, 너무도 박학하고, 너무도 과거에 속박을 받는 비평은 새로운 작품 앞에선 몸이 무겁고 거북한 것이 사실이다. 이때에 필요한 것은, 늘 새로운 예술 작품에 공명(共鳴)하기 위하여 경악과 상탄(賞歎)을 준비하고 있는 민첩(敏捷)하고 교묘한 자연 발생적인 구두(口頭) 비평이다. 그러나 이 같은 비평은 학자의 고전 비평에 비하면 퍽 곤란한 것이다. 쥬우벨이 말한 것과 같이 '고대인 되기보다는 근대인 되기가 훨씬 어렵다.' 우리가 고대의 기성 사실의 세계 가운데서 사는 것보다는 자기네의 시대를 그 운동에서 그 직접적이고 흩어지기 쉬운 존재에서 느끼고 맛보는 것이 더욱 곤란하기 때문이다.

이상에 우리는 구두 비평의 기능을 보아 왔다. 나는 형태에 대하여 좀 더 고찰을 넓히고자 한다. 구두 비평은 물론 말로써 하는 비평이지만, 이것은 그 본질이고, 본질이 언제든지 본질대로만 있는 것은 아니다. 만일 그렇다면 그것은 문학 가치의 대부분을 잃을 수밖에는 없을 것이다. 왜 그러냐 하면 순수한 구두 비평은 글을 쓰지 않을 것이고, 글을 쓰지 않는 이상 그는 문학 세계에 참가할 수 없으며, 또 그 자신도 참가치 않으려고 할 것이다. 그렇게 때문에 절대적 이상적인 구두 비평이라는 것은 실제로 존재치 않는다. 그는 대개 그의 담화를 수기(手記) 서간 일기 '노트' 등에 기록하여 두기 마련이다. 이리하여 비평사상(批評史上)에 빛나는 허다한 '수상록(隨想錄)'과 '일기'는 생겨난 것이다.

그러나 현대에 있어 구두 비평의 기록으로서 다른 모든 형태를 흡수하여 버린 위대한 비평이 있다. 그것은 즉 우리가 오늘날 보는 신문 비평이다. 신문 비평은 얼른 생각하기에 직업적 비평의 전형같이 보이나 그러나 그 본질에 있어선 역시 민중의 구두 비평이다. 왜 그러냐 하면 신문 비평가 즉 저널리스트는 생트 뵈브가 말한 것과 같이 '공중(公衆)의 서기(書記)'이기 때문이다. 다만 이 서기는 사람이 구술하는 것을 기대하지 않고 자진하여, 세상 사람들이 생각하고 있는 바를 매일 아침 통찰하고 변별하고 편집한다.

따라서 신문 비평이 설혹 잡지나 단행본 가운데서 발견된 대도 그것은 무방하다. 그것이 금일의 정신과 금일의 재지(才智)로써 금일의 작품을 비평한 것이라면 소재 형식의 여하를 물을 것 없이 신문 비평이다. 그것은 신선한 형태 하에 금일의 사상을 표현하고 관학주의(官學主義)의 모든 외관을 피하여 가면서 독자에게 지식을 신속하고 유쾌하게 줄 수 있는 모든 수단을 사용하여 쓴 비평이다. 현대인은 벌써 '살롱'에서 신간 평론을 하지 않는다. 신문은 '살롱'의 대신인 동시에 금일의 서적 — 이십사 시간 내지 십이 시간의 서적이다.

(최재서 씨의 「비평의 형태와 기능」의 일부)

신문 비평의 가치를 역설하였다. 이 역설을 위해선, 관학적, 즉 학문식 비평이 금일 문학에 알맞지 않는 점, 자연 발생적인 구두 비평이 결국 신문 비평에 이르는 점을 밝혀 논리의 성립을 확호부동(確乎不動)하게 하였다.

독서개진론

황국(黃菊) 단풍(丹楓)이 어느덧 무르녹아 달 밝고 서리 찬 밤 울어 예는 기러기도 오늘내일에 볼 것이다. 독서하기 좋은 계절이다. 하늘 높고 바람 급한 적에 호마(胡馬)가 길이 소리쳐 장부의 팔이 부르르 떨치면서 넌지시 만리의 뜻을 품은 것은 가을의 정감이다. 그러하매 옛사람이 가을밤 벽상(壁上)에 장검(長劍)을 걸고 홀로 병서(兵書)를 읽었다고 하니 가을의 숙살(肅殺)[8]한 기운이 무한정진(無限征進)의 의도를 충동일 제 그 기(機)와 경(境)이 알맞게 의도를 펼 수 없는 것이 인세(人世)의 상사(常事)인 고로 걸린 장검에서 그 의도가 식지 않고 읽어가는 병서에서는 더욱 천하의 뜻이 굽닐어 나아가는 것이니 독서의 의의와 영감이 여기 있는 것이다. 그러나 반드시 가을이 아니니 언제나 독서는 자아인 인생을 객관의 경(境)에서 새로 발견하는 것이요 고인의 자취에서 조을고 있던 정돈되었던 위대한 나를 고쳐 인식하는 것이며 하필 남자만의 일이 아니니 남성이건 여성이건 누구나 독서에서 새로운 지견(知見)과 생신(生新)한 천지를 개척하여 가는 것이다. 병서─ 오로지 독서자의 경륜(經論)에 투합(投合)할 바 아니니 무릇 사회백가(社會百家)의 서(書)와 과학제문(科學諸門)의 술(述)을 각각 그 취미와 공용(功用)에 따라 자재(自在)하게 선택할 것이다. (…중략…)

8　쌀쌀한 가을 기운이 풀이나 나무를 말리어 죽임.

고인들은 흔히 맹목으로 추종하고 직역으로 항참(降然)하는 자 많더니 금인들은 혹 해외의 좌익이란 선구자의 언론에 맹목으로 추종하는 자 많아 그 경우와 역사와 현실의 정세(情勢)란 자가 같으되 다른 진경비의(眞境秘義)를 미처 모르는 자 적지 않은 터이다. 고인의 그러함이 반드시 정주(程朱)의 죄가 아님과 마찬가지여서 금인의 그러함도 역시 해외의 좌익 선구자의 허물이 아닐 것이다. 무릇 비판적이 아닌 곳에 정주가 조선을 그 사상적 식민지로 잡아 일세(一世)의 유관(儒冠)한 자로 전역(全域)을 들어 숭외(崇外)의 제물로 내 주려고 하였으니 그 환(患)의 막심한 자이었다. 비판적이 아닌 곳에 현대의 독서 사색하는 자로 의외의 과오를 지도자로서 범할 수 있는 것이니 독서와 그에서 나오는 실천이 워낙 쉬운 바 아니다. 나의 처지를 밝히 알고 거기서 남의 지난 자취를 찾을 때에 비로소 남이 갖지 못하는 진정한 진로가 터지는 것이다. 내가 일찍 지리산의 풍운(風雲) 속에 길을 잃어 밀림을 헤치고 계곡을 더위잡아[9] 길 없는 길을 더듬어 내려올 새 황량한 고목 속에서 초부(樵夫)에게 찍힌 도끼 자국을 보고 눈에 번쩍 띄어 먼저 다녀간 그 님의 자취를 기껍노라 공경하였다. 사람은 자기의 힘차는 노력을 끊임없는 값으로 치르면서 그리고 앞서 지나간 선구자의 끼친 터를 찾을 때에만 바야흐로 참으로 비상존귀(非常尊貴)한 인세의 교훈과 가치를 얻는 것이다. 독서의 비결이 그 여기에 있을 것이다. 그러나 무릇 독서는 그 때와 사람이 따로 있지 않으니 현대인은 모두 일생을 일하고 독서함을 요한다.

(안민세의 「독서개진론」)

9　높은 곳에 오르려고 무엇을 끌어 잡음.

웅혼호방(雄渾豪放)한 문장이다. 이순논정(理順論正)함은 물론, 내용 이상 독자를 압도 충격하는 힘이 있다. 현하(懸河)의 변(辯)을 듣는 듯하다. 일종 엄연미다. 이것은 문체의 힘만은 아니요 필자의 기개요 위의(威儀)라 하겠다. 대중과 대세를 상대로 하는 글이란 연설이나 마찬가지로 우선 인기를 끌고 못 끄는 것이 효과에 있어 차이가 클 것이다.

10. 수필문의 요령

▲ 자연, 인사, 만반에 단편적인 감상, 소회, 의견을 경미 소박하게 서술하는 글이다.

수필이란 수의수제(隨義隨題)의 글이다. 논조를 밝히고 형식을 차릴 것 없이 우연욕서격(偶然欲書格)으로, 한 감상, 한 소회, 한 의견이 문득 솟아오를 때, 설명으로 되든, 묘사로 되든, 가장 솔직한 대로 표현하는 글이다. 솔직하기 때문에 논문보다 오히려 찌름이 빠르고 날카롭고, 형식에 잡히지 않기 때문에 아름다운 시경(詩境)이나 가벼운 경구(警句), 유머가 적나하게 나타나 버린다 그래서 어떤 사람은, 수필을, 강의나 연설이 아니라 좌담과 같은 글이라, 혹은 정식(定食)이나 회석(會席) 요리가 아니라 일품요리와 같은 글이라 하였다. 근리(近理)한 비유이거니와 단적이요 소야(疎野)해서 필자의 면목이 첫마디부터 드러나는 글이 이 수필이다. 그 사람의 자연관, 인생관, 그 사람의 습성, 취미, 그 사람의 지식과 이상, 이런 모든 '그 사람의 것'이 직접 재료가 되어 나오기 때문이다. 누구에게 있어서나 수필은 자기의 심적 나체(裸體)다. 그러니까 수필을 쓰려면 먼저 '자기의 풍부'가 있어야 하고 '자기의 미'가 있어야 할 것이다. 세사(世事) 만반(萬般)에 통효(通曉)해서 어떤 사물에 부딪치든 정당한 견해에 빨라야 할 것이요 정당한 견해에선 한걸음 나아가 관찰에서나, 표현에서나 독특한 자기 스타일을 가져야 할 것이다.

창

김진섭

창을 해방의 도(道)에 있어서 잠시 생각하여 본다. 이것은 즉 내 생활의 권태에 못 이겨 창측(窓側)에 기운 없이 몸을 기대었을 때 한 갈래 두 갈래 내 머리로부터 흐르려던 사상의 가난한 묶음이다.

철학자 '게오르그 짐멜'은 일 개(一個) 화병의 손잡이로부터 놀랄 만치 매력 있는 하나의 세계관을 도출하였다. 이것은 적어도 하나의 유명한 사실임을 잃지 않는다. 이 예에 따라 나는 여기 한 개의 창을 관찰의 대상으로 삼으려 한다. 그러나 이것이 과연 하나의 버젓한 세계관이 될지 또는 하나의 '명색수포철학(名色水泡哲學)'에 귀(歸)하고 말지는 보증(保證)의 한(限)이 아니다. 그 어떠한 것에 이 '창측의 사상'이 속하게 되든 물론 이것은 그 나쁘지 않은 기도(企圖)에도 불구하고 아직은 오히려 하나의 미숙한 소묘에 그칠 따름이다.

창은 우리에게 광명을 가져오는 자이다. 창이란 흔히 우리의 태양임을 의미한다.

사람은 눈이 그 창이고 집은 그 창이 눈이다. 오직 사람과 가옥에 멈출 뿐이랴. 자세히 점검하면 모든 물체는 그 어떠한 것으로 의하여서든지 반드시 그 통로를 가지고 있음은 두말할 것도 없다. 우리는 그 사람의 눈에 매력을 느낌과 같이 집집의 창과 창에 한없는 고혹(蠱惑)을 느낀다. 우리를 이와 같이 색인(索引)하여 놓으려 하지 않은 창측에 우리가 앉아 한가히 보는 것은 그러므로 하나의 헛된 연극에 비교될 성질의 것은 아니다. 우리가 여기서 볼 수 있는 것은 너무나 많은 것 ― 즉 그것은 자연과 인생의 무진장한 풍일(豊溢)이다. 혹은 경우에 의하여서는 세계 자체일 수도 있는 것 같다. 창 밑에 창이 있을 뿐 아니라, 창 옆에 창이 있고 창 위에도 또 창은 있어 ― 눈은 눈을 통하여 창은 창에 의하여 이제 왼 세상이 하나의 완전한 투명체임을 볼 때가 일찍이 제군에게는 없었던가?

우리는 언제든지 될수록이면 창 옆에 머물러 있으려 한다. 사람의 보려하는 욕망은 너무나 크다. 이리하여 사람으로부터 보려 하는 욕망을 거절하는 것같이 큰 형벌은 없다. 그러므로 그를 통하여 세태를 엿볼 수 있는 유일한 기회를 주는 창을 사람으로부터 빼앗는 감옥은 참으로 잘도 토구(討究)된 결과로서의 암흑한 건물이라 할 수 있다.

그러나 우리는 우리가 창을 통하여 보려는 것이 과연 무엇일까를 알지 못한다. 그럼에도 불구하고 우리는 그것보기를 무서워하면서까지 그것을 보려는 호기심에 드디어 복종하고야 만다. 그러므로 우리는 창을 한없이 그리워하면서도 동시에 이 창에 나타날 터인 것에 대한 가벼운 공포를 갖는 것이다. 문은 어떠한 악마를 우리에게 소개할지 사실 알 수 없는 까닭이다.

나라와 나라 사이에 고을과 고을 사이에 도로 산천을 뚫고 우리와 우리에 속한 것을 운반하기 위하여 주야로 달음질치는 기차 혹은 알기도 하고 혹은 모르기도 한 번화한 거리와 거리에 질구(疾驅)하는 전차, 자동차― 그것은 단지 목적지에 감으로서만 의미가 있는 것일까?

아니다 적어도 나에겐 그것이 이 세계의 생활에 직접으로 통하고 있는 하나의 변화무쌍한 창으로서 더욱 의미가 있는 듯싶다. 그러므로 우리는 항상 기차를 탈 때면 조망이 좋은 창을 선택하려는 것이다. 그러므로 의(依)하여 우리는 흔히 하나의 풍토학(風土學), 하나의 사회학(社會學)에 참여하는 기회를 잃지는 않으려는 것이다. 여행자가 잘 이용하는 유람 자동차라는 것이 요새는 서울의 거리에도 서서히 조종되고 있는 것을 나는 가끔 길 위에서 보지만 그것을 볼 때 나는 이것이 흥미에 찬 외래자(外來者)의 큰 눈동자로서밖에는 느끼어지지 않는다. 모르는 땅의 교통과 풍속이 이러한 달아나는 차창에 의하여 얻을 수 없다면 여행자의 극명한 노력은 지둔(遲鈍)한 다리와 발에 언제까지든지 지불되어야 할 것이다.

여기 가령 비행기가 떴다 하자, 여기 가령 어데서 불이 났다 하자, 그러면 그때에 우리는 가장 가까운 창에 부산하게 몰린다. 그때 우리가 신사 체면에 서로 머리를 부닥침이 좀 창피하다 하더라도 관(關)할 바이랴! 밀고 헤쳐서까지 우리는 조망이 편한 창측의 관찰자가 되려 하는 것이다. 점잖스럽게 창과는 먼 곳에 앉아 세간에 구구한 동태에 무관심을 표방하고 있는 인사가 결코 없지 않으나 알고 보면 그인들 별수가 없는 것이다. 비행기의 '프로펠러'에 그의 조화는 완전히 파괴되어 있는 것이다.

우리로 하여금 항상 창측의 좌석에 있게 하는 감정을 사람은 하나의 헛된 호기심이라고 단정하여 버릴지도 모른다. 그러나 사람의 보려 하는 참을 수 없는 행동은 이를 헛된 호기심으로만 지적하기에는 너무도 심각한 것 같다. 참으로 사람이란 자기 혼자만으로는 도저히 살 수가 없는 것이고 그보다는 다른 사람의 생활에 의하여 또는 다른 사람 생활을 봄으로 의하여 오직 살 수가 있는 엄숙한 사실에 우리가 한 번 상도(想倒)하여 보면 얼마나 많이 이 창측의 좌석이 이 위급한 욕망에 영양을 제공하고 있는가를 용이하게 알 수가 있다. 이리하여 우리가 가령 달아나는 전차에 몸을 싣는다는 것은 우리가 어떠한 목적지를 지향하고 있는 구실 밑에 달아나는 가로(街路)에 있어 구제하기 어려운 이 욕망의 충족을 꾀함을 의미하는 것이다. 많은 사람 사람의 무리 은성(殷盛)한 상점의 '쇼윈도' — 우리가 흔히 거리의 동화(童話)에 가슴에 환영을 여러 가지로 추리하는 기회를 여기서 가짐이 무엇이 나쁘랴? 도시의 가로는 그만큼, 충분, 풍부하다. 달아나는 창은 무엇보다도 그것을 또 잘 보여준다.

창에 대한 건축가적 정의가 아니다. 생활자로서 인생관으로서, 자기류(自己流)로서, 창의 정의를 음미(吟味) 천명(闡明)하였다. 가장 평범한 대상에 학적 술어를 끌어 이론하는 데, 탈속(脫俗) 청기(淸奇)한 풍미가 있다. 수필의 좋은 경지의 일역(一域)이다.

권태 (일부)

이상

길 복판에서 육칠 인의 아이들이 놀고 있다. 적발동부(赤髮銅膚)의 반라군(半裸群)이다. 그들의 혼탁한 안색, 흘린 콧물, 두른 베 두렁이, 벗은 웃통만을 가지고는 그들의 성별조차 거의 분간할 수 없다.

그러나 그들은 여아가 아니면 남아요 남아가 아니면 여아인, 결국에는 귀여운 오육 세 내지 칠팔 세의 '아이들'임에는 틀림이 없다. 이 아이들이 여기 길 한복판을 선택하여 유희(遊戲)하고 있다.

돌맹이를 주워 온다. 여기는 사금파리도 벽돌 조각도 없다. 이 빠진 그릇을 여기 사람들은 내버리지 않는다.

그러고는 풀을 뜯어온다. 풀— 이처럼 평범한 것이 또 있을까. 그들에게 있어서는 초록빛의 물건이란 어떤 것이고 간에 다시 없이 심심한 것이다. 그러나 하는 수 없다. 곡식을 뜯는 것도 금제(禁制)니까 풀밖에 없다.

돌멩이로 풀을 짓찧는다. 푸르스레한 물이 돌에 염색된다. 그러면 그 돌과 그 풀은 팽개치고 또 다른 풀과 다른 돌멩이를 가져다가 똑같은 짓을 반복한다. 한 십 분 동안이나 아무 말 없이 잠자코 이렇게 놀아본다.

십 분 만이면 권태가 온다. 풀도 싱겁고 돌도 싱겁다. 그러면 그 외에 무엇이 있나? 없다.

그들은 일제히 일어선다. 질서도 없고 충동의 재료도 없다. 다만 그저 앉았기 싫으니까 이번에는 일어서 보았을 뿐이다.

일어서서 두 팔을 높이 하늘을 향하여 처든다. 그리고 비명에 가까운 소리를 질러본다. 그러더니 그냥 그 자리에서들 껑충껑충 뛴다. 그러면서 그 비명을 겸한다.

나는 이 광경을 보고 그만 눈물이 났다. 여북하면 저렇게 놀까. 이들은 놀 줄조차 모른다. 어버이들은 너무 가난해서 이들 귀여운 애기들에게 장난감을 사다 줄 수가 없었던 것이다.

이 하늘을 향하여 두 팔을 뻗치고 그리고 소리를 지르면서 뛰는 그들의 유희가 내 눈엔 암만해도 유희같이 생각되지 않는다. 하늘은 왜 저렇게 어제도 오늘도 내일도 푸르냐, 산은 벌판은 왜 저렇게 어제도 오늘도 내일도 푸르냐는, 조물주에게 대한 저주의 비명이 아니고 무엇이랴.

아이들은 짖을 줄조차 모르는 개들과 놀 수는 없다. 그렇다고 먹이 찾느라고 눈이 벌건 닭들과 놀 수도 없다. 아버지도 어머니도 너무나 바쁘다. 언니 오빠조차 바쁘다. 역시 아이들은 아이들끼리 노는 수밖에 없다. 그런데 대체 무엇을 가지고 어떻게 놀아야 하나. 그들에게는 장난감 하나가 없는 그들에게는 영영 엄두가 나서지를 않는 것이다. 그들은 이렇게 불행하다.

그 짓도 오 분이다. 그 이상 더 길게 이 짓을 하자면 그들은 피로할 것이다. 순진한 그들이 무슨 까닭에 피로해야 되나? 그들은 위선(爲先) 싱거워서 그 짓은 그만둔다.

그들은 도로 나란히 앉는다. 앉아서 소리가 없다. 무엇을 하나. 무슨 종류의 유희인지 유희는 유희인 모양인데— 이 권태의 왜소(矮小) 인간들은 또 무슨 기상천외의 유희를 발명했다.

오 분 후에 그들은 비키면서 하나씩 둘씩 일어선다. 제각각 대변을 한 무더기씩 누어 놓았다. 아— 이것도 역시 그들의 유희였다. 속수무책의 그들의 최후의 창작 유희였다. 그러나 그중 한아이가 영 일어나지를 않는다. 그는 대변이 나오지 않는다. 그럼 그는 이번 유희의 못난 낙오자에 틀림없다. 분명히 다른 아이들 눈에 조소의 빛이 보인다. 아— 조물주여. 이들을 위하여 풍경과 완구를 주소서.

우습다. 그러나 우습지만 않고 슬프다. 그리고 또 즐겁게 읽히었다. 다시 읽어도 즐거울 것이다. 내용은 알되, 다시 읽어도 즐거운 것은 필자의 유머러스한 재변(才辯)에 있다. 우스우나 얼른 잊혀지지 않는 것, 무슨 글이나 그런 글은 좋은 글이다.

그믐날

김상용

연말이 되니, '외상값'이 마마 돋듯 한다. 고슴도치는 제가 좋아서 외를 진다. 그러나 그는 심성이 원래 지기를 좋아해서 빚을 진 것은 아니다. 굳이 결벽을 지켜보고도 싶어 하는 그다. 그러나 벽(癖)도 운(運)이 있어야 지키는 것— 한데 운이란 원래 팔자 소관이라 맘대로 못하는 게다. 그도 어쩌다 빛질 운을 타고 났을 뿐이다.

*

"이달은 섣달입니다, 이달엔 끊어줍쇼" 한다.

언즉시야(言則是也)다. 정월서 열두 달이 갔으니 섣달도 됐을 게다. 섣달에 청장(淸帳)하는 법쯤이야, 근들 모를 리가 있겠느냐?

또한 '줍쇼, 줍쇼' 하는 친구들도 꼭 좋아서 이런 귀치않은 소리를 외며 다닐 것은 아니다. 그들도 받을 것은 받아야 저도 살고, 남에게 줄 것도 줄 게 아닌가? 듣고 보면, 그들에게 더 눈물겨운 사정이 있을 적도 많다. 그러나 손에 분전(分錢)이 없을 때 이러한 이해성은 수포밖에 될 것이 없다. 정(情)도 그러하고 의(義)도 역시 그러하나, 현실의 얼음은 풀린 줄을 모를 때 그의 '딜레마'엔 비애의 구름이 가린다.

"물론 주지, 그믐날 줄 게니 집으로 오소" 하였다.

그는 이 순간 감히 물론을 '주지' 위에 붙일 정도로 '돈키호테'가 되었다. 그러나 이 '물론'이 전연 영(零)에서 출발한 물론은 아니다. 그도 사 년 전에 오십 원 하나를 어느 친구에게 꿔 준 일이 있다. 딱한 사정을 듣고 나서, "무슨 방도로라도 그믐께쯤은 갚아 드리리다" 하는 답이었다. 이것이 그에게, '물론'을 뱉게 한 것이다. 그러나 그에게서 빚을 얻고 그 빚을 사 년이나 못 갚았다면, 그 친구의 실력도 짐작할 만하다. 이런 때의 문제는 실력이지, 성의 유무가 아니다. '들어올' 가능성 일에 '들어 못 올' 확실성 구쯤 된다.

*

이런 것을 믿다니…… 과연 어리석지 아니한가? 그도 산술 시험에 칠십

점을 맞아 본 수재다. 그만 총명으로 이 '믿음'의 '어리석음'을 모를 리가 없다. 말하자면, 그는 이 '어리석음'을 자취(自取)한 데 불과하다.

이런 때 떠나오려는 '지푸라기'를 안 잡는댔자, 별 도리가 없기 때문이다.

*

하여튼, 그는 '그믐'이란 안질(眼疾) 환자의 파리채로 빚쟁이들을 쫓아 버렸다. 이마를 만져보니 식은땀이 축축하다.

*

하늘은 선악인(善惡人)의 지붕을 택(擇)치 않고 우로(雨露)를 나려준다. 게까지는 고마운 일이다. 그러나 채(債)의 권무(權務)를 가리지 않고, '그믐'을 함께 보내심은 그 항혜(恒惠)가 지나쳐, 원망의 눈물이 흐른다. 마침내 '빚쟁이'들에게 '줍쇼'날이 오는 날, 그에겐, 주어야 할 '그믐날'이 오고 말았다.

*

이때, 기다리는 오십 원이 나 여깄소 하면야 근심이 무에랴? 그러나 스무아흐렛날이나, 그믐이 돼도 들어와야 할 오십 원은 어느 골목에서 길을 잘못 들었는지 종내 찾아들 줄을 모른다. 그에겐, '물론 주지! 그믐날 집으로 오소' 한 기억이 반갑지 못한 총명 덕에 아직도 새파랗다.

*

'집으로 오소' 해 놓았는지라. '빚쟁이'들이 다행 일터까지는 달려들지 않는다. 평온한 하루 속에 일이 끝났다. 일이 끝났으니 갈 게 아니냐? 제대로 가자면, 그믐날도 되고 하니 일찌감치 집으로 돌아가야 할 게다. 그러나 천만에……. 이런 때 집으로 가는 건 맨대가리로 마라리 둥지를 받는 것과 똑마찬가지다.

*

그는 오며 오며 만책(萬策)을 생각해 본다. 생각해 봐야 다방 순례밖에 타계(他計)가 없다. 가장 염가의 호신 피난법(護身避難法)이다. 그러나 군자(軍資)는? 그는 다 떨어진 양복 주머니에 S・O・S를 타전한다. 일금 삼십 전야유(也有)의 보첩(報牒)! 절처봉생(絶處逢生)은 만고에 빛날 옥구(玉句)다.

*

그는 다방문을 연다. '보이'의 '드럽쇼' 소리가 들려왔다. 그는 이 소리에 대해 모자를 벗지 아니할 정도로 오만하다. 삼십 전 군자는 그에게 이만한 오만을 가질 권리를 준 것이다. 차 한 잔을 앞에 놓고, 활동 화보나 들치면, 세 시간을 있어도, 여섯 시간을 있어도 당당한 이 집의 손님이다. 그는 우선, 거미줄 같은 '니코틴' 망 속에 무수한 삶은 문어대가리를 보았다. 그는 그들을 비예(睥睨)하며 가장 점잖게 좌(座)를 정해 본다. 일리(一厘)에 투매(投賣)되는 '샬리아핀'의 '볼가의 뱃노래는 그 정취가 과도로 애수적이다.

그는 '커피' 한 잔을 명하였다. 얼마 아니해 탁(卓) 위에 놓여진다.

'오— 거룩하신 커피잔' 하고 그의 기도는 시작된다. 어서 염라대왕이 되사, 이 하루를 옭아가 주소서 하는 애원이다. 어쨌든, 그의 군자가 핍진키 전에 그는 이날 하루를 착살(鑿殺)해야 할 엄훈(嚴訓) 하에 있다.

*

겨울밤이 열시 반이면, 밤도 어지간히 깊었다. 그는 이 사막에서 세 '오아시스'를 찾느라, 삼십 필(匹)의 낙타를 다 잃은 대상(隊商)의 신세다. 그는 지금 가진 것을 다 버린 가장 성결한 처지에 있다.

'지금까지야, 설마 기다리랴?'

'지금 또야 오랴?'

비로소 안도의 성(城)이 심장을 두른다. 거리의 찬바람이 휘— 지날 때, 그는 의미 모를 뜨거운 두 줄을 뺨에 느꼈다.

누가, 그의 왼 볼을 치면, 그는 진심으로 그의 바른 볼을 제공했으리라.

문간을 들어서자

"오늘은 꼭 받아가야겠다고 다섯 사람이나 기다리다 갔소" 한다.

이건 누굴 숙맥으로 아나, 말 안하면 모를 줄 아나 봐 대꾸를 하고도 싶다. 그러나 부엌을 바라보자마자, 그의 배가 와락 고파진 이때, 그에겐 그 말을 할 만한 여력이 없다.

그는 꽁무니를 툇마루에 내던졌다. 그리고 맥 풀린 손으로 신발끈을 끄르려 한 이때다. 바로 이때다.

*

바로 이때,

"참 아까, 오십 원 가져왔습디다!" 한다.

귀야, 믿어라! 이 어인 하늘 음성이냐?

'무어? 오십 원을 가져와? 오십 원을!'

이런 때 아니 휘둥그레지면, 그의 눈이 아니다.

자— 기적이다! 기적을 믿어라, 이게 기적이 아니고 무엇이냐? 그래도 기적이 없다는 놈에겐 자자손손 앙화(殃禍)가 나려야 한다. 오— 고마우신 기적의 오십 원!

열한 시가 다 뭐냐? 새로 한 시 아냐, 세 시라도 좋다.

오십 원아! 가자, 감금된 청백(淸白) 고결(高潔)을 구하러, 오십 원아, 십자군의 행군을 어서 떠나자!

어느 놈이고, 올 놈은 오라, 그래, 너희들의 받을 게 얼마냐? 주마 한 그
믐날이다. 주다뿐일까, 장부의 일언을 천금 주어 바꿀 줄 아는가?

*

그에센 지금 공복도 피로도 없다. 포도를 울리는 그의 낡은 구두는 개선
장군의 말굽보다 우렁차다.

S상점의 문을 두드린다. 아무 대답이 없다.

고연 놈들! 벌써 문을 닫다니…… 받을 것도 안 받고 벌써 문을 닫았어,
고연 놈들!

"문, 열우"

하고 또 문을 두드린다.

"누구십니까?"

한참만에야 문이 열렸다.

"내요 돈 받으소, 아까 왔드래는걸, 어 ─ 마침, 친구에게 붙들려서…….
하하, 친구에게 붙들리면 어쩔 수가 없거든……."

"그렇습죠! 하하."

'줍쇼' 때에 비해 그의 음성은 간지러울 정도로 보드랍다.

"어 ─ 한데, 사람이란 준대는 날은 줘야지! 그렇지 않소, 어 ─ 헌데, 모두
얼마더라……."

S상점의 셈을 마치고 다시 개선장군의 말굽 소리를 내며, 그는 다음 상점
을 찾아가는 것이다.

그라 하였으나 아마 자기임에 틀림없을 것이다. 삼인칭을 만든 것은
자기를 좀 더 풍자적으로 다루어 보려는, 자기에의 야심이다. 자기를

시켜 돈에게 복수다. 비장한 복수가 아니라 '한번 그래 보는' 정도다. 낙관이다. 그러나 인생의 엄숙한 일면의 표현이다.

시선(施善)에 대하여

변영로

며칠 전에 어느 걸인 하나를 보고 아래와 같은 생각을 하였다.

독일의 염세 철학자 쇼펜하우어는 '시선이란 걸인으로 하여금 그 빈궁 상태에서 벗어나게 하는 것이 아니고, 도리어 그 빈궁 상태를 연장하여 주는 것이다'라고 지적하였다. 확실히 일리가 있는 총명한 말이다.

걸인을 근본적으로 그 걸식 상태에서 구하지 않고 자기에게 고통을 주지 않는 한도 안에서 분전척리(分錢隻厘)를 급여(給與)하는 것은 걸인 생활을 연장하여 줌만 아니라, 비록 걸인에겔망정 용서할 수 없는 인간적 모욕일 것이다.

이론 일방(一方)으로는 어디까지 그러하나 그 걸인을 근본적으로 구제할 만한 방편이 없는 이 불완전한 사회 제도가 완전화할 때까지 — 완전화한다는 것은 일 개(一個)의 망상일는지는 모르나 — 고식적이고 불철저하나마 노방(路傍)에서 기한(飢寒)으로 우는 걸인에게 '걸인 상태를 연장하는 것이니라' 하는 엄숙한 주의 표방 하에 본 체도 않고 지나가는 것보다는 분동(分銅)이나마 주는 편이 낫지 않을까 하는 것이다.

인생은 주의와 이론으로만 사는 것이 아니다.

논설보다 오히려 찌름이 빠르다. 수필은 논문과 다름없이 비평 정신이 따르고 있는 것이다.

다락루(多樂樓) 야화(夜話)

양주동

가을과 독서. 이 두 가지를 생각할 때 얼른 연상에 떠오르는 것은 '구양자방야독서(歐陽子方夜讀書)'를 모두(冒頭)로 한 「추성부(秋聲賦)」와 예(例)의 '신량입교허(新涼入郊墟), 등화초가친(燈火稍可親)'이란 구(句)가 있는 퇴지(退之)의 권학편(勸學篇)이다. 편집 선생이 나에게 이 제목을 줌도 생각건댄 때가 등화(燈火)를 친할 만한 계절에 가까웠기 때문이겠다.

한유(韓愈)가 아들에게 준 그 시 가운데 내려가다가 '사람이 학문이 없으면 마우이금거(馬牛而襟裾)'란 구가 있다. 왜 안짝은 기억하지 못하고 바깥짝만 기억하느냐 하면 바깥짝에는 '이(而)' 자가 있기 때문이다. 이(而) 자를 포함한 일 구가 나로 하여금 이십여 년 전 옛날 가을밤의 독서를 연상하게 한다.

열두 살 때에 신학문을 뜻하고 멀리 서경(西京)에 급(笈)을 부(負)하였던 나는 일 년 후에 연명(淵明)의 귀거래사(歸去來辭)를 읊으며 고원(故園)에 돌아와 즐기는 한문을 독습하였었다. 나의 촌에는 '서당'이 있었으나 훈장 되는 이가 글자대로 초학 훈장이라 속문(屬文)은 어림도 없는 터이었다. 아이들이 배우는 『연주시(聯珠詩)』인가 하는 책에

전군야전조하북(前軍夜戰洮河北), 기보생금토곡혼(己報生擒吐谷渾)

이란 구가 있었는데, 해(該) 선생이 흉노명(匈奴名) '토곡혼(吐谷渾)'을 알 리가 없는지라 '이미 생금(生擒)을 보(報)하여 곡혼(谷渾)을 배앝었다' 새기므로 그 의를 물은즉 '곡혼은 지명(地名)인데 적국(敵國)이 그것을 먹었다가 도로 배앝었다'고 궁한 끝에 현묘한 대답을 하던 것을 지금도 기억한다. 이야말로 소화(笑話)에 나오는 대로 '수아이사(遂餓而死)'를 '드디니까 아 하고 죽었다' 하는 식의 선생이고 보니 아무리 초학일망정 맹자(孟子)와 수호(水

滸)와 방옹집(放翁集)과 태평광기(太平廣記)를 보던 나로서는 그에게 배울 생각이 나지 않기 때문에 서당에는 가더라도 글은 독습하기로 하였다.

그러면 나의 그때 한문 실력은 어떠한가. 지금도 그러하거니와 애초부터 독학무사(獨學無師)인 데다가 모를 데를 만나면 예(例)의 '독서불구심해(讀書不求甚解)'를 표어로 내세우는 판이니 문리는 다소 낫다 하더라도 워낙 황당한 지식에 껄렁한 해석이 많았다. 그때 보았던 『소림광기(笑林廣記)』란 책에 모촌(某村) 학구(學究)가 「적벽부(赤壁賦)」를 읽는데 부자(賦字)를 적자(賊字)로 오인하여 '전적벽적(前赤壁賊)!' 하니까 마침 도적이 앞벽에 숨었다가 대경(大驚)하여 뒷벽으로 피한즉 이윽고 '후적벽적(後赤壁賊)!' 하는지라 도적 씨(氏) — 실색도주(失色逃走)하면서 '차가(此家)에 불용축구(不用畜狗)'라고 감탄하였다는 소화(笑話)가 있던 것이 생각나거니와 나도 그 적벽부를 읽는데 벽두(劈頭)에 가로되,

"임술지추칠월(壬戌之七月)에 기망(旣望)이러니 소자(蘇子)가 여객(與客)으로……."

하였다. 내 딴에는 '기망(旣望)'을 '진작부터 선유(船遊)를 희망하였던바'의 뜻으로 해석하였더니 십육(十六)이 '기망(旣望)'이라 함은 그 후 매부 되는 이에게 들은 파천황(破天荒)의 신지식이다. 맹자를 읽다가 '백이피주(伯夷辟紂), 거북해지빈(居北海之濱)'에 이르러 '벽(辟)'이 '피(避)'와 통하는 줄을 모르고 '백이벽주'라 고성대독(高聲大讀)하던 것도 그때이다.

이런 정도로서 낮에 재미있게 제 서(諸書)를 섭렵하다가는 밤이면 동중(洞中)의 '다사(多士)'들과 함께 모여서 글을 읽다가 혹은 촉각시(燭刻詩)를 짓고 혹은 사운(射韻)을 하여 가면서 밤 가는 줄을 몰랐다. 장소는 나의 매부 되는 이의 뜰 앞에 있는 서루(書樓)에서다. 나의 매부는 사형제가 모두

한학에 능하여 시나 문으로 일읍(一邑)에 이름을 떨치는 '문한가(文翰家)'였다. 따라서 그 서루도 해학미 있게 좌(左)에 편(扁)하되 '다락루(多樂樓)' 우(右)에 편하되 '정좌정(靜坐亭)'이라 하였다. 좌중에는 동내(洞內)의 제 사(諸士)가 나를 합해 무릇 십여 인.

위에 말한 이(而) 자 이야기는 이 회석(會席)의 일 과목인 '사운(射韻)'과 연락된다. 사운이란 것은 아는 이는 알려니와 고인(古人) 시구를 많이 외이기 위하여 안출(案出)한 놀음이다. 임의의 자를 떠서 그 자를 첫 자로만 시구를 외이고 그 다음 다른 자를 떠서 오언(五言)이면 제삼자(第三字), 칠언(七言)이면 제사자(第四字)에 그 자가 있는 구를 외이고 또 그 다음 자를 떠서 그 자가 맨 밑에 있는 구를 외여 이렇게 돌아가면서 많이 외이는 사람을 장원으로 하는데 보통 두 편으로 갈라 승부를 결(決)한다. 그런데 우리는 그때 이 놀음의 이름이 '사운'인 줄은 모르고 당초에 누가 초장, 중장, 종장의 의(義)를 취(取)하여 '초중종'이라 하였던 것이며 와전하여 '초둔장'이 되고 또 누가 잊었던 글을 찾는 놀음이라 하여 '초둔장(招遁章)'이라 명역(名譯)한 것이다. 그런데 이 '초둔장' 놀음이 시작되면 보통 인(人), 지(之), 불(不), 위(爲), 천(天) 같은 글자는 고시에 많이 나오므로 누구나 능히 한 구씩을 부르지마는 약부(若夫) '이(而)' 자가 중장에나 말장에 나오면 그때 우리 실력으로서는 중장은 누구든지 전기(前記) '마우이금거(馬牛而襟裾)'를 부르면 기타는 그만 단념하고 마는 소위 '독장(獨章)'을 주는 수밖에 없었다. 그래서 우리는 각기 벽자(僻字)가 있는 시구를 찾노라고 비밀히 이서(異書)를 구하여다가는 공부를 하였다. 염욕(濂浴), 두시(杜詩), 당시선(唐詩選) 같은 것은 공통의 지식인지라 소용이 없기 때문에 나는 그때 서울로 『검남시초(劍南詩鈔)』를 주문하여다가 혼자만 보고 종종 '독장'을 하였다. 그 방옹

집 첫머리에 '화진노산(和陳魯山)' 제일수(第一首)에 '회한이고목(灰寒而木枯)'이라는 이(而) 자 중장을 발견하였을 때 나는 얼마나 광희(狂喜)하였는지! 그러나 이(而) 자 말장이면 아무도 개구(開口)를 하지 못하였다. 지금 같으면 『패문운부(佩文韻府)』의 이자조(而字條)라도 찾아보았으련마는 그때는 아무도 운부(韻府)는 보지도 못하였다. 오늘 우연히 『지봉유설(芝峰類說)』을 읽다가 권십사 창화조(卷十四唱和條)에 소노천(蘇老泉)과 왕창공(王刜公)의 이자창화시(而字唱和詩) '담시구호이(談詩究乎而)' '풍작린지이(風作鱗之而)' 삼구(三句)가 있음을 보고 다시금 옛날을 회억하였다. 명년 여름에 가면 그 몇 형제분이 또 '초둔장'으로 도전할 터이니 이(而) 자 말장은 내가 독장을 해야 하겠다.

글 이야기다. 서재로 찾아온 글벗과 더불어 눕거니 기대거니 하고 한적(漢籍)을 뒤적거리며 하는 이야기 같다. 먼저 자기가, 또 자기 신변 사람들이 즐기어야 할 것이 수필이다. 대중은 수필의 독자가 아니다. 여기 수필이 서재 문학인 고고(孤高)한 일면이 있다.

비 (전반략)

정지용

오피스를 벗어나왔다.

레인코트 단추를 꼭꼭 잠그고 깃을 세워 턱아리까지 싸고 소프트로 누르고 박쥐우산 알로 바짝 들어서서 그리고 될 수 있는 대로 가리어 디디는 것이다.

버섯이 피어오르듯 후줄그레 늘어선 도시에서 진흙이 조금도 긴치 아니하려니와 내가 찬비에 젖어서야 쓰겠는가.

안경이 흐리운다. 나는 레인코트 안에서 옴츠렸다. 나의 편도선을 아주 주의하여야만 하겠기에 무슨 정황에 폴 베를렌의 슬픈 시「거리에 나리는 비」를 읊조릴 수 없다.

비도 추워 우는 듯하여 나의 체열(體熱)을 산산히 빼앗길 적에 나는 아무렇지도 않은 것같이 날씬하여지기에 결국 아무렇지도 않다고 하였다.

여마(驢馬)처럼 떨떨거리고 오는 흰 버스를 잡아탔다.

유리쪽마다 빗방울이 매달렸다.

오늘에 한해서 나는 한사코 빗방울에 걸린다.

버스는 후루룩 떨었다.

빗방울은 다시 날아와 붙는다. 나는 헤어 보고 손가락으로 비벼 보고 아이들처럼 고독하기 위하여 남의 체온에 끼인 대로 참하니 앉아 있어야 하겠고 남의 늘어진 긴소매에 가리운 대로 잠착하여야 하겠다.

빗방울마다 도시가 불을 켰다. 나는 심기일전하였다.

은막(銀幕)에는 봄빛이 한창 어울리었다. 호수에 물이 넘치고 금잔디에 속잎이 모두 자라고 꽃이 피고 사람의 마음을 꼬일 듯한 흙냄새에 가여운 춘희도 코를 대고 맡는 것이다. 미칠 듯한 기쁨과 희망에 춘희는 희살대며 날뛰고 한다.

마을 앞 고목 은행나무에 꿀벌떼가 두름박처럼 끌어 나와 잉잉거리는 것이다. 마을 사람들이 뛰어나와 이 마을 지킴 은행나무를 둘러싸고 벌 떼 소리를 해 가며 질서 없는 합창으로 뛰고 노는 것이다. 탬버린에 하다못해 무슨 기명 남스래기에 고끄랑 나발 따위를 들고 나와 두들기며 불며 노는 것이다. 춘희는 하얀 칠칠 끌리는 긴 옷에 검정 띠를 띠고 쟁반을 치며 뛰는 것이다.

동네 큰 개도 나와 은행나무 아랫등에 앞발을 걸고 벌 떼를 집어 삼킬 듯이 컹컹 짖어댄다.

그러나 은막에도 갑자기 비도 오고 한다. 춘희가 점점 슬퍼지고 어두워지지 아니치 못해진다. 춘희가 콩콩 기침을 할 적에 관객석에도 가벼운 기침이 유행한다. 절후(節侯)의 탓으로 혹은 다감한 청춘사녀(靑春士女)들의 폐첨(肺尖)에 붉고 더운 피가 부지중 몰리는 것이 아닐까. 부릇 나는 것일지도 모른다.

춘희는 점점 지친다. 그러나 흰나비처럼 파다거리며 흰 동백꽃에 황홀히 의지하련다. 대체로 다소 고풍스러운 슬픈 이야기라야만 실컷 슬프다.

흰 동백꽃이 아주 시들 무렵 춘희는 점점 단념한다. 그러나 춘희의 눈물은 점점 깊고 세련된다.

은막에 나리는 비는 실로 고운 것이었다. 젖어질 수 없는 비에 나의 슬픔은 촉촉할 대로 젖는다. 그러나 여자의 눈물이란 실로 고운 것인 줄을 알았다. 남자란 술을 가까이 하여 굵을 수도 있다.

그러나 여자에 있어서는 그럴 수 없다. 여자란 눈물로 자라는 것인가 보다. 남자란 도박이나 결투로 임기응변할 수도 있다. 그러나 여자란 다만 연애에서 천재다.

동백꽃이 새로 꽃힐 때마다 춘희는 다시 산다. 그러나 춘희는 점점 소모된다. 춘희는 마침내 일가(一家)를 완성한다.

옆에 앉은 영양(令孃) 한 분이 정말 눈물을 흩트려 놓는다. 견딜 수 없이 느끼기까지 하는 것이다. 현실이란 어느 처소에서 물론하고 처치에 곤란하도록 좀 어리석은 것이기도 하고 좀 면난(面暖)하기도 한 것이다. 그레타 가르보 같은 사람도 평상시로 말하면 얼굴을 항시 가다듬고 펴고 진득이 굴지 않아서는 아니될 것이다. 먹새는 남보다 골라서 할 것이겠고 실상 사람이란 자기가 타고 나온 비극이 있어 남몰래 앓을 병과 같아서 속에 지녀

두는 것이요 대개는 분장으로 나서는 것임에 틀림없다.

어찌하였든 내가 이 영화관에서 벗어 나가게 되고 말았다.

얼마쯤 슬픔과 무게(重量)를 사 가지고.

거리에는 비가 이때껏 흐느끼고 있는데 어둠과 안개가 길에 기고 있다.

타이어가 날리고 전차가 쨍쨍거리고 서로 곁눈 보고 비켜서고 오르고 나리고 사라지고 나타나는 것이 모두 영화와 같이 유창하기는 하나 영화처럼 곱지 않다. 나는 아주 열(熱)해졌다.

검은 커튼으로 싼 어둠 속에서 창백한 감상이 아직도 떨고 있겠으나, 나는 먼저 나온 것을 후회치 않아도 다행하다고 하였다. 그러나 다시 한 떼를 지어 브로마이드 말려 들어가듯 흡수되는 이들이 자꾸 뒤를 잇는다.

나는 휘황히 밝은 불빛과 고요한 한구석이 그리운 것이다. 향그러운 홍차 한 잔으로 입을 축이어야 하겠고, 나의 무게를 좀 덜어야만 하겠고, 여러 가지 점으로 젖어 있는 나의 오늘 하루를 좀 가시우고, 끌러야 견디겠기에 그러나 하루의 삶으로서 그만치 구기어지는 것도 할 수 없는 일이다. (…후략…)

비 오는 날, 몸이 좀 고달픈 날, 영화 『춘희』를 구경한, 이야기라기보다, 서경(敍景)이요 서정(抒情)이다. 아름답다. 전아(典雅), 진밀(縝密)하다. 시경(詩境)을 산문으로 나타내었다. 수필의 포용력은 무한하다.

정가표 인간

최재서

시골서 가주 올라온 얼치기가 날씨가 추우니까 백화점 양복부에 가서 외투를 사 입고 의기양양하여 나온다. 뒷장 등엔 ¥25.00의 정가표를 붙이고.

흔히 보는 광경이다.

하다못해 삼사 원짜리 셋방을 얻더라도 명함이 필요한 세상이니 문단엔들 명함이 고맙지 않을 리가 없다.

'그 사람 무엇하는 사람인가?' '아 그 유명한 소설가를 몰라, ×××를 쓴?' '응 그래! 그런데 어딜 다니노?' '××학교 영어 선생이지' '옳지!' 이제야 비로소 알겠다는 듯이 수긍한다.

그러나 문인은 이런 세속적 명함 이외에 또 문학적 명함이 필요하다. 보통 명함에도 견서(肩書)가 이 층 삼 층으로 있다시피 문학적 명함에도 여러 층이 있다. 왈 '평론가 ×××주의 ×××논자 모모(某某)' 문인도 이만큼 분업이 되지 않으면 우선 편집자의 명부에 오르지 못하는 모양이다.

펠랑데스가 지적한 바와 같이 그의 회사적 역할을 떠나서 인간을 상상할 수 없다는 것은 사실이다. 즉 그는 일정한 목적을 향하여 일정한 사회적 코스를 밟는 성격자이다. 그러나 만일에 그가 성격자에 그치지 말고 그 성격에서 벗어나려고 하는 혹은 반항하려고 하는 개성을 전연 가지고 있지 않다면 우리는 그 성격자에게 성공의 월계관을 받드는 동시에 경멸의 조소를 보내야 마땅하겠다.

진실한 의미에 있어 개성의 소유자이라면 우리는 그에게 어떠한 레테르를 붙여야 옳을까. 오직 '위대한 예술가'라는 레테르가 있을 뿐이다. 과거에 있어서 괴테나 셰익스피어가 그러했고 현대에 있어서 지드가 그러하다.

편집자의 명부에서 분류된 레테르를 붙이고 득의만면하여 횡행하는 친구들은 ¥25.00의 딱지를 붙이고 다니는 시골뜨기와 마찬가지로 정가표 인간이다.

무슨 가(家), 무슨 주의자로 안처(安處)하는 소승(小乘) 문학인에게의 정문일침(頂門一鍼)이다.

이렇게 수필은 엄숙한 계획이 없이, 가볍게 손쉽게 무슨 감상이나, 무슨 의견이나, 무슨 비평이나 씨낼 수가 있다. 인생을 말하고 문명을 비평하는 데서는 적은 논문일 수 있고, 우감(偶感)이나 서경, 서정에 있어서는 모두 소작품(小作品)들일 수 있다.

끝으로 수필의 요점을 들면,

1. 한 제(題)의 글로 너무 길어서는 안 될 것이다. 고작 길어야 이십자 행으로 백 행 내외라야 할 것.

2. 상(想)이나 문장이나 자기 스타일은 살리면서라도 이론화하거나 난삽해서는 안 될 것이다. 수필의 맛은 야채 요리와 같이 경미하고 담백해 향기를 살리는 데 묘미가 있다.

3. 음영적 관찰이 필요하다. 어떤 보잘것없는 사람의 말 한마디에나, 행동 하나에도 다 인생의 음영이 있다. 표면화한 사실에보다 음영으로 부동(浮動)하는 것을 천명해 주는 데 현묘미(玄妙味)가 있다.

4, 품위가 있을 것, 그러나 겸허한 경지라야지, 초연해서 아는 체, 선한 체, 체가 나와서는 능청스러워지고, 능청스러워선 오히려 품위는커녕 천해지고 만다.

5. 예술적이어야 한다. 수필은 보통 기록 문장은 아니다. 무슨 사물을 정확하게만 기록해서 사물 그 자체를 보도, 전달하는 데나 그치면 그것은 문예가 아니다. 어디까지 자기의 감정적 인상, 주관적인 소회에서 서술해야 할 것이다.

제5강 퇴고의 이론과 실제

1. 퇴고라는 것

글은, 사상인 것이나 감정인 것이나 자기 마음속의 것을 꺼내어 남에게 전달하려는 데 목적이 있다. 원만히 전달하였으면 목적을 성취한 것이요 그렇지 못하면 실패한 것이다. 그런데 글은 심중의 것을 그대로 표현하기에 아주 이상적인 도구냐 하면 결코 그렇지 못하다.

> 오백 년 도읍지를 필마(匹馬)로 돌아드니
> 산천은 의구하되 인걸은 간 데 없네
> 어즈버 태평연월(太平烟月)이 꿈이런가 하노라

이것은 고려의 유신(遺臣), 길재(吉再)의 노래다. 나라 이미 망하고, 섬기던 임금 가신 길 알 길 없고, 포은(圃隱) 같은 충신은 선죽교의 이슬이 된 뒤, 그 나라, 그 임금, 그 충신의 같은 유신으로서 폐도(廢都)된 송악(松嶽) 일경(一境)의 산천만 바라보는 길재의 소회가 이 석 줄 문장에 남김없이 다 드러났으리라고는 믿을 수 없다. 아무리 명문(名文), 명화(名畵), 명담(名談)이라도 심중의 것을 백 퍼센트로 발표하기는 거의 불가능한 것이다. 그러기에 이루 측량할 수 없느니 일필난기(一筆難記)니, 불가명상(不可名狀)이니 하는 말들이 있어 온다. 이 이루 측량할 수 없고 일필난기요 불가명상인 것을 '가급적 심중의 것에 가깝게' 표현한 것을 명문이라, 명화라 하겠는데 명문이나 명화 치고 일필휘지해서 되는 것은 자고로 하나도 없을 것이다. 무엇이나 원만히 된 표현이란 반드시 능란한 기술을 거치지 않은 것이 없을 것이다. 무엇에서나 기술이란 '가장 효과적인 방법'을 의미한 것이다. 방법이란 우연이 아니요 계획과 노력을 의미한 것이다. 입내 내기로 천재인 채플린도 『황금광 시대』에서 닭의 몸짓을 내기 위해 양계장에 석 달을 다녔다는 말이 있다. 일필(　筆)에 되는 것은 차라리 우연이다. 우연을 바랄 것이 아니라 이 필(二筆), 삼 필(三筆)에도 안 되면 백천 필(百千筆)에 이르더라도 심중의 것과 가장 가깝게 나타나도록은 개필(改筆)을 하는 것이 문장법의 원칙일 것이다. 이렇게, 가장 효과적인 표현을 위해 문장을 고쳐나가는 것을 퇴고(推敲)라 한다.

2. 퇴고의 고사

'퇴고'라는 술어는 우리 문장인에겐 잊을 수 없는 아름다운 로맨스를 전한다.

　　조숙지변수(鳥宿池邊樹)
　　승고월하문(僧敲月下門)

당(唐) 시대의 시인 가도(賈島)의 서경시이다. 이 시의 바깥짝 승고월하문(僧敲月下門)이 처음에는 승고(僧敲)가 아니라 승퇴월하문(僧推月下門)이었다. 승퇴월하문이 아무리 읊어 봐도 마음에 들지 않아 퇴(推), 밀 퇴 자 대신으로 생각해 낸 것이 고(敲), 두드릴 고 자였다. 그래 승고월하문이라 해 보면 이번엔 다시 퇴(推) 자에 애착이 생긴다. '퇴로 할까? 고로할까?' 정하지 못한 채, 하루는 노새를 타고 거리로 나갔다. 노새 위에서도 '퇴로 할까, 고로 할까?'에만 열중했다가 그만 경윤(京尹, 부윤府尹 같은 벼슬) 행차가 오는 것에 미처 피하지 못하고 부딪쳐 버렸다. 가도는 경윤 앞에 끌리어 나가지 않을 수 없게 되었고, 또 미처 비켜서지 못한 이유로 '퇴로 할까? 고로 할까?'를 변명하지 않을 수 없게 되었다. 경윤은 이내 파안일소(破顏一笑)하고 다시 잠깐 생각한 뒤에

"그건 퇴보다 고가 나으리라."

하였다. 경윤은 다른 사람이 아니라 마침 당대 문호 한퇴지(韓退之)였다. 서로 이름을 알고 그 자리에서부터 문우(文友)가 되었고, 가도가 승퇴월하문을 한퇴지의 말대로 승고월하문로 정해 버린 것은 물론, 이로부터 후인들이 글 고치는 것을 '퇴고'라 일컫게 된 것이다.

3. 퇴고의 진리성

일필휘지(一筆揮之)니 문불가점(文不加點)이니 해서 단번에 써 내뜨리는 것을 재주로 여겼으나 그것은 결코 경의를 표할 만한 재주도 아니려니와 또 단번에 쓰는 것으로 경의를 표할 만한 문장이 결코 나올 수도 없는 것이다. 소동파(蘇東坡)가 「적벽부(赤壁賦)」를 지었을 때 친구가 와 며칠 만에 지었느냐니까 며칠은 무슨 며칠, 지금 단번에 지었노라 하였다. 그러나 동파 밖으로 나간 뒤에 자리 밑이 불쑥한 데를 들춰 보니 여러 날을 두고 고치고 고치고 한 초고(草稿)가 한 삼태나 쌓였더란 말이 있거니와, 고칠수록 좋아지는 것은 문장의 진리다. 이 진리를 버리거나 숨기는 것은 어리석다. 같은 중국 문호라도 구양수(歐陽脩) 같은 이는 퇴고를 공공연하게 자랑삼아 하였다. 초고는 반드시 벽 위에 붙여 놓

고 들어가고 나올 때마다 읽어 보고 고치었다. 그의 명작의 하나인 「취옹정기(醉翁亭記)」를 초할 때, 첫머리에서 저주(滁州)의 풍광을 묘사하는데 첩첩히 둘린 산을 여러 가지로 묘사해 보다가 고치고 고치어 나중엔 '환저개산야(環滁皆山也)' 다섯 자로 만족하였다는 것은 너무나 널리 전하는 이야기거니와 러시아의 문호 도스토예프스키도 톨스토이를 부러워한 것은 그의 재주가 아니라,

"그는 얼마나 유유(悠悠)하게 원고를 쓰고 앉았는가!"

하고 고료(稿料)에 급하지 않고 얼마든지 퇴고할 시간적 여유가 있었음을 부러워한 것이다. 러시아 문장을 가장 아름답게 썼다는 투르게네프는 어느 작품이든지 써서는 곧 발표하는 것이 아니라 책상 속에 넣어 두고 석 달에 한 번씩 내여 보고 고치었다는 것이요 고리키도 체호프와 톨스토이에게서 무엇보다 문장이 거칠다는 비평을 받고부터는 어찌 퇴고를 심히 했던지 그의 친구가

"그렇게 자꾸 고치구 줄이다간 '어떤 사람이 낳다, 사랑했다, 결혼했다, 죽었다' 네 마디밖에 안 남지 않겠나?"

했단 말도 있다. 아무튼 두 번 고친 글은 한 번 고친 글보다 낫고, 세 번 고친 글은 두 번 고친 글보다 나은 것은 진리다. 고금에 명문장가 치고 퇴고에 애쓴 일화가 없는 사람이 없다.

4. 퇴고의 표준

어떻게 고칠 것인가 거기엔 먼저 표준이 있어야 할 것이다. 이 표준이 확호하지 못하기 때문에 허턱 아름답게, 허턱 굉장하게, 허턱 유창

하게 꾸미려 든다. 허턱 아름답고, 허턱 굉장하고, 허턱 유창한 글은, 분(粉)과 베니를 허턱 바르는 것 같은, 도리어 미를 상하는 화장이다.

먼저 든든히 지키고 나갈 것은 마음이다. 표현하려는 마음이다. 인물이든, 사건이든, 정경이든, 무슨 생각이든, 먼저 내 마음속에 들어왔으니까 나타내고 싶은 것이다. '그 인물, 그 사건, 그 정경, 그 생각을 품은 내 마음'이 여실히 나타났나? 못 나타났나? 오직 문장의 표준은 그점에 있을 것이다. 문장을 위한 문장은 피 없는 문장이다. 문장 혼자만이 결코 아름다울 수 없는 것이다. 마음이 먼저 아름답게 느낀 것이면, 그 마음만 여실히 나타내어 보라. 그 문장이 어찌 아름답지 않고 견딜 것인가?

글을 고친다고 으레 화려하게, 유창하게, 자꾸 문구만 다듬는 것으로 아는 것은 큰 인식 부족이다.

5. 퇴고의 실제

어느 한 문장을 실제로 퇴고하려면 그 원(原)문장에 따라 퇴고됨도 천태만상일 것이나 최근에 내가 사실 읽어 보고 퇴고해야 될 데를 지적해 준 일련의 문장을 여기 그대로 인용하려 한다.

교문을 나선 제복의 두 처녀, 짧은 수병복(水兵服) 밑에 쭉 곧은 두 다리의 각선미, 참으로 씩씩하고 힘차 보인다. 지금 마악 운동을 하다 돌아옴인지, 이마에 땀을 씻는다. 얼굴은 흥분하여 익은 능금빛 같고, 무엇이 그리 즐거운지 웃음을 가뜩 담은 얼굴은 참으로 기쁘고 명랑해 보인다.

1) 용어를 보자

우선 '각선미'란 말과 '흥분'이란 말이 당치 않다. 배우나 유한 부녀가 아니요, 아직 수병복을 입은 중학생에겐 설혹 다리가 곱더라도 '제법 각선미가 나타나는……' 정도로는 쓸지언정, 결정적으로 지정해 쓰기에는 과장이요, 감정에서가 아니라 단순히 육체적으로 운동을 해서 이글이글해진 얼굴을 '흥분'으로 부르는 것도 오진(誤診)이다. '흥분'은 감정편을 더 가리키는 말이다.

그리고 또 무의미한 말, 단골말이 있다. '씩씩하고 힘차'는 거의 같은 말이다. 그중에 어느 하나는 무의미한 것이요, '참으로 씩씩하고……' '참으로 기쁘고……'에 부사 '참으로'가 단골이 되었다. 어느 하나는 '퍽'으로라도 고치어야 할 것이다. '씩씩해 보인다', '명랑해 보인다'의 '보인다'도 '돌아옴인지' '즐거운지'의 토 '지'도 단골이 되었다. '얼굴은 흥분하여' '웃음을 가득 담은 얼굴은'에 '얼굴은'도 하나는 무의미라기보다 도리어 동일 주어가 두 번씩 나오기 때문에 문의(文意)를 혼란시킨다. 둘 중의 하나씩은 고치고 없애고 해야 한다.

> 교문을 나선 제복의 두 처녀, 짧은 수병복(水兵服) 밑에 쪽 곧은 두 다리, 퍽 씩씩하다. 지금 마악 운동을 하다 돌아옴인 듯, 이마에 땀을 씻는다. 얼굴은 상기되어 익은 능금빛 같고, 무엇이 그리 즐거운지 웃음을 가득 담아 참으로 기쁘고 명랑해 보인다.

2) 모순과 오해될 데가 있나 없나 볼 것이다

'두 처녀'와 '두 다리'가 맞지 않는다. 다리가 하나씩밖에 없는 처녀들이 된다. 그렇다고 '네 다리'라 하면 너무 산술적이다. 그러니까 둘이니 넷이니 할 것이 아니라 그냥 '다리들' 하면 될 것이요, 또 '교문을 나선'이란 말은 오해되기 쉬운 말이다. 하학 후의 퇴교로보다 '졸업'을 더 연상시키는 말이기 때문이다.

그런데 첫머리의 '교문을 나선'이 명사나 동사를 바꿔 놓는 것으로 얼른 고쳐질 성질의 것이 아니다. '교문을 나선'이란 말에서 '졸업'이란 추상성(推想性)을 없애기 위해선 '교문'과 나서는 학생들의 모양 '제복'을 좀 더 현실미가 나게 묘사할 필요가 있다.

흰 돌기둥의 교문을 나선 푸른 수병복(水兵服)의 두 처녀, 짧은 스커트 밑에 쪽 곧은 다리들, 퍽 씩씩하다. 지금 마악 운동을 하다 돌아옴인 듯, 이마에 땀을 씻는다. 얼굴은 상기되어 익은 능금빛 같고, 무엇이 그리 즐거운지 웃음을 가뜩 담아 참으로 기쁘고 명랑해 보인다.

3) 인상이 선명한가? 불선명한가? 난시 작용을 하는 데가 있나 없나 보자

인상이 선명치 못하다. 난시(亂視)를 일으키는 데가 있다. 교문을 '나온'이 아니라 '나선'이요 얼굴을 먼저 말한 것이 아니라 '쪽 곧은 두 다리'를 말했다. 확실히 뒤로 보는 인상이다. 저쪽으로 '사라져 가는' 두 여학생을 독자는 머릿속에 그리며 내려가는데, 갑자기 '돌아옴인 듯'이란 앞으로 나타나는 인상의 말이 나왔다. 난시가 일어난다.

또 '다리들'까지는 두 여학생인데, 그 이하에는 한 여학생은 없어졌다. 여학생이 두 명인 수를 잊어선 안 된다.

흰 돌기둥의 교문을 나선 푸른 수병복(水兵服)의 두 처녀, 짧은 스커트 밑에 쪽 곧은 다리들, 퍽 씩씩하다. 지금 마악 운동을 하다 나선 듯, 이마에들 땀을 씻는다. 얼굴들은 상기되어 익은 능금빛 같고 무엇이 그리 즐거운지 웃음을 가뜩 남아 참으로 기쁘고 명랑해들 보인다.

이렇게 하고도 큰 난시 작용이 하나 남는다. 또 동작들이 모호하다. '쪽 곧은 다리들'에서는 돌아선 뒷모양이 느껴지고, '씩씩하다'에서는 가만히 머물러 있지 않고 활발히 동작하는 예감을 준다. 그래 두 여학생이 가볍고도 또박또박한 걸음으로 돌아서 가는 모양이 독자의 머릿속에 떠오른다. 그런데 '이마에들 땀을 씻는다. 얼굴들은'에서부터 전부는 앞으로 보는 설명이다. 여기에 이 글의 대수술을 면치 못할 운명이 있다.

그러면 어떻게 수술할 것인가? 전반을 표준하여 두 여학생이 뒷모양으로 사라지게 할 것인가? 후반을 표준하여 전면으로 향해 오게 할 것인가? 두 가지로 다 한번 고쳐보자.

(1) 저쪽으로 사라지는 경우 (제1고)

흰 돌기둥의 교문을 나선 푸른 수병복(水兵服)의 두 처녀, 짧은 스커트 밑에 쪽 곧은 다리들, 퍽 씩씩하게 걸어간다. 지금 마악 운동을 하다 나선 듯, 책보를 들지 않은 다른 팔로들은 그저 뻗었다 굽혔다 해 보면서, 그 팔로 땀들을 씻음인지 이마를 문지르기도 한다. 귀까지 새빨간 꽃송이처럼 피어 가지고 골목이 온통 와자하게 떠들며 간다.

(2) 이쪽으로 오는 경우 (제1고)

흰 돌기둥의 교문을 나온 푸른 수병복(水兵服)의 두 처녀, 얼굴이 모두 익은 능금빛처럼 이글이글하다. 지금 마악 운동을 하다 나온 듯, 이마에들 땀을 씻으며 그저 숨찬 어조로 웃음 반, 말 반 떠들며 온다. 짧은 스커트 밑에 쪽 쪽 뻗어 나오는 곧은 다리들, 누구에게나 퍽 힘차고도 경쾌해 보인다.

4) 될 수 있는 대로 줄이자

있어도 괜찮을 말을 두는 관대보다, 없어도 좋을 말을 기어이 찾아 내어 없애는 신경질이 문장에 있어선 미덕이 된다.

먼저 (1)에 있어 읽어 보면 '지금 마악'에 '지금', '책보를 들지 않은 다른 팔로들은'에 '다른', '그 팔로 땀들을'에 '그 팔로', '귀까지 새빨간 꽃송이로'에 '새빨간', '골목이 온통 왁자'에 '온통' 등 다 없어도 좋을 말들이다. 이 없어도 좋을 말들을 다 뽑아 버려 보라 잡초를 뽑은 꽃이랑처럼 한결 맑은 기분이 풍길 것이다.

(1) 저쪽으로 사라지는 경우 (제2고)

흰 돌기둥의 교문을 나선 푸른 수병복(水兵服)의 두 처녀, 짧은 스커트 밑에 쪽 곧은 다리들, 퍽 씩씩하게 걸어간다. 마악 운동을 하다 나선 듯, 책보를 들지 않은 팔로들은 그저 뻗었다 굽혔다 해 보면서, 땀들을 씻음인지 이마를 문지르기도 한다. 귀까지 꽃송이처럼 피어 가지고 골목이 왁자하게 떠들며 간다.

다음 (2)에 있어서도, '익은 능금빛처럼'에 '익은'과 '빛', '지금 마악'에 '지금', '누구에게나 퍽'에 '누구에게나' 등은 다 없어도 좋을 말들이다.

(2) 이쪽으로 오는 경우 (제2고)

흰 돌기둥의 교문을 나온 푸른 수병복(水兵服)의 두 처녀, 얼굴이 모두 능금처럼 이글이글하다. 마악 운동을 하다 나오는 듯 이마에들 땀을 씻으며 그저 숨찬 어조로 웃음 반, 말 반 떠들며 온다. 짧은 스커트 밑에 쪽 쪽 뻗어 나오는 곧은 다리들, 퍽 힘차고도 경쾌해 보인다.

5) 처음의 것이 있나? 없나?

여러 번 고치었다. 글은 물론 나아졌다. 그러나 글만 자꾸 고쳐 나가다가는 글보다 귀한 것을 잃어버리는 수가 있다. '처음의 것'이란 처음의 글이 아니다. '처음의 생각'과 '처음의 신선'을 가리킴이다. 글 만드는 데만 끌려 나오다가 '처음의 생각'과 '처음의 싱싱'함을 이지러트렸다면 그것은 도리어 실패다. 소학생들의 글이 문법적으로는 서툴러도 차라리 솔직한 힘은, 오직 '처음의 생각'대로, '신선'째로 써 놓는 것이기 때문이다. 백 번이라도 고치되 끝까지 꾸기지 말고 지녀 나가야 할 것은 이 '처음의 생각'과 '처음의 신선'이다.

이 '처음의 것'들을 이지러트릴 염려가 없게 하기 위해서는,

1. 최초 집필 시의 생각과 기분을 자기 자신에게 선명히 기억시킬 것.
2. 중얼거리며 고치지 말 것. 부지중에 자꾸 소리를 내며 읽어 보기가 쉬운데, 그렇게 하다가는 뜻에만 날카롭지 못하고 음조에 끌리어 개념적인 수사에 빠지기 쉽다.

3. 앉은 자리에서 자꾸 고치지 말 것. 글은 실처럼 급할수록 옥친다. 피곤해지는 머리로는 '신선'을 살려 나가지 못한다. 여러 날 만에, 남의 글처럼 낯설어진 때에 고치는 것이 이상적이다.

6) 이 표현에 만족할 수 있나? 없나?

나중에는 문장이 문제가 아니다. 문장에선 이 위의 다섯 가지 조건에 다 패스하였더라도, '내가 표현하려는 것이 이것인가?', '이것으로 내 자신이 만족한가?' 한번 따지고 내어 놓는 것이라야 집구단장(集句斷章)이라도 비로소 '자기의 표현'이라 내세울 수 있을 것이다.

제6강 제재, 서두, 결사 기타

1. 제재에 대하여

붓을 들기는 쉽다. 그러나 '무엇을 쓰나?'에서 막연해진다.

어느 영문학자는 '무엇을 쓸까'라는 제목에서 '쓸 것이 생각나지 않으면 꿈 꾼 것을 적으라' 하였다. 지난밤에 꾼 것이든지 며칠 전에 꾼 것이든지 아무튼 자기 기억 속에 남아 있는 것을 생각해 가며 적어 보라 하였다. 무론 꿈은 아무리 똑똑한 것이라도 현실에 비기면 흐리다. 기억만이 흐릴 뿐 아니라 사건도 대체로 허황하다. 그것을 선후를 가려서 남이 알아보도록 적기는 현실에서 체험한 일을 적기보다 훨씬 어려울 것이다.

그러나 '무엇을 쓰나' 하고 막연해 하는 이에게는 분명히 도움이 되는 말이다. '꿈을 적어라' 하는 말을 고지식하게 그대로 꿈을 적어 보는 것도 좋으나 그보다도, 흐리멍덩한 꿈속에서 쓸 것을 찾노라고 애를 쓰다가는 필경 '기억이 똑똑한 일이 얼마든지 있는데 하필 생각나지 않는 꿈에서리오' 하고 스스로 재료를 현실에 돌아와 찾는 그 깨달음을 주는 데 이 말의 본의가 있는가 한다.

글이 될 만한 재료는 꿈에 비기어 현실에는 무진장이다.

현실, 인생과 자연, 그 속에서 제재를 찾는 데는 먼저 자기의 태도다. 염세적인 우울한 눈을 가진 사람에게는 암담한 제재만 띌 것이요 몽상적인 낙천(樂天)의 눈을 가진 사람에게는 명랑한 제재만 띌 것이다. 자기의 철학적인 지반이 확호부동하게 닦아진 후에는 자기의 인생관이나 자연관에서 주저할 것이 없을 것이나 아직 그 이전에 있는 사람으로는, 제재를 명(明), 암(暗)의 양극단으로 치우쳐서 취해서는 안 된다. 슬픔도 너무 크면 울음이 나오지 않는다. 기쁨도 너무 크면 말이 막힌다. 심각한 것일수록 첫 솜씨엔 부적당하다.

제재는 진기(珍奇)해야만 쓰지 않는다. 뉴스 재료와는 다르다. 아무리 평범한 데서라도 자기의 촉각이 감득해 내게 달린 것.

낮닭 우는 소리가 무던히 한가롭다. 어제도 울던 낮닭이 오늘도 또 울었다는 외에 아무 흥미도 없다. 들어도 그만 안 들어도 그만이다. 다만 우연히 귀에 들려왔으니까 그저 들었달 뿐이다.

닭은 그래도 새벽, 낮으로 울기나 한다. 그러나 이 동리의 개들은 짖지를 않는다. 그러면 모두 벙어리 개들인가? 아니다. 그 증거로는 이 동리 사람 아닌 내가 돌팔매질을 하면서 위협하면 십 리나 달아나면서 나를 돌아다

보고 짖는다.

그렇건만 내가 아무 그런 위험한 짓을 하지 않고 지나가면 천 리나 먼 데서 온 외인(外人), 더구나 안면이 이처럼 창백하고 봉발(蓬髮)이 작소(鵲巢)를 이룬 기이한 풍모를 쳐다보면서도 짖지 않는다. 참 이상하다. 어째서 여기 개들은 나를 보고 짖지를 않을까? 세상에도 희귀한 겸손한 겁쟁이 개들도 다 많다.

이 겁쟁이 개들은 이런 나를 보고도 짖지를 않으니 그럼 대체 무엇을 보아야 짖으랴?

그들은 짖을 일이 없다. 여인(旅人)은 이곳에 오지 않는다. 오지 않을 뿐만 아니라 국도(國道) 연변(沿邊)에 있지 않은 이 촌락을 그들은 지나갈 일도 없다. 가끔 이웃 마을의 김 서방이 온다. 그러나 그는 여기 최 서방과 똑같은 복장과 피부색과 사투리를 가졌으니 개들이 짖어 무엇하랴. 이 빈촌에는 도적이 없다. 인정 있는 도적이면 여기 너무나 빈한한 새악씨들을 위하여 훔친 바 비녀나 반지를 가만히 놓고 가지 않으면 안 되리라. 도적에게는 이 마을은 도적의 도심(盜心)을 도적맞기 쉬운 위험한 지대리라.

그러니 실로 개들이 무엇을 보고 짖으랴. 개들은 너무나 오랜 동안 — 아마 그 출생 당시부터 — 짖는 버릇을 포기한 채 지내 왔다. 몇 대를 두고 짖지 않은 이곳 견족(犬族)들은 드디어 짖는다는 본능을 상실하고 만 것이리라. 인제는 돌이나 나무토막으로 얻어맞아서 견딜 수 없을 만큼 아파야 겨우 짖는다. 그러나 그와 같은 본능은 인간에게도 있으니 특히 개의 특징으로 쳐들 것은 못 되리라.

개들은 대개 제가 길리우고 있는 집 문간에 가 앉아서 밤이면 밤잠 낮이면 낮잠을 잔다. 왜? 그들은 수위할 아무 대상도 없으니까다.

최 서방네 집 개가 이리로 온다. 그것을 김 서방네 집 개가 발견하고 일어나서 영접한다. 그러나 영접해 본댔자 할 일이 없다. 양구(良久)에 그들은 헤어진다.

설레설레 길을 걸어 본다. 밤낮 다니던 길, 그 길에는 아무것도 떨어진 것이 없다. 촌민들은 한여름 보리와 조를 먹는다. 반찬은 날된장 풋고추다. 그러니 그들의 부엌에조차 남는 것이 없겠거늘 하물며 길가에 무엇이 족히 떨어져 있을 수 있으랴.

길을 걸어본댔자 소득이 없다. 낮잠이나 자자. 그리하여 개들은 천부(天賦)의 수위술(守衛術)을 망각하고 낮잠에 탐닉하여 버리지 않을 수 없을 만큼 타락하고 말았다.

슬픈 일이다. 짖을 줄 모르는 벙어리 개, 지킬 줄 모르는 게으름뱅이 개, 이 바보 개들은 복날 개장국을 끓여 먹기 위하여 촌민의 희생이 된다. 그러나 불쌍한 개들은 음력도 모르니 복날은 몇 날이나 남았나 전연 알 길이 없다.

(이상의 「권태」의 일부)

얼마나 평범한 제재인가? 그러나 얼마나 재미있고 슬프기까지 한 글인가!

제재가 재미있어야 재미있고, 제재가 슬퍼야 슬플 수 있는 것은 신문 기사뿐이다. 신문의 문장이 아니라 사람의, 개인, 개성의 문장이란 제재가 반드시 슬퍼야 슬프고, 제재가 반드시 즐거워야 즐겁고, 제재가 반드시 굉장해야 굉장한 글이 되는 것은 아니다. 아무리 쇄소(瑣小), 평범한 것이라도 얼마든지 훌륭한 글이 된다.

요점은 자기가 관찰하고 느끼게 달린 것이다. 그러니까 더욱 요점은,

자기가 넉넉히 느껴낼 만한, 요리해 낼 만한 제 힘에 만만한 것으로
택하는 것이 상책이다.

한 알 씨앗에서 싹이 트고 가지가 벌고 꽃이 피듯, 「귀또리」란 제에서
천하의 가을을 향해 번져 나가는 글이라야지, 허턱 '가을'이라 대담하게
제를 붙여 가지고 「귀또리」로 쫄아드는 글은 소담스럽지 못한 법이다.

 2. 서두에 대하여

김황원(金黃元)이가 대동강에서

　　장성일면용용수(長城一面湧湧水)
　　대야동두점점산(大野東頭點點山)

을 짓고는 다음 구가 나오지 않아 붓을 꺾었다는 말이 있다. 첫 한 구에
서 할 말을 다해 버린 까닭이다.

더욱 산문에선 첫머리 몇 줄, 몇 줄이라기보다 제일행의 글, 다시 일
행이라기보다 첫 한마디, 그것을 잘 놓고 못 놓는 것이 그 글의 순역(順
逆), 길흉을 좌우하는 수가 많다.

너무 덤비지 말 것이다. 너무 긴장하지 말 것이다. 기(奇)히 하려 하
지 말고 평범하려 하면 된다.

화가 반 고흐는 화포(畵布) 위에 '무엇'이 깃들기 전에는 채필(彩筆)을
들지 않는다 하였다. 종이 위에 쓰려는 것이 확실히 깃들기 전에는 붓
을 들지 말 것이다. 쓰려는 요령만 눈에 보인다고 덥석 쓰기 시작하면

중요한 부분이 첫 몇 줄에서 다 없어져 버린다. 용두사미가 된다. 능히 문제(文題)부터 써 놓을 수 있도록 글의 전경을 빈 종이 위에 느끼고 그리고 첫머리를 찾을 것이다. 마음속에 그 글의 전경을 느끼기 전에 붓을 들면 미리가 안 나오고 중간부터 불거지기 쉽다.

소설 이외의 글은 흔히 일인칭이라. 그러므로 무슨 소감이든 말하는 주인은 '나'다. 이 일인칭 명사 '나'를 첫말로 쓰는 것도 평이한 한 서두법(書頭法)이 되리라 생각한다.

실례로 보더라도 '나'에서 시작한 글이 상당히 많고, 또 말이 순탄(順坦)하게 풀려 내려간다.

나는 오동에 대하여 퍽 애착심이 강하다. 내가 수목 중에 가장 사랑하는 것이 솔나무와 오동이나 송(松), 오동 두 가지 중에서 다시 더 사랑할 것을 고른다면 솔이라 하겠으나 나는 사랑하는 이 양자(兩者) 중에서 차별을 세우고 싶지 아니하다. 대체 양자에게는 양자 특유의 미점이 있어 서로 이것으로 저것을 대신할 수 없는 까닭이다.

내가 오동을 사랑하게 된 원인이 무엇인가 하면……

(춘원의 수필 「오동」의 서두)

나는 그믐달을 사랑한다. 그믐달은 너무 요염하여 감히 손을…….

(나도향의 「그믐달」의 서두)

나는 남들처럼 '개'라고 일컫는 축류(畜類)에 대하여 호의나 동정을 갖지 못한다. 그러나…….

(박태원 씨의 「축견무용(畜犬無用)의 변」의 서두)

그러나 '나'라고 꼭 박아야 '나'로 시작할 수 있는 것은 아니다.

워낙 성미가 게을러서 문밖에 나가기를 즐겨하지 않는 데다가 근년에는
몹시 추위를 타기 때문에…….

(양주동 씨의 「노변잡기(爐邊雜記)」의 서두)

이 글에서는 '나'가 없어도 역시 '나'로 시작된 글이다.

그런데 이 '나'에 구속을 받아서는 안 된다. 벌써 구속을 느낄 만한
정도면 이런 ABC식 강의가 필요치 않을 것이다.

다음엔 '언제 어디서'로 시작하는 것도 손쉬운 방법의 하나이다.

어제 S병원 전염 병실에서 본 일이다.

A라는 소녀, 칠팔 세밖에 안 된 귀여운 소녀가…….

(주요섭 씨의 「미운 간호부」의 서두)

며칠 전에 어느 걸인 하나를 보고 아래와 같은 생각을 하였다.

독일 염세 철학자 쇼펜하우어는…….

(변영로 씨의 「시선에 대하여」의 서두)

만일 문제가 명사인 경우에 그 명사로부터 시작되는 글도 많이 있다.

갓은 조선색을 가장 잘 대표하는 것이다. 조선을 처음 본 사람들의…….

(이여성 씨의 「갓」의 서두)

머리가 있어 여자를 아름답게 하는 것은 마치 공작새가 영롱한 꼬리를 가진 것과 같다 할까…….

(김용준 씨의 「머리」의 서두)

그리고 문장에 자신이 적을수록 구절을 얼른, 짧게 끊는 것이 좋다. 대개 첫 구절을 길게 끌어 가지고 내려오다 엉클어 놓는 것이 첫 솜씨들의 통폐(通弊)다.

3. 결사에 대하여

글의 최후 일행(一行)은 무대를 닫는 막과 같다. 제의(題意)가 아직 충분히 드러나기 전에 끊어지는 글은 연행 중에 막이 닫힌 연극이요 종점을 얻지 못하고 지리방황(支離彷徨)하는 글은 연극은 다 했는데 막이 안 닫히는 추태다.

결사를 제대로 못하는 몇 가지 원인을 찾는다면,

1. 제의에의 분명한 인식과 통일 부족이다.

평양까지 갈 것을 분명히 작정하고 나섰으면 거침없이 평양까지 가는 차표를 살 것이요, 평양행을 샀으면 평양이 종점 될 것은 자명한 사실이다. '경성에서 평양까지', 혹은 '평양에서 부산까지' 이렇게 끝이 똑 떨어져야 될 것이니, 우선 제의를 분명히 인식해서 문맥의 경로와 한

계선을 분명히 가지고 그곳으로만 몰아 나가야 할 것이다.

2. 과분한 표현욕에서의 탈선이다.

형용과 기상(奇想)에 끌리다가 주맥(主脈)에서 멀어 나가면 그 글의 멈출 자리를 놓치고 만다.

3. 종결감에의 야심이 너무 강한 때문도 있다.

끝을 맺는다고 해서 연단에서 주먹을 치듯, 박수갈채를 기대하는 식으로 무리한 심각미(深刻味)를 내려서는 안 된다.

4. 종결감에의 야심이 너무 약한 때문도 있다.

이것은 반대로 너무 끝이 허해지고 만다.

아무튼 모든 글의 결사는 다소의 점정(點睛) 작용이 있어야 할 것이다. 일 편의 글을 형식으로만 맺을 뿐 아니라 내용으로도 완성하는 최후의 일선이 되는 동시에 뻔쩍! 하고 그 글 전체에 생기를 끼얹는 이채(異彩), 신운(神韻)을 지녔어야 묘를 얻은 결사법이라 할 것이다.

4. 명제에 대하여

문제(文題)가 없이 '실제(失題)'니 '무제(無題)'니 하는 글도 있지만 '실제', '무제' 역(亦) 문제의 위치에서 그 글 전체를 대명(代名)한 것이니 문제(文題)일 수밖에 없다.

문제는 그 글의 이름이다. 사람의 이름은 행렬자(行列字)에 의지하지만 글의 이름은 그 글 자체의 내용을 떠나서는 아무런 표준도 없을 것이다.

문제는 그 글의 내용을 완전히 음미하여 가지고 가장 요령 있는 짧은 말로 그 글을 대표시키면 고만이다.

문제를 정하는 데는 적어도 다음과 같은 몇 가지의 용의(用意)가 필요하다.

첫째 동뜨지 않을 것이니 어디까지 본문의 내용에만 솔직할 것이요.

둘째 매력이 있을 것이니 본문보다 큰 글자로 쓰여지는 문제가 얼른 독자의 마음을 끌어야 자질구레한 본문까지 읽혀질 것이다.

셋째 새것일 것이니 사람의 이름도 흔히 있는 '정희'니 '복동'이니 하면 새로 듣는 맛이 없듯, 글에서도 그럴 것이다. 될 수 있는 대로 남이 이미 붙여 놓은 이름은 피하고 새것을 지어 문제만 들어도 새로운 맛이 나게 할 것이다.

처음엔 대체로 문제에 과욕(過慾)들이다. 굉장히, 거대한 제목을 즐긴다. 들띄워 놓고 '인생'이라 '가을'이라 하는 투로 천하사(天下事)를 혼자 써 낼 듯이 덤빈다. 문제는 내용과 조화의 미를 가져야 하고 겸손을 잃지 않아야 묘경(妙境)이다. 굳이 한자미(漢字美)에 끌리어야만 할 것도 아니요 너무 제자(題字)치레만 하다가 본문을 손색케 해서도 손(損)이다.

5. 묘사와 문장력

문장에 가장 날카로운 힘을 줄 수 있는 것은 묘사다.

…… 범죄자의 누명을 쓰고 처자(妻子)까지 잃은 이 내 신세일망정 십여 년이나 정을 들이고 살던 사 개월 전의 내 집조차 나를 배반하고 고리에 쇠를 비스듬히 차고 있는 것을 볼 제 그는 그대로 매달려서 울고 싶었다.

백부(伯父)는 숨이 찰 듯이 씨근씨근하며 쫓아와서

　"열대 예 있다."

하며 자기 손으로 열고 들어갔으나 어느 때까지 우두커니 섰었다.

　일 개월 이상이나 손이 가지 않은 마당은 이삿짐을 나른 뒷모양으로 새 끼부스러기 종이 조각들이 늘비한 사이에 초하(初夏)의 잡초가 수채 앞이며 담 밑에 푸릇푸릇하였다. 그의 숙부(叔父)도 역시 이럴 줄이야 몰랐다는 듯이 깜짝 놀라며 한번 획 돌아보고 나서 신을 신은 채 툇마루에 올라섰다. 먼지가 뽀얗게 앉은 퇴 위에는 고양이 발자국이 여기저기 산국화(山菊花) 송이같이 박혀 있다. 뒤로 쫓아 들어온 그는 뜰 한가운데에 서서 덧문을 첩첩이 닫은 대청을 멀거니 바라보고 섰다가 자기 서재로 쓰던 아랫방으로 들어가서 먼지 앉은 욕(褥) 위에 엎드러지듯이 벌떡 드러누웠다.

　　　　　　　　　　　(염상섭 씨의 소설 「표본실의 청개구리」에서)

　의사는 영실이를 힐긋 보자 눈이 힛득 올라가고 푸른 입술에 비웃음을 삐죽이 흘린다. 영실이는 이것을 보자 미안한 마음이 홀랑 달아나고 어디선지 악이 바짝 치달아 온다. 그래서 얼른 세면기 앞으로 와서 브러시로 손을 닦기 시작하였다. 따끔 부딪치는 브러시를 따라 횡횡 돌던 머리가 딱 멈추어지고 맘이 꽁꽁 얼어붙는 것 같았다.

　"아구! 아구!"

　환자는 외마디소리를 냅다 지르고 다리를 함부로 내젓는다.

　간호부들은 머리와 다리를 꼭 누르니 환자는 더 죽는 소리를 내었다. 힐긋 돌아보니 의사는 방금 칼로 피부를 갈라놓았고, 흐르는 피 속에 지방이 히긋히긋 나타났으며, 혈관을 찝은 '고히루(止血織子)'가 두어 개 꽂히어 영실의 눈을 꼭 찌르는 듯하였다. 눈송이 같은 가제가 나까가와의 손에서 의사의 피 묻은 손에 쥐어 있는 핀셋으로 옮아 와서 수술처에 들어가자마자 빨갛게 핏덩이가 된다.

영실이는 손을 다 씻고 나서 나까가와의 곁으로 갔다.

"미안하게 됐소."

"리 상!"

나까가와는 머리를 돌린다. 이마엔 구슬땀이 봉을봉을 맺히었고, 얼굴이 빨갛게 되어 영실이를 보자 시원하다는 듯이 핀셋을 내 주고 머리를 설렁설렁 흔들어 땀을 떨구면서 물러났다. 수갑 낀 손에 기운이 버쩍 나고 흩어진 마음이 보짝 모인다.

눈 감고라도 이 핀셋만 쥐면 어떠한 기계라도 능란히 섬길 수가 있는 것이다.

(강경애 씨의 단편 「어둠」의 일부)

"이 쩐짜이(일 전짜리)."

― 이것은 우리가 어느 시골 정거장을 지나다가 지은 이름이다. 그적에 차를 기다리던 손님은 우리서껀 도합 사오 인밖에 안 되었는데 조그마한 대합실 바깥벽에 아침 햇빛이 똬리를 틀고 있고 그 옆에는 사과 장수 늙은 할미가 과일 함지박을 앞에 놓고 우들우들 떨고 앉았다.

그 사과 중에 맨 꼭대기에 놓인 사과 한 알이 가장 적고, 한편 모서리가 찌부러지고 빨갛고 보삭한 얼굴을 반짝 쳐들고 우리를 말끄러미 쳐다본다.

"허― 저 쪼꼬만 애기 능금이 재없이 당신 모습을 닮았구려."

우리는 즐겁게 웃었다. 그리고 노파 앞으로 다가서며 흥정을 부쳤다.

"일 쩐으 냅세."

노파의 희망대로 일 전 한 푼을 주고 그 적고 귀엽고 가엽고 꼼꼼하고 영리해 보이는 애기 능금을 샀다. 이때부터 나는 '이 쩐짜이'가 된 것이다.

(이선희 씨의 「계산서」의 일절)

포플러나무 밑에 염소가 한 마리 매어 있습니다. 구식(舊式)으로 수염이 났습니다. 나는 그 앞에 가서 그 총명한 동공을 들여다봅니다. 셀룰로이드로 만든 정교한 구슬을 오브라드로 싼 것같이 맑고 투명하고 깨끗하고 아름답습니다. 도색(桃色) 눈자위가 움직이면서 내 삼정(三停)과 오악(五岳)이 고르지 못한 빈상(貧相)을 업수이여기는 중입니다.

(이상의 기행문 중 일절)

그때— 심한 구토를 한 후부터 한 방울 물도 먹지 못하고 혓바닥을 추기는 것만으로도 심한 구역을 하게 된 만수 노인은 물을 보기라도 하겠다고 하였다. 정일이는 요를 포개서 병상을 돋우고 아버지가 바라보기 편한 곳에 큰 물그릇을 놓아 드렸다. 그러나 그 물그릇을 바라보기에 피곤한 병인은 어디나 눈가는 곳에는 물이 보이기를 원하였다. 그래서 큰 어항을 병실에 가득 늘어놓고 물을 채워 놓았다. 병인은 이 어항에서 저 어항으로 서느러운 감각을 시선으로 핥듯이 둘러보다가 그도 만족치 못하여 시원히 흐르는 물이 보고 싶다고 하였다. 정일이는 아버지가 보기 편한 곳에 큰 물그릇을 놓고 대접으로 물을 떠서는 적은 폭포같이 드리워 쏟고 또 떠서는 드리워 쏟기를 계속하였다. 만수 노인은 꺼멓게 탄 혀를 벌린 입 밖에 내놓고 황홀한 눈으로 드리우는 물줄기를 바라보고 있었다. 그 눈을 볼 때 정일이는 걷잡을 사이도 없이 자기 눈에 눈물이 솟아오름을 참을 수가 없었다. 정일이는 일찍이 그러한 눈을 본 기억이 없다고 생각하였다. 더욱이 아버지의 얼굴에서! 자기 아버지에게서 저러한 동경에 사무친 황홀한 눈을 보게 되는 것은 의외라고 할밖에 없었다.

혹시 아버지가 돌아앉아서 돈을 헤일 때에 저러한 눈으로 돈을 보았을는지는 모를 것이다.

(최명익 씨의 단편 「무성격자」의 일부)

방불(髣髴) 이상들이다. 사진이 이처럼 싱싱할 수 없다.

글은 들려주고 알려 주고 보여 주고, 이 세 가지를 한다. 들려주는 것은 운문의 일이요 알려 주고 보여 주고 하는 것이 산문의 일인데 알리는 것보다 보여 주는 것은 몇 배의 구체적인 전달이다. 누구에게 있어서나 시각처럼 빠르고 직접적인 감각은 없기 때문이다.

묘사란 그린다는, 워낙 회화 용어다. 어떤 물상(物相)이나 어떤 사태를 그림 그리듯 그대로 그려냄을 가리킴이다. 역사나 학술처럼 조리를 끌어 나가는 것은 기술이지 묘사는 아니다. 실경(實景), 실황(實況)을 보여 독자로 하여금 그 경지에 스스로 들고, 분위기까지 스스로 맛보게 하기 위한 표현이 이 묘사다.

아름다운 풍경을 보고 '아름답구나!' 하는 것은 자기의 심리다. 자기의 심리인 '아름답구나!'만 써 가지고는, 독자는 아무 아름다움도 느끼지 못한다. 독자에게도 그런 심리를 일으키기 위해서는 그 풍경의 아름다운 소이(所以)를, 즉, 천(天), 운(雲), 산(山), 천(川), 수(樹), 석(石) 등 풍경의 재료를 풍경대로 조합해서 문장으로 표현해 주어야 독자도 비로소 작자와 동일한 경험을 그 문장에서 얻고 한가지로 '아름답구나!' 심리에 이를 수 있는 것이다.

이렇게 제재의 현상을 문장으로 재현시킴이 묘사다.

묘사의 요점으로는,

1. 객관적일 것, 언제든지 냉정한 관찰을 거쳐야 할 것이니까

2. 정연할 것, 시간상으로, 공간상으로 순서가 있어야 전폭의 인상이 선명해질 것이니까

3. 사진기와는 달라야 할 것, 대상의 요점과 특색을 가려 거두는 반면에 불필요한 것은 버려야 한다.

6. 감각과 문장미

문장을 맛나게 하는 것은 허턱 미사여구가 아니다. 날카로운 감각으로 대상에서 무엇이고 신발견, 신적발해 내는 것이 있어야 한다.

바람이 몹시 차다.

이것은 설명이다.

바람이 칼날처럼 뺨을 저민다.

이것은 감각이다. 어떻게 차다는 적발(摘發)이다.

소리가 몹시 컸다.

이것은 설명이다.

소리가 꽝 터지자 귀가 한참이나 멍멍했다.

이것은 감각이다. 소리가 어떻게 컸다는 적발이다.

석류꽃이 이쁘게 폈다.

이것은 설명이다.

석류꽃이 불덩이처럼 이글이글한 것이 그늘진 마당을 밝히고 있었다.

이것은 감각이다. 어떻게 난만하다는 적발이다.

밝든, 어둡든, 차든, 덥든, 슬프든, 즐겁든, '어떻게 의식'이 활동하지 않고는 그 진미(眞味), 진경(眞境)은 표현되지 않는다. '어떻게?'를 알려면 감각해야 된다. 시각, 청각, 후각, 미각, 촉각, 오관 신경이 척후병(斥候兵)과 같은 민활, 정밀한 관찰이 없이는 불가능한 것이다. 그러므로 예리한 감각은 반드시 예리한 관찰을 선행 조건으로 한다. 그리고 감각의 표현은 언제든지 신경질적이다. 그러므로 간접적인 뜻의 소리인 언어보다도 직접적인 의음, 의태의 소리를 많이 사용하는 것도 주의할 점이다. 이 의음어, 의태어에 대해서는 제2강에서 '의음어, 의태어와 문장'을 참고하라.

은행이며 대추며 저육이며 정육이며 호도며 버섯도 세 가지 종류라며, 그 외에 몇 가지며 어찌 어찌 조합된 것인지 알 수 없으나, 산산하고도 정녕(丁寧)하고 날새고도 굳은 개성적 부덕(婦德)의 손씨가 묻히어 나온 찜이 어찌 진미가 아닐 수 있겠느냐. 허나 기름불 옆에서 새빨간 짐생의 간을 저미어 양념을 베푼다는 것은, 그것이 더욱 검은 밤에 하이한 손으로 요리된다는 것이 아직도 진저리 나는 괴담으로 여김을 받지 아니함은 어찐 사정이뇨. 병(瓶) 안에 든 '품(品)'이 별안간 흥분함도 대개 이러한 간을 보아 그러함인지도 모른다.

(정지용 씨의 「수수어(愁誰語)」의 일부)

벌써 유리창에 날벌레 떼처럼 매달리고 미끄러지고 엉키고 또그르 궁글고 홈이 지고 한다. 매우 간이(簡易)한 풍경이다.

그러나 빗방울은 관찰을 세밀히 하게 하는 것이 아닐까. 내가 오늘 유유히 나를 고늘 수 없으니 만폭(滿幅)의 풍경을 앞에 펼칠 수 없는 탓이기도 하다.

빗방울을 시름없이 들여다보는 겨를에 나의 체중이 희한히 가벼야웁고 슬퍼지는 것이다. 설령 누가 나의 쭉지를 핀으로 창살에 꼭 꽂아 둘지라도 그대로 견딜 것이리라.

(정지용 씨의 「비」의 일부)

다시 집으로 들어오려던 문일이는 현관문 밖에 큰 옴두꺼비 한 놈이 명상에 취한 듯이 앉아 있는 것을 보았다. 금테 안경을 눈알 속에 낀 듯한 옴두꺼비의 눈을 바라보다가 단장을 집어 들고 옴두꺼비의 명상을 건드리었다. 놀랜 옴두꺼비는 뛰엄 뛰엄 뛰어서 문일이가 거닐던 그 좁은 길에 들어섰다. 몇 번 뛰고는 충심각기병자같이 헐럭거리며 다리를 떨고 앉는다.

이 길을 걷는 것은 자기 혼자뿐이 아니었다고 속으로 웃으며 문일이는 쉬고 있는 옴두꺼비를 재촉하듯이 건드리었다. 부들부들 떨고 있는 옴두꺼비의 볼기짝도 가을바람에 여위어서 초라하게 파리한 뒷다리를 겨우 밟아 뛰는 것도 그나마 힘없는 앞발은 몸을 가누지 못하고 꼬꾸라지는 것이다. 그 꼴을 보는 문일이는 어릴 적에 경험한 잔인성을 손에 잡은 단장에 힘주어 느끼었으나 뛰기를 단념하고 기어가는 옴두꺼비를 따라갔다. 적으나 얼마든지 완증스럽게 볼 수 있는 옴두꺼비의 기는 발을 볼 때 등골을 기어가는 징그러운 이를 감촉하였다.

마침내 옴두꺼비는 그 길을 거진 다 가서 목책 모퉁이에 있는 사절화 숲 속으로 들어갔다. 단장 끝으로 그곳을 헤치고 본즉 사절화 떨기 밑에 있는 구멍으로 옴두꺼비의 뒷다리는 꿈에 잡았던 손같이 사라지고 마는 것이었다. 그리고 그 구멍에서는 적은 물줄기가 흘러내리고 있었다. 웬 샘물일까? 하고 단장 끝으로 후비며 들여다본즉 그 구멍은 횟집이 무너 앉은 고총(古塚)이었다. 문일이는 단장을 던지고 일어서서 침을 뱉었다. 무덤 구멍에서는 재와 같이 썩은 나무조각이 쇠동록이 풀린 듯한 검붉은 물에 떠 나왔다.

문일이는 옴두꺼비의 안내로 의외에 발견한 무덤가에서 생명체이던 형해조차 이미 없어진 지 오랜 빈 무덤 속에 드러누웠거나 앉아 있을 옴두꺼비를 생각하며 자기 방에 누워 있는 자기를 눈앞에 그리어 보았다.

옴두꺼비는 지금 무덤 속에 들어간 채로 오랜동안의 동면을 시작할 작정인지도 모를 것이다. 동면이란 꿈을 먹고 사는 것이 아닐까? 동면 기간의 양식이 되는 꿈은 그의 생활기인 봄 여름 가을 동안에 축적한 생활 경험의 재음미일 것이다. 그러한 재음미로서 낡은 껍질을 벗고 새로운 몸으로 새 봄을 맞으려는 꿈은 결코 악몽이 아닐 것이라고 문일은 생각하였다.

(최명익 씨의 소설 「역설」의 일부)

너무 더웁다. 나뭇잎들이 다 축 늘어져서 허덕허덕하도록 더웁다. 이렇게 더우니 시냇물인들 서늘한 소리를 내어보는 재간도 없으리라.

나는 그 물가에 앉는다. 앉아서 자ㅡ 무슨 제목으로 나는 사색해야 할 것인가 생각해 본다. 그러나 물론 아무런 제목도 떠오르지는 않는다.

그렇다면 아무것도 생각 말기로 하자. 그저 한량없이 넓은 초록색 벌판, 지평선, 아무리 변화하여 보았댔자 결국 치열(稚劣)한 곡예의 역(域)을 벗어나지 않는 구름, 이런 것을 건너다본다.

지구 표면적의 백분의 구십구가 이 공포의 초록색이리라. 그렇다면 지구야말로 너무나 단조무미(單調無味)한 채색이다. 도회에는 초록이 드물다. 나는 처음 여기 표착(漂着)하였을 때 이 신선한 초록빛에 놀랐고 사랑하였다. 그러나 닷새가 못 되어서 이 일망무제(一望無際)의 초록색은 조물주의 몰취미와 신경의 조잡성으로 말미암은 무미건조한 지구의 여백인 것을 발견하고 다시금 놀라지 않을 수 없었다. 어쩔 작정으로 저렇게 퍼러냐. 하루 왼종일 저 푸른빛은 아무 짓도 하지 않는다. 오직 그 푸른 것에 백치(白痴)와 같이 만족하면서 푸른 채로 있다.

(이상의 수필 「권태」의 일부)

얼마나 예리한 신경들인가. 대상의 진실은 날카로운 촉각이 아니고는 냄새도 맡지 못한다. 그냥 외워 둔 지식에서, 개념에서 단어 나열이나 유창하게 해 놓은 글엔 이런 전인미발(前人未發)의 신현상이 절대로 지적되지 않는다.

나의 중학 때 어느 도화(圖畵) 시간에서다. 선생님이 '앞에 앉은 사람을 사생(寫生)하라' 하시었다. 그래서 한 학생은 앞에 앉은 학생의 저고리를 그리는데 빛에 농담(濃淡)이 없이 아주 새까맣게 먹칠을 해놓았다. 선생님은 그 새까만 저고리를 보시고 성이 나시어

"왜 저고리빛이 이렇게 두드러진 데나 구석진 데나 할 것 없이 한 빛으로 새까맣기만 하냐?"

물으시니 그 학생이 선뜻 대답하기를

"선생님 딱하십니다. 동복빛이 새까마니 새까맣게 그리는 수밖에 있습니까?"

하였다. 선생님은 어이가 없어 껄껄 웃으시고

"새까마니까 새까맣게 칠을 했다? 그럼 눈 온 벌판을 그려라 하면 백지 그대로 내놓겠구나?"

하시어 반이 들썩하고 웃은 일이 있다.

"눈 온 벌판을 그려라 하면 백지 그대로 내놓겠구나?"

한 번 생각할 가치가 있는 말이다.

누구나 눈이 흰 줄을 안다. 눈이 희다는 것은 눈에 대한 개념이다. 눈이란 흰 것이라고 아는 것은 우리의 지식이다. 우리가 개념에서만, 즉 지식에서만 눈이 온 벌판을 그린다면 그야말로 흰 종이를 그대로 놓고 보는 수밖에 없다. 글도 그렇다. 우리가 머릿속에 기억해 넣은 개념, 지식만으로는,

"검은 옷은 검으니라."

"눈 온 벌판은 희니라."

밖에 더 쓰지 못할 것이다.

무론 '눈 온 벌판은 희니라' 하는 것도 글자로 썼으니 글은 글이다. 그러나 맛이 없는 글이다. 정신이 들지 않은 글이다. 주관이 들지 않은 즉 그 글을 쓴 사람의 감정과 아무런 교섭이 없이 나온 글이다. '눈 온 벌판은 희니라' 이 말은 누구나 할 수 있다.

김 모도 할 수 있고 이 모, 박 모, 누구나 다 할 수 있는 말이다. 눈이 흰 줄은 누구나 다 아는 지식이기 때문에.

개념이나 지식으로만 글을 써서는 안 된다. 눈이 희다거나 불이 뜨겁다는 개념, 지식은 다 내어 버려도 좋다.

눈이 한 벌판 가득히 덮였으니 보기에 어떠한가. 흰 것은 무론이다.

눈이 희다 검다가 문제가 아니다. 흰 눈이 그렇게 온 벌판을 덮어 놓았으니 보기에 어떠하냐. 어떠한 정서가 일어나느냐 즉 눈 덮인 벌판에 대한 감각이 어떠하냐. 그 감각되는 바를 적을 것이다.

가을비(1)

가을이라 하면 누구나 달을 말하고 단풍과 벌레를 말하나 비를 말하는 이는 적다.

시인들까지 그랬다. 달과 단풍이나 벌레 소리에는 들어차게 읊었어도 가을비 소리를 읊은 시인은 적다.

나는 시인이라면 달보다 단풍보다 벌레 소리보다 이 쓸쓸한 가을비 소리를 읊으리라. 얼마나 가을비 소리는 쓸쓸한 소리인가. 얼마나 가을다운 소리인가. 가을은 쓸쓸한 시절이다.

가을비 소리가 더욱 그렇다.

(어떤 학생의 작문)

가을비(2)

장독들이 비를 맞고 섰다. 그것들이 어찌 시원해 보이는지 지나다 말고 툇마루에 앉아 바라보았다.

빗발은 고르지 않다. 어떤 것은 실같이 가늘고 어떤 것은 구슬같이 무거운 것이 떨어져 깨어진다. 이런 무거운 빗발에 맞아 떨어짐인가, 어디서 버들잎 하나가 날아와 장독 허리에 사뿐 붙는다. 버들잎은 '나비인가' 하리만치 노랗게 단풍이 들었다. 벌써 낙엽이었다.

비는 시름없이 내리어 장독들도 버들잎도 묵묵히 젖을 뿐, 나는 손끝에 뛰어오는 몇 방울 빗물에 얼음 같은 차가움을 느끼며 따스한 방 안으로 들어오고 말았다.

(어떤 학생의 작문)

여기 '가을비'를 두고 지은 글이 두 편이 있다. 우리는 다 읽어 보았다. 그런데 어느 글이 더 우리에게 가을비다운 가을비 맛을 전해 주는가?

아무래도 나중의 글이다. 먼저 글은 '가을비'에 관한 개념과 지식뿐이다. 가을비를 눈앞에 보고 느끼어짐을 쓴 것이 아니요 머릿속에 든 지식에서 썼다. 가을비는 쓸쓸하다고 군데군데 말했으나 쓸쓸하다는 말이 한마디도 없는 나중의 글보다 훨씬 덜 쓸쓸하다.

7. '같이' '처럼' '듯이'에 대하여

누구에게나 수사 의식이 생기는 첫 순간에 따라나서는 것이 이 '같이' '처럼' '듯이' 들이다. 가장 원시적이요 보편적인 것이다.

부득이하여 허 씨를 장가드니 그 용모를 의논할진대 두 볼은 한 자이 넘고 눈은 퉁방울 같고 코는 질병 같고 입은 미에기 같고 머리털은 도야지털 같고 키는 장승만하고 소리는 이리 소리 같고……

(『장화홍련전』의 일절)

한곳을 우연히 바라보니 완연한 그림 속에 어떠한 일 미인이 춘흥을 못 이기어 백옥 같은 고운 양자(樣子) 반분대(半粉黛)를 다스리고 호치단순(皓

齒丹脣) 고운 얼굴 삼색도화미개봉(三色桃花未開峯)이 하룻밤 세우(細雨) 중 반만 피인 형상이라 청산 같은 두 눈썹을 팔자춘색(八字春色) 다스리고 흑운(黑雲) 같은 검은 머리 반달 같은 와룡소(臥龍梳)로 솰솰 빗겨 전반같이 넓게 땋아……

백릉버선 두 발길로 소소 굴러 높이 차니 난만한 도화 송이 광풍에 낙엽처로(처럼) 녹수계변상하류(綠樹溪邊上下流)에 아주 풀풀 흩날리니 의상은 표묘(縹渺)하고 옥성(玉聲)이 쟁영(琤嶸)이라 비거비래(飛去飛來)하는 양이 천상선관(天上仙官) 난조(鸞鳥) 타고 옥경(玉京)으로 향하는 듯, 낙포(洛浦)의 무산선녀(巫山仙女) 구름 타고 양대상(陽臺上)에 내리는 듯 녹발운환(綠髮雲鬟) 풀리어서 산호찬(珊瑚簪) 옥비녀가 화총(花叢) 중에 번뜻 빠져 꽃과 같이 떨어진다.

(『춘향전』의 일부)

같이, 처럼, 듯이 들이 얼마나 맹렬히 활동했는가. 보편성이 있다는 것은 도저히 무시할 수 없다는 존재다. 일자(一字) 일운(一韻)을 범연히 아니하는 정지용 씨 같은 이도

여마(驢馬)처럼 떨떨거리고 오는 흰 버스를 잡아탔다. 유리쪽마다 빗방울이 매달렸다. 오늘에 한해서 나는 한사코 빗방울에 걸린다.

버스는 후루룩 떨었다. 빗방울은 다시 날아와 붙는다. 나는 헤어 보고 손가락을 비벼 보고 아이들처럼 고독하기 위하여 남의 체온에 끼인 채로 한참이나 앉아 있어야 하겠고 남의 늘어진 긴 소매에 가리운 대로 잠착해야 하겠다.

(「비」의 일절)

이 원시적인, '처럼', '같이'를 아주 떼어 버리지 않는다. 다못 삼가는 것만은 사실이다. 동씨(同氏)의 「녹음애송시(綠陰愛誦詩)」란 글에 다음과 같은 일절이 있다.

어디로 둘러보아야 창창(蒼蒼)한 녹음이라 녹음을 푸른 밤으로 비길지면 석류꽃은 켜 든 붉은 촉불이요 녹음을 바다에 견줄지면 석류꽃은 깊숙이 새로 돋은 산호 송이로다.

'촉불이요'와 '산호 송이로다'는 '같이'가 강조된 것이다. 이런 '같이' '처럼' '듯이'를 비약하는 법은 이미 춘향전 같은 데도 있어는 왔다.

백주(白酒)는 황인면(黃人面)이요 황금(黃金)은 흑인심(黑人心)이라 방자 놈 마음이 염초청(焰硝廳) 굴뚝이요, 호두각 대청(虎頭閣大廳)이라 주마하는 말에 비위가 동하여……

'염초청 굴뚝이요'와 '호두각 대청이라'에는 '같이'가 보이지는 않으나 뜻으로 보아 몇 '같이'가 긴축(緊縮)된 말이다.
'같이' '처럼' '듯이'를 절대로 피할 것은 없겠지만 남용을 해서는 절대 안 된다. 구식이라기보다 천속(賤俗)해지기 때문이다. 피할 수 없이 '같이' '처럼' '듯이'가 나오는 경우엔, 위의
'촉불이요'
'산호 송이로다'
'염초청 굴뚝이요'

'호두각 대청이라'

식으로 강조해 버리는 것의 문의(文意)까지 심각해지는, 일석이조의 묘법일 것이다.

8. 대상과 용어의 조화

책이라고는 '책'보다 '册' 자가 더 책 같다. '册' 자는 시각적으로 형상이 조화시켜 주는 때문이다. 또 시각뿐이 아니다. 정지용 씨의 「비」의

> 벌써 유리창에는 날벌레 떼처럼 매달리고 미끄러지고 엉키고 또그르 궁글고 홈이 지고 한다.

한 일절을 보라. 그 미끄러운 유리 위에 둥그런 빗물 방울의 서물거리는 형용으로, 묘사로, 연달아 나오는 물소리 같은 ㄹ음들의 성향 조화는 얼마나 효과적인 표현인가. 뜻은 번역할 수 있되, 성향미(聲響美), 성향적(聲響的)인 표현 효과는 세계 어느 말을 가져와도 도저히 번역해 놓지 못할 것들이다.

표현이란 뜻만으로 전부는 아니다. 언어와 문자로 뜻만을 전달시키는 것은 언어와 문자의 선이용법(善利用法)이 아니다. 언어마다 문자마다 의(意) 이외에 감정과 체격과 신원이 있다. 뜻 이외에 그 언어, 문자가 발산하는 체취, 분위기, 그것을 선이용할 필요가 있는 것이다.

순갑이는 돈 한 푼 날 턱이 없는 덕쇠가 가게 앞에서 무엇을 담북 흥정해

가지고 꿍져 놓고 하는 것을 먼빛으로 벌써 보았다. 그는 그것이 궁금도 하거니와 어떻게 을려서 막걸리잔이라도 빼앗아 먹으려고 속으로 은근히 장을 대는 판이다.

"자네 수 생겼는가 부네?"

순갑이는 위선 이렇게 수작을 붙인다.

"어―이 순갑인가? 어디 갔다 와?"

덕쇠는 순갑이가 금전판으로 품을 팔려고 첫새벽에 나왔다가 허탕을 치고 돌아오는 줄 번연히 알면서 짐짓 모른 체하고 묻는 것이다.

그것도 하루아침에― 실로 하루아침에! 부자가 되어 버린 자기와 그리고 여전히 궁하고 초라한 친구를 대놓고 보게 되니 더욱 신이 나고 그래서 말본새도 그렇게 의젓해지는 것이다.

"나? 머 그저 헛걸음 허러 왔었지."

대답을 건숭으로 하고 순갑이는 덕쇠가 꿍져 놓던 것을 넘싯이 넘겨본다.

(채만식 씨의 단편 「정거장 근처」의 일절)

인물들의 담화는 물론이려니와 작자의 문장에도, 날 턱, 답북, 흥정, 꿍져, 을려, 장을 대는, 수작, 품, 허탕을 치고, 말본새, 건숭 등 모두 그 인물, 그 사건, 그 처소를 얼마나 잘 윤색시키는 말들인가.

여섯 사람이 청석골서 떠나던 날 임진 나루 못 미처 동자원(桐子院) 와서 자고 이튿날 식전 나룻가에 왔을 때 강 건너의 배가 좀처럼 오지 아니하여 사장에들 앉아서 한동안 늘어지게 쉬었다. 기다리기 진력이 날 지경에 배가 겨우 건너와서 타기까지 하였으나 사공이 행인 더 오기를 바라고 배를

띠우지 아니하여 서림이가

"여보 고만 갑시다."

하고 재촉하니 사공은 못 들은 체하고 있었다.

"우리 여섯이 선가를 특별 후히 줄 테니 어서 띠우."

사공이 서림이를 흘깃 돌아보며

"얼마나 줄라구 특별히 준다우."

하고 물었다.

"내가 선가 선셈하지."

서림이가 자기 짐에서 서총대무명 한 필을 꺼내서

"자 이거 선가루 받으우."

하고 사공을 주었다. 서총대무명이 백목만 한 낮은 무명이지만 그때 시세가 한 필 가지고 쌀을 서너 말 바꿀 수 있었다. 사공이 하루 종일 배질하여도 쌀 서 말거리가 생길지 말지 한 것을 한 번에 받았으니 입이 딱 벌어져야 옳건만 이 사공 욕심 보아라 매매 교환에 많이 쓰는 닷새무명을

"이거 석새 아니요."

새를 낮잡아 싯듯하게 말하였다.

"선가루 부족하우."

"부족한 게 아니라 북덕무명이라두 새가 너무 굵단 말이요."

"자 갑시다."

"네."

사공이 삿대를 질렀다. 배가 깊은 물에 나와서 삿대를 뉘어 놓고 노질을 시작한 뒤 사공은 서림을 보고

"멀리 벌이를 나가시우."

하고 물어서

"그렇소."

서림이가 대답하니

"벌이를 잘해서 우리 같은 놈두 좀 먹여 살리시구려."

말하고 껄껄 웃었다.

(홍명희 씨의 『임거정』의 일절)

작자의 생활어들이 아니라 글 속에 나오는 인물들의 생활 속어인 것이다. 그렇기 때문에 여기 인물들, 여기 공기(空氣)가 진실해지는 것이다. 글 속에 나오는 인물들이 이해 못하는 말, 시대적으로 계급적으로, 동떨어진 말을 쓰는 것은, 마치 언문만 알던 부인이 죽었는데 순한문으로 제문을 읽는 것이나 비슷한 부조화다.

소에 달구지에 전차에 버스에 교통이 대도시 같다. 아스팔트가 우드럭 두드럭 요철(凹凸)이 나구 말똥 소똥이 지저분히 서리와 얼어 붙구 거리 구획이 꾸불게 혹은 엇비스디 언덕에 올라가구 내려가구 한 게 도로혀 지방도시 같아서 됴타.

말세 말이 났댔으니 말이디 폐양 사람들은 말의 말세에 쉿, 테, 테, 리끼니, 자오, 라오, 뜨랬는데, 깐, 글란 등등의 소리루만 들리는 것은 아무래두 내 귀가 서툴러서 그를디, 예사 할 말에두 몹시 싸우 듯하며 여차하믄 귓쌈한 대, 쌍, 색기, 치, 답째 등의 말이 성급하게 나오는 것은 혹은 내가 너무 과장하여 하는 말이 아닐디두 몰으갔으나 하여간 부녀자들두 초매 끝에 쉿 소리가 난다는 말이 있디만 싱싱하고 씩씩하기가 차라리 구주(歐洲) 여자

같은 데가 있다.

(정지용 씨의 기행문 「평양」의 일절)

전문을 방언으로 지방색 표현을 계획한 것은 씨의 대담한 첫 시험이다. 상이한 효과를 거두었다 믿는다.

9. 띄기와 부호용법

○ **띄기**

띄어 쓰지 않은 글은 읽기가 힘들다. 힘만 들 뿐 아니라

"돈이만원만있으면."

이렇게 붙여 놓아 보라.

"돈이 만 원만 있으면."

인지

"돈 이만 원만 있으면."

인지 분별할 도리가 없지 않은가. 이런 것이 한두 가지가 아니기 때문에 현대에 와선 어디서 온 법이든 띄어 쓰는 것이 원칙으로 되어졌다.

○ 어떻게 띄나?

지금 이 글을 띈 것을 보라. 단어마다 띄는데 토는 그 토가 달리는 단어에 붙어 버린다.

"달이 밝다."

하면, '달'과 '밝'은 단어들이다. '이'와 '다'는 토들이다. '달이' 하니 '이' 토는 '달'에 붙고 '밝다' 하니 '다' 토는 '밝'에 붙는다. 즉

"달이 밝다."

이렇게 띈다.

○ 주의할 몇 가지

▲ 팥밥, 깨엿, 돌집, 이런 말들은 한 말에 두 단어씩이다. 그러나 띄지 않는 것은 '팥'과 '밥' 두 가지를 가리킴이 아니라 팥으로 지은 밥 '팥밥' 한 가지를 가리킴이다. 한 단어(합성어)이다.

▲ 먹을것이 많으나 먹을수가 없다.

'먹을것이' '먹을수가' 이런 새들은 띄지 않는다.[10] '것'과 '수'가 독립한 단어가 못 되기 때문이다. 완전한 한 개 단어가 못 되는 표로는, '것'이나 '수'를 먼저 놓고 무슨 말을 만들어 보라.

"달이 떴다."

"바람이 분다."

는 말이 되나

---

10 현행 띄어쓰기 기준과는 다르다.

"것이······."

"수가······."

는 말이 되지 않는다.

▲ **수는 띄지 않는다.**

"삼만사천오백삼십칠명······."

이렇게 수에 있어선 그냥 붙여 쓴다.[11] '한사람'도 붙여 쓰고 '반개'도
붙여 쓴다.

▲ **글줄이 새로 시작될 때는 한 자(子) 자리씩 떨구어 쓰기 시작한다.** 그러니까 첫 행
에서뿐 아니라 중간에서도 새 행을 잡아 쓸 적에는 으레 한 자씩 떨구어 쓴다. 이 책이
모두 그렇게 되었으니 새삼스럽게나마 주의해 보라.

○ **',' 와 '·'**

옆으로 찍는 점 ','과 가운데로 동그랗게 찍는 점 '·'이 다르다.

"레오·톨스토이, 안톤·체호프, 모두 러시아의 문호들이었다."
하면 ·점은 '레오·톨스토이' 한 사람의 성명 중에서 성(姓)과 명(名)을
구분하는 점이요, ,점은 톨스토이와 체호프 두 사람을 구별하는 점으
로서 이를테면 '와' 토를 대신한 부호다.

이 옆으로 찍는 ','점은 여러 가지로 쓰인다. 토의 대신으로 쓰일 뿐 아
니라 문의(文意)가 혼란될 경우에 훌륭히 문의를 정리해 주는 목표가 된다.

---

11 현행 띄어쓰기 기준과는 다르다.

"나는 매우 단 음식을 좋아한다."

하면 '나는 매우'란 뜻인지, '매우 단 음식'이란 뜻인지, '매우'의 위치가 혼란해 진다. 이런 경우에

"나는, 매우 단 음식을 좋아한다."

하면 농감(濃甘)한 음식을 좋아한다는 뜻으로 분명해질 것이요,

"나는 매우, 단 음식을 좋아한다."

하면, 나는 단 음식을 몹시 좋아한다는 뜻으로 명백해질 것이다.

○ '。'

한 구절이 끝날 때마다 동그라미를 치라.[12] 지금 이 구절에도 치어진다.

○ 「」와 『』

대화는 딴 줄을 잡아 쓰되 모두 위로 한 자씩 떨구어서 얼른 시각적으로 대화라는 표시를 주며 또 한 사람의 담화마다 「」표로 시종(始終)을 막다준다. 『』표는 거듭 쓸 필요가 있을 때의 소용이다. 이를테면 다음과 같다.

「뭐라구 그리시든?」

「오시겠대.」

「뭐래면서? 그이 말헌대루 해 봐 줌.」

「빙그레 웃구 나더니 『가다뿐입니까 어떤 분의 초대신데…… 정각에 대령하겠습니다―구 여쭈십쇼.』 그래.」

---

12 고리점을 말함. 본래 세로쓰기에서는 마침표 자리에 온점 대신 고리점을 넣었다. 1940년판 『문장강화』는 세로쓰기로 되어 있다. 이 책에서는 모두 온점으로 교정하였다.

○ **?와 !**

이것도 위의 모든 부호와 함께 근래에 와서 구문(歐文)들이 쓰는, 그 편리함을 모방한 것이다. 이제 와 구태여 배격할 필요는 없다. 다못 한 가지 제의하고 싶은 것은, 아무리 부호기로 수량으로써 기분의 강약을 계산하려는 데는 불찬성이다. ??, ?!, !!, !!! 등 희화(戲畵)는 온당치 못하다.

제7강 대상과 표현

1. 인물의 표현

표현하려는 대상에 인물처럼 복잡다단한 것은 없다. 늙은 코끼리가 제아무리 체구가 광대하여도 한 소녀의 심리의 복잡을 당치 못한다. 인물이란 외모부터도 만인만색(萬人萬色)인 데다 인물을 전적으로 대표하는 성격이란 대이대차(大異大差)가 있고, 동일인의 성격으로도 그 정서, 행동은 경우를 따라 천변만화이기 때문이다.

그러나 어려움엔 또한 법의 묘(妙)함이 있다. 인물 만화를 보라. 그 소박한 몇 조의 단색선으로 그 복잡한 두뇌자들인 히틀러도 뛰어나오고, 무솔리니도 뛰어나온다. 묘법이란 별것이 아니다. 그 인물의 외형으로 또는 내면으로 특징만 붙잡아 놓으면 꼼작 못하는 것이다.

군수는 얼굴은 거무튀튀하였으되 키가 설명하게 큰 데다가 떡 벌어진 어깨와 길고 곧은 다리의 임자이니 세비로나 입고 금테 안경이나 버티고 단장이나 두르고 나서면 그 풍채의 훌륭하기가 바로 무슨 회사의 사장이나 취체역같이 보이었다. 그는 쾌활한 호인물이었다. 결코 남을 비꼬든지 해치지 않는다. 혹 남이 제 귀에 거슬리는 말을 해도 마이동풍(馬耳東風)으로 흘려들었다. 그는 재판소와 도청에 출입하는 기자인데 아침에 들어오면 모자를 쓴 채로 단장을 휘휘 내두르며 편집실로 왔다갔다하다가 누구에게 향하는지 모르게 싱긋 웃으며

"인제 또 가봐야지."

하고 홱 나가버린다. (…중략…)

세환은 군수와 정반대로 키도 작달막하고 몸피도 가냘펐다. 얼굴빛까지 해끔하되 새까만 눈썹과 오똑한 코며 얼굴의 째임째임이 제 체격과 어울리게 매우 조직적이었다. 대가리를 까불까불하며 궁둥이를 살랑살랑 흔들며 걸어 다니는 모양은 일본 사람으로 속게 되었다. 그는 경찰서를 도는 기자인데 군수와 달라 자료를 다부지게 수집도 하고 기사도 곧잘 만들어 쓰되, 제 쓴 것이 실리지 않는다든지 귀에 거슬리는 말을 듣는다든지 하면 왼종일 입을 꼭 다물고 쌔근쌔근하다가 기사 한 줄 안 쓰고 홱 뛰어나간다.

(현진건 씨의 소설 『지새는 안개』에서)

그 남자는 꽤 벗어진 이마로 더욱 길고 여위어 보이는 창백한 얼굴이 석고상같이 굳어져 있다가 다 탄 담배를 비벼 끄고 일어나 좁은 방 안을 거닐기 시작한다. 검푸른 무명 호복이 파리한 어깨에서 발뒤꿈치까지 일직선으로 흘러서 더 수척하고 길어만 보이는 그 체격은 더욱더 짙어가는 방 안의 어두움을 한 몸에 휘감은 듯하였다. 그보다도 어두움이 길게 엉키고 뭉치어서 내 눈앞에 흐느적거리는 것같이도 생각되는 것이다.

─불은 왜 안 켜나? 나는 어둠이 주는 그런 착각이 싫고 그 남자의 빠른

백골 같은 손끝이 비수(匕首)로 변하지나 않을까도 생각하며, 그저 연달아 담배를 피울밖에 도리가 없었다.

"혹시— 여옥(如玉)군한테 들어 짐작하실는지 모르지만 나는 현영일이 라고 합니다."

갑자기 내 앞에 발을 멈추고 이렇게 말을 시작한 그는 다시 걸으며

"아주 보잘것없는 낙오자지요. 낙오자라기보다 지금은 어쩔 수 없는 아 편 중독자지요. …… 그러나 한때 나는 젊은 투사로, 지도 이론 분자로 혁혁 한 적이 있었더랍니다."

여기까지 하던 말을 그친 현은 문 옆의 스위치를 눌러 전등을 켰다. 켰더 라도 천장 한가운데 드리운 줄에 갓도 없이 매달린 적은 전구의 불빛은 여 간 희미하지 않았다. 현은 장의자에 털썩 주저앉아 호복 안섶 자락에서 뒤 져낸 흰 약을 권련에 찍어서 빨기 시작하였다.

(최명익 씨의 「심문」의 일절)

인물은 인물 그 자체의 자기 표현이 항상 있다. 나무처럼, 산처럼 부 동의 대상이 아니라 쉴 새 없이 표정이 있고, 말이 있고, 행동이 있고, 그런 모든 것을 통해서 감정과 의지가 늘 표현되며 있다. 그러니까 먼 저는 이런 표정, 말, 행동의 기축(機軸)인 외모에서 특징을 찾는 데 관점 을 둔 세밀한 조사가 필요하다.

그 사람의 성격을 규정하는 외부적 조건으로,

남녀노소의 별(別)은 물론이요,

키 크고 작은 것,

살 찌고 야윈 것,

이마 넓고 좁은 것,

얼굴빛의 희고 검은 것,

눈 크고, 작고, 맑고, 어둡고, 두리두리하고, 안존한 것,

입술의 얇고, 두터운 것,

말소리의 맑고, 탁하고, 느리고, 빠른 것,

앉음앉이, 걸음걸이 등

이런 것이 가장 그 성격과 유기적인 인과를 갖는 것이니 이런 점에 예리하고, 다소 과장적인 묘사가 필요한 것이다. 기타 옷 모양, 취미, 교양, 직업 등도 그 인물을 성격적으로 윤색하는 데 적당한 안료(顏料)가 되는 것은 물론이다.

그러나 인물을 초목이나 동물처럼 가만히 세워 놓고 묘사만 하는 것은 서투르다. 그 글에 나오는 필요한 언행과, 사건을 써 나가는 속에서 그 인물의 성격적인 것을 독자는 모르는 새에 일점(一點), 일선(一線)씩 가벼이 터치해 나아가 읽고 나면 은연히 그 인물이 두드러지게 해야 가장 자연스럽다. 소이불루(疎而不漏)의 묘란 이런 것을 이름이다.

2. 자연의 표현

인물보다 단순한 반면에 막연함이 있다. 막연이란 얼른 이해하지 못하는 감정이다. 얼른 이쪽 마음에 들어오지 않는 소격(疏隔)이다. 얼른 자연에 가까이 나서는 태도부터 필요하다. 자연과 악수하는 태도, 그러자면 자연계의 모든 것도 한 마리의 곤충이라도, 한 포기의 풀이라도, 모두 우리 인생과 함께 목숨이 있고, 목숨을 즐기는 생활자들이거

니 생각하면 새삼스런 그들에의 존경과 친애를 느낄 수 있을 것이다.

돌각담 밑에 햇볕을 향해 새 주둥이처럼 터 나오는 조그만 풀싹의 하나, 그것이 눈이 없고 입이 없으나, 밉지 않고, 덤빔 없이 겸손히 자라나서는 대가 서고, 가지를 치고, 잎이 피고, 풍우와 싸우며 꽃이 피어 자기의 정열, 향기를 표현하고, 고요히 찾아오는 나비와 부엌이 있고 열매를 맺고…… . 얼마나 진실한 생활자인가!

이렇게 친애를 가지고 본다면 일초일충(一草一蟲), 정 쏠리지 않는 것이 없다. 정이 쏠리면 그에게 무시할 수 없는 감상이 일어날 것이요 감상이 일어나면 표현하고 싶은 것은 또한 인정의 본능이다. 더구나 자연에의 관조처럼 청결무구한 감상이 어디 있는가.

초목

초목은 한곳에 서 있다. 바람에 흔들리는 외에 별로 동작이 없다. 그림 같다. 그러니까 그가 가진 선조(線條), 그가 가진 색채는 그들을 전적으로 대표하는 것들이다.

가지가 어떻게 뻗은 것,

어떤 모양의 잎이 어떤 모양으로 드리운 것,

꽃이 있고 없는 것,

꽃이 있으면 꽃의 표정과 향기가 어떤 특색이 있는 것,

열매가 있고 없는 것,

그 나뭇가지 그 꽃에 찾아오는 곤충의 있고 없는 것,

인생에 미감(美感)을 주는 것뿐인지, 무슨 실용 가치를 가진 것인지,

그 초목이 아무 데나 나는 것인지 특수한 지대에만 나는 것인지 등,

이런 점에 주도한 관찰을 갖는다면 대개 중요한 면모는 드러나리라 믿는다.

건란(建蘭)

우연히 들여다보니 꽃순이 여섯 대가 오른다. 벌건 동근 그리고 춘이 높은 분(盆)에 빽빽이 들어선 묵은 잎과 새 잎은 그 수(數)를 이루 헬 수가 없다. 뿌리도 비좁은 속에 배기다 못하여 툭툭 튀어나와 모래 위로 서리고 있다. 이 건란은 사 오던 팔 년 전에는 겨우 십여 잎쯤이었다.

수선(水仙)을 기르기 까다롭다 하지마는 사다 한 달쯤 공을 들이고 보면 꽃을 볼 수 있지마는 난(蘭)은 한 해 또는 몇몇 해를 겪어도 꽃은커녕 잎도 내기가 쉽지 않다. 난은 싱싱하고 윤이 나는 그 잎이 파리똥만 한 반점(斑點)도 없이 저대로 일이 척 이상을 죽죽 빋어야 한다. 난은 종류에 따라 대엽(大葉) 중엽(中葉) 세엽(細葉)과 입엽(立葉) 수엽(垂葉)이 있다. 대엽 입엽인 이 건란은 다른 난에 비하여 퍽 건경(健勁)한 편이고 보통 소심란(素心蘭)보다는 윤이 덜하고 더 푸르되 조선 춘란(春蘭)같이 짙지는 않다.

난은 잎만 보아도 좋다. 수수하고도 곱고 능청하고도 조촐하고 굳세고도 보드라운 그 잎이 계고(溪菰) 창포(菖蒲) 야자고(野茨菰)와는 같은 듯해도 전연 다르다. 이걸 모르고 난을 본다든지 그린다든지 하면 난이 아니요 잡초다. 석파(石坡)는 춘혜(春蕙)를 그리고 예미(藝楣)는 추혜(秋蕙)를 그리었으나 겨우 칠팔 분(分)까지 이르다 말았다.

한창 찌는 더위에 물이 흐르는 몸으로 옷깃을 벗고 뒷마루에 나앉아 그들을 대하면 문득 화운(火雲)을 헤치고 창공(蒼空)을 보는 것 같아 버쩍 소름이 치기도 하였다.

그 후 이십여 일을 지나자 개미들이 떼를 지어 건란분(盆)으로 드나든다. 입에 하얀 것을 물고 가는 놈 배가 똥똥 불러 어리둥어리둥 하는 놈 이리저리 헤매는 놈도 있다. 자세히 보매 우뚝 솟은 벌건 꽃줄기마다 구슬 같이 달린 단물 방울을 빨고 꽃 모가지를 쏠고 꽃봉지와 줄기도 갉아먹었다. 군데군데 생채기가 나고 꽃봉지는 시들기도 한다. 바로 개미를 쏠고 쫓고 사기 쟁반에 물을 담아 받쳐 놓았다.

건란은 줄기 끝에 한두 송이 남고는 죄다 벌어졌다. 약간 붉은 점과 선이 박힌 누르스름한 그 모양이 담박은 할망정 요염치 않고 이따금 그 향(香)은 가는 바람결처럼 일어 온다. 서향(瑞香)처럼 쏘지도 않고 수선 매화처럼 상클하지도 않고 정향(丁香) 백합처럼 맵지도 않고 장미처럼 달지도 않고 그저 소리도 않고 들린다. 가까이보다 멀리서 더 잘 들린다. 천 번을 들어도 만 번을 들어도 싫지 않다. 듣다가 죽는 줄도 모르겠다. 나는 이런 때 저절로 춤도 추이고 노래도 불러진다.

(이병기)

체화(棣花)

꽃이 가지에 피는 것이 아니오리까? 가지뿐이 아니라 둥치에, 둥치에서도 아랫동아리 뿌리 닿는 데서부텀 꽃이 피어 올라가는 꽃나무가 있습니다. 꽃이 가지에 붙자면 먼저 화병(花柄)이 달리어야 하겠는데 어찌도 성급한 꽃인지 화판(花瓣)이 직접 수피(樹皮)를 뚫고 나와 납족납족 붙는 것이랍디다. 어린 아이들 몸뚱어리에 만신(滿身) 홍역(紅疫)꽃이 피듯 하는 꽃이니 하도 탐스런 정열에 못 견디어 빛깔마저 진홍이랍니다. 강진(康津) 골에서는 이것을 체화라고 이르는데 꽃이 이운 자리마다 열매가 맺어 달렸으니 원두콩 같은 알이 배었습니다. 먹기 위한 열매도 아니요 기름을 짜거나 열매를 뿌리어 다시 나무를 모종할 수 있거나 한 것도 아니겠는데 그저 매달려 있기 위한 열매로 보았습니다. (…하략…)

(정지용)

동물

동물은 움직인다. 기고, 뛰고, 나른다. 그에겐 동작이 있으므로 습성이 있다. 외형, 동작, 습성 이 세 가지를 묘사해야 할 것이다. 체구가 사람처럼 일정치 않다. 곤충끼리도 천태만상, 조류끼리도, 수류(獸類)끼리도 진태기형(珍態奇形)이 많다.

먼저 외형,

다음엔 기고, 뛰고, 나르는 동작,

그리고 우는 소리,

나중엔 동작 중에서 특히 습성이라고 지적할 만한 것의 유무 등

이런 관찰이 필요하다.

송사리

나는 다시 개울가로 가 본다. 썩은 물 늘어진 댑싸리 외에 아무것도 없다. 그러나 나는 거기 앉아서 이번에는 그 썩는 중의 웅덩이 속을 들여다본다.

순간 나는 진기한 현상을 목도한다. 무수한 오점(汚點)이 방향을 정돈해 가면서 움직이고 있는 것이다. 이것은 생물임에 틀림없다. 송사리 떼임에 틀림없다.

이 부패한 소택(沼澤) 속에 이런 앙증스러운 어족(魚族)이 서식하리라고는 나는 참 꿈에도 생각하지 못했다.

요리 몰리고 조리 몰리고 역시 먹을 것을 찾음이리라. 무엇을 먹고 사누? 버러지를 먹겠지. 그러나 송사리보다도 더 적은 버러지라는 것이 있을까?

잠시를 가만있지 않는다. 저물도록 움직인다. 대략 같은 동기와 같은 모양으로들 그러는 것 같다. 동기! 역시 송사리 세계에도 시급한 목적이 있는 모양이다.

차츰 차츰 하류를 향하여 군중적으로 이동한다. 저렇게 하류로 하류로만 가다가 또 어쩔 작정인가. 아니 그들은 중로(中路)에서 또 상류를 향하여 거슬러 올라오는지도 모른다. 그러나 당장 하류로 향하여 가고 있는 것이 확실하다. 하류로! 하류로!

오 분 후에는 그들의 모양이 보이지 않을 만치 그들은 멀리 하류로 내려갔다. 그리고 웅덩이는 아까와 같이 도로 썩은 물의 웅덩이로 조용해지고 말았다.

(이상의 「권태」의 일부)

때까치

평나무 위에 둥그런 것은 까치집에 틀림없으나 드는 것도 까치가 아니요 나는 놈도 까치가 아닙니다. 몸은 가늘고 길어, 가슴마저 둥글지 못하고 보니 족제비처럼 된 새입니다. 빛깔은 햇살에 번뜩이어 남색(藍色)이 짜르르 도는 순흑색(純黑色)이요 입부리는 아주 노랗습니다. 꼬리도 긴 편이요 눈은 자색(紫色)이라고 합디다. 까치가 분명히 조선새라고 보면 이 새는 모양새가 어딘지 구라파적(歐羅巴的)이 아니오리까. 벙어리가 아닌가고 의심할 만치 지저귀는 꼴을 볼 수가 없고 드나드는 꼴이 어쩐지 서툴러 보이니 까치집에는 결국 까치가 울려야 까치집이랄 수밖에 없습니다. 음력 정이월에 까치가 마른 나뭇가지와 풀을 물어다가 보금자리를 둥그렇게 지어 놓고 삼사월에 새끼를 치는 것인데 뜻 아니한 침략을 받아 보금자리를 송두리째 빼앗긴다는 것입니다. 이 침략자를 강진(康津)골에서 '때까치'라고 이르는데 까치가 누구한테 배운 것도 아닌 보금자리를 얽는 정교한 법을 타고난 것이라고 하면 그만 재주도 타고나지 못한 때까치는 남의 보금자리를 빼앗아서 드는 투쟁력을 가질 뿐인가 봅니다.

알고 보면 때까치도 조금도 맹금류에 들 수 있는 놈이 아니요 다만 까치가 너무도 순하고 독하지 못한 탓이랍니다. (…하략…)

(정지용)

천체

인간의 심정을 감동시킴이 천체에처럼 많은 덴 없다. 해가 있고, 달이 있고, 별이 있고, 광명과 암흑이 오고, 구름이 있고, 안개가 있고, 무지개가 있고, 바람이 있고, 비와 눈과, 이슬과, 서리와, 번개와 우뢰가 있다. 또 이 모든 것은 무궁한 변환(變幻)을 갖는다.

별 도리가 없다. 달이거니, 달빛이거니, 별이거니, 눈이거니 하는 개념을 버리자. 오늘 생후 처음으로 보는 현상이거니만 하고 감각하면 남이 이미 말하지 못한, 신경지(新境地), 신경이(新驚異)를 발견, 감상할 수 있을 것이다.

구름

울창한 송림이 마을 어귀에 늘어선 그 위로 이제 백목란(白牧丹)처럼 피어오르는 저 구름송이들!

　포기 포기 돋아 오르는, 접치고 터져 나오는 양이 금시에 서그럭서그럭 소리가 들릴 듯도 하지 아니한가? 습기를 한 점도 머금지 아니한 흰 구름이 아니고 보면 우리가 이렇게 넋을 잃고 감탄할 수가 없다. (…중략…) 구름은 움직인다. 차라리 몽긋몽긋 도는 것이다. 도는 치차(齒車) 위에 치차가 돌 듯이 구름은 서로 돈다. 고대 애급의 건축처럼 무척이도 굉장하구나! 금시 금시 돋아 오르는 황당한 도시가 전개되었구나! (…하략…)

(정지용 씨의 「구름」에서)

3. 사태의 표현

　사태, 벌어진 일, 즉 한 사고, 한 사건, 한 진상, 한 전말, 이런 실재 상황이 글에 필요한 경우는 무한히 많다. 경미하든, 중대하든, 한 사태란 한 생활의 현상인 까닭이다. 그렇다고 생활이라 하면 너무 광범하다. 사태는 크든 적든, 생활의 한 장면, 한 파란(波瀾)의 표현, 여기엔 무엇보다 취사선택의 분별이 예리해야 할 것이다. 사태 그 자체로는 아무리 중대성을 가진 부분이라도, 표현하려는 내용과 유기적인 인과(因果)에서 동떨어진 것이면 거침없이 버릴 것이요, 내용을 선명케, 인상적이게 하기 위해 필요할 것이면 아무리 사소한 사유라도 중점을 두어 견실한 조직으로 끌어와야 할 것이다.

　원인 결과가 또렷하게,

　시각적인 묘사로,

　내용의 완급을 가려 문장도 사태와 호흡을 같이할 것.

아직 오월이건만, 이 근방에는 벌써 모기가 심하다.

"철썩!"

하고, 윤 초시가 제 넓적다리를 때린 것이 자리에 누운 뒤로 이번이 네 번째다.

그는 자리 위에 몸을 비스듬히 일으키어 앉으며, 남폿불에다 손바닥을 갖다 대어 보았다. 그러나 이번에도 애꿎은 다리만 부질없이 후려갈긴 모양이다. 손바닥을 아무리 상고하여 보아도 마땅히 눈에 띄어야 할, 으끄러진 모기의 시체와 같은 것은 아무 곳에서도 찾을 수 없었다.

"쩝, 쩝."

입맛을 다시고, 그는 다시 목침을 고쳐 베고, 자리에 누워, 모기에게 물린 다리를 부욱부욱 긁었다.

(박태원 씨의 단편 「윤 초시의 상경」에서)

이날 오시(午時)쯤 하여 폐비가 계신 집 동구 앞에는 벽제(辟除) 소리가 요란히 나더니 뒤미쳐 내시가 대문을 삐걱 열고 안으로 들어와

"어명요."

하고 소리 질렀다.

신 씨는 당황하여 일변 폐비를 자리에서 일으키며 일변 소반을 찾아 홍보를 깔고 대청 정면 분합 밖에 놓았다.

전지를 받든 이극균(李克均) 약사발을 받든 이세좌(李世佐)가 사모 풍대에 위의를 갖추고 분합 밖으로 올라섰다.

방 안에서는 신 씨가 폐비에게 새 옷을 입혀드리면서 빙긋이 폐비의 얼굴을 들여다보고 웃었다. 폐비도 그 어머니의 얼굴을 마주 보시며 수척한 옥안에 가만한 웃음빛을 띠시었다. 복위(復位)냐 봉빈(封嬪)이냐 어떻든 무

슨 반가운 전지가 계실 것을 예기하신 까닭이다.

이제는 폐서인(廢庶人)이라 활옷 당의는 못 입을망정 전지를 받는 마당에 원삼(元衫) 족두리라도 아니 입고 쓸 수는 없었다.

폐비는 다시 어머니의 낡은 원삼을 입고 족두리를 쓰신 뒤에 분합문을 닫고 단정히 쓰시어 전지를 받았다.

이극균이 떨리는 목소리로 전지를 읽기 시작했다. 폐비와 신 씨의 얼굴은 차츰차츰 새파래지기 시작했다. 전지 읽는 소리가 끝났다. 대방승지(代房承旨) 이세좌가 소반 위에 약사발을 놓았다. 분합 안에선 폐비가 더 버티고 서실 기운이 없었다. 그대로 그 자리에 쓰러져 외마디소리를 치시며 통곡을 하신다. 그 어머니 신 씨도 하늘이 무너져라 하고 몸부림을 탕탕 쳐 가며 미칠 듯이 울었다.

(박종화 씨의 『금삼의 피』에서)

앗!

날카로운 소리에 번쩍 정신이 깨었다.

찬바람이 휙 앞을 스치고 불시에 일신이 딴 세상에 뜬 것 같았다. 눈 보이지 않고 귀 들리지 않고 잠시간 전신이 죽고 감각이 없어졌다. 캄캄하던 눈앞이 차차 밝아지며 거물거물 움직이는 것이 보이고 귀가 뚫리며 요란한 음향이 전신을 쓸어 없앨 듯이 우렁차게 들렸다. 우뢰 소리가…… 바다 소리가…… 바퀴 소리가…… 별안간 눈앞이 환해지더니 열차의 마지막 바퀴가 쏜살같이 눈앞을 달아났다.

앗 기차!

다 지나간 이제 식이는 정신이 아찔하며 몸이 부르르 떨린다.

진땀이 나는 대신 소름이 쪽 돋는다. 전신이 불시에 비인 듯이 거뿐하다. 글자대로 전신은 비었다. 한쪽 팔에 들었던 석유병도 명태 마리도 간 곳이 없고 바른손으로 이끌던 도야지도 종적이 없다.

아 도야지!

도야지구 무어구 미친놈이지 어데라구 후미끼리를 막 건너?

따귀를 철석 맞고 바라보니 철로 망보는 사람이 성난 얼굴로 그를 노리고 섰다.

(이효석 씨의 「돈(豚)」에서)

제8강 문체에 대하여

문체란 문장의 체재다. 문장은 그 문장을 구성한 단어들의 뜻만으로 표현의 전부가 아니다. 구성, 그 문체도 훌륭히 표현의 한몫을 담당한다. 문장의 구성 여하는 곧 문장의 체재 여하요, 문장의 체재 여하는 곧 문장의 표현 여하가 되는 것이다.

문장의 형식 문제란 늘 이 문체를 의미한 것이어니와, 형식이 없는 내용이 있을 수 없는 엄연한 진리에서 문장의 형식인 문체는 결코 소홀히 할 성질의 것이 아니다. 불란서의 문학자 페이터가 '스타일(文體)은 그 사람이다' 한 말은 일찍부터 유행한 금언(金言)이요, 소설가 스탕달도 '스타일을 짓는 것은 작품을 고상하게 하는 것이라' 하였다. 사실 작품뿐만 아니라, 필자의 면모부터 가장 빠르게 드러내는 것은 내용보다 문체편이다.

1. 문체의 발생

1) 독특한 언어, 문자와 국민성에서

동서양의 문체가 각이(各異)할 뿐 아니라, 같은 동양에서도 한문 문체와 한글 문체가 다른 것은 길게 설명할 필요가 없다.

2) 동일한 언어, 문자라도 시대가 다름에서

멀리 고대로 올라갈 것 없이 지금으로부터 불과 삼십 년 전인 융희 삼 년에 발간된 유길준(兪吉濬)의 「문전(文典)」 서문의 일절을 보라. 그동안에도 시대적 차이가 문체에 얼마나 뚜렷한가.

읽을지어다. 우리 문전을 읽을지어다. (…중략…) 고유한 언어가 유(有)하며 특유한 문자가 유하여 기(其) 사상과 의지랄 성음(聲音)으로 발표하고 기록으로 전시하매, 언문일치의 정신이 사 천여의 성상(星霜)을 관(貫)하야 역사의 진면(眞面)을 보(保)하고 습관의 실정(實情)을 증(證)하도다.

3) 동일한 언어, 문자에 동일한 시대라도 작자의 개성이 다름에서

과거 시대에선 글 쓰는 사람이 수로도 적었고, 잘 쓰는 사람을 그대로 모방하는 것으로 문장법을 삼아, 한 시대와 시대 사이엔 문체가 따로 있되 개인 개인의 문체는 따로 없었다 해도 과언이 아닐 정도다. 그러나 현대에 있선 글 쓰는 사람이 우선 수로 많아졌다. 많으니까 작자 자신이나 독자나 다 개성적인 것을 강렬히 요구하게 되었다. 독자적인 것이 내용인 인생관에만 아니라 표현에까지 의의 있게 되었다. 모두 자기의 문체를 완성하기에 의식적으로 노력하는 것이다. 그래서 과거엔 문체를 시대가 가졌고 현대엔 문체를 개인 개인이 가졌다고 볼 수 있는 것이다. 따라서 현대의 문체론은 개인 문체를 문제 삼는 것이다.

2. 문체의 종별

분류를 위해서는 수십 종을 들 수 있으나, 대체로는 간결, 만연, 강건, 우유(優柔), 건조, 화려 등 6체로 나누는 것이 간명하겠다.

1) 간결체

될 수 있는 대로 요약해서 근소한 어구로 표현한다. 일어일구(一語一句)에 긴축이 있고 선명한 인상을 준다. 자칫하면 건조무미할 위험성이 있다.

2) 만연체

간결체와 반대다. 기분까지를 나타내기 위해 천언만어(千言萬語)로 우여곡절을 일으킨다. 자칫하면 만담(漫談)에 빠질 위험성이 있다.

"창 옆에 애착하는 감정을 한낱 헛된 호기심으로 단정해 버릴지 모른다."

하면 간결한 문체요,

"우리로 하여금 항상 창측의 좌석에 있게 하는 감정을 사람은 하나의 헛된 호기심이라고 단정하여 버릴지도 모른다."

하면 만연미가 있는 문체다.

3) 강건체

웅혼, 호방(豪放), 심중(深重), 강직한 풍격을 갖는다. 탄력과 숭엄미를 나타내기에 적당하다. 그러나 문의가 개념에 흐를 위험성이 있다.

4) 우유체

강건체와 반대다. 청초, 온화, 겸허한 아취를 갖는다. 누구에게나 다 정스러운 문체다. 그러나 의지적인 것을 담기엔 약한 흠이 있다.

"탐화봉접(貪花蜂蝶)이란 말이 있거니와, 꽃을 탐내는 것이 어찌 봉접 뿐일 것이냐. 무릇 생명을 가졌고 생명을 예찬하는 자― 모름지기 꽃 을 탐내 마지않을 것이다."

하면, 강건한 문체요,

"탐화봉접이란 말이 생각나거니와, 꽃을 탐내는 것이 어찌 봉접에 한한 일이랴. 모든 생명을 가진 자, 다 함께 꽃을 따르고 꽃을 예찬할 것이다."

하면, 우유한 태가 난다.

5) 건조체

미사여구와는 절연(絶緣)으로 다만 의사를 전달하면 고만이다. 학술, 기사, 규칙서 등 이해 본위, 실용 본위의 문체다. 문예 문장으로는 부당하다.

6) 화려체

건조체와 반대로 건조체가 이지적이라면 화려체는 감정적이다. 일 언일구에 현란한 채색적 수식과 음악적 운율을 갖는 문체다. 자칫하면 천속해질 위험성이 있다.

"나는 그믐달을 좋아한다. 그믐달은 요염하고 가련하다"
하면 그냥 간결한 글이다.

　나는 그믐달을 사랑한다. 그믐달은 너무 요염하여 감히 손을 댈 수가 없고 말을 붙일 수도 없이 깜찍하게 어여쁜 계집 같은 달인 동시에, 가슴이 저리고 쓰리도록 가련한 달이다.

(나도향의 「그믐달」의 일부)

하면, 화려체라 할 것이다.

[문례]

간결체

태형(笞刑) **(단편 일부분)**

김동인

　우리 방에서 나갔던 서너 사람도 돌아왔다. 영원 영감도 송장 같은 얼굴로 돌아왔다. 나는 간수가 돌아간 뒤에 머리는 앞으로 향한 대로 손으로 영감을 찾았다.

　"형편 어떻습디까?"

　"모르겠소."

　"판결은 어찌 되었소?"

　영감은 대답이 없었다. 그의 입은 바늘로 호라매우지나 않았나? 그러나 한참 뒤에 그는 겨우 대답하였다. 그의 목소리는 대단히 떨렸다.

　"태형 구십 도랍디다."

"거 잘됐구려! 이제 사흘 뒤에는, 담배두 먹구 바람두 쐬구……. 난 언제나……."

"여보! 잘됐시요? 무어이 잘됐단 말이요? 나이 칠십 줄에 들어서 태 맞으면— 말하기두 싫소. 난 아직 죽긴 싫어 공소했쉐다."

그는 벌컥 성을 내어 내게 달려들었다. 그러나 그의 말을 들은 뒤의 내 성도 그에게 지지를 않았다.

"여보! 시끄럽소. 노망했소? 당신은 당신이 죽겠다구 걱정하지만, 그래 당신만 사람이란 말이요? 이 방 사십여 인이 당신 하나 나가면 그만큼 자리가 넓어지는 건 생각지 않소? 아들 둘 다 총에 맞아 죽은 다음에 뒤상 하나 살아 있으면 무얼해? 여보!"

나는 곁에 있는 다른 사람들에게 향하였다.

"여게 태형 언도에 공소한 사람이 있답니다."

나는 이상한 소리로 껄껄 웃었다.

다른 사람들도 영감을 용서치 않았다. 노망하였다. 바보로다. 제 몸만 생각한다. 내어 쫓아라 여러 가지의 폄이 일어났다.

영감은 대답이 없었다. 길게 쉬이는 한숨만 우리의 귀에 들렸다. 우리들도 한참 비웃은 뒤에는 기진하여 잠잠하였다. 무겁고 괴로운 침묵만 흘렀다.

바깥은 어느덧 어두워졌다. 대동강 빛과 같은 하늘은 온 세상을 덮었다. 그 밑에서 더위와 목마름에 미칠 듯한 우리들은 아무 말 없이 앉아 있었다. 우리들의 입은 모두 바늘로 호라매우지나 않았나.

그러나 한참 뒤에 마침내 영감이 나를 찾는 소리가 겨우 침묵을 깨뜨렸다.

"여보?"

"왜 그러오?"

"그럼, 어떡하란 말이요?"

"이제라두 공소를 취하해야지!"

영감은 또 먹먹하였다. 그러나 좀 뒤에 그는 다시 나를 찾았다.

"노형 말이 옳소. 내 아들 두 놈은 정녕쿠 다 죽었쇠다. 난 나 혼자 이제 살아서 무얼 하겠소? 취하하게 해 주소."

"진작 그럴 게지. 그럼 간수 부릅니다."

"그래 주소."

영감은 떨리는 소리로 말하였다.

나는 패통을 쳤다. 간수는 왔다. 내가 통역을 서서 그의 뜻(이라는 것보다 우리의 뜻)을 말하매 간수는 시끄러운 듯이 영감을 끌어내 갔다.

자리에 돌아올 때에 방 안 사람들을 보니, 그들의 얼굴에는 자리가 좀 넓어졌다는 기쁨이 빛나고 있었다.

구절들이 짧다. 군소리가 없어 어느 줄에서나 한 자 한 마디를 줄이거나 늘리거나 할 수 없다. 잘 지은 건축에서 벽돌 한 장을 더 끼거나 빼이거나 할 수 없는 것이나 마찬가지다. 듯이, 같이, 처럼 등 형용이 적다. 단자(單字)마다 단적(端的)이어서 선명 심각한 인상을 준다.

만연체 (기1)
아름다운 풍경

박태원

밤 열 점이나 그러한 시각에 악박골로 향하는 전차는 으레이 만원이다.

나는 물론 그 속에 자리를 구하지 못하고 우울하게 사람들 틈에 가 비비대고 서 있지 않으면 안 된다.

밖에는 역시 비가 쉬지 않고 내리고 있었으나, 대부분의 승객은 우산을 휴대하지 않았다.

비는 정오 가까이나 되어 오기 시작하였으므로 그들은 응당 그 전에 집을 나선 사람들일 게다.

나는 다시 한번 살피어 구하기 어려운 피로를 그 얼굴에, 그 몸에, 가지고 있는 그들이 거의 모두 그의 한 손에 점심 그릇을 싸 들고 있는 것을 알았다.

아침 일찍이 나가 밤이 이렇게 늦어서야 돌아오는 그들은 필연코 그 살림살이가 넉넉지는 못할 게다.

근소한 생활비를 얻기에 골몰하는 그들이 대체 어느 여가에 그들의 안식과 오락을 구할 수 있을 것인가. 더구나 이렇게 밤늦게 궂은비는 끊이지 않고 내려 우산의 준비 없는 그들은 전차 밖에 한 걸음을 내어놓을 때 그 마음의 우울을 구하기 힘들 게다.

그러나 나의 생각은 이를테면 부질없는 것이었다. 내가 현저정(峴底町) 정류소에서 전차를 내렸을 때 나와 함께 내리는 그들을 위하여 그곳에는 일찍부터 그들의 가족이 우산을 준비하여 기다리고 있었고 더러는 살이 부러지고 구멍이 군데군데 뚫어지고 한 지(紙)우산을, 박쥐우산을 그들은 반가이 받아 들고, 그들의 어머니와 그들의 아내와 혹은 그들의 누이와 어깨를 나란히 하여 그들의 집으로 향하여 들어가는 것이 아닌가.

내가 새삼스러이 주위를 둘러보았을 때 아직도 돌아오지 않는 오라비를 위하여 남편을 위하여 혹은 아들을 위하여 우산을 준비하고 있는 여인들은 그곳에 오직 십여 명에 그치지 않았다.

나는 그들에게 행복이 있으라― 빌며 자주는 가져 보지 못하는 감격을 가슴에 가득히 비 내리는 밤길을 고개 숙여 걸었다.

만연체 (기2)

체루송 (전반)

눈물에 대한 향수

김진섭

사람이 차라리 이렇게 살기보다는 한 개의 큰 비극이 몸소 되어 버렸으면 하고 생각하리만큼 그 생활이 평범하다는 것은 참으로 슬픈 일이다.

하루하루에 경영하는 생활이 판에 박은 듯 똑같고 단조롭고 무미건조해서 기복(起伏)이 없는 동시에 변화가 없고 충격이 없음과 같이 비약이 없는 탓일까, 차차로 모든 인상에 대해서 반응해지지 않아가는 자기를 볼 때 새삼스레 '철석(鐵石)'같이도 무감동하게 된 현재의 상태에 공포를 느끼는 일이 있다. 더러 가다가 고요한 밤이면 확실히 이것은 통곡해야 할 일이라 생각하기는 한다. 그러나 그것 역시 생각뿐이요, 물론 고까짓 것에 흘릴 눈물은 벌써 남아 있지를 않다. 그렇다고 해서 사십이 가까운 유염(有髥) 남자의 체면을 가지고 내가 이제 '눈물'을 운위함은 치사스러운 일에 틀림없다 할 수 있으나, 웃어야 할 자리에 웃지 않고 놀라야 할 데 놀라지 않으며, 슬퍼해야 할 자리에 슬퍼하지 않고 노(怒)해야 할 데 노하지 않고 보니, 나도 어느새 대체 이런 고골(枯骨)로 화해 버렸다는 겐지, 너무나 허무적인 내 정신 상태가 하도 딱해서 일찍이는 잘도 솟아나는 눈물의 샘이 이제는 어디로 갔나 하고 하나의 철없는 향수를 잠시 품어도 보는 것에 불과하다. 눈물은 아동과 부녀자의 전속물이요, 남아대장부의 호상(好尚)할 배 아니라 하고, 독자 제씨는 말하리라. 물론 나는 이 세간의 지혜를 승인한다. 사실에 있어 어른의 눈물을 보기란 극히 어렵다. 그러나 내가 여기서 눈물을 말함은 오로지 육체적 산물로서는 체루(涕淚)뿐만이 아니요, 감동의 좋은 표현으로서의 정신적 체루까지를 포함함은 두말할 것이 없다. 제군에겐들 어찌 마음껏 울고자 하되 울지 못하는 엄숙한 순간이 없었겠으랴. 우는 것이 원래 풍습이 아니요 넓은 가슴에서 솟아나는 눈물이기에 그 광경은 심히 장엄하기도 하는 것이다. 세상에서는 걸핏하면 말하기를 안가(安價)의 감상, 안가한 눈물, 하지만, 세상에 눈물이 흔하다 함은 웬 말이뇨. 성인이 된 지 오래인 우리에게 눈물은 극히 드물게밖에는 솟아나지 않거늘.

실로 눈물은 드물게밖에는 솟아나오지 않는다. 그러므로 독자여 제군의 두 눈에 만일이 드물게밖에는 아니 나타나는 주옥(珠玉)이 괴거든 그를 부끄럽다 생각하지 말고, 정숙히 그것이 흐르는 대로 놓아두라. 눈에 눈물을 가지지 않는 것이 철혈남아(鐵血男兒)의 본의일지는 모르되 그러나 그 반면에 그가 눈물을 가지지 못하는 점에 있어서는 그는 인간 이하됨을 면키 어렵다 할 수 있을 것이니 우리가 여기서 세상에서 소위 '사내다움다'는 개념을 잠깐 분석해 본다 해도 그것은 결국 그로부터 대부분 인간미가 없어졌다는 사실을 가지고 가장 잘 저간의 소식을 설명할 수가 있지 않을까 생각한다. 왜 그러냐 하면 무릇 우리들 사람된 자에 있어서는 우리에게 어떤 힘센 정신적 고통이 있을 때 눈물은 반드시 괴롭고 아픈 마음의 꽃으로서 수줍게 우리들의 눈 속에 피어오르는 것이 당연한 생리적 사실이기 때문이다. 그렇다. 눈물은 괴롭고 아픈 마음의 귀(貴)여운 꽃이다. 사람은 왜 대체 이 귀여운 꽃을 무육(撫育)할 줄을 모르는고. 눈물이 없다는 것은 그에게 마음이 없다는 것을 의미한다. 물론 두말할 것이 없이 모든 사람은 육체적으로는 심장을 지니고 있다. 그러나 문제는 사람이 정신적으로 심장을 소유하고 있는가 또는 있지 않은가에 있다. 육체적으로 고통을 느낄 때 사람이 눈물을 흘리는 것은 사람이면 누구나 다 하는 일이지만, 눈물을 눈에 보낼 수 있도록 누구에게나 다 정신적 심장이 있느냐 하면 그것은 결코 그렇지는 않다. 요사이 항간에 돌아다니는 유행어의 하나에 '심장이 강하다'는 말이 있다. 현대인의 이상이 강한 심장에 놓이게 되기까지에는 깊은 이유가 물론 있겠거니와, 소위 의지가 굳센 남자에게는 심장이 무용(無用)이요, 그것은 모든 약점의 원천이 된다고 하는 견해는 확실히 우리들 문명인이 가지고 이는 편견의 하나이다. 왜 대체 감동하기 쉬운 심장이 우리의 앞길을 막는 장애물이 되며, 왜 대체 눈물이 우리에게 있어서 치욕이 된다는 것이냐 생각하여 보라. 심장이 보이지 않는 이 생활, 사랑이 없는 이 인생. ―사랑할 줄 모르는 자는 받을 줄을 모르고, 희생할 줄 모르는 자는 충실할 수 없는 것이니, 이러한 무리로 더불어 우리는 무엇을 할 수 있으랴. 과연 이 세상에 사랑과 충실이 없이도 수행될 수 있는 위대한 업적이 있을 수 있을까. 이제 만일 이 세상의 모든 심장이 경화(硬化)한 끝에 드디어 말라져 버린다면 그때 여기 남는 것은 무어냐. 변하기 쉬운 기분, 악성(惡性)의 연수(戀愁), 공허한 속사(俗事)들 생각만 해도 무서운 일이다.

모두 구절이 길다. 그냥 '밤 열한 점쯤……' 하면, '밤 열한 시쯤'만이 독자의 머리에 들어오는 것으로 고만일 터인데, '밤 열한 점이나 그러한 시각에……' 하면 문의(文意) 이외에 필자의 변(辯)이 느끼어진다. 문의 이외에 매력이 있다. 평범한 사단(事端)을 위곡(委曲)하게 이끌어 들려준다. 유머러스한 미소를 주는 덕이 있다.

강건체 (기1)

백두산등척기서(序)

민세(民世)

여행은 한사(閑事)가 아니니, 고산(高山)에 오르고 대해(大海)에 떠서 천지호연(天地浩然)의 기(氣)를 마시면서 웅경청원(雄勁淸遠)한 기를 기르는 것은 그대로 인세수요(人世須要)한 일이 되는 것이다. 하물며 도비(都鄙)와 산야(山野), 민물(民物) 생식(生息)의 실황을 넓히 보고, 금고(今古) 변혁의 자취를 살피는 것은 사회인에게 최상의 요무(要務)로도 되는 것이다. 이 점에서 여행이 필요한 것이요, 여행기(旅行記)도 가치 있는 것이다.

백두산은 동방(東方) 최대의 산휘(山彙)라, 조만(朝滿)의 제산(諸山)이 이에서 조종(祖宗)하였으며, 천리(千里)에 연긍(連亘)한 기세가 구천 오십여 척의 고봉(高峯)과 종횡(縱橫) 사오백 리의 대수해(大樹海)에 잠긴 대고원(大高原)을 가져 천지(天池)의 홍정묘망(泓渟渺茫)한 경상(景像)과 함께 청원영상(淸遠靈祥), 삼엄정숙(森嚴靜肅)함과 웅려홍박(雄麗洪博), 허광호망(虛曠浩茫)함이 가장 통철무애(通徹無碍)한 신비경(神秘境)으로 되었으니 이 스스로 등산자(登山者)의 무이(無二)한 영경(靈境)이겠거든, 아사달(阿斯達) 이래의 역사적 제 전설은 백두 일산(一山)으로 문득 민족 발전의 지리적 기축(機軸)이요, 사회 생장의 성적적(聖跡的) 연총(淵叢)을 이루어 천평천리(千坪千里) 임월화훼(林樾花卉)의 속을 헤치고 거니는 자로 무한영원(無限靈遠)의 정감에 노닐게 하니, 이 또한 속계(俗界) 악착한 생활에 부닥기는 자 표연히 길게 감으로써 울회(鬱懷)를 쾌히 씻을 바이다. 만일 그중 남조선에 사는 자이라면 등척(登陟)의 도정으로 우선 경원연선(京元沿線) 태봉고원(泰封高原)의 청량미(淸凉味)를 완상함으로부터 관북연안(關北沿

岸)의 영롱점철(玲瓏點綴) 정명청원(貞明淸遠)한 산해미(山海美)를 볼 것이며, 두만(豆滿), 압록(鴨綠) 양 강(兩江) 민족 성쇠의 분계(分界)와 졸본고원(卒本高原)의 고밀(固密)한 산하 혹은 낭림산휘(狼林山彙)의 웅건한 배포(排舖)에서 생신발자(生新潑剌)와 감발고동(感發鼓動)하는 바를 얻을 것이요, 그리고 또 이 연선(沿線)에는 도시, 읍락이 있고 어촌, 항포(港浦)가 있고, 평야와 산협과 인세(人世)에 절리(絶離)된 수해(樹海) 속에 농민, 화전민, 혹은 둔세독존(遯世獨存)하는 잔맹(殘氓)이 있으며, 기타 각층 각양의 생활상을 가진 대중 동태(動態)의 각부(各部)로서의 점거하는 동포들을 보는 것이니, 이는 곧 전변(轉變)하는 사회요, 포장(舖張)된 역사이라, 완둔(頑鈍)한 머리에도 감격의 새음이 용솟음하고, 소라(疎懶)한 가슴에도 상려(愓勵)의 번개가 다닥드리지 아니할 수 없는 것이니, 이는 백두산의 등척이 의도 심장(深長)한 바 없을 수 없는 이유이요, 백두산 등척기의 저술이 외타(外他) 일반의 기행으로 비할 바 아니며 따라서 강호(江湖) 일반에게 이 일서(一書)와 한 가지 백두산 등척까지를 추장(推奬)함을 주저하지 않는 바이다. 본서는 일즉 지상(紙上)으로 연재 발표하였던 바를 이제 단행본으로 간행함에 제(際)하여 일필(一筆)로써 이에 서(序)한다.

강건체 (기2)

청춘예찬

민태원

청춘! 이는 듣기만 하여도 가슴이 설레는 말이다. 청춘! 너의 두 손을 가슴에 대고 물방아가리 같은 심장의 고동을 들어 보라. 청춘의 피는 끓는다. 끓는 피에 동(動)하는 심장은 거선(巨船)의 기관(汽罐) 같이 힘쩍다.

이것이다. 인류의 역사를 꾸며 내려온 동력은 꼭 이것이다. 이성은 투명하되 얼음과 같으며, 지혜는 날카로우나 갑(匣) 속에 든 칼이다. 청춘의 끓는 피가 아니더면 인간이 얼마나 쓸쓸하랴. 얼음에 쌓인 만물은 주검이 있을 뿐이다.

그들에게 생명을 불어넣는 것은 따스한 봄바람이다. 풀밭에 속잎 나고 가지에 싹이 트고 꽃 피고 새 우는 봄날의 천지는 얼마나 기쁘며 얼마나 아리따우냐. 이것을 얼음 속에서 불러내는 것이 따스한 봄바람이다.

인생에 따스한 봄바람을 불어 보내는 것은 청춘의 끓는 피다. 청춘의 피가 뜨거운지라, 인간의 동산에는 사랑의 풀이 돋고, 이상(理想)의 꽃이 피고, 희망의 노을이 돋고, 열락(悅樂)의 새가 운다.

사랑의 풀이 없으면 인간은 사막이다. 오아시스도 없는 사막이다. 보이는 끝끝까지 찾아다녀도 목숨이 있는 때까지 방황하여도 보이는 것은 거친 모래뿐일 것이다. 이상의 꽃이 없으면 쓸쓸한 인간에 남는 것은 영락(零落)과 부패(腐敗)뿐이다. 낙원을 장식하는 천자만홍(千紫萬紅)이 어디 있으며 인생을 풍부하게 하는 온갖 과실이 어디 있으랴.

이상, 우리의 청춘이 가장 많이 품고 있는 이상! 이것이야말로 무한한 가치를 가진 것이다. 사람은 크고 작고 간에 이상이 있음으로써 생존할 의미가 있는 것이며, 이상이 있음으로써 용감하고 굳세게 살 수 있는 것이다.

석가는 무엇을 위하여 설산(雪山)에서 고행을 하였으며, 예수는 무엇을 위하여 황야에서 방황하였으며, 공자는 무엇을 위하여 천하를 철환(轍環)하였는가. 밥을 위하여서, 옷을 위하여서, 미인을 구하기 위하여서 그리하였는가. 아니다. 그들은 커다란 이상 즉 만천하(滿天下)의 대중을 품에 안고 그들에게 밝은 길을 찾아 주며, 그들을 행복스럽고 평화스러운 곳으로 인도하겠다는 커다란 이상을 품었기 때문이다. 그러므로 그들은 길지 아니한 목숨을 사는가시피 살았으며, 그들의 그림자는 천고에 사라지지 않는 것이다. 이것은 가장 현저하여 일월과 같은 예가 되려니와, 그와 같이 못하다 할지라도 창공에 번쩍이는 뭇 별과 같이, 산야에 피어나는 군영(群英)과 같이, 해빈(海濱)에 번쩍이는 모래와 같이, 진주와 같이, 보옥과 같이 크고 적게 빛나는 모든 이상은 실로 인간의 부패를 방지하는 소금이라 할지며, 인생에 가치를 주는 원질(原質)이 되는 것이다.

이상! 빛나고 귀중한 이상, 그것은 청춘의 누리는바 특권이다. 그들은 순진한지라 감동하기 쉽고, 그들은 점염(點染)이 적은지라 죄악에 병들지 아니하였고, 그들은 앞이 긴지라 착목(着目)하는 곳이 원대하고, 그들은 피가 더운지라 실현에 대한 자신과 용기가 있다. 그러므로 그들은 이상의 보배를 능히 품으며, 그들 이상은 아름답고 소담스러운 열매를 맺어 우리 인생을 풍부하게 하는 것이다.

보라! 청춘을! 그들의 몸이 얼마나 튼튼하며, 그들의 피부가 얼마나 생생하며, 그들의 눈에 무엇이 타오르고 있는가. 우리 눈이 그것을 보는 때에 우리의 귀에는 생의 찬미를 듣는다. 그것은 웅장한 관현악이며, 미묘한 교향악이다. 뼈끝에 스며 들어가는 열락의 소리다.

이것은 피어나기 전인 유소년에게서 구하지 못할 바이며, 시들어 가는 노년에서 구하지 못할 바이며, 오직 우리 청춘에서만 구할 수 있는 것이다.

청춘은 인생의 황금시대다. 우리는 이 황금시대의 가치를 충분히 발휘하기 위하여 이 황금시대를 영원히 붙잡아 두기 위하여 힘쩍게 노래하며 힘쩍게 약동하자.

엄연(嚴然)해 독자가 이의(異意)를 품을 여지를 주지 않으며, 탄력이 있어 독자를 먼저 감정적으로 충동한다. 감각보다 개념적으로 써야 할 글, 서문, 권두언, 사설, 격문, 취지서 같은 데 적당한 문체다.

우유체

승가사(僧伽寺) (전반 일부)

이병기

혼자 어슬렁어슬렁 자하골 막바지로 오른다. 울밀한 송림 사이에 조금 완곡(緩曲)은 하다 할망정, 그다지 준급(峻急)하다고 할 수는 없는 길이 우뚝하게 솟은 백옥(白獄)과 엉구주춤하게 어분드리고 있는 인왕산(仁王山)과의 틈을 뚫고 나가게 된다. 울툭불툭한 바위 모서리가 반들반들하게 닳았다. 이 길, 이 바위를 이처럼 닳리느라고 지나간 발부리가 그 얼마나 되었으리. 그것이 짚신 시대로부터 고무신이나 구두 시대까지만 치더라도 한량(限量)이 없을 것이다. 그리고 그 한량이 없는 발부리들도 이 바위와 같이 흙이나 먼지가 되어 버리고 만 것과 되어 버리고 말 것이 또한 한량이 없을 것이다. 두보(杜甫)의 공구도척(孔丘盜跖)이 구진애(俱塵埃)라는 시(詩)도 이걸 말함이 아닌가 한다.

창의문(彰義門) 턱이 나선다. 좌우(左右)의 성첩(城堞)은 그대로 있다. 지금부터 삼백십이 년 전, 광해 십오 년 삼월 십이 일 밤, 반정(反正)의 군졸이 이 문을 부수고 들어왔다.

그때 공신(功臣)들의 이름이 이 문루(門樓)의 현판에 새겨 있다. 이 문은 또 자하문(紫霞門), 장의문(藏義門), 장의문(壯義門)이라고도 한다. 지금 창의문(彰義門) 밖을 장의사동(藏義寺洞) 또는 장의동(藏義洞)이라 하고, 청운

정(靑雲町) 등지를 자하동(紫霞洞)이라 하고 통의정(通義町), 창성정(昌成町), 효자정(孝子町)의 일부를 장의동(壯義洞) 또는 장동(壯洞)이라 함을 보면, 이 문의 이름의 유래(由來)를 짐작하겠다.

얼마 내려가다 보면, 왼편 산기슭에는 솔숲이 깊어 있고, 좀 높고도 으슥한 동학(洞壑)이 있으니 이는 삼계동(三溪洞)이다. 대원군의 별장이었다. 안민영(安玟英)의 작가(作歌)에도 가끔 이 삼계동의 풍정이 나타난다.

우산(牛山)에 지는 해를 제경공(齊景公)이 울었더니
삼계동 가을 달을 국태공(國太公)이 느끼삿다
아마도 고금 영걸(英傑)의 강개(慷慨) 심정은 한가진가 하노라.

산행(山行) 육칠 리 하니 일계(一溪) 이계(二溪) 삼계류(三溪流)라
유정(有亭) 익연(翼然)하니 흡사 당년 취옹정(醉翁亭)을
석양의 생가고슬(笙歌鼓瑟)은 승평곡(昇平曲)을 아뢰더라

안민영은 이 근세(近世) 사람으로 유명한 가객(歌客) 박효관(朴孝寬)과 추축(追逐)하고, 함께 대원군의 문에서 많이 놀았으며, 성질이 호방하고 음주를 잘하고 음률도 모르고 가창도 못하나 가사만은 일쑤 지었다.

이러한 객쩍은 생각이나 하면서 걸어가노라면 발부리에 바위가 닿는지 다리가 아픈지 몸이 고된지도 모르게 되는 동안에 세검정(洗劍亭)이 나선다.

좁고 깊은 산골짜에 쑥 내밀기도 하고, 움푹 들어가기도 하고, 지질편편하기도 하고, 오몰조몰하기도 하고, 어슥비슥하기도 하고, 우뚝우뚝하기도 한 바위가 물에 닳고 닳아 반들반들하다. 물은 지금도 이 바위를 닳리며, 콸

콸 쾰쾰 흘러간다. 세검정은 그 한편의 쏙 내밀고 있는 지질펀펀한 바위에 오뚝하게 서 있다. 인조반정 때 장사(將士)들이 이 물에서 칼을 씻었다고 그 뒤에 영조 이십사 년에 이 정자를 세우고, 이렇게 이름한 것이라 한다. 그것이 사실이고 보면 그런 칼날도 먼첨 이 물에 닳리어 보았던 것이다.

요마적 와서 그 누군가는 그러한 칼 대신 콘크리트를 하여 닳리어 보려고 하였다. 그러나 그런 건 닳릴 것도 못 되는지 대번 부시어 버리고 말았다. 몇 개 철봉(鐵棒)만 모양 숭 없게 바위에 박혀 있을 뿐이다.

자연의 힘에는 지는 수밖에 없다. 영원하면 영원할수록 지는 수밖에 없다.

"…… 조금 완곡은 한다 할망정, 그다지 준급하다고 할 수는 없는……."
어디까지 실상을 전하려 침착하다. 속단이 없고 과장이 없고 어느 한 줄에 중점을 두지 않는 만치 어느 한 줄이 허(虛)하지 않다. 너무 정적(靜的)인 편이나 미더운 문체다.

건조체 (기1)

온돌과 백의

홍명희

온돌

우리 조선 가정의 온돌 제도는 인조조(仁祖朝) 이후로 전국에 보편되었다. 그 전에는 한절(寒節)이라도 큰 병풍과 두터운 자리로 마루 위에서 거처하고 노인과 병자를 위하여 혹 온돌 한두 간을 설치하였을 뿐이었다고 한다.

인조 때 서울 사산(四山)에 송엽(松葉)이 퇴적하여 화재가 잦으므로, 김자점(金自點)이 꾀를 내어 인조께 품(稟)하고 오부(五部) 인민에게 명령하여 모두 온돌을 설치하게 하였다. 따뜻하고 배부른 것을 좋아하는 것은 사람의 상정(常情)이라, 오부의 받은 명령을 일국(一國)이 봉행(奉行)하게 되어 송엽을 처치하려던 것이 송목까지 처치하게 되었다.

온돌 제도가 일반으로 행한 후에 큰 폐해가 두 가지 생기었으니, 하나는 울창하던 산림이 차차로 동탁(童濯)하게 된 것이요, 또 하나는 건장하던 국민이 취약하게 된 것이다.

전일(前日)에는 서울 안에 있는 구가(舊家) 고택(古宅)에서 왕석(往昔) 습속의 자취를 살필 수 있었으니 큰 집이건만 지금 소위 방(房)이란 것의 수(數)가 적고 마루가 대중없다 할 만큼 많았었다. 그러나 오늘날은 그 자취도 찾을 곳이 없다.

백의

우리 백의 제도는 역대로 중국의 영향을 받아서 변하여 온 것이니, 신라 진흥왕(眞興王) 때에 남자 의복을 당제(唐制)로 변개하고, 문무왕(文武王) 때에 여자 의상도 당제로 개혁하였다 하고, 고려조(高麗朝)에 신라 제도와 많이 같았으나, 중엽 이후에 원제(元制)를 모방하고, 말엽에 이르러 명제(明制)를 습용(襲用)한 것이라고 한다.

의복에 백색을 숭상하는 습관은 최근에 와서 심하였다. 하나, 역사상으로 보면 전래한 지가 자못 오래다 할 것이다. 한서(漢書)에 '변진(弁辰), 의복 결청(潔淸)'이라 하니, 결청이란 형용사를 붙이려면 백색이라야 적당하다 할 것이요, 송사(宋史)에 '고려사녀(高麗士女), 복상소(服尙素)'라 하고, 동월(董越)의 조선부(朝鮮賦)에 '의개소백이포루추(衣皆素白而布縷麤)'라 하였다. 그러나 이것은 보통 인민의 복색 말이요, 왕공귀인(王公貴人)은 금수

오채(錦繡五采)를 입었었는데 그 의복의 색채로 관등(官等)의 존비를 알게한 일이 있고, 서민은 강자색(絳紫色) 의복을 입지 못하게 금한 일도 있다.

주인 이하 모든 계급이 보통으로 백색을 상복(常服)하기는 정조(正祖) 때부터 시작한 일이니, 이는 정조가 그 부친 장조(莊祖)를 사모하시는 마음이 많으셔서 종신거상(終身居喪)하신 것처럼 색채 의복을 입으시지 않은 까닭이라 한다. 상중의(喪中衣) 순백은 우리의 전래하는 속(俗)이다.

건조체 (기2)

고산자(古山子)의 대동여지도(大東輿地圖) (일부분)

정인보

대동여지도 이십이 첩(帖) 부(附) 목록(目錄) 일 첩 합 이십삼 첩은 고산자의 만든 것이니, 조선인의 손으로 된 조선의 지례(地例)가 이에 이르러 대성(大成)을 집(集)하였다 할 것이다. 도사(圖寫)의 대례(大例)로 말하면, 온성(穩城)으로부터 제주까지 이십이 층을 나누어 가지고 일 층으로 일 첩을 만든 것이니, 맞추어 놓으면 조선 전형(全形)이 고대로 되고, 떼어 놓으면 각층마다 거기 있는 주군현(州郡縣)이 형세 간편하게 장상(掌上)에 요연(瞭然)하게 되었다. 형(形)이 개사(槪似)하다 하더라도 원근의 척도가 실적(實積)과 틀릴 것 같으면 오히려 실용에 맞지 아니하는 것인데 이 도본(圖本)은 그렇지 아니하여 접책 한 장 한쪽 면(面)이 종(縱)으로 백이십 리, 횡(橫)으로 팔십 리에 당하게 하여 가지고 경위선(經緯線)을 괘도(罫圖)하여 매방(每方)에 십 리 됨을 표정(表定)하였다. 이같이 실적의 진(眞)에 의하여 배포(排布)한 도사(圖寫)인지라, 어디든지 떠들어만 보면 산천의 위치와 정리(程里)의 소밀(疎密)이 대치(大致)를 잃지 아니하게 되었다. 이뿐만 아니라

'육십초위일분(六十抄爲一分), 십리위삼분(十里爲三分), 육십분위일도(六十分爲一度)'의 비례를 부기(附記)하여 성도(星度)로써 지리를 안(按)함을 보이었나니, 신경준(申景濬)의 이른바 '지필모어천이후(地必謀於天而後), 가이명지기방위대소(可以明知其方位大小)(동국여지도발(東國與地圖跋))'라 한 것을 실제로 시험한 것이다. 산천의 명칭을 상렬(詳列)함은 무론이요, 도로의 교통, 방면의 소재, 미세한 데까지 미치고, 고적(古蹟) 진허(陳墟)라도 안색(按索)이 골고루 미치어 부표(符標)로써 각분(各分)해 놓았다.

도본(圖本)의 찬정(撰定)이 일시(一時)의 업(業)이 아님은 말할 것도 없거니와 이 도본보다 약 이십칠 년 전 동인(同人)의 의창(意刱)한 이 도본과 대류(大類)한 청구도(靑邱圖) 이 책(二冊)이 있었으니 이는 책으로 된 것이매, 외란(外欄) 상하로 공백이 없을 수 없은즉 대보기에 간활(間濶)이 있으며, 또 철엽(綴葉)을 뜯기 전에는 횡(橫)으로 맞출 수가 없다. 이에 색인으로 권수(卷首)에 목록을 붙이어 어느 골 하면 제기층(第幾層) 제기편(第幾片)임을 용이히 찾게 하였다. 또 팔도 분표도(八道分俵圖)를 관(冠)하였는데 매 방(每方) 경(經) 칠십 리, 위(緯) 백 리로 종(縱) 이십팔 방(方), 횡(橫) 이십이 방(方)의 선괘(線罫)를 세획(細劃)하여 가지고 거기다가 조선의 전형을 배정하고 다시 매 방(每方)을 경위(經緯) 이십 리로 진(進)하여 일도(一道)씩 일엽(一葉) 편면(片面)에 확사(擴寫)하여 놓았다.

뜻만 절달하고 이해시킴에 충실할 뿐, 문장의 표정이란 조금도 필요치 않다. 건조란 반드시 무미(無味)를 가리킴은 아니다. 문장의 표정을 스스로 갖지 아니함이다. 예술 문장이 아니요 학술과 실용의 문장이기 때문에 필자로서의 기분이나 감정을 발로시킬 필요가 없는 것이다.

화려체 (기1)

그믐달 (소품)

나도향

나는 그믐달을 몹시 사랑한다.

그믐달은 요염하여, 감히 손을 댈 수도 없고 말을 붙일 수도 없이 깜찍하게 예쁜 계집 같은 달인 동시에 가슴이 저리고 쓰리도록 가련한 달이다.

서산 위에 잠깐 나타났다 숨어 버리는 초생달은 세상을 후려 삼키려는 독부가 아니면 철모르는 처녀 같은 달이지마는, 그믐달은 세상의 갖은 풍상을 다 겪고 나중에는 그 무슨 원한을 품고서 애처롭게 쓰러지는 원부와 같이 애절하고 애절한 맛이 있다.

보름에 둥근 달은 모든 영화와 끝없는 숭배를 받는 여왕과 같은 달이지마는, 그믐달은 애인을 잃고 쫓겨남을 당한 공주와 같은 달이다.

초생달이나 보름달은 보는 이가 많지마는, 그믐달은 보는 이가 적어 그만큼 외로운 달이다. 객창한등에 정든 님 그리워 잠 못 들어 하는 분이나 못 견디게 쓰린 가슴을 움켜잡은 무슨 한 있는 사람이 아니면 그 달을 보아 주는 이가 별로이 없을 것이다. 그는 고요한 꿈나라에서 평화롭게 잠들은 세상을 저주하며, 홀로이 머리를 풀어뜨리고 우는 청상과 같은 달이다.

내 눈에는 초생달 빛은 따뜻한 황금빛에 날카로운 쇳소리가 나는 듯하고 보름달은 치어다보면 하얀 얼굴이 언제든지 웃는 듯하지마는, 그믐달은 공중에서 번듯하는 날카로운 비수와 같이 푸른빛이 있어 보인다.

내가 한 있는 사람이 되어서 그러한지는 모르지마는, 내가 그 달을 많이 보고 또 보기를 원하지만 그 달은 한 있는 사람만 보아주는 것이 아니라, 늦게 돌아가는 술주정꾼과 노름하다 오줌 누러 나온 사람도 보고, 어떤 때는 도적놈도 보는 것이다.

어떻든지 그믐달은 가장 정 있는 사람이 보는 중에 또는 가장 한 있는 사람이 보아주고, 또 가장 무정한 사람이 보는 동시에 가장 무서운 사람들이 많이 보아준다.

내가 만일 여자로 태어날 수 있다 하면, 그믐달 같은 여자로 태어나고 싶다.

화려체 (기2)

곡예사 (수필 전반)

이선희

사막을 걷는 듯한 마음입니다.

밤빛을 넘어 흩어지는 외로움이 또 다시 등잔 밑에 서리입니다.

내 마음은 곡예사와 같습니다. 그 천(千)이요. 또 만(萬)인 요술의 변화를 알 수 없는 것같이 내 맘의 명암도 이루 헤아릴 수 없습니다.

거리에 쏟아진 등불은 밤의 심장을 꿰뚫고 얼크러진 정렬에서 헤어나지 못하는 사람들의 꿈같은 이야기는 이 도시의 감각을 미처 날치게 하거늘— 이러한 거리에서 내 어찌 홀로 사막을 걷는 듯한 마음입니까.

맞은편에 놓인 거울에 문득 내 얼굴이 비치입니다.

기이다란 탄식이 뺨 위에 아롱져 있습니다. 나는 얼른 머리를 돌이켰습니다. 그다지도 슬픈 내 얼굴을 차마 볼 수 없었던 까닭입니다.

바람은 어이하여 창가에 속삭이고 이 밤은 어이 이리 길어 새지 않습니까. 잠은 나를 떠나고 또 내 모든 즐거움은 나를 버렸으니, 오오 내 미칠 듯한 마음이여!

　가슴 속에 마치 하늘보다 더 큰 구멍이 뚫어진 것 같습니다. 아무것으로
도 채울 수 없는 이 크다란 구멍을 내 어찌하리이까.
　공허─ 그렇습니다. 모두 다 잃어버린 듯한 텅 비인 이 심사를 버릴 곳이
없습니다.
　내게 있는 것이 무엇입니까.
　내 마음이 어찌 이다지도 가난합니까.
　이 밤이 다 새이도록 내가 어루만질 수 있는 꿈은 무엇입니까.
하면 나는 사뭇 발광을 해 보리이까. 발광쯤으로 신통한 무엇이 나온다고
하리이까.

　무엇이 이 철없는 여인의 물욕을 자극시킵니까. '소오윈도' 안에 붉게 푸
르게 늘어놓은 문화인의 소비품입니까.
　나는 벽에 걸린 내 치마를 봅니다. 왜 좀 더 쨍쨍한 원색의 찬란한 빛깔
을 택하지 않았던가 하고 거듭거듭 후회합니다.
　내게 무슨 바람이 있습니까. 내가 무엇을 해야 옳습니까. 모두 다 싱겁고
우습기 이를 데 없습니다.
　푸르고 신선한 내 모든 감각─ 여기서 피어나는 봄바람 같은 즐거움─
이 모든 것은 아마도 내게서 떠났나 봅니다.
　그렇기에 내 몸에는 뱀 같이 긴 권태가 칭칭 감기어 있지 않습니까.
　권태─ 옳습니다. 권태와 공허 이것뿐입니다. 아무것도 없습니다. 나도
그러하고 친애하는 당신도 그러하고─.

나는 벽에 기대어 이렇게 앉아 있습니다. 맹랑스럽고 우울한 이밤을 보내기 위하여 나는 이렇게 먼언히 앉아 있습니다.

될 수 있는 대로 화장(化粧)한 글이다. 형용하자니 자연히 듯이, 같이, 처럼이 많이 나오게 되는데 이것을 적당히 조절한 글이다. 듯이, 같이, 처럼에 너무 구애되면 안 된다. 「곡예사」에 대이면 「그믐달」은 약간 형용과 음률에 얽매였다 하겠다.

3. 어느 문체를 취할 것인가?

이미 해설한 바와 같이, 문체마다 일장일단이 있다. 더구나 문체란 반드시 어느 하나에 편중해야만 될 성질의 것도 아니다. 괴테 같은 위대한 문인은 어느 문체고 다 자기의 것으로 썼다 한다. 간명하게 써야 할 장면이나 작품에서는 간결체로 썼고, 현란해야 효과적일 장면이나 작품에서는 화려체로 썼다는 것이다. 거기에 오히려 큰 이치가 있으려니와 그러나 구태여 어느 한 문체를 택할 것이냐 생각한다면 아무래도 공리적으로 검토하지 않을 수 없다. 가장 여러 사람 성미에 맞을 것, 가장 시간적으로 영구성이 있을 것이 가장 우월한 문체라 생각할 수밖에 없다. 가장 여러 사람에게, 가장 오랜 세대를 내려가며 탓 잡히지 않을 것이란 결국 가장 평범한 문체일 것이다. 건조체는 평범하나, 너무 무미한 편이니, 무미하지 않고 평범한 것은 아무래도 간결체라 할 수밖에 없다. 졸라, 볼테르의 간명을 배우지 못하고, 루소의 화려를 배운 것을 한탄한 적이 있고, 아쿠다가와 류노스케(芥川龍之介)도, 문예 작품에 있어서는 간결체가 장수하는 것이 사실이라 하였다.

한문에서도 「적벽부(赤壁賦)」로 유명한 소동파(蘇東坡)보다도 오히려 구양수(歐陽脩)나 한퇴지(寒退之)의 문장을 더 높게 평가하는 것은 그들 문장이 가진 간결성 때문인 것이다.

그러나 먼저는 자기의 개성이다. 자기의 개성을 죽이면서까지 공리적인 문체만 따를 필요는 없다. 자기 성미에 맞는 문체를 택해야만 자기에게만 있는 모든 것, 자기다운 모든 것을 표현하는 최선의 방법일 것이다. 설사 뒷날에는 어느 문체로 전환한다 하더라도 우선은 자기 기질에 가장 맞는 문체를 택함이 원칙일 줄 믿는다. 그리고 이상에 열거한 기종(機種)의 문체만이 맞이 아니요, 또 수사학이 분류하는 모든 문체 중의 어느 하나가 아니라도 좋다. 아직까지 명칭이 없는 새것, 자기의 것. 전무후무한 문체를 창조하면, 그것은 더욱 성사(盛事)라 아니할 수 없다. 앙리 마티스는 근대문학이 가장 완성시켜야 할 것은 구상과 함께 스타일의 이상(理想)이라 하였다.

그러나 문체론을 말하는 자리에서 모순됨일는진 모르나, 특별히 기술에 필요한 문장이 아닌 데서는 문체 의식에 당목(瞠目)할 필요는 없다 생각한다. 문체를 강조하다가는 자연스러움을 상하기 쉬운 때문이다. 파스칼 명상록에 이런 말이 있다.

자연스런 문체를 볼 때는 누구나 놀라고 마음을 끌리운다. 왜 그러냐 하면 그들은 일 개(一個)의 저작가를 보려 기대했다가 일 개의 인간을 발견하기 때문이다.

저작가냐? 인간이냐? 먼저 인간이요 높은 것도 인간이다. 비록 저작
가로되, 저작가로서의 문장보다 인간으로서의 문장을 쓸 수 있다면 게
서 더 진실한 문장은 없을 것이다.

4. 문체 발견의 요점

'밤 열 시쯤'은 누구나 무심히 할 수 있는 소리다. 그러나 '밤 열 점이
나 그러한 시각에'는 누구나 무심히 할 수 없는 소리다. 여기에 작자의
의식적인 개인 행동이 있다. 문체란 사회적인 언어를 개인적이게 쓰는
그것이다. 개인적이게 쓰려면

1. 용어에 기본적으로 경향을 가질 수 있을 것이다.

> "눈물은 아이와 여자들이나 흘릴 것이지 사내장부가 흘릴 것은 못 된다
> 고 독자 여러분은 말하리라."
> "눈물은 아동과 부녀자의 전속물이요 남아 대장부의 호상(好尙)할 배 아
> 니라 하고 독자 제씨(諸氏)는 말하리라."

벌써 용어 경향이 다르다. 하나는 언어의 전달성만을 더 발휘하는
속어를 많이 썼고, 하나는 언어의 상징성을 더 발휘하는 술어에 편중
하였다.

2. 조직에 기본적으로 특색을 가질 수 있을 것이다.

"영감은 대답이 없었다. 길게 쉬이는 한숨만 우리의 귀에 들렸다. 우리들도 한참 비웃은 뒤에는 기진하여 잠잠하였다. 무겁고 괴로운 침묵만 흘렀다."

와

"나는 다시 한번 살피어, 구하기 어려운 피로를 그 얼굴에, 그 몸에 가지고 있는 그들이 거의 모두 그의 한 손에 점심 그릇을 싸 들고 있는 것을 알았다."

조직이 뚜렷이 다르다. 먼젓 문장은 주격(主格)과 객격(客格)의 거리 '영감은 대답이 없었다'가 짧다. 다음의 문장은 '나는'에서 '알았다'까지 주격과 객격 사이에 다른 말이 끼어도, 퍽 복잡하게 많이 끼었다.

"이 길의 바위를 이처럼 닳리노라고 지나간 발부리가 그 얼마나 되었으리, 그것이 짚신 시대로부터 고무신이나 구두 시대까지만 치더라도 한량이 없을 것이다."

와

"이것이다. 인류의 역사를 꾸며 내려온 동력은 꼭 이것이다. 이성은 투명하되 얼음과 같으며, 지혜는 날카로우나 갑 속에 든 칼이다. 청춘의 끓는 피가 아니더면 인간이 얼마나 쓸쓸하랴. 얼음에 쌓인 만물은 주검이 있을 뿐이다."

두 글이 다 감탄성이 있는 글이다. 그러나 하나는 고요하고 침착한 특생을 갖고 하나는 힘차고 낭독조의 특색을 가졌다. 하나는 온화, 겸허한 맛이 있고, 하나는 정열과 음악적 황홀이 있다.

제9강 문장의 고전과 현대

1. 문장의 고전

우리 산문 문장에서 고전이라고 찾는다면 정음(正音) 이전엔 이두문(吏讀文)으로 전해 오는 가요뿐으로 아무래도 정음 이후의 것인데, 윤음언해(綸音諺解) 같은 것은 구독(求讀)하기 어렵고, 일반으로 성(盛)히 실용해 온 듯한 내간문(內簡文)들은 본대 후세에 전해질 성질의 것이 희소했고, 흥부전, 춘향전 등 민담과 이야기책과 『한중록』, 『인현왕후전』 등 전기문(傳記文)뿐인데 이 중에도 민담과 이야기책은 모두 낭독과 창(唱)하기 위하여 기록된 것이라 순수한 산문이 아니다. 그러므로 「춘향전」 같은 것은 아무 데서나 읽어 보아도 사사조가 잘 나오는 대신, 요즘 말로 리얼이란 아주 희박한 문장이다.

춘향이 하릴없이 따라온다. 치마꼬리 휘루쳐 흉당(胸膛)에 떡 붙이고, 옥보(玉步)방신 완보(緩步)할 제 석경산로(石逕山路) 험준하다. 감단시상(邯鄲市上)의 수릉(壽陵)의 걸음으로 백월총중(百越叢中)의 서시(西施)의 걸음으로 백모래밭에 금자라 걸음 양지(陽地) 곁마당에 씨암탉 걸음, 대명전(大明殿) 대들보에 명막의 걸음, 백화원림(百花園林) 두루미 걸음, 광풍에 나비 노듯, 물속에 이어(鯉魚) 노듯, 가만 사뿐 걸어와서 광한루(廣寒樓)에 다다르니……

이런 문장을 산문으로 평가하려는 것은 마치 찬송가를 시로서 평가하려는 것이나 마찬가지 오류이다. 이것은 가사(歌詞)들이라 음악의 반면(半面)이 함께 갖추어야 그 가치의 전부가 표현되는 것으로 독립한 문장으로서 취급은 애초에 당치 않다.

오직 『한중록』 같은 것이 조선의 산문 고전일 따름이다.

『한중록』의 존재는 우리 산문의 금자탑이라 하겠다. 나는 가람 선생의 매화옥(梅花屋)에서 그 서문만을 처음 구경하고 어찌 황홀했던지 주인 선생과 함께 침이 말라 사오 차를 읽고 당장 베껴까지 가지고 온 일이 있다.

혜경궁 홍 씨의 『한중록』의 서문

내 유시(幼時) 궐내에 들어와 서찰 왕복이 조석에 있으니 내 수적(手蹟)이 많이 있을 것이로되 입궐 후, 선인겨오서 경계하오시되 외간(外間) 서찰이 궁중에 들어가 흘릴 것이 아니요 문후(問候)한 후에 사연이 많기가 공경하는 도리에 가치 아니하니 조석 봉서(封書) 회답의 소식만 알고 그 종이에 써 보내라 하시기 선비(先妣)겨오서 아침저녁 승후(承候)하시는 봉서에 선인 경계대로 종이 머리에 써 보내옵고 집에서도 또한 선인 경계를 받자와 다 모아 세초(洗草)하므로 내 필적이 전하염즉 한 것이 없는지라 백질(伯姪) 수영(守榮)이 매양 본집의 마누라 수적이 머문 것이 없으니 한번 친히 무슨 글을 써 나리오서 보장하야 집에 길이 전하면 미사(美事) 되겠다 하니 그 말이 옳으여 써 주고저 하되 틈이 없어 못 하였더니 올해 내 회갑(回甲)해라 추모지통(追慕之痛)이 백배 더하고 세월이 더하면 내 정신이 이때만도 못할 듯하기 내 흥감한 마음과 경력한 일을 생각나는 대로 기록하였으나 하나를 건지고 백을 빠치노라.

『한중록』 본문의 일절

계조비(繼祖妣)겨오서 경학(經學)하는 선비의 따님으로 본대 배우심이 남다르시고 성행(性行)이 현숙인자(賢淑仁慈)하오시기 드므오서 정헌공(貞憲公) 받드오시기를 엄한 손같이 하오시고 제가주궤(齊家主饋) 하오심이 정헌공 청덕(清德)을 준수(遵守)하오서 일미(一味) 박소담박(朴素澹泊)하오시니 이런 고로 선비겨오서 재상의 종부(宗婦) 되오시나 홰에 일습 비단옷 걸림이 없으시고 상자의 수항주패 없을 뿐 아니라 수신하오신 사절의복(四節衣服)이 단건뿐이 잦으신지라 때 묻으매 매양 밤에 손수 한탁(澣濯)하오시되 수고로움을 꺼리지 아니하오시고 방적침선(紡績針線)을 주야에 친히 하오서 밤을 새워 하오시니 매양 아랫방의 밝기까지 켜 있는 줄을 늙은 종은 일컫고 젊은 종은 따라 말하는 줄 괴로이 여기사 매양 밤에 침선하오실 제 보으로 창을 가리오서 밤의 침선 부즈런하다 칭찬하는 말을 슬히 여기옵서 추운 밤의 수고를 하사 손이 다 어시기의 믿으되 괴로워하는 일이 아니 겨오시고 또 의복지절과 자녀 입히오심이 지극히 검박하오시되 또한 때에 민게 하오시고 우리 남매 옷도 굵을지언정 매양 더럽지 아니케 하사 검박하오심과 정결하심이 겸하오신 줄 어린 때도 아올 일이 있더라 선비겨오서 상시 희로가 경치 아니하오시고 기상이 화기를 열으시나 엄숙하오시니 일가(一家) 우러러 성덕(盛德)을 일컫고 어려워하지 아닛는 이 없는지라.

실로 치면 명주실이다. 짜르르 흐르고 찬찬 감쳐지고, 아껴 써 간결하기도 하다. 간결은 전아(典雅)한 고치(古致)를 지니는 것이며 절장(節章)이 길어선 정에 위곡(委曲)하다. 풍부한 속에서 세련된 궁중 어휘 어법이라 구슬을 섬으로 쏟고 고른 듯하다.

인목왕후(仁穆王后)의 전교(傳敎)

　글월 보고도 둔 것은 그 방이 어둡고(너 역질(疫疾)하던 방) 날도 음(陰)하니 일광이 돌아지거든 내 친히 보고 자세 기별호마 대강 용약(用藥)할 일이 있어도 의관의녀(醫官醫女)를 대령하려 하노라 분별 말라 자연 아니 조히 하랴.

　하인을 뜰아래 불러 세워 놓고 아무 종이쪽에나 총총히 적어 내리신 글일 것이다. 그러나 만취일수(萬取一收), 정채(精彩)가 돋고 박언정오(薄言情悟)로 소식(消息) 지궁(至窮)함이 있지 않은가!

제문

　…… 어미가 기잉속설(忌孕俗說)을 듣고 유모에게 부탁하야 강보에 안아 다른 집에 나아가 기르니 어미가 아비 남서군현(南西郡縣)에 좇으매 소손(小孫)이 상(床)을 붙들고 말을 배호매 오히려 어머집을 아지 못하고 다만 보니 반란(斑爛)하고 현채(絢彩)한 옷과 병이(餠餌)와 조율(棗栗)을 때때 보내와 나를 입히고 나를 먹이고 조습(燥濕)과 기포(飢飽)에 종(奴)이 자로(자주) 와서 묻고 유모가 때때로 새 옷을 입히고 맛있는 것을 먹이며 나더러 자랑하며 보여 가로되, 네 조모(祖母)의 주신 바라 하니 소손이 무슨 말인지 아지를 못하였더니 그 후 생각하니 이게 다 우리 조모의 은근하신 일념(一念)이 자모(慈母) 같으심이라 및 칠 세에 비로소 집에 돌아오니 조모 상해 무릎에 두시고 담발을 어루만지시고 분감함이하사 고이(귀엽게)하시기를 특별히 다르게 하사 해를 연하여 조모 백부(伯父)의 심도(沁島=江華島) 완영(完營=全州) 임소(任所)와 및 가군(家君=여기서는 아버지를 가리킴 같음)의 백천(白川) 서흥(瑞興) 관아(官衙)에 가시는데 따라 매양 조모 곁에 유희

(遊戲)하야 개열(慨悅)하신 낯을 우러러 얻삽고 금춘(今春) 회갑(回甲) 연석에 모든 자손이 수놓은 자리와 구슬찬 앞에 칭상축수(稱祥祝壽)하오매 소손도 또한 받들어 드리고 절하니 조모 보시고 웃으시더니 겨우 수월(數月)만에 우리 조모 영연(靈筵)에 어찌 울 줄을 뜻하였아오리까 소손으로 하여금 좀 자라 관례(冠禮)하고 장가드난 예를 행하오나(행하더라도) 어찌 가히 다시 즐김을 이바지하고 경사를 고함을 얻사오리까 생각하오매 실성장호(失性長號)할 따름이로소이다. 인불이 장차 왕리조역지내로 향하옵시니 이후 시절에 가 성묘하와 거의 종신추모(終身追慕)하옵는 정성을 붙이오리까 애의통재(哀矣慟哉)라 유아(唯我) 조모(祖母)는 흠향(歆饗)하옵소서

시대와 제주가 다 미상하고 첫머리가 없어진 제문이다. 이전(梨專) 박물실의 소장인바 손자가 조모의 죽음을 조상한 글이다. 이 아이는 낳은 어머니가 기르면 해로우리란 속설이 있어 강보에 떨어지자 곧 유모에게로 갔고, 어머님은 관리인 아버님의 부임지로 따르게 되니 크면서도 조모님 밑에만 있었다. 조모님의 사랑이 극진하였음을 무릎에 앉히시던 것, 머리를 어루만지시던 것, 큰아버님과 아버님의 부임지로 친히 이끌고 다니시던 것, 빠짐없이 사설하였으되 넋두리처럼 흐들갑스럽지 않다.

곡곡진진(曲曲盡盡)한 서정(抒情)이 고문(古文)다운 풍운(風韻)이다.

제침문(祭針文)

유세차(維歲次) 모년(某年) 모월(某月) 모일(某日)에 미망인(未亡人) 모씨(某氏)는 두어 자(字) 글로써 침자(針子)에게 고(告)하노니, 인간 부녀의

손 가운데 종요로운 것 바늘이로되, 세상 사람이 귀히 아니 여기는 것은 도처에 흔한 바이로다. 이 바늘은 한낱 적은 물건이나, 이렇듯이 슬퍼함은 나의 정회(情懷) 남과 다름이라.

오호통재(嗚呼慟哉)라. 불쌍하고 불쌍하다. 너를 얻어 손 가운데 진긴 지 우금(于今) 이십칠 년이라 어이 인정(人情)이 그렇지 아니하리오.

애재(哀哉)라.

눈물을 잠깐 거두고 심신을 겨우 진정하여, 너의 행장(行狀)과 나의 회포를 총총히 적어 영결(永訣)하노라.

연전(年前)에 우리 시삼촌(媤三寸)께옵서 동지사(冬至使) 낙점(落點)을 무르(蒙)와 북경(北京)을 다녀오신 후에 바늘 여러 쌈을 주시거늘, 친정과 원근 일가에게 보내고, 비복(婢僕)들도 쌈쌈이 낱낱이 나눠 쓰고, 그중에 너를 택하야 손에 익히고 익히어, 지금까지 해로(偕老)되었더니 애재(哀哉)라, 연분(緣分)이 비상(非常)하야 바늘을 무수히 잃고 부러쳐 버렸으되, 오직 너 하나를 영구히 보전하니, 비록 무심한 물건이나 어찌 사랑스럽고 미혹(迷惑)지 아니하리오. 아깝고 불쌍하며 섭섭하도다. 나의 신세 박명하야, 슬하에 한 자녀 없고, 인명(人命)이 흉완(凶頑)하야 일찍 죽지 못하고, 가산(家産)이 빈궁하야 침선(針線)에 마음을 붙여 저것으로 시름을 잊고 생애를 도움이 적지 아니하더니, 오늘날 너를 영결하니 오호통재(嗚呼慟哉)라. 이는 귀신이 시기하고 하늘이 미워하심이로다.

아깝다 바늘이여. 어여쁘다 바늘이여. 네 미묘한 품질(品質)과 특별한 재질(才質)을 가졌으니 물중(物中)의 영물(靈物)이요 철중(鐵中)의 쟁쟁(錚錚)이라, 민첩하고 날래기는 백대(百代)의 협객(俠客)이요, 굳세고 곧기는 만고(萬古)의 충절이라 추호(秋毫) 같은 부리는 말하려는 듯하고, 두렷한 귀는 소리 듣는 듯하는지라. 능라(綾羅)와 비단에 난봉공작(鸞鳳孔雀)을 수(繡)놓을 제, 그 민첩하고 신기함은 귀신이 돕는 듯하니, 어찌 인력(人力)의 미칠바리오. 오호통재라. 자식이 귀하나 손에 놓을 때도 있고, 비복이 순(順)하나 명을 거스를 때도 있나니 너의 미묘한 기질이 나의 전후(前後)에 수응(酬應)함을 생각하면 자식에게 지나고 비복에게 지나는지라. 천은(天銀)으로 집을 하고, 오색(五色)으로 파란(波瀾)을 놓아, 겉고름에 채였으니 부녀의 노리개라. 밥 먹을 적 만져보고 잠잘 적 만져보고, 널로 더불어 벗이 되어, 하지일(夏至日)과 동지야(冬至夜)에 등잔(燈盞)을 상대하야 누비며 호며 감치며 박으며 공구를 때에, 겹실을 꿰었으니 봉미(鳳尾)를 두르는 듯 땀땀이 떠어갈 적에 수미(首尾)가 상응하고 솔솔이 붙여내매 조화가 무궁하다.

인생 백 년 동거하렸더니, 오호통재라 바늘이여. 금년 시월 초십일(初十日) 술시(戌時)에 희미한 등잔 아래서 관대(冠帶) 깃을 달다가 무심중간(無心中間)에 자끈동 부러지니, 깜짝 놀라워라. 아야아야 바늘이여, 두 동강이 났구나. 정신이 아득하고 두골(頭骨)이 깨치는 듯하매, 이윽도록 기색혼절(氣塞昏絶)하였다가 겨우 정신을 차려 만져보고 이어본들, 속절없고 할 일 없다. 편작(扁鵲)의 신술(神術)로도 장생불사(長生不死) 못하였네. 동네 장인(匠人)에게 때이런들, 어찌 능히 때일손가. 한 팔을 떼어낸 듯, 한 다리를 베어낸 듯, 아깝다 바늘이여. 가슴을 만져보니 꽂히었던 자리 없네. 오호통재라, 내 삼가지 못한 탓이로다.

무죄한 너를 만친이 백인(伯仁)이 유아이사(由我而死)라, 누를 한(恨)하며 누를 원(怨)하리요. 능난한 성품과 공교한 재질을 나의 힘으로 어찌 다시 바라리요. 절묘한 의형(儀形)은 눈 속에 삼삼하고 특별한 품재(品才)는 심회가 상맥하다. 비록 물건이나 무심치 아니하야 후세에 다시 만나 평생

동거지정(同居之情)을 다시 이어 백년고락(百年苦樂)과 생사를 한가지로 하기 바라노라. 오호통재라 바늘이여.

시대, 작자, 다 미상이다. 바늘 귀하던 시대라 이십칠 년이나 쓰던 바늘이 부러졌으니 이만치 애절한 술회도 있을 법하다. 식사문(式辭文)다운 낭독조를 가졌다. 이런 어리석하고, 여유 있는 맛도 고전만이 가져서 천하지 않은 특권이다.

글이나 사람이나 나이에 들어선 마찬가지다. 오랜 세대를 겪어온 글은 노인과 같이 불안스럽지가 않다. 위태로운 것이었으면 이미 제 당대에서 없어진 지 오랬을 것이다. 여태껏 여러 사람들이 값진 그릇처럼 떠받들어 온 글이면, 역시 값진 그릇임엔 틀림없다. 먼저 안심하고 읽을 수 있어 좋다.

옛글은 정이 후해 좋다. 신경 쇠약은 모르던 시대라 관후하고 또 수공업 시대라 정신적 생산도 다소 거칠면서도 돈독하고 순일한 품이 순민양풍(淳民良風)의 덕기(德氣)가 그냥 풍긴다.

고전은 아득해 좋다. 시간으로 아득함은 공간으로 아득함보다 오히려 이국적이요 신비적이다. 고경조신(古鏡照神)의 그윽한 경지는 고탑(古塔)의 창태(蒼苔)와 같이, 연조(年祖)라는, 자연이 얹어 주고 가는 가치이다. 창연함! 오래 오래 울궈야 나오는 마른 버섯과 같은 향기! 이것은 아무리 명문(名文)이라도 일조일석에 수사(修辭)할 수 없는, 고전만이 두를 수 있는 일종 배광(背光)인 것이다.

2. 문장의 현대

문장에 있어 '현대'의 화두로 나설 것은 먼저 언문일치 문장이다.

그 좋은 내간체는 규방에서나 통용할 것으로 돌려놓아지고, 소리 곡조인 이야기책 문장은 광대나 머슴꾼들에 방하(放下)되었다. 오직 한문에서 벗어나려는 고민만으로,

산수(山水)의 승(勝)은 마땅히 강원의 영동(嶺東)으로써 제일(第一)을 삼을지니라 고성(高城)의 삼일포(三日浦)는 청묘(淸妙)한 중 농려(濃麗)하고 유한(幽閒)한 중에 개랑(開朗)하여 숙녀의 정장한 것처럼 애(愛)할 만하고 경(敬)할 만하며⋯⋯

(이중환의 순한문『택리지(擇里誌)』를 현토한 것)

이런 반(半)번역운동과 한글 연구가들의

길이 없기어던 가지야 못하리요마는, 그 말미암을 땅이 어대며 본이 없기어던 말이야 못하리요마는, 그 말미암을 바가 무엇이뇨

(김두봉 저『말본』의 일절)

식의 언어정화운동이 합세되자 이 속에서 탄생하여 현대 문장의 대도(大道)를 열어 놓은 것은 언문일치의 문장이다. 육당이『소년』지와『청춘』지에서

이 이약은 차차 맛있는 대로 들어가나니 껄니버가 이 거인국에서 무삼

영특한 일을 당하였난디 그 자미(滋味)는 이 다음에 또 보시오.

(『소년』 창간호에 난 「거인국표류기」 일 회분 끝에 붙은 편집자의 말)

이렇게 대담하게 시험한 언문일치 문장을, 동인은 단편에서, 춘원은 『무정』 이후 가장 통속성 있는 장편들에서

봄의 황혼은 유난히도 짜르고 또 어둡다. 해가 시루봉 위에 반쯤 허리를 걸친 때부터 벌써 땅은 어두워진다. 마치 촉촉한 봄의 흙에서 어두움이 솟아오르는 듯하였다.

(춘원의 『흙』의 일절)

이렇게 완성해 버린 것이다. 춘원에 와 완성된 언문일치 문장이 곧 현대성의 현대 문장이란 것은 아니다. 현대성을 착색하려 고민하는, 모든 신문장들이 이 언문일치 문장을 모체(母體)로 하고 각양 각종으로 분화 작용을 일으키는 것만은 사실이라 하겠다.

언문일치의 문장은 틀림없이 모체 문장, 기초 문장이다. 민중의 문장이다. 앞으로는 어떤 새 문체가 나타나든, 다 이 밭에서 피는 꽃일 것이다.

거듭 말하거니와 언문일치 문장은 민중의 문장이다. 개인의 문장, 즉 스타일은 아니다. 개성의 문장일 수는 없다. 언문일치 그대로는 이 앞으로는 예술가의 문장이기 어려울 것이다. 이것은 언문일치 문장을 헐어 말함도 아니요 또 그의 불명예도 결코 아니다. 언문일치 문장은 영원히 광대한 권역(權域)에서 민중과 더불어 생활할 것이다.

여기에 문장의 '현대'가 탄생되는 것이다. 언문일치 문장의 완성자

춘원으로도 언문일치의 권태를 느끼는 지 오래지 않나 생각한다. 이 권태 문장에서 해탈하려는 노력, 이상 같은 이는 감각 편으로, 정지용 같은 이는 내간체에의 향수를 못 이기어 신고전적으로 박태원 같은 이는 어투를 달리해, 이효석, 김기림 같은 이는 모더니즘 편으로 가장 뚜렷들하게 자기 문장들을 개척하며 있는 것이다.

조선의 개인 문장, 예술 문장의 화원(花園)은 아직 명일에 속한다.

3. 언문일치 문장의 문제

말이 나온 김에 좀 독단적이나마 언문일치 문장에의 포폄(襃貶)을 분명히 해 보고 싶다.

말을 문자로 기록한 것은 문장이라 하였다. 물론 문장이다. 언문일치 문장이다.

그러나 말을 그대로 문자로 기록한 것이 문장일 수 없다. 이것도 물론이다. 민중에 있어서는 문장이나 문예에 있어선 문장일 수 없단 말이 '현대'에선 성립된다.

말을 그대로 적은 것, 말하듯 쓴 것, 그것은 언어의 녹음(錄音)이다. 문장은 문장인 소이(所以)가 따로 필요하겠다. 말을 뽑으면 아무것도 남는 것이 없다면 그건 서기(書記)의 문장이 아닐까. 말을 뽑아내어도 문장이기 때문에 맛있는, 아름다운, 매력 있는 무슨 요소가 남아야 할 것 아닐까. 현대 문장의 이상은 그 점에 있을 것이 아닐까.

언문일치는 실용(實用)이다. 용도는 기록뿐이다. 관청에 피고에 관한, 파란중첩(波瀾重疊)한 조서(調書)가 산적하였어도 그것들이 예술이 못

되는 점은 먼저 서기의 문장, 개성이 쓰지 않고 사건 자체가 쓴 기록 문장인 것이 중대 원인일 것이다.

언어는 일상생활이다. 연기는 아니다. 그러므로 평범한 것이요, 피상적인 것이요, 개념적인 것이다. 일일이 예리하여, 심각하려, 고도의 효과로 비약하려 하지 못한다.

예술가의 문장은 생활하는 도구는 아니다. 창조하는 도구다. 언어가 미치지 못하는 대상의 핵심을 집어내고야 말려는, 항시 교교불군(矯矯不羣)하는 야심자다. 어찌 언어의 부속물로, 생활의 도구만으로 자안(自安)할 것인가!

문예가는 먼저 언문일치 문장에 입학은 해야 한다. 그리고 되도록 빨리 언문일치 문장을 우수한 성적으로 졸업해야 할 것이다.

『문장강화』, 문장사, 1940

작법

글 짓는 법 A·B·C
처음 글 쓰는 이들을 위하여

차례

(기자 주) 이번 호부터 연재하는 이태준 씨의 「글 짓는 법 A · B · C」는 문예나 혹은 문장에 대하여 많은 관심을 가지는 초학자에게 둘도 없을 지침이 될 것을 장담합니다.

필자는 누구나 다 그의 필명을 잘 아는 신진 작가로서 그의 간결하고 조리 있고 명려(明麗)한 문장은 누구보다도 탁월한 경지를 독점하고 있는 만치 그는 많은 연구를 거듭한 사계(斯界)의 유일한 독학자(篤學者)입니다. 본 편은 필자가 일찍 경성보육학교에서 강의하기 위하여 힘들여 쓴 것이니 '작문'의 신교과서라고 말할 수 있는 것으로 보아 회를 따라 정독(精讀)함으로써 한 줄의 글이라도 바로 쓰게 되리라는 것을 간단히 소개하는 바입니다.

머리말

나 역시 아직 작문을 공부하는 사람의 하나이다. 남을 앞서 인도하려는 것보다 먼저 내 공부를 위해서 이 글을 초(草)한다는 것을 미리 말하여 둔다. 그리고 한동안 남의 작문 시간을 인도해 본 조그만 경험과 그때 준비하였던 교재를 중심으로 하여 나아감으로 다소 교실 냄새가 풍기어질 것도 미리 말하여 둔다.

대체로 우리는 글쓰기를 넉넉히 배우지 못하였다. 그것은 여러 가지 사정이 있기 때문이다. 여기서 그 사정을 말할 자리는 아니며 얼마나 우리가 글 쓰는 데 서투른지는 어느 서양 부인의 말 한마디를 여기 소개함으로써 여러분의 적당한 짐작을 일으키려 한다.

어떤 서양 부인의 말,

"나는 조선 글이 훌륭하다고 생각할 수 없소. 보시오. 두 교원에게서 온 편지가 같은 말일 터인데 모두 다르오. 하나는 '교장님에 기체', 하나는 '교장님의 기체'. 또 하나는 '알령하십니까?', 하나는 '안녕하십닛가?' 하였으니 어느 것이 옳소? 당초에 정신을 차릴 수가 없소."

우리는 웃어 버릴 것이 아니다. 영어에 있어서는 '투'와 '오브'를 분명히 가려 쓸 줄 알면서 왜 우리글에선 '에'와 '의'를 구별하지 못하는가?

원인은 뻔하다. 우리는 우리글을 너무 지어 보지 않기 때문이다.

나는 여기서 작문의 교육적 가치를 재인식할 필요를 느낀다. 작문이란 한낱 글 짓는 것에 그치는 것이 아니라 교육상 일반의 문화적 교화상 얼마나 중대한 기초 공사라는 것을 역설하고 싶은 것이다.

작문이란 글 짓는 것인 동시에 한 표현의 훈련이다. 표현이란 알기만 하면 절로 되는 것 같지만 세련이 없이는 결코 원만히 행할 수 없는 것이다. 원만한 표현이란 남을 상대로 하는 데서는 일종의 자기완성이다. 말로나 글로나 자기를 자기답게 표현하지 못하는 데는 완전한 자기가 남과 대립하여 존재할 수 없는 것이다. 그러므로 사회적 의미에서 표현이 졸(拙)한 천재는 표현이 능(能)한 범재(凡才)만 못할 것이며 표현이 불완전한 학식과 사상은 제아무리 우수한 것일지라도 구름 속에 잠긴 달일 것이다.

작문이란 글을 짓는 것인 동시에 인격을 짓는 것이다. 작문은 다른 공부와 같이 모르던 지식을 새로 습득하는 것이 아니라 자기가 이미 아는 것 자기의 생활 경험 속에서 무엇을 찾아내어 창조하는 것이다. 그러므로 작문은 사색하는 공부이다. 사색은 인격의 공사(工事)이기 때문이다.

작문이란 글을 짓는 것인 동시에 감수성을 닦는 것이다. 감각하는 것, 인식하는 것, 비판하게 되는 것, 이런 능력이 어느 학과에서보다 작문에서 더 많이 얻을 수 있기 때문이다. 감각력, 인식력, 비판력은 모든 행위의 원동력이 되는 것이니 슬픈 일을 보고 슬픈 줄 감각하여야 올 것이요, 악덕 불의인 줄 인식하여야 의분심이 발동될 것이다.

이와 반대로 모든 감각이 지둔(遲鈍)하여 슬픈 것을 보되 슬픈 줄 모른다든지 불의를 보되 의분이 끓어나지 않는 사람이라면 그는 비록 학식은 많다 하더라도 인간으로선 미개의 만인(蠻人)임을 면치 못할 것이다.

이상과 같은 의미에서 나는 작문이란 단순히 글 짓는 기술만을 공부하는 것에 그침이 아니라 인간이 문화화함에 전반적으로 영향하는 기초 학문이라 생각한다. 따라서 무시된 오늘의 '조선어 작문'을 위해 정당한 평가를 고취하는 것이며 한걸음 나아가선 천견박식(淺見薄識)을 무릅쓰고 이런 강의의 붓을 잡아보는 것이다.

1. 작문이란 무엇인가?

작문은 글자들의 뜻대로 글짓기다. 그러면 글이란 무엇인가?

글은 자기의 생각을 문자로 적는 것이다. 자기의 생각을 문자로 적는 것,

"나는 슬프다."

"그대의 편지를 받으니 뛰고 싶게 반갑소."

"배가 고픕니다."

이것이 모두 글이다.

그러면 글이 무에 어려우냐. 말을 알아서 자기의 생각을 말로 하듯 글도 글자만 알아서 자기의 생각을 생각 그대로 적기만 하면 고만 아니냐?

무론 그렇다. 자기의 생각을 글자로 적어만 놓으면 그것은 틀림없이 글이다.

그러나 말과 글이 다른 점이 있다.

말은 우리가 일부러 배우지 않고 나면서부터 저절로 배워지는데 글은 일부러 배워야만 알게 된다. 말은 일부러 연습을 하지 않아도 날마다 하는 것이 연습이나 다름없어 절로 잘하게 되는데 글은 일부러 지어보지 않으면 연습도 안 되고 연습이 없이는 잘 쓸 수가 없는 것이다. 또

다른 점이 있다. 말은 하다가도 당장에서 '이제 한 말은 잘못되었소' 하고 고쳐 가면서 할 수 있으나 글은 한번 발표한 것을 다시 거둬들여 고칠 수 없는 것이다.

또 효력에 있어 글은 말보다 더 크다.

말은 그 자리에서 듣는 사람의 귀만 한번 울리고 사라져 없어지지만 글은 언제까지든지 남아 있어 무한한 사람들에게 보일 수 있다.

그러면 누구나 글이 말보다 더욱 중(重)한 것이라는 데 이의가 없을 것이다. 따라서 말과 같이 저절로 연습이 되지 않는 글인 줄도 안 이상 글을 일부러 연습해야 될 필요도 깨달아야 할 것이다.

글을 일부러 연습하는 것이 곧 작문이다.

2. 작문의 목적

작문의 목적은 무엇인가?

이 대답은 아주 쉬울 것이다.

글을 짓는 연습은 글을 잘 짓자는 것이요, 글을 잘 짓자는 것은 글을 마음대로 쓰자(使用)는 것이다. 말을 마음먹은 대로 자유스럽게 쓰듯이 '글을 자유롭게 쓰자'는 것이 곧 작문의 목적일 것이다.

3. 무엇을 쓸까?

붓을 들기는 누구나 쉬운 일이다. 그러나 '무엇을 쓰나' 하고 그 '무엇'에 막연하여 다시 붓을 놓는 것이 흔히 당하는 일이다.

어느 영문학자는 '무엇을 쓸까'라는 제목에서 '쓸 것이 생각나지 않으면 꿈 꾼 것을 적으라' 하였다. 지난밤에 꾼 것이든지 며칠 전에 꾼 것이든지 아무튼 자기 기억 속에 남아 있는 것을 생각해 가며 적어 보라 하였다. 무론 꿈은 아무리 똑똑한 것이라도 현실에 비기면 흐리다. 기억만이 흐릴 뿐 아니라 사건도 대체로 허황하다. 그것을 선후를 가려서 남이 알아보도록 적기는 현실에서 체험한 일을 적기보다 훨씬 어려울 것이다.

그러나 '무엇을 쓰나' 하고 막연해 하는 이에게는 분명히 도움이 되는 말이다. '꿈을 적어라' 하는 말을 고지식하게 그대로 듣고 꿈을 적어 보는 것도 좋은 일이나 그보다도 흐리멍덩한 꿈속에서 쓸 것을 찾느라고 애를 쓰다가는 필경 '기억이 똑똑한 일이 얼마든지 있는데 하필 생각나지 않는 꿈에서리오' 하고 스스로 재료를 현실에 돌아와 찾는 그 깨달음을 주는 데 이 말의 본의가 있는가 한다.

그렇다. 글이 될 만한 재료는 꿈에 비기어 현실에는 무진장이다. 그리고 선택하기도 훨씬 쉬울 것이다.

4. 음풍영월 식을 버리자

한문 글은 엄살이 많다. 풍이 많다. 폭포를 보고 '비류직하삼천척(飛流直下三千尺) 의시은하낙구천(疑是銀河落九天)'이라 읊었다. 아무리 큰 폭포기로 삼천 척이나 되는 것은 없을 것이요, 더구나 하늘에서 은하수가 쏟아지는 줄 알았다는 것은 굉장한 과장이다. 엄살이요 풍이요 엉터리다. 한문에선 이렇게 엄살과 엉터리를 잘 부리는 것을 문장가라 쳐 준 경향이 있는 듯하다.

그래서 한문을 숭상하는 우리 조선 사람들은 한문도 아닌 조선 글에서까지 이 엄살 풍을 으레 부리려 든다.

'벌써 진달래가 피었구나'

할 한마디를

'지구의 공전(公轉)과 사전(私轉)이 쉬지 않고 돌아서 백운(白雲)이 분분(紛紛)하던 엄동설한은 다 지나가고 어언간(於焉間) 천산만야(千山萬野)에 두견화가!'

이 투로 무조건하고 굉장하게만 떠벌여 놓으려 한다. 그래서 읽고 나면 실정(實情)이라곤 조금도 느껴지지 않는다. 되고 안 되고 수사만 굉장하게 떠벌여 놓으면 글이 잘되는 줄 안다.

또 엉뚱하게 한문 문자를 잘 써야 품위 있는 글로 안다.

'공부는 겨우 꾸려 갑니다'

하면 좋을 말도

'소위 과공(課工)은 미면(未免) 벌제지명(伐齊之名)이오며'

한다.

우리 아버지들 형님들이 모두 이런 투의 글로 행세하기 때문에 한문을 모르는 우리들도 공연히 그 영향을 받는다. 이런 엄살풍 엉뚱뿐이 아니라 글이라 하면 으레 옛날 풍월로만 짐작하여 덮어 놓고 풍류 격으로만 되는 것이 좋은 글인 줄 안다. 그래서 진정과 진정 아닌 것은 불구하고 문체가 영탄적인 것을 더 애독한다. 이런 영향으로 아직 자연에 대한 관찰이 천박한 어린 사람들도 글을 지으라면 정말 자기의 마음속에 제일 큰 파문일 부모님 생각 동생들 생각 같은 것은 쓰려 하지 않고 주제에 넘는 '춘풍추월(春風秋月)'을 희롱하려 든다. 그래서 글이 진정(眞情)인 자기 자신의 감각에서 솟아나지 못하고 그야말로 들은 풍월로 걸핏하면 '우주'니 '천하'니 '청산'이니 '명월'이니 하고 휘갑도 못 하는 굉장한 문구만을 나열해 놓는 폐가 있다.

이런 음풍영월 식을 버리자. 청산이나 명월을 마주 서야만 무엇을 생각할 줄 알고 청산이나 명월을 넣어야만 글이 되는 줄 아는 그런 취재 방식은 버려야 한다.

무론 청산도 좋고 명월도 좋은 것이다. 더구나 우리 동양인의 심경에 있어 자연계처럼 예술의 대상으로 높은 것은 없을 것이다. 그러나 그것도 어떤 경지에 이르러서 말이다. 그리고 문자를 가히 희롱하고 글을 넉넉히 재주로만 꾸리는 것도 역시 어떤 경지에 이르러서 말이지, 아직 작문을 공부하는 우리에게는 아직 알 배 아니다.

그렇다고 처음 글 쓰는 이는 '청산'이나 '명월'에 전혀 느낌이 없으란 것은 아니다. '청산'이나 '명월'을 덮어놓고 쓰지 말라는 말이 아니라 그것들을 제재로 하되 엄살과 엉뚱과 풍류미를 내이기 위해 취급하지 말고 차라리 문장에 미끄러운 맛은 나지 않더라도 현실미가 있고 진정이 발로될 자기의 실생활 속에서 쓰라는 것이다. 그러므로 '청산'이나 '명월'이라도 이미 그의 실생활 속에 던져진 그림자라면 던져진 그 부분만 치는 마음대로 영탄해 마땅할 것이다.

단지 쓸데없는 풍류미, 으레 술잔을 손에 들어야 시가 읊어지는 그런 몽유병적 작풍(作風)을 배척하자 함이다.

5. 공상보다 체험 속에서

누구에게나 그가 체험한 것은 한계가 있고 좁은 것이요, 그가 공상하는 것은 한이 없이 넓고 자유스러운 것이다.

그래서 흔히 좁고 빈약한 자기의 체험 속에서 글 될 것을 찾으려 하지 않고 화려하고 자유스런 공상 속에서 찾기를 즐긴다.

이것은 삼갈 일이다. 서투른 사람이 공상만을 즐겨 쓰는 것은 값싼 센티멘탈에 빠지기 쉽고 값싼 센티멘탈은 그의 글과 사상을 늘어가지 못하게 방해하기 때문이다.

쉬운 예를 들면 공연히 공상 속에서 감격해 버릇하는 것이니

'아! 달이여!'

'오! 님이여!

'오오! 인생이여!'

하는 따위다

모름지기 체험 속에서 글 될 것을 찾을 것이다.

글을 자기가 체험한 것 속에서 찾아 쓰는 데는 적어도 세 가지 덕이

있는 줄 안다.

첫째 자기를 반성해 볼 수 있다. 자기를 중심으로 하고 된 일을 적으려니까 자연 글의 주인공인 자기를 여러 가지로 남처럼 생각해 보게 된다. 그것을 다음 문례에서 엿보라.

[문례] 이광수 씨의 수필 「인생의 은혜와 사(死)와」에서

이번 중병을 앓는 동안에 생에 대한 애착과 사에 대한 공포를 제거하기로 많이 힘을 써서 수양하노라 하였거니와 병이 조금 나으려 할 때에는 도리어 생에 대한 애착이 증가하게 된다. 이번 신경통과 소화불량에서도 그것을 경험하고 자신의 속됨을 한탄하였다.

그러나 연등(煙燈) 온 지 십여 일이 지난 후로는 신경통도 좀 감하고 소화력도 약간 회복되기 시작하여 이십여 일을 경과한 금일에는 연등사 온 후의 쇠약은 회복되고 상당히 유쾌하게 그날그날을 보내리만큼 되었다. 더구나 구월 구일을 목전에 둔 만추(晚秋)의 청랑(晴朗)한 천기와 상량(爽涼)한 기후가 나를 유쾌케 하는 데 많은 힘이 있는 것이다. 나는 아침에 정방산의 일출을 볼 때로부터 가끔 지팡이를 끌고는 암자 모퉁이 비탈길로 거닐어 지금 한창 때를 얻은 산국(山菊)과 감국(甘菊)으로 벗을 삼고 즐겨하리만큼 되었다.

'이제는 살아나는가 보다.'

하는 가엾은 의식이 전보다 자주 내 마음에 일어나게 된다. 한 번 더 살아나는 것이 과연 좋은 일인가 필요한 일인가 하는 것은 둘째 문제로 하고라도 좀 더 세상에 살아 있을 듯하다는 의식은 나에게 일종의 기쁨을 주는 일면에 일종의 무거운 책임감을 느끼게 한다.

나는 이 보은의 염(念)을 기초로 하는 책임감을 가끔 너무 무겁게 감각하

는 수가 있다. 너무 무겁다는 것은 난감하다는 뜻이다. 내 병여(病餘)에 심력(心力)과 체력이 이 의식의 압력을 저당(抵當)할 수 없다고 의식할 때에 나는 불쾌와 고통을 깨달아 차라리 죽어 버렸으면 하는 때가 가끔 있다. 그러나 건강감이 조금 승할 때에는

'오냐 나가자. 이 생명이 다 닳도록 일하자!'

하는 유쾌한 결심과 아울러 일종의 힘의 의식을 얻는다. 그러고는 혼자 빙그레 웃는다. 오늘 아침에도 그러하였다.

둘째 사물에 관한 사유력(思惟力)이 늘어 사상의 기초가 서진다. 자기가 보고 듣고 느낀 것을 남에게 정당하게 가려 가며 말하려니까 자연 그 일 그 물건에 대해서 옳다 그르다 좋다 나쁘다 하는 가치를 붙여 생각하게 된다.

다음 글에서 그것을 기억해 두자.

[문례] 주요섭 씨의 수필 「미운 간호부」에서

어제 S병원 전염 병실에서 본 일이다. A라는 소녀 칠팔 세밖에 안 된 귀여운 소녀가 죽어 나갔다. 적리(赤痢)로 하루는 집에서 앓고 그 다음날 하루는 병원에서 앓고 그리고 그 다음날 오후에는 사망실로 떠 메워 나갔다.

밤낮 사흘을 지키고 앉아 있던 어머니는 아이가 운명하는 것을 보고 죽은 애 아버지를 부르러 집에 다녀왔다. 그동안에 죽은 애는 사망실로 옮겨가 있었다. 부모는 간호부더러 사망실을 알으켜 달라고 청하였다.

"사망실은 쇠 다 채고 아무도 없으니까 가 보실 필요가 없어요."

하고 간호부는 톡 쏘아 말한다. 퍽 싫증 나는 듯한 목소리였다.

"아니 그 애를 혼자 두고 방에 쇠를 채와요?"

하고 묻는 어머니의 목소리는 떨리었다.

"죽은 애 혼자 두면 어때요?"

하고 다시 또 톡 쏘는 간호부의 목소리는 얼음같이 싸늘하였다.

이야기는 간단히 이것이다. 그러나 나는 그때 몸서리쳐짐을 금할 수가 없었다.

'죽은 애는 혼자 둔들 어떠리!'

사실인즉 그렇다. 그러나 그것을 염려하는 어머니의 심정! 이 숭고한 감정에 동정할 줄 모르는 간호부가 나는 미웠다. 그렇게까지도 간호부는 기계화되었는가?

나는 문명한 기계보다도 야만인 인생을 더 사랑한다. 과학상으로 볼 때 죽은 애를 혼자 두는 것이 조금도 틀릴 것이 없다. 그러나 어머니로서 볼 때에는…… 더 써서 무엇하랴! '어머니'를 이해하지 못하고 동정할 줄 모르는 간호부! 그의 그 과학적 냉정이 나는 몹시도 미웠다. 과학 문명이 앞으로 더욱 발달되어 인류 전체가 모두 '냉정한 과학자'가 되어 버리는 날이 이른다면…… 나는 그것을 상상만 하기에도 소름이 끼친다.

정! 그것은 인류 최고의 과학을 초월하는 생의 향기다.

셋째 글에 힘을 얻는다. 묘사의 대상을 얼마든지 분명하게 심각하게 가질 수가 있기 때문이다.

예를 들면,

아침에 세수하러 뜰에 내려서니 지난밤까지도 그 청초한 맵시를 혼자 달빛에 자랑하던 코스모스가 보기에도 끔찍하게 새까맣게 타 죽었다. 새벽에 무서리가 온 것이다. 그것을 보니 가슴이 뭉클하고 감동됨이 있다. 조반을 먹어도 잊혀지지 않는다. 그래 가만히 앉아 그 '감동'을 적어 보았다. 적어 보니 아무래도 자기 글에서는 아까 느끼던 가슴의 '뭉클'이 일어나지 않는다. 이래 가지고는 자기의 '감동'을 남에게 그대로 전할 수가 없다. 글을 고쳐 보기로 했다. 고치려 드니까 코스모스에게 가졌던 인상이 좀 더 똑똑해졌으면 해진다. 그래 붓을 놓고 다시 나가 죽은 코스모스의 모양을 바라보았다. 다시 볼수록 인상이 밝아지고 깊어진다. 그러나 이슬이 말라서 아침에 일찍 나와 바로 보던 것처럼 그 차가워 하는 듯한 애처로운 맛은 나지 않는다. 그래서 다음날 아침에 서리에 젖은 때 다시 보고 쓰기로 한다.

무론 다음날 아침에 되는 글은 훨씬 실감을 주는 힘이 생길 것은 보지 않고 믿어도 좋다.

6. 평범한 속에서

무슨 굉장한 사건을 설명하는 것만이 글이 아니다. 더구나 창작하는 글은 신문 기사와 달라서 '사건이 굉장하기 때문에 소개하는' 태도로 쓰는 것이 아니요, 사건이야 굉장하든 평범하든 그 사실 그 물상에 대하여 자기의 느낀 바를 오직 주관에서 적은 것이다. 그러므로 창작문의 내용은 취급한 사실이나 물상의 내용이 아니요, 그 사실과 물상에 대한 작자의 느낌의 내용일 것이다.

글의 내용은 글 쓰는 사람이 느끼기에 달렸다. 아무리 희한한 재료라도 평범하게밖에 느끼지 못했으면 그 글은 심심할 것이요, 아무리 평범한 재료라도 묘하게 느끼기만 했으면 그 글은 재미있을 것이다.

처음에는 흔히 재미있는 굉장한 재료만을 취급하려 든다. 그래야만 글이 재미있고 굉장해질 줄 안다. 그것은 당치 않은 욕심이다.

처음에는 느끼는 공부가 필요하다. 느끼는 공부는 아무것도 없는 듯한 평범한 데서 해야 된다. 평범하여 아무도 눈을 던지거나 귀를 기울이지 않는 데다 눈을 크게 뜨고 귀를 밝혀야 한다.

평범한 속에도 아름다움이나 재미있음은 얼마든지 있다.

[문례] 정지용 씨의 시 「바람」

바람.

바람.

바람.

늬는 내 귀가 좋으냐?

늬는 내 코가 좋으냐?

늬는 내 손이 좋으냐?

내사 왼통 빨개졌네.

내사 아무치도 않다.

호, 호, 추워라.

구보로!

7. 일기를 하라

언어와 문자가 다 사람의 것인 이상 언어와 문자로 되는 글이 사람의 생활을 떠나서 존재할 수는 없다.

글은 길거나 짧거나 모두 사람의 생활 기록이니 위고의 『희무정(噫無情)』과 같은 긴 글을 두고 보더라도 그 글 전체와 똑같은 인물 똑같은 사건은 없겠지만 부분 부분이 떼어 놓고 생각하면 그런 인물의 조각들과 그런 사건의 조각들이 우리 실생활 속에 얼마든지 널려 있는 것이다. 오직 그 편편의 생활 사실을 흥미와 감격을 일으키도록 조리하여 한데 엮어 놓은 것이 『희무정』도 되고 『부활』도 되는 것이다.

일기는 『희무정』과 『부활』이 되기 전의 조각조각의 생활 기록들 그 것이다. 그러니까 일기장은 '조각글'의 창고로 보아도 좋다. 위고도 『희무정』의 대부분이 일기 속에서 나왔노라 하였다 한다.

일기는 혹 일기문으로서도 한 성격과 지위를 가진 것이지만 그보다도 날마다 한 줄씩이라도 문장을 구성해 보는 글의 단련과 다시 글 될 재료를 그날 보고 그날 들은 싱싱한 그대로 모아 두는 것으로 더욱 가치 있는 것이다.

이제 우리가 무슨 글을 쓰다가 강에서 선유(船遊)하는 광경을 그려야만 되게 되었다 치자. 그러면 우리는 얼른 눈을 감고 강을 생각하고 배를 생각하고 시원한 바람과 출렁거리는 물소리를 집어내리라. 그러나 이렇게 재료만을 집어내는 것은 누구나 쉬운 일이다. 그 강물 위에서 무엇을 느끼었나, 그때 어떠한 정서가 일어났었나, 그 강 위에 떠돌던 정서가 아쉬워지는 것이다. 머릿속에는 아무래도 그때 그 정서가 싱싱한 그대로 남아 있지는 못할 것이니 이런 때 만일 선유한 그날 저녁에 그날의 정서를 사진처럼 박아 둔 일기가 있다면 그 얼마나 선유하는 실감을 묘사하는 데 좋은 참고가 될 것인가?

참고 되는 것만 아니다? 어떤 때는 무엇이고 글을 한 편 써야겠는데 무엇을 쓸지 생각이 안 난다. 그러면 '무엇'을 찾기에 일기를 뒤지는 것이 제일 현명한 일인 것이다. 일기 속에는 여러 단편의 체험과 문견(聞見)이 싱싱한 그대로 저장되어 있을 것이니까.

꼭 '일기'라 하지 않아도 좋다. '일기'라 하면 날마다 반드시 하라는 것으로 알고 구속을 느끼기 쉬우니 이름은 무어라 하든지 아무 노트에고 온전히 글 쓸 예비로만 잊어 버리기 아까운 일만을 적어 두는 것도 좋을 것이다.

아무튼 일기라거나 취재장이라거나 자기가 글 될 만한 재료를 무시로 주워 모으는 것은 글을 쓸 사람으로서 다시 없는 공부요 준비이다.

8. 제 힘에 만만한 것으로

모든 것이 다 힘의 제한이 있다. 개미에게는 개미 이상의 힘이 없고 기차에겐 기차 이상의 속력이 없다.

사람도 그렇다. 그런 중에도 사람 따라 또 다르다. 김 서방은 김 서방 이상의 힘이 없고 이 서방은 이 서방 이상의 힘이 없다. 제 힘을 초월하지 못한다. 제 힘에 지나치는 바위를 들려다가는 실패한다.

글도 그렇다. 자기 힘에 부치는 것을 쓰려는 것은 힘에 겨운 바위를 들려는 것과 같은 무리다.

그런데 바위는 얼른 보고 제 힘에 들릴지 안 들릴지 짐작이 되지만 글은 그렇게 얼른 짐작이 되지 않고 또 붓을 들기 전에 그 짐작을 해 보는 사람도 적다. 그래서 글에서는 제 힘에 부치는 것을 덤벼들었다가 글에게 나가떨어지는 사람이 많다.

글은 힘이 세다. 제 손에 잡은 붓끝에서 그려지는 것이지만 쓰는 사람의 마음대로 만만히 휘지 않는 수가 많다.

그것은 글의 잘못이 아니라 쓰는 사람의 잘못이다. 제 힘에 벅찬 문제(文題)를 잡았거나 문제는 그렇지 않더라도 써 내려가다 탈선하는 때문이다.

'가을을 쓰라' 하면 흔히 문제부터 '가을'이라 그대로 붙이고 내용도 끝없이 넓게 천하의 가을을 혼자 한 지면에 통틀어 쓰려 덤빈다. '가을의 총론'을 쓰려 한다. 그것은 힘에 벅찬 바위를 들려는 미련이다.

'가을 글'이라고 가을의 전부를 설명하는 것이 아니라 '가을의 한 조각'을 맛보는 데 그쳐야 할 것이다. 미리 천하의 가을을 다 쓰려고 서두르지 않아도 좋다. 섬돌에 구르는 한 잎의 낙엽이라도 그것을 잘만 음미한 글이라면 그 글은 남산의 가을 북악의 가을을 다 언급하지 않아도 천하의 가을 기운이 그 한쪽 글 속에 절로 풍겨질 것이다. 글은 암시적일수록 맛이 좋은 것이다.

가을뿐이 아니다. 봄도 여름도 달도 모두 그렇다.

그러면 '가을을 쓰라' 하더라도 힘에 겨웁게 가을 전체를 생각하거나 가을 전체를 느끼려 하지 말고 가을의 한 조각, 가을의 한 부분을 제 힘에 만만한 것으로 골라 가지고 쓸 것이다. 그러니까 먼저 문제부터

'벌레 소리'라든지

'낙엽'이라든지

'밤(栗)'이라든지

이렇게 자기 힘으로 원만히 감상할 수 있는 범위 내에서 '조각의 가을'로 정할 것이다. 그러면 글의 탈선도 적으리라 생각한다.

문제의 범위가 넓을수록 탈선하기가 쉽고 탈선될수록 끝을 맺기 힘이 든다.

이것이 문제에만 관심하란 것은 아니다. 다시 말하면 애초에 마음을 적게 먹으라는 것이다. '온 우주에는 낙엽이 휘날리고……' 하면서 천하 온통의 가을을 찾으려 머리를 휘두르지 말고 고요히 머리를 숙이고 적게 제 발 앞에 있는 가을부터 느끼고 그것부터 쓰라 함이다.

[문례] 박월탄 씨의 우소소(雨蕭蕭)[1]의 일부

훗훗하고 습기를 머금은 바람이 쏴 하고 뜰에 가득한 녹음을 흔들어 놓았다. 새빨간 석류꽃이 한 점 두 점 우수수 하고 어지러이 땅 위에 흩어진다. 파란 이끼 위에 점점이 흩어진 석류꽃은 마치 청대(靑黛)와 연지(臙脂)의 저자(市)를 내림과 같다.

높다란 아득한 하늘에서 빗방울이 한 방울 두 방울 뚝뚝 떨어졌다. 성긴 빗발이 이리저리 바람에 너울거리는 넓다란 파초잎을 우두둑 하고 때렸다.

파초잎 위에 엎드렸던 두어 마리 달팽이가 꿈실 하고 줄기 속으로 굴러 떨어져 버렸다.

1 　작품의 원래 제목은 '소묘(素描) 우소소'임.

비를 피하여 처마로 날아드는 어여쁜 제비 새끼가 쩍쩍거리며 세로가로 서너 바퀴 빙그르 돌다가 흑공단(黑貢緞) 같은 보드라운 깃으로 문어귀에 늘인 푸른 발을 한 번 툭 스치고 달아났다. 또다시 바람 소리가 우수수 하고 일어났다. 고요히 드리운 푸른 발이 소리 없이 움직거렸다. 가만한 바람이 자취 없이 소르르 소매 속으로 기어들었다. 보드라웁고 간지러운 듯한 형용할 수 없는 쾌감이 온몸으로 찌르르 돌았다.

성긴 빗발이 차차로 보이게 되고 지붕에 부딪치는 유장(悠長)한 빗소리가 더욱더 요란하다. 바람을 따라 어지러이 뿌리는 빗발은 뜨거운 볕에 바싹 마른 판장(板墻) 위에 점점이 소상반죽(瀟湘斑竹)과 같은 아롱진 무늬를 놓았다. 향긋한 흙냄새 눅눅한 젖은 풀냄새가 끊일 새 없이 콧속으로 들어올 때 마음은 한없이 느긋하였다. 서늘한 맛이 방 안에 가득하다.

9. 비판적 의식을 거쳐서

말이나 글이나 모두 남을 상대로 한 고된 것이다. 들어 주고 읽어 줄 사람이 없다면 말을 하거나 글을 쓸 필요가 없을 것이니까 우리가 글을 쓰는 것은 언제든지 읽어 줄 사람이 있을 것을 믿고 또 읽어 주는 사람이 적기보다도 많기를 바라면서 쓰는 것이다.

이에 그 시간과 정력을 소비하여 우리의 글을 읽어 줄 많은 독자들을 위해 우리는 신중히 글을 쓸 의무가 있다. 적어도 그 사람들이 소비하는 시간과 정력에 갚음이 될 만한 가치가 우리 글 속에 있어야 할 것을 깨달아야 한다.

이런 것을 써 놓으면 읽는 이에게 어떠한 영향이 미칠까?

이런 것은 읽는 이에게 '얼마만 한' 영향을 주리라.

이 '얼마만 한' 영향을 주는 것이 나의 목적인가? 그것이 내 글의 청 (聽)이 될까?

이렇게 반드시 한 번 비판해 본 뒤에 붓을 들 것이다.

10. 주안점을 파악하라

먼저 다음의 문례를 읽어 보라.

[문례] 어느 신문의 지방면 기사

함남 북청에서

대호포살(大虎捕殺)

(북청) 지난 달 31일 오후 3시경에 북청군 하거서면 하신흥리 웅동이란 곳에서 백주에 큰 범 한 마리를 잡았다 한다. 잡은 사람으로 말하면 풍산군 안수면 장평리 이×× 씨와 동군 안산면 파발리 김×× 양 씨로 그렇게 큰 범은 근래에 보기 드문 범이라 한다.

얼마나 싱거운 글인가. 더구나 보도문으로서 얼마나 자격이 없는 글인가. 누구나 「대호포살」이라 하였으니 첫째 얼마나 큰 범인가 하는 그 점에 호기심이 일어나 읽어 볼 것이요, 둘째 어떻게 잡았나 총으로 잡았나 몽둥이로 때려 잡았나 덫을 놓아 잡았나 그 점에 흥미를 가지고 읽을 것이다. 그런데 이 글은 독자들에게 첫째와 둘째 되는 흥미를 전혀 불고(不顧)하였다. 호랑이 이야기는 어디 가고 잡은 사람들만 호적 등본처럼 캐어 놓았다. 나중에 한마디가 더욱 독자의 짜증을 내게 하니 덮어놓고 '그렇게 큰 범은 근래에 보기 드문 범이라 한다' 하였다. '그렇게 큰'이란 '큰'이 얼마나 큰 것을 가리킴인지 누가 아나!

보도문뿐만 아니라 모든 글에 있어서 작자의 주안점이 명료하게 나타나야 할 것이다.

내가 느낀 점이 무엇인가?

그중에도 제일 중대한 것이 어떤 점인가. 어떤 점이 제일 남에게 알리고 싶은 것인가.

이렇게 생각하고 붓을 들 것이다.

[문례] 고 최서해의 수필 「탈」

마루 아래 귀뚜라미의 소리도 인제는 영글 대로 다 영글었다. 재 넘는 그믐달 비추인 창 아래서 내 스스로도 알지 못할 꿈을 꾸다가 눈을 뜨니 방울을 흔드는 귀뚜라미 소리가 베갯머리에 빗발같이 쏟아진다. 가을을 우는 벌레 소리. 그 소리는 구절구절 오장을 찌른다. 세월은 이렇게 흐른다. 흐르는 세월은 나에게 탈을 더욱 씌울 따름이다. 나는 언제나 이 탈을 벗누? 사람은 옷이란 탈을 몸에 붙이는 날부터 체면이란 탈로써 마음을 얽매이게 되었다.

체면! 그렇다. 체면은 사람의 욕망을 구속하고 사람의 순진을 빼앗는다. 한 해 두 해 흐르는 세월은 그 체면을 한 겹 두 겹 두터웁게 씌운다.

언제나 그것 없는 난 그대로의 인간으로 살아갈 세상이 오는지!

오오 가을은 간다. 가는 세월에 늙는 것이 괴로운 것 아니라 늙음을 따라 무거워지는 탈이 괴롭다.

이 글은 작자가 지나가는 가을 속에서 제일 마음 아프게 느낀 바 '무엇'을 잘 우리에게 전해 준다. 글의 주안점(탈)이 얼른 독자의 머릿속에 떠오른다.

11. 오래 보고 오래 생각하고

물이 '퍽 맑다' 하는 것과 '어찌 맑은지 돌 틈에 엎딘 고기들의 숨 쉬는 것까지 보인다' 하는 것이 다르다.

같은 '물 맑은 것'을 보고 하는 말이로되 먼저 말보다 나중 말이 듣는 사람의 머릿속에 맑은 물의 느낌을 더 잘 일으켜 준다.

그러면 무슨 까닭에 한 사람은 그냥 '퍽 맑다' 하고 한 사람은 '어찌 맑은지 돌 틈에 엎딘 고기들의 숨 쉬는 것까지 보인다' 하였을까?

한 사람은 얼른 바쁘게 보았고 한 사람은 오래 고요하게 보았기 때문이라 할 수 있다.

같은 밥도 오래 씹으면 평소에 느끼지 못하던 맛이 있고 날마다 보던 집안사람의 얼굴도 오래 들여다보면 새로 보이는 구석이 있다.

글을 쓰는데 남이 다 보고 남이 다 느끼는 것을 적어서는 신통할 것이 없다. 남이 겉만 보고 지나치는 것을 속속들이 살피어 끄집어내고 남이 미처 느끼지 못하는 점을 찾아내 놓는 것이 글의 자랑이다.

관찰에 있어서만 그렇지도 않다. 생각하는 것도 십 분 동안 생각한 것과 한 시간 동안 생각한 것이 다르다. 사람마다 그 사람의 두뇌를 따라 다르겠지만 같은 사람이면 반드시 십 분 동안 생각한 것은 이십 분 동안 생각한 것만 못할 것이다. 어디서 어떤 시인은 '詩に瘦せる'란 말을 하였다. '시에 마른다' 함은 '무엇을 쓸까' 하고 애를 써 생각하는 것과 '어떻게 쓸까' 하고 애를 써 생각하는 것 때문에 마른다는 말이다. 몸이 축가도록 글을 생각하고 쓰는 것이다. 글을 잘 쓰고 못 쓰는 것은 글을 잘 생각하고 못 생각하는 그것이다.

잘 생각하자면 오래 생각해야겠고 고요히 생각해야 할 것이다. 쓰기가 급해서 상(想)을 완전히 다듬기 전에 붓을 들었다가 종이만 자꾸 버리면 애써 붙들었던 상도 어지럽혀 나중엔 아무것도 쓰지 못하고마는 수가 많다.

아래 문례에서 작자의 관찰과 감각이 얼마나 고요하고 깊은가 보라.

[문례] 고 방정환 씨의 감상문 「어린이 찬미」의 일부

어린이가 잠을 잔다. 내 무릎 앞에 편안히 누워서 낮잠을 달게 자고 있다. 볕 좋은 첫여름 조용한 오후이다.

고요하다는 고요한 것을 모두 모아서 그중 고요한 것만을 골라 가진 것이 어린이의 자는 얼굴이다. 평화라는 평화 중에 그중 훌륭한 평화만을 골라 가진 것이 어린이의 자는 얼굴이다. 아니 그래도 나는 이 고요한 자는 얼굴을 잘 말하지 못하였다. 이 세상의 고요하다는 고요한 것은 모두 이 얼굴에서 우러나는 것 같고 이 세상의 평화라는 평화는 모두 이 얼굴에서 우러나는 듯싶게 어린이의 잠자는 얼굴은 고요하고 평화롭다.

고운 나비의 나래, 비단결 같은 꽃잎, 아니 아니 이 세상에 곱고 보드랍다는 아무것으로도 형용할 수 없이 보드랍고 고운 이 자는 얼굴을 들여다보라. 그 서늘한 두 눈을 가볍게 감고 이렇게 귀를 기울여야 들릴 만치 가늘게 코를 골면서 편안히 잠자는 이 좋은 얼굴을 들여다보라. 우리가 종래에 생각해 오던 하느님의 얼굴을 여기서 발견하게 된다. 어느 구석에 먼지만큼이나 더러운 티가 있느냐. 어느 곳에 우리가 싫어할 한 가지 반 가지나 있느냐. 죄 많은 세상에 나서 죄를 모르고 부처보다도 야소보다도 하늘 뜻 그대로의 산 하느님이 아니고 무엇이랴.

아무 꾀도 갖지 않는다. 아무 획책도 모른다. 배고프면 먹을 것을 찾고 먹어서 부르면 웃고 즐긴다. 싫으면 찡그리고 아프면 울고 거기에 무슨 꾸밈이 있느냐. 시퍼런 칼을 들고 핍박하여도 맞아서 아프기까지는 방글방글 웃으며 대하는 이다. 이 넓은 세상에 오직 이이가 있을 뿐이다.

오오 어린이는 지금 내 무릎 위에서 잠을 잔다. 더할 수 없는 참됨과 더할 수 없는 착함과 더할 수 없는 아름다움을 갖추고 그 위에도 위대한 창조의 힘까지 갖추어 가진 어린 하느님이 편안하게도 고요한 잠을 잔다. 옆에서 보는 사람의 마음속까지 생각이 다른 번루한 것에 미칠 틈을 주지 않고 고결하게 순화시켜 준다. 사랑스럽고도 부드러운 위엄을 가지고 곱게 곱게 순화시켜 준다.

나는 지금 성당에 들어간 이상의 경건한 마음으로 모든 것을 잊어버리고 사랑스러운 하느님 — 위엄뿐만의 무서운 하느님이 아니고 — 의 자는 얼굴에 예배하고 있다.

12. 내 것을 쓰자

글처럼 고의 아닌 범죄를 하기 쉬운 것은 없다. 좋은 글일수록 누구에게나 동감을 주기 쉬운 때문에 좋은 글일수록 누구에게나 다 자기가 하고 싶은 말이 먼저 그 글 속에 나타난 듯하기 때문에 그 글의 범위를 초월해 가지고 그 글보다 더 좋은 글을 쓸 용기가 나지 않는다. 아무리 자기는 다르게 쓰려 하여도 자꾸 그 글의 기분이 사라지지 않는 것이 보통이다. 그래서 남의 좋은 글을 읽고 나서 곧 글을 쓰면 무심중에 그 글의 영향을 받게 된다. 그 영향이 심하면 자기의 글이 아니요, 남의 글이 되고 만다. 창작이 아니요, 모방이 되고 만다.

독일의 고집 센 철인(哲人) 니체는 자기 서재에 남이 저술한 책은 한 권도 두지 않았다 한다. 그것은 남의 글, 남의 사상의 영향을 피하려 함이라 하였다 한다. 거기까지는 극단이려니와 아무튼 남의 글이나 남의 사상에 대한 그만한 조심과 경계는 필요한 것이다. 녹음이라 하면 벌써 '녹음방초승화시(綠陰芳草勝花時)'를 끌어내는 투나 단풍이라 하면 으레 '승어이월화(勝於二月花)'니 하는 등 남의 이미 해 놓은 말, 이미 돌아다니는 문자나 주워 놓으려 하는 것은 좋지 않다. 또 한마디의 말이라도 내가 생각해 낸 것, 변변치 않은 것이라도 내가 감각한 바를 적어야 그것이 내 것이요 그것이 비로소 남에게 내 것이라고 내어놓을 가치가 있는 글일 것이다.

[문례] 눈

이 겨울
내 고향 앞뒷산에

눈이 몇 자나 쌓였노.

겨우내
쌓일 대로 쌓여도 쓸 이 없는
어머니 무덤의 차디찬 눈.

내 고향 뒷산
어머니 무덤엔
이 겨울 눈이 얼마나 쌓였노.

(양주동 씨 시 「눈」)

[문례] 오시는 눈

땅 위에 새하얗게 오시는 눈
기다리는 날에는 오시는 눈
오늘도 저 안 온 날 오시는 눈
저녁불 켤 때마다 오시는 눈

(김소월 시집 『진달래 꽃』에서)

[문례] 눈

어젯밤 궂은비가 새벽 찬 눈이로다
한 아이 손뼉 치며 소금 뿌렸다 하니
한 아이 뛰어나가며 설탕이라 하더라

개와집 덮는 눈과 모옥(茅屋)에 뿌리는 눈이

뉘라서 한 눈이라뇨 한 눈은 아닌 것이

모옥에 뿌리는 눈은 녹아 눈물 되더라

검은 북한산이 눈 덮여 희었에라

밉던 그 얼굴을 꾸몄다 하지 마소

그래도 네 보던 얼굴을 못내 그려 하노라

(이광수 씨의 시조 「눈」)

[문례] 남국(南國)의 눈

푸른 나뭇잎에 내려 쌓이는

남국의 눈이 옵니다.

오늘 밤을 못 다 가서 사라질 것을

설운 꿈같이 흔적도 없이 사라질 것을

푸른 가지 위에 피는 흰 꽃은

설운 꿈 같은 남국의 눈입니다.

젊은 가슴에 당치도 않은

남국의 때 아닌 흰 눈입니다.

(주요한 씨 작)

전기(前記)한 네 글이 모두 눈을 쓴 글이되 모두 다른 글들이다. 눈은 한가지 눈이나 그 눈에 대한 느낌과 생각은 서로 경지가 다르다. 모두 자기들의 느낌, 자기들의 생각만을 내세웠다. 모두 내 것을 썼다.

13. 글은 그 사람이다

글은 짓는 것, 만들어 내는 것이니까 재주만 부리면 얼마든지 훌륭한 것을 쓸 수 있으리라고 생각하기 쉽다. 그래서 억지로 재주만 부리려는 이가 많다. 내 자신도 그것을 경험한다.

글처럼 억지로 안 되는 것은 없다. 아주 쉬운 편지 한 장을 적더라도 지음의 노력이 없이 손끝에서만은 되지 않는다. 반드시 그 사람의 마음, 정신, 넋에서 우러나오는 것이니 손은 그것을 받아서 종이 위에 적는 것뿐이다. 손은 심부름만 할 뿐이요 명령은 머릿속에서 하는 것이므로 아무리 짧은 글이라도 그 글을 읽고 나면 작자의 마음이 눈에 보여진다. 그 글이 훌륭하거나 나쁘거나 간에 글 속에는 작자의 심경이 환하게 들여다보이는 것이다. 그러므로 글은 그 사람의 일면 혹 전면을 그대로 비춰 주는 거울이다. 그 사람과 꼭 같기가 사진과 같다.

누구나 자기의 사진이 잘못된 것은 남에게 내어 보이기를 싫어한다. 글도 그래야 할 것이다. 자기와 같지 않게 된 글은 자기와 같지 않게 된 사진과 마찬가지로 알아야 한다.

글은 마음의 사진이다. 자기의 글을 읽는 사람들은 자기의 마음속을 들여다보는 사람들이므로 글을 쓰려면 먼저 내 마음속을 활짝 열어 보여도 수치스러움이 없도록 심경을 닦고 앉아야 할 것이다. 그것은 마치 손님이 오는 날 방 안을 미리 치우는 것과 같다.

사람은 성욕과 이기욕에 밝은 동물이란 말도 있거니와 흔히 젊은 우리는 비열한 본능의 행동에서만 감정이 불타기 쉬운 것이다. 그래서 달 밝은 저녁이면 청한(淸閑)을 즐기는 것보다 음일(淫逸)한 정서를 더 향락하려 들어 붓을 들면 말을 처녀의 유방이니 무엇이 그리워 상심이 되느니 하고 치사한 문구를 늘어놓기가 쉽다.

무론 그런 글도 좋아서 읽는 사람들도 있다. 그런 비열한 정서에서 나온 글을 싫어하는 사람보다는 즐겨하는 사람들이 오히려 더 많을 것이다. 그러나 그 사람들은 역시 그 글의 작자와 동층류(同層類)의 사람들뿐일 것도 알아야 하며 또 만일 그 글의 작자보다 고상한 사람이 그 글을 읽는다면 그 글에 침을 배앝고 그 글 쓴 사람을 멸시할 것도 잊어서는 안 된다.

글이 벌써 품위가 없으면 그 작자는 만나 보지 않아도 고상하지 못할 것이요, 글이 절로 향기를 떨치면 그 작자는 만나 보지 않아도 훌륭한 인격자이리라.

그러므로 글을 쓰려고 생각할 때는 자기 자신을 훌륭한 남처럼 존경하여 스스로 높은 자리에 앉히고 상(想)을 세울 것이라 생각한다.

글은 마음의 사진이다.

글은 곧 그 사람이다.

[문례] 삼보정(三步庭)

고개를 문득 드니 들창에 달이로다
문 열고 뜰에 나니 벌레 우는 소리로다
내 벗이 예 다 있거늘 어델 부뤄 하리오

수수깡 쓸린 울을 가을바람 넘어 드니
파초 두어 잎 달 아래 흔들구나
내 마음 고요하거니 바랄 것이 없에라.

우리는 이 글 속에서 달과 벌레를 '내 벗'이라 하였고 '내 마음 고요하거니 바랄 것이 없에라' 한 그 마디에서 넉넉히 작자의 청허(淸虛)한 심경을 환하게 내다볼 수가 있는 것이다.

14. 먼저 정좌하고

글은 붓끝에서 나오는 것이 아니라 머릿속에서 나오는 것을 위에서 말하였거니와 누구나 머리는 하나이요 둘은 아니다. 한 머리를 가지고 사람은 늘 여러 가지를 생각한다.

그런데 글처럼 샘이 많은 것은 없다. 꼭 저만 생각해야지 다른 것을 한데 생각하면 글은 싫어한다. 머릿속에서는 아무리 훌륭하게 틀이 잡혔더라도 조금만 다른 데 마음을 쓰면 글은 머릿속에서 된 대로 종이 위에 나타나지지 않는다.

꼭 저만 생각하라는 것이 글이다. 전심전력을 오로지 저에게만 써야 된다는 것이 글의 고집이다. 어떠한 천재나 글의 이 고집을 휘지는 못한다. 요즘 일본의 어떤 소설가는 이동 서재라고 떠들며 술집 찻집으로 다니며 글을 쓴다는 말을 들었다. 모르긴 하지만 그는 결코 좋은 글을 얻지 못할 것이다. 나는 그 말을 듣고부터는 그의 책을 손에 대지 않는다.

글은 무슨 다래끼나 광주리를 틀 듯이 다른 사람과 말 참예할 것 다 하면서도 되어지는 것은 결코 아니다. 일본에서도 대가들의 원고를 보면 흔히 먹글씨가 많다. 먹글씨라도 한 자 한 자에 정신을 들여 썼다. 그런 이의 글은 절로 읽고 싶어진다.

서양의 어떤 삽화가는 붓을 들려면 남이 찾아오지 못하게 문에 쇠를 채고 그러고도 책상 위에다 찰찰 넘는 물그릇을 놓고 그 물그릇 위에 거미줄만 한 물결도 일지 않게 고요해지기를 기다려 가지고 비로소 붓을 든다 한다.

작가들은 흔히 글을 쓰려면 일부러 여행을 가는 이가 많다. 손님과 가족을 피하여 조용한 시간을 가지고 쓰려 함이다. 그렇지 못한 분들은 집안 식구들이 죄다 잠든 밤중에 일어나 쓰는 이도 많다 한다.

문필을 업으로 하지는 않더라도 자신이 생각한 데까지는 그대로 그려 놓을 필요를 느낀다면 먼저 외계(外界)와 몰교섭한 조용한 자리를 찾아 앉아 전 정신을 한 붓끝 위에 모아야 될 것이다.

15. 진정에서

글은 그림이나 춤이나 음악보다도 그 표현이 남을 움직이자는 데 뜻이 크다.

이렇게 말하면 너무 남만을 위해 하라는 것처럼 들리겠지만 사실인즉 그렇다. 사람이 만일 혼자 살았다면 결코 글이나 그림이나 춤, 음악이 발달되지 않았을 것이다. 또 남의 작품을 읽거나 보거나 듣거나 하고 자기 마음속에 아무런 움직여짐도 느끼지 못한다면 누가 돈 들여 책을 사고 그림을 사고 유성기를 살 것인가? 모든 표현은 남을 움직이는 데만 전 가치가 있을 것이다.

그중에도 글은 더욱 그렇다. 슬프면 우는 것과 즐거우면 웃는 것은 절로 터진다. 춤도 그렇다. 즐거운 일이면 손발이 절로 거뜬하여 달아날 듯이 우쭐렁해진다. 그러나 글은 일부러 써야 되는 노력이 든다. 노력은 반드시 목적이 있다. 글을 쓰는 노력의 목적은 내 마음의 현상을 표현하는 것이니 어디다 표현하는 것인가? 종이 위엔가? 칠판 위엔가? 쓰기는 아무 데라도 좋다. 그러나 워낙은 종이 위에도 칠판 위에도 아니요 읽는 사람의 마음 위에 쓰자는 것이다. 내 마음의 경험을 남의 마음으로 전하자는 것이 글 쓰는 노력의 목적이다.

이심전심(以心傳心)이란 말이 있다. 이 말은 글의 정도(正道)를 가리킨 말이다. 글은 마음과 마음의 교섭, 정과 정의 교섭이다. 마음의 열(熱)과 진정은 글의 생명이다. 산 사람에게 피가 흐르듯이 글에는 진정이 흘러야 산 글이 된다. 즉 남을 움직일 수 있는 글이 된다.

진정이 나타나지 않는 글, 암만 읽고 또 읽어도 마음의 온도가 느껴지지 않는 써늘한 글은 산 사람의 글이 아니다. 그런 글은 유령의 글이라 할까.

[문례] 나룻배와 행인

나는 나룻배

당신은 행인

당신은 흙발로 나를 짓밟습니다.

나는 당신을 안고 물을 건너갑니다.

나는 당신을 안으면 깊으나 얕으나 급한 여울이나 건너갑니다.

만일 당신이 아니 오시면 나는 바람을 쐬고 눈비를 맞으며 밤에서 낮까지 당신을 기다리고 있습니다.

당신은 물만 건너면 나를 돌아보지도 않고 가십니다그려.

그러나 당신이 언제든지 오실 줄만은 알아요.

나는 당신을 기다리면서 날마다 날마다 낡아갑니다.

나는 나룻배

당신은 행인

(한용운 씨 시집 『님의 침묵』에서)

[문례] 아들아

아들아 나도 금년부터는 차차 허리가 아프고 눈도 좀 희미하여진다. '아이구 늙었구나' 하는 한탄이 난다. 가세는 넉넉지 못하고 어린것들은 수두룩한데 내가 벌써 이렇게 노쇠하여서야 어찌한단 말이냐. 낸들 나이야 얼마 되느냐, 아직 육십도 못 되었건마는 일생을 힘드는 노동으로만 보내고 먹을 것도 잘 먹지 못하던 것이 빌미가 되어 아마 이렇게 일찍이 노쇠의 조짐이 보이는 모양이다. 더욱 작년 겨울에 그 중병을 앓고 나서부터는 갑자기 십 년이나 더 먹은 것 같다. 이러다가 그만 털썩 죽어 버리면 아이들은 다들 어떻게 하나…….

아서라 그런 슬픈 소리는 말자. 너도 금년에는 그렇게도 사람들이 부러워하고 들어가기 어려워하는 대학 예과라는 데 합격이 되어서 옛날로 이르면 초시(初試) 격이나 된다 하니 퍽 기뻤다. 대학 예과가 무엇인지 모르는 네 모(母)도 만나는 사람마다 네 자랑을 하고 좋아하는 모양이 눈물겨웁다. 그 소식을 들은 날은 매양 근심스러운 안색을 가지고 있던 네 처도 희색이 만면하여 네가 방학에 돌아오면 입힌다고 더운 방구석에 종일 앉아서 여름옷을 짓고 있다.

그런데 너는 하기 방학에 집에는 돌아오지 아니하고 원산으로 피서를 하러 간다고? 왼 집 식구가 손꼽아 가며 어서 하기 방학이 와야 일 년 동안 그리워하던 너를 만난다고 만나서 실컷 본다고들 그렇게 간절히 기다렸는데 피서는 다 무엇이냐. 집 근처에도 산도 있고 내도 있고 오 리도 못 가서 바다도 있고 바로 집 곁에는 느티나무 정자도 있지 않느냐. 아비는 이 더위에 논밭으로 돌아다니며 부채질 한 번도 마음 놓고 못하는데 너와 같이 자라난 이웃 사람들은 이 지지는 볕에 김을 매노라고 등이 지글지글 타는데 너는 무엇이길래 귀한 돈 써 가며 피서를 다닌단 말이냐.

아들아 너는 여름 방학 동안이라도 집에 돌아와 네 늙은 아비의 수고를 조금이라도 덜어 줄 생각이 없단 말이냐. 내가 너희들을 길러 내기에 얼마나 고생을 한 줄 아느냐. 너희 삼남매를 서울에 유학시키노라고 어떻게 왼 집안이 뼈가 휘도록 사람을 가리지 않고 밤낮을 가리지 않고 일을 하는지 아느냐. 어떻게 조밥과 보리밥을 먹어 가면서 그 흔한 조기 한 개도 사 먹지 못하면서 애를 쓰는지 아느냐. 내게는 모시 두루마기 하나이 없고 늙은 네 모(母)는 솜바지 하나를 못 입고 어린 네 처는 비단 당기 한 감을 못 얻어 드린다. 그러구는 농사지은 것 중에 쌀이나 두태(豆太)나 값가는 것은 죄다 팔아서 너희들에게 보내느라고 읍내 우편국에 갖다 넣어 버리고 만다. (…

중략…) 그런데 너는 피서를 간다고? 피서를 가겠으니 돈을 보내라고? 아비 된 마음에 자식의 소원대로 못 하여 주는 것이 슬프기도 하고 부끄럽기도 하다마는 너도 인제는 나의 이십이 넘었으니 좀 생각을 해야 하지 않느냐. (…중략…) 다른 때는 공부일래 못 하더라도 동기와 하기 방학이야 짚세기 짝이라도 좀 못 도와줄 것이 무엇이냐?

또 인정으로도 생각하여 보아라. 사람이란 공부를 할수록 인정이 도타워져야 할 것이 아니냐. 만일 공부를 하였다는 사람이 인정을 더욱 몰라보면 그놈의 공부를 없애 버리는 것이 옳을 것이다. (…중략…)

우선 이번 방학에는 피서니 무어니 벼락 맞을 소리를 말고 곧 네 누이 데리고 집으로 돌아오너라. 돌아와서 우리와 한가지 더위를 받고 우리와 한가지 빈대와 모기에 뜯기고 우리와 한가지 비문명적 생활을 하자. 전 조선에서 빈대와 벼룩을 내어 쫓을 때까지 우리도 다른 동포들로 더불어 그 고통을 같이 받지 않으려느냐.

내가 무엇을 아느냐. 아마 내 말에 망발이 있을는지도 모른다. 그러나 진정이다. 나는 이 말을 다만 네게만 하고 싶지 않고 너와 같이 공부하는 모든 조선의 청년남녀에게 다 부치고 싶다.

부디 방학 되는대로 나려오너라. 네 처도 말은 없으나 간절히 너를 기다리고 있다.

(관아자 씨의 「농촌 부로(父老)를 대신하여」에서)

내가 이런 편지를 받을 학생은 아니로되 이 글을 읽고는 마음의 움직여짐이 크다. 나중에 '그러나 진정이다' 하는 말도 있거니와 정말 진정이 뚝뚝 흐른다. 그렇기 때문에 마음이 움직여지지 않을 수 없다.

16. 유일어를 고르자

문장가 플로베르는 말하기를

'한 가지 생각을 표현하는 데는 오직 한 가지 말밖에 없을 것이다. 우리는 그 한 가지 말을 찾아내야 한다'고 하였다.

오직 한 가지 말 유일어, 그것은 그 뜻에 어느 말보다도 가장 적합한 말을 가리킴이다.

말이나 토는 비슷비슷하여 같은 것이 많이 있다. 그러나 정말 캐고 보면 꼭 같은 말, 꼭 같은 토는 하나도 없다. 쓰는 경우가 비슷하기만 하지 써 놓고 따지면 의미와 정조(情調)의 강약이 서로 다르다. 가령 오이가 덩굴에 열린 것을 보고

'오이가 열리었다'

할 수도 있고

'오이가 달리었다'

'오이가 맺히었다'

또

'오이가 늘어졌다'

할 수도 있다. 그러나 모두 뜻이 똑같은 것은 아니다. 이제 새로 열린 것을 '늘어졌다' 해서는 '맺히었다' 하는 말만 못할 것이요, 늙고 큰 오이라야 '달리었다' 또 '늘어졌다' 할 것이다. 말은 되지만 '늘어졌다'는 것은 품위로 보아 '달리었다'만 못하다.

토에도 그렇다.

'한번 죽기를 각오하고서……'

와

'한번 죽기를 각오했을진댄……'

이 다르다. '하고서'와 '했을진댄'은 비슷한 토나 그 어감은 서로 그 말 전체의 어세를 다르게 한다.

배암을 보고 '징그럽다'라고 할 수도 있고 '깜찍스럽다'라고도 할 수 있다. 그러나 말의 경우를 따라 취할 것이니 돌 틈에 쏙 내밀은 배암의 대가리만을 보고는 '징그럽다'라기보다 '깜찍스럽다' 하는 말이 더 적합 되는 말이겠고 또 그와 반대로 대가리는 땅속에 들어가고 몸뚱이만 꾸 불텅거리는 것을 보고는 '깜찍스럽다'보다는 '징그럽다'라는 것이 더 적 합한 말이다. 즉 대가리만을 보고 하는 말에는 '깜찍스럽다'가 유일어 일 것이요, 몸뚱이를 보고 하는 말에는 '징그럽다'가 유일어일 것이다.

유일어를 찾아 함은 제일 적합한 말을 찾아 함이다.

[문례]

외모로 사람을 취하지 말라 하였으나 대개는 속마음이 외모에 나타나는 것이다. 아무도 쥐를 보고 후덕스럽다고 생각은 아니할 것이요, 할미새를 보고 진중하다고는 생각지 아니할 것이요, 도야지를 소담한 친구라고는 아 니할 것이다. 토끼를 보고 방정맞아는 보이지마는 고양이처럼 표독스럽게 는 아무리 해도 아니 보이고 수탉을 보고 걸걸은 하지마는 지혜롭게는 아 니 보이며 뱀은 그림만 보아도 간특하고 독살스러워 구약(舊約) 작가의 저 주를 받은 것이 과연이다— 해 보이고 개는 얼른 보기에 험상스럽지마는 간교한 모양은 조금도 없다. 그는 충직하게 생기었다.

말은 깨끗하고 날래지마는 좀 믿음성이 적고 당나귀나 노새는 아무리 보아도 경망꾸러기다. 족제비가 살랑살랑 지나갈 때 아무라도 그 요망스러움을 느낄 것이요, 두꺼비가 입을 넙적넙적하고 쭈그리고 앉은 것을 보면 아무가 보아도 능청스럽다.

(이광수 씨의 「우덕송」에서)

이 글을 보면 한마디의 형용마다 한 가지 동물의 모양 성질이 눈에 보이듯이 선뜻선뜻 나타난다.

수탉이면 수탉, 족제비면 족제비다운 제일 적합한 말을 골라 형용하였기 때문이다. 만일 '족제비가 살랑살랑 지나갈 때'를 '족제비가 어슬렁어슬렁 지나갈 때'라 고친다면 그 아래 '요망스럽다'는 말이 자연스럽게 들리지 않을 것이다. '요망스럽다'는 것이 족제비의 성질에 알맞은 말이라면 그 '요망스러움'을 살리기 위하여는 아무래도 '어슬렁어슬렁'보다 '살랑살랑'이 더 적합되는 형용이다. 이런 경우에 '살랑살랑'은 제일 적합되는 말 즉 유일어다.

이렇게 먼저 말을 골라서 써야 한다.

17. 첫인상과 첫 생각

'첫인상'이란 말이 있다. 사람에게 대하여 '나는 그 사람에게서 첫인상을 나쁘게 가져서……' 또 사물에 대해서도 '그 동리는 벌써 차를 내려서자 맑고 깨끗한 것이 첫인상이 어찌 좋은지……' 혹은 '그런 말 다시는 말게 그 일엔 처음부터 마음이 쏠리지 않데……' 하고 '첫인상'을 매우 중요하게 말하는 수가 많이 있다.

글에서도 첫인상 첫 뜻은 가장 중요한 재료가 된다.

요즘과 같이 서늘한 아침에 뜰에 내려서 망원경에 비친 듯한 맑고 가까워진 앞산을 바라볼 때 누구나 가을의 맑음을 느끼지 아니치 못할 것이다. 그러면 맑음을 통해 느낀 가을을 쓰려면 먼저 여러 다른 말을 찾아내이기에 애를 쓸 것이 아니라 제일 처음으로 받은 맑음의 인상 즉 앞산이 망원경으로 보는 것처럼 가까이 보이는 그 사실부터 적는 것이 좋으리라는 것이다.

늘 흐릿한 공기 속에 멀리 떠 있던 앞산이 오늘 아침엔 누가 끌어다 놓은 듯이 바로 눈앞에 또렷하게 놓여 있다. 산이 움직였을 리가 없다. 아무래도 공중의 조화다. 하늘이, 공기가 맑아졌기 때문이다. 이 사실을 쓰라 함이다.

무론 가을의 맑음을 다른 이야기로도 얼마든지 형용할 수는 있을 것이다. 그러나 자기에게 가을의 맑음을 느껴 준 '앞산' 이야기를 구태여 내어 버리고 즉 새로운 첫인상을 내어 버리고 묵은 인상들 속에서 상상해 내느라고 애쓸 필요는 없다는 것이다. 또 아무리 잘 생각해 낸 것이라도 자기의 지식 속에서 찾아내는 것은 지금 당장에 느낀 인상만치 새롭지도 못하고 힘이 세지도 못한 것이다.

또 지금 눈앞에 보이지는 않는 것이라도 그렇다. 지금은 여름은 아닌데 '여름' 속에서 마음대로 글제를 정하고 글을 지어라 했다 치자. 그러면 '여름'이란 소리를 귀에 번뜻 느끼자 누구든지 무엇이고 '여름 것' 하나가 얼른 머릿속에 떠오를 것이다. 어떤 사람은 무지개를 생각할 수 있을 것이요 어떤 사람은 해수욕, 어떤 사람은 참외막, 아무튼 저마다 다를지라도 '여름 것'이 생각날 것은 사실이다. 또 반드시 한 가지만 생각날 이유는 없다. 처음에는 참외막을 생각했으나 그 다음엔 해수욕을 생각할 수도 있고 녹음, 매아미, 소낙비, 구름…… 한이 없을 것이다. 정말 자꾸 생각해 내려 들면 한이 없을 것이다. 나중엔 왜 이 세상엔 여름이 있느냐 왜 여름은 봄 다음에만 오느냐…… 이렇게까지라도 생각할 수 없지는 않을 것이다.

그러니까 서투른 사람에겐 처음 것, 처음 뜻, 처음 생각이 필요하다는 것이다. 여름이란 소리를 듣고 맨 처음으로 얼른 무지개를 생각한 것은 어찌 생각하면 우연한 것 같지만 아주 터무니없는 우연은 아닐 것이니, 녹음도 해수욕도 구름도 참외도 다 말고 하필 무지개가 제일 먼저 머릿속에 떠오른 것은 반드시 그에겐 모든 '여름 것' 중에 무지개에 대한 인상이 제일 강하게 박혀져 있는 때문이라고 말할 수가 있다. 이것을 꼭 그렇다는 진리라고는 할 수 없으되 누구나 자기의 마음속에 제일 쓰이는 것이 제일 먼저 생각날 것은 일반적 사실이기 때문이다.

글에서 탈선하는 것이나 뜻이 똑똑치 못한 것은 흔히 이 '첫인상' '첫 생각'을 끝까지 그리기에 충실히 하지 않기 때문이다.

[문례] 그리운 시골 밤

여름밤을 맞이할 때마다 나는 시골이 그리웁다. 고향의 여름밤이 그리웁다.

모기떼의 발호를 두려워 방방이 불을 끈 어두웁던 그 집이 그리웁다.

조알이 틈틈이 끼인 멍석을 털어 깔고 할아버지를 좌장(坐長)으로 젖먹이 조카놈까지 오굴오굴 모여 앉았던 앞뒤뜰이 그리웁다.

쑥불 연기가 뭉게뭉게 피어오르는 연기 속으로 끊이었다 이었다 하던 할머니의 '예 두한 사람' 이야기가 그리웁다.

멀리 은하수 저 밑으로 장가들던 별이 그리웁다. 호박 덩굴 밑으로 별똥처럼 흐르던 반딧불이 그리웁다.

건넌집 지붕 위에 검은 하늘 밑으로 오뚝오뚝 피인 하얀 박꽃을 겨누고 날아들던 박나비를 부르던 어린애들의 손뼉 소리가 그리웁다.

우리들의 머리털을 스칠 듯이 저공비행을 하여 모기 사냥을 하던 박쥐 떼의 검은 그림자가 그리웁다. 수채 밑에서 들리어오던 이름 모를 벌레 소리도 그리웁다.

여름밤은 달 밝은 밤보다 검은 밤이 좋다. 그믐칠야가 좋다. 시커먼 송림(松林) 속으로 올빼미 소리가 들리는 그 밤.

(최독견 씨의 소품)

'그리운 시골 밤'이라 하면 그것도 사람마다 다를 것이니 어떤 사람은 달이 밝은 가을밤을 그리워할 것이요, 어떤 사람은 마을꾼들이 '에이 추워' 하며 눈을 툭툭 털고 들어서는 긴긴 겨울밤을 그리워도 할 것이다. 또 같은 사람이라도 처음에는 달이 대낮 같은 가을밤을 그리다가 다시 생각을 돌려 그보다도 시커먼 마당에서 옛이야기를 중얼거리는 여름밤을 그리워하기도 할 것이다.

독견 씨도 다른 철의 밤을 그리다가 다시 여름밤으로 고치었는지 애초부터 여름밤을 생각했는지 그것은 별문제지만 아무튼 '여름의 시골 밤'에서 받은 인상을 처음부터 끝까지 충실히 써 놓았다. '처음의 의도를 끝까지 충실히'를 명심하자.

18. 감각적으로

나의 중학 때 어느 도화(圖畵)시간에서다. 선생님이 '앞에 앉은 사람을 사생(寫生)하라' 하시었다. 그래서 한 학생은 앞에 앉은 학생의 저고리를 그리는데 빛에 농담(濃淡)이 없이 아주 새까맣게 먹칠을 해 놓았다. 선생님은 그 새까만 저고리를 보시고 성이 나시어

"왜 저고리빛이 이렇게 두드러진 데나 구석진 데나 할 것 없이 한 빛으로 새까맣기만 하냐?"

물으시니 그 학생이 선뜻 대답하기를

"선생님 딱하십니다. 동복빛이 새까마니 새까맣게 그리는 수밖에 있습니까?"

하였다. 선생님은 어이가 없어 껄껄 웃으시고

"새까마니까 새까맣게 칠을 했다? 그럼 눈 온 벌판을 그려라 하면 백지 그대로 내놓겠구나."

하시어 반이 들썩하고 웃은 일이 있다.

"눈 온 벌판을 그려라 하면 백지 그대로 내놓겠구나."

한 번 생각할 가치가 있는 말이다.

누구나 눈이 흰 줄을 안다. 눈이 희다는 것은 눈에 대한 개념이다. 눈이란 흰 것이라고 아는 것은 우리의 지식이다. 우리가 개념에서만, 즉 지식에서만 눈이 온 벌판을 그린다면 그야말로 흰 종이를 그대로 놓고 보는 수밖에 없다. 글도 그렇다. 우리가 머릿속에 기억해 넣은 개념, 지식만으로는,

"검은 옷은 검으니라."

"눈 온 벌판은 희니라."

밖에 더 쓰지 못할 것이다.

무론 '눈 온 벌판은 희니라' 하는 것도 글자로 썼으니 글은 글이다. 그러나 맛이 없는 글이다. 정신이 들지 않은 글이다. 주관이 들지 않은 즉 그 글을 쓴 사람의 감정과 아무런 교섭이 없이 나온 글이다. '눈 온 벌판은 희니라' 이 말은 누구나 할 수 있다.

김 모도 할 수 있고 이 모, 박 모, 누구나 다 할 수 있는 말이다. 눈이 흰 줄은 누구나 다 아는 지식이기 때문에.

개념이나 지식으로만 글을 써서는 안 된다. 눈이 희다거나 불이 뜨겁다는 개념, 지식은 다 내어버려도 좋다.

눈이 한 벌판 가득히 덮였으니 보기에 어떠한가. 흴 것은 무론이다. 눈이 희다 검다가 문제가 아니다. 흰 눈이 그렇게 온 벌판을 덮어 놓았으니 보기에 어떠하냐. 어떠한 정서가 일어나느냐 즉 눈 덮인 벌판에 대한 감각이 어떠하냐. 그 감각되는 바를 적을 것이다.

모름지기 먼저 감각해 볼 것이다.

감각하는 데도 남의 간섭을 받기가 쉽다. 옛 사람들이 나뭇가지에 앉은 눈을 보고 '가지마다 이화(梨花)로다' 했다고 자기도 얼른 그 생각이 나서 '참말 가지마다 이화 같구나' 하고 남이 감각해 놓은 것을 그대로 동감하지 말고 남이야 무어라 느끼었든 느끼어 보고 자기에게서 솟아나는 정서를 찾아 그것을 글로 만들 것이다.

오직 자기의 신경에만 충실할 것이다.

"검은 저고리니까 거떻게 칠했다."

틀리는 말은 아니다. 그러나 이 사람은 그 검은 빛을 색채를 분별하는 지식으로 검은 것인 줄만 알고 그렸지, 그 검은 빛을 어떻게 검은가 감각해 보고 그리지는 않았다. 만일 그 검은 빛 위에서라도 제 신경으로 감각해 보았던들 검은 윤곽 안에서라고 어디고 평면적으로 새까맣게만 보였을 리가 없다. 두드러진 데도 있고 구석진 데도 있어 색에 농담이 그 물체의 형상, 성질을 설명하는 것을 못 보았을 리가 없을 것이다.

흰 백합을 보고 그저

"어 백합꽃은 희구나"

란밖에 다른 느낌, 다른 말, 다른 정서를 얻지 못하는 경우에는 애초부터 붓을 들 필요가 없다.

[문례] 가을비

가을이라 하면 누구나 달을 말하고 단풍과 벌레를 말하나 비를 말하는 이는 적다.

시인들까지 그랬다. 달과 단풍이나 벌레 소리에는 들어차게 읊었어도 가을비 소리를 읊은 시인은 적다.

나는 시인이라면 달보다 단풍보다 벌레 소리보다 이 쓸쓸한 가을비 소리를 읊으리라. 얼마나 가을비 소리는 쓸쓸한 소리인가. 얼마나 가을다운 소리인가. 가을은 쓸쓸한 시절이다. 가을비 소리가 더욱 그렇다.

(어떤 학생의 작문)

[문례] 가을비

장독들이 비를 맞고 섰다. 그것들이 어찌 시원해 보이는지 지나다 말고 툇마루에 앉아 바라보았다.

빗발은 고르지 않다. 어떤 것은 실 같이 가늘고 어떤 것은 구슬같이 무거운 것이 떨어져 깨어진다. 이런 무거운 빗발에 맞아 떨어짐인가, 어디서 버들잎 하나가 날아와 장독 허리에 사뿐 붙는다. 버들잎은 '나비인가' 하리만치 노랗게 단풍이 들었다. 벌써 낙엽이었다.

비는 시름없이 내리어 장독들도 버들잎도 묵묵히 젖을 뿐, 나는 손끝에 뛰어오는 몇 방울 빗물에 얼음 같은 차가움을 느끼며 따스한 방 안으로 들어오고 말았다.

(어떤 학생의 작문)

여기 '가을비'를 두고 지은 글이 두 편이 있다. 우리는 다 읽어 보았다. 그런데 어느 글이 더 우리에게 가을비다운 가을비 맛을 전해 주는가.

아무래도 나중의 글이다. 먼저 글은 '가을비'에 관한 개념과 지식뿐이다. 가을비를 눈앞에 보고 느끼어짐을 쓴 것이 아니라 '가을비론(論)'처럼 가을비에 관한 자기의 의견을 말한 것에 불과하여 그 의견에는 동감되는 데가 있을는지 모르나 가을비의 맛을 우리에게 전해 주는 것은 없다. 그런데 나중 글은 한마디도 지식 속에서 나온 것은 없다. 눈으로 보고 손으로 만져본 듯 가을비의 실정(實情)을 느끼고 그것을 솔직하게 적었다.

먼저 글은 그냥 허턱 '얼마나 가을비 소리는 쓸쓸한 소리인가' 하고 정말 그 쓸쓸한 맛을 적어 놓지 않았다. 나중 글에는 '가을'이란 말도 없고 '쓸쓸'하단 말도 없되 읽고 나면 가을 맛이 나고 가을비의 쓸쓸스러운 맛이 절로 느껴지게 되었다.

"가을비는 쓸쓸하니라."

이것은 가을비에 대한 일종의 정의요 지식이다. 정의요 지식인 것을 미리 설명해서는 안 된다. 독자가 그 글로 말미암아서 즉 그 글을 읽고 나서 '가을비는 쓸쓸하구나' 하는 정의를 절로 얻게 해야 한다.

작자의 날카로운 감각이 들여다보이는 글 몇 편을 더 구경하자.

[문례] 즐거운 아침

이슬 가득한 아침 풀밭을 걸어

나무에 등을 기대고 서니

금실의 햇발이

가지와 가지 사이로 빗겨 흘러

내 여윈 발잔등을 씻고 조용하여라.

연한 풀 잎새와 부드러운 바람결

서로 향기로운데

송진 냄새 또한 그윽하니

아 즐거운 아침이여

내 마음 잠깐 여기에 쉬도다.

(김동명 씨 시집 『나의 거문고』에서)

[문례]

풀, 여름 풀

代代木들(野)의

이슬에 젖은 너를

지금 내가 맨발로 삽붓삽붓 밟는다.

연인의 입술에 입 맞추는 마음으로.
참으로 너는 땅의 입술이 아니냐.

그러나 네가 이것을 야속다 하면
그러면 이렇게 하자—
내가 죽거든 흙이 되마
그래서 네 뿌리 밑에 가서
너를 북돋아 주맛구나.

(고 남궁벽 씨의 시 「풀」에서 2절만)

[문례]

어떠한 달밤, 사면은 고요 적막하고 별들은 드문드문 눈들만 깜박이며 반달이 공중에 뚜렷이 달려 있어 수은으로 세상을 깨끗하게 닦아낸 듯이 청명한데 삼룡이는 검둥개 등을 쓰다듬으며 밭마당 멍석 위에 비슷이 드러누워 있어 하늘을 치어다보며 생각하여 보았다.

주인 색시를 생각하매 공중에 있는 달보다 더 고웁고 별들보다도 더 깨끗하였다. 주인 색시를 생각하면 달이 보이고 별이 보이었다. 삼라만상을 씻어 내는 은빛보다도 더 흰 달이나 별의 광채보다도 그이 마음이 아름답고 부드러운 듯하였다. 마치 달이나 별이 땅에 떨어져 주인 새아씨가 된 것도 같고 주인 새아씨가 하늘에 올라가면 달이 되고 별이 될 것 같았다.

더구나 자기를 어린 주인이 때리고 꼬집을 때 감히 입 벌려 말을 하지 못하나 측은하고 불쌍히 여기는 정이 그의 두 눈에 나타나는 것을 다시 생각할 때 그는 부들부들한 개 등을 어루만지면서 감격을 느끼었다.

개는 꼬리를 치며 자리를 귀여워하는 줄 알고 벙어리의 손을 핥았다.

삼룡이의 가슴은 주인아씨를 동정하는 마음으로 가득 찼다. 또는 그를 위하여서는 자기의 목숨이라도 아끼지 않겠다는 의분에 넘쳤었다. 그것이 마치 살구를 보면 입 속에 침이 도는 것 같이 본능적으로 느껴어지는 감정이었다.

(고 나도향 씨의 소설 「벙어리 삼룡」에서)

19. 탄력적으로

탄력, 부드럽고도 저력(底力)이 무한한 힘, 이 탄력이 글에 필요하다. 더욱 무엇을 예찬하는 글에서나 자기의 주장을 남에게 내세워 공명(共鳴), 시인(是認)을 얻으려는 글에서는 그 문장에 꺾으려야 꺾여지지 않는 꿋꿋한 탄력이 있어야 한다. 뜻은 아무리 참된 열정에서 쏟아진 것이라도 문장이 살진 물줄기같이 부드럽고도 꿋꿋하게 흐르는 힘이 없을진댄 그 글을 백 번을 읽어도 그 참된 열정이 시원스럽게 드러나지 못할 것이다. 다음 문례에서 문장이 가진 미끄러운 힘이 얼마나 글 뜻을 싱싱하고 꿋꿋하게 지지하는가를 보라.

[문례] 청춘예찬

청춘! 이는 듣기만 하여도 가슴이 설레는 말이다. 청춘! 너의 두 손을 가슴에 대고 물방아가리 같은 심장의 고동을 들어보라. 청춘의 피는 끓는다. 끓는 피에 동(動)하는 심장은 거선(巨船)의 기관(汽罐) 같이 힘쩍다.

이것이다. 인류의 역사를 꾸며 내려온 동력은 꼭 이것이다. 이성은 투명하되 얼음과 같으며, 지혜는 날카로우나 갑(匣) 속에 든 칼이다. 청춘의 끓는 피가 아니더면 인간이 얼마나 쓸쓸하랴. 얼음에 쌓인 만물은 죽음이 있을 뿐이다.

그들에게 생명을 불어넣는 것은 따스한 봄바람이다. 풀밭에 속잎 나고 가지에 싹이 돋고 꽃 피고 새 우는 봄날의 천지는 얼마나 기쁘며 얼마나 아리따우냐. 이것을 얼음 속에서 불러내는 것이 따스한 봄바람이다.

인생에 따스한 봄바람을 불어 보내는 것은 청춘의 끓는 피다. 청춘의 피가 뜨거운지라, 인간의 동산에는 사랑의 풀이 돋고, 이상(理想)의 꽃이 피고, 희망의 노을이 돋고, 열락(悅樂)의 새가 운다.

사랑의 풀이 없으면 인간은 사막이다. 오아시스도 없는 사막이다. 보이는 끝끝까지 찾아다녀도 목숨이 있는 때까지 방황하여도 보이는 것은 거친 모래뿐일 것이다. 이상의 꽃이 없으면 쓸쓸한 인간에 남는 것은 영락(零落)과 부패(腐敗)뿐이다. 낙원을 장식하는 천자만홍(千紫萬紅)이 어디 있으며 인생을 풍부케 하는 온갖 과실이 어디 있으랴.

이상, 우리의 청춘이 가장 많이 품고 있는 이상! 이것이야말로 무한한 가치를 가진 것이다. 사람은 크고 작고 간에 이상이 있음으로써 생존할 의미가 있는 것이며, 이상이 있음으로써 용감하고 굳세게 살 수 있는 것이다.

석가는 무엇을 위하여 설산(雪山)에서 고행을 하였으며, 예수는 무엇을 위하여 황야에서 방황하였으며, 공자는 무엇을 위하여 천하를 철환(轍環)하였는가. 밥을 위하여서, 옷을 위하여서, 미인을 구하기 위하여서 그리하였는가. 아니다. 그들은 커다란 이상 즉 만천하(滿天下)의 대중을 품에 안고 그들에게 밝은 길을 찾아 주며, 그들을 행복스럽고 평화스러운 곳으로 인도하겠다는 커다란 이상을 품었기 때문이다. 그러므로 그들은 길지 아니한 목숨을 사는가시피 살았으며, 그들의 그림자는 천고에 사라지지 않는 것이다. 이것은 가장 현저하여 일월과 같은 예가 되려니와, 그와 같이 못한 다 할지라도 창공에 번쩍이는 뭇별과 같이, 산야에 피어나는 군영(群英)과 같이, 해빈(海濱)에 번쩍이는 모래와 같이, 진주와 같이, 보옥과 같이 크고 적게 빛나는 모든 이상은 실로 인간의 부패를 방지하는 소금이라 할지며, 인생에 가치를 주는 원질(原質)이 되는 것이다.

이상! 빛나고 귀중한 이상, 그것은 청춘의 누리는바 특권이다. 그들은 순진한지라 감동하기 쉽고, 그들은 점염(點染)이 적은지라 죄악에 병들지 아니하였고, 그들은 앞이 긴지라 착목(着目)하는 곳이 원대하고, 그들은 피가 더운지라 실현에 대한 자신과 용기가 있다. 그러므로 그들은 이상의 보배를 능히 품으며, 그들 이상은 아름답고 소담스러운 열매를 맺어 우리 인생을 풍부케 하는 것이다.

보라! 청춘을! 그들의 몸이 얼마나 튼튼하며, 그들의 피부가 얼마나 생생하며, 그들의 눈에 무엇이 타오르고 있는가. 우리 눈이 그것을 보는 때에 우리의 귀에는 생의 찬미를 듣는다. 그것은 웅장한 관현악이며, 미묘한 교향악이다. 뼈끝에 스며들어가는 열락의 소리다.

이것은 피어나기 전인 유소년에게서 구하지 못할 바이며, 시들어 가는 노년에서 구하지 못 할 바이며, 오직 우리 청춘에서만 구할 수 있는 것이다.

청춘은 인생의 황금시대다. 우리는 이 황금시대의 가치를 충분히 발휘하기 위하여 이 황금시대를 영원히 붙잡아 두기 위하여 힘쩍게 노래하며 힘쩍게 약동하자.

(고 민태원 씨의 「청춘예찬」)

[문례] 삶의 든든함을 느끼는 때

가사 총알 한 방이

지금 내 머리를 꿰어 뚫는다 하자,

그로 인하야 나의 피와 숨결이

과연 끊어질 것인가.

끊어질 것이면 끊어지라 하자,

아아 그러나 나의 이 위대한 생명의

굳세인 힘과 신비로운 조직이야

어이 총알 한 방에 해체될 것인가.

(양주동 씨 시집 『조선의 맥박』에서)

20. 묘사에 대하여

1) 서경의 묘사

묘사란 '그려내는 것'이다. 그림으로 그려내는 것이 아니고 문자로 그려내는 것이 여기서 말하려는 묘사다.

이 묘사에 능하지 못하면 모든 정경, 인물에 '참됨'과 '자연스러움'을 나타내지 못하는 것이니 어떤 글에고 정말 같아서 읽는 사람의 눈에 그 인물, 그 정경이 그대로 보이는 듯하지 않으면 그 글은 실패다.

글을 보는 것은 그림과 같이 어떤 인물이면 인물, 정경이면 정경을 시신경으로 직접 느끼는 것이 아니라 그 글의 묘사에 의지해서 마음속에 추상(推想)해 가지고 보는 것이다. 그러므로 묘사에 만인이 다 같이 수긍할 보편적의 자연스러움, 참다움이 없으면 그 글은 누구의 마음속에서나 자연스러운 추상을 일으키지 못할 것이다. 즉 그 글은 독자의 심안(心眼)에 작자가 보이려던 어떤 종류의 온전한 인물, 온전한 정경을 보이지 못하고 마는 것이다.

그런데 '참됨'과 '자연스러움'은 먼저 사실을 떠나 없을 것이니 언제든지 글뿐만 아니라 모든 표현의 근본이 될 것이다. 절름발이는 어떤 모양으로 다리는 놀리나? 오래 비어 있던 집 마루는 어떤 투철한 표가 있는가? 같은 주린 사람이라도 어린아이의 배고파하는 꼴과 늙은이의 배고파하는 모양이 어떻게 다른가? 모두가 사실에서 평소에 똑똑히 보아 두는 것이 제일이다.

[문례] 나그네

황토 문은 짚세기 보따리.
갓모 제껴 쓰고 하룻길.
숙여 쓰고 하룻길.
길가에 백학이 날 터.
논틀에 앉아 글 한 구.

이름 모를 주막집
길가에 외로이 놓여.
희미한 등잔불.
손자 보고 웃는 얼굴.

노인의 얼굴에 주름이 많아.

산을 넘어 물을 건너
어린아이의 마음같이 고운
백사지(白沙地)를 지나
나그네의 가는 길
외로운 마음…….

(박팔양 씨의 시)

황토 묻은 짚세기 보따리, 갓모, 백학, 논틀, 글 한 구, 주막집, 희미한 등잔불, 노인의 주름살 많은 얼굴, 산, 물, 백사지, 길. 이런 점묘 속에서 우리는 한 시골 접장님의 쓸쓸한 여장(旅裝), 여수(旅愁)를 보는 듯 느낄 수 있다.

[문례]

…… 범죄자의 누명을 쓰고 처자(妻子)까지 잃은 이 내 신세일망정 십여 년이나 정을 들이고 살던 사 개월 전의 내 집조차 나를 배반하고 고리에 쇠를 비스듬히 차고 있는 것을 볼 제 그는 그대로 매달려서 울고 싶었다.

백부(伯父)는 숨이 찰 듯이 씨근씨근하며 쫓아와서

"열대 예 있다."

하며 자기 손으로 열고 들어갔으나 어느 때까지 우두커니 섰었다.

일 개월 이상이나 손이 가지 않은 마당은 이삿짐을 나른 뒷모양으로 새끼 부스러기 종이 조각들이 늘비한 사이에 초하(初夏)의 잡초가 수채 앞이

며 담 밑에 푸릇푸릇하였다. 그의 숙부(叔父)도 역시 이럴 줄이야 몰랐다는
듯이 깜짝 놀라며 한번 획 돌아보고 나서 신을 신은 채 툇마루에 올라섰다.
먼지가 뽀얗게 앉은 퇴 위에는 고양이 발자국이 여기저기 산국화(山菊花)
송이같이 박혀 있다. 뒤로 쫓아 들어온 그는 뜰 한가운데에 서서 덧문을 첩
첩이 닫은 대청을 멀거니 바라보고 섰다가 자기 서재로 쓰던 아랫방으로
들어가서 먼지 앉은 요(褥) 위에 엎드러지듯이 벌떡 드러누웠다.

(염상섭 씨의 소설 「표본실의 청개구리」에서)

이 글을 읽어 보면 정말 오래 비었던 집 마당에 들어서 보는 실감이
난다. 작자가 비었던 집을 잘 묘사했기 때문이다. 이 글에서 '묘사'만을
집어내 보면

1. 고리에 쇠를 비스듬히 차고
2. 씨근씨근 쫓아와서
3. 자기 손으로 열고
4. 어느 때까지 우두커니 섰었다
5. 새끼 부스러기 종이 조각들이 늘비한 사이에 초하의 잡초가 수채 앞
   이며 담 밑에 푸릇푸릇
6. 깜짝 놀라며 한번 획 돌아보고 나서
7. 신을 신은 채
8. 먼지가 뽀얗게 앉은 퇴
9. 고양이 발자국이 여기저기 산국화송이같이
10. 뜰 한가운데 서서

11. 덧문을 첩첩이 닫은 대청

12. 멀거니 바라보고 섰다가

13. 아랫방으로 들어가서

14. 먼지 앉은 요

15. 엎드러지듯 벌떡 드러누웠다

들이다. 이 짧은 글에 얼마나 본 것이 많은가. 또 얼마나 자세히 보았
나. 이 중에서도 고양이의 발자국을 말한 것은 묘(妙)를 얻은 묘사다.
'고양이 발자국' 한마디로 그 쓸쓸하게 밤낮 비어 있던 집안의 정경이
보이는 듯 드러난다.

　이런 묘한 묘사는 글을 써 내려가다 문득 절로 생각나서 쓰는 수도 있
겠지만 대체로는 평소에 이런 정경을 볼 때 무심히 보아 버리지 않고 남
달리 머릿속에 혹은 일기책이나 취재장에 적어 두었다가 이런 경우에
인용하는 것이다. 정경의 묘사를 잘하고 못하는 것은 평소에 유심히 보
고 무심히 보는 데 달린다. 그림 그리는 사람이 늘 스케치북을 넣고 다니
며 어대서고 화면이 될 만한 것이면 스케치를 해 두듯이 우리도 취재장
을 늘 지니고 다니며 글에 나올 만한 정경이면 보는 대로 그려 두자.

　2) 인물의 묘사

　신문에서나 잡지에서 인물을 그린 만화를 보면 사진처럼 세밀하게
그리지는 않았는 데도 꼭 그 사람같이 되어 있다. '간디'라 하면 서양 잡
지에 난 것이나 동양 잡지에 난 것이나 모두 일견(一見)에 '간디로군' 하
리만치 모두 간디답게 그려 놓는다.

만화가들은 어떠한 비력(秘力)이 있어 굵다란 선 몇 개만 가지고도 '그 사람'답게 그리는가. 그것은 아무 비력도 아니다. '그 사람'의 특징을 붙잡아 놓는 데 불과하다. 간디를 그리려면 우선 앵무새같이 등이 굽은 코와 테가 가는 안경과 앞니 빠진 입과 살 없는 얼굴의 윤곽을 그리면 될 것이다.

글에서도 특징만 써 놓으면 그 인물이 나타난다. 그런데 글과 그림이 인물을 묘사하는 데서 다른 것은 성격의 묘사다. 그림은 외모를 그려 놓는 데 그치지만 글에서는 외모보다 오히려 성격을 묘사해야 될 경우가 더 많다.

외모를 묘사하는 데는 그 사람이 실재의 인물이라면 그 인물의 외모가 생긴 그대로, 또 그 사람이 상상에서 나온 인물이라면 자기가 상상한 그대로 특징을 충실히 그리면 될 것이지만 성격을 그리는 데 들어서는 그렇게 단순하지 않을 것이다. 이것은 먼저 글 쓰는 그 사람의 인간적 경험 다소(多少)에 달렸다고도 볼 수 있거니와 아무튼 인정의 기미를 날카롭게 엿보아 그 사람이라야만 할 말할 몸짓, 할 행동을 그려야 할 것이다. 그 사람이라야만 할 이것이 문제다. 이것 역시 평소에 여러 가지 성질의 사람 여러 가지 입장의 사람들을 유심히 보아 두고 적어 두는 수밖에 없을 것이다.

[문례]

형님 되시는 왕의 문약(文弱)을 불만히 여기는 수양대군은 자연히 문학과 풍류를 좋아하는 아우님 안평대군이 미웠다. 더구나 안평대군이 근래에 와서 명망이 크게 떨치어 그의 한강 정자인 담담정(淡淡亭)과 자하문(紫霞

門) 밖 무이정사(武夷精舍)에는 날마다 풍류 호걸들이 모여들어 질탕히 놂으로 세상에서 안평대군이 있는 줄은 알고 수양대군이 있는 줄은 모르는 것이 분하였고 더구나 형제분이 혹시 서로 대할 때면 안평이 형님 되시는 수양을 가볍게 보는 빛이 있을 때에 분하였다. 한번은 무슨 말 끝에 안평이

"형님이 무얼 아신다고 그러시오? 형님은 산에 가 토끼나 잡으시우."

하고 수양대군이 활 쏘는 것밖에 능이 없는 것을 빈정거릴 때에 수양은 분노하여

"요 주둥이만 깐 것이."

하고 벽에 걸린 활을 벗겨 든 일까지 있었다. 그 후부터 수양은 안평을 만나려고 아니하다가 왕께서(세자로 계실 때에) 들으시고 두 아우님을 부르시어 화의를 붙이시었다. 그렇지마는 패기만만하여 안하에 무인한 두 분이 진심으로 화합할 리는 없었다.

(이광수 씨의 『단종애사』에서)

이 글에서 왕과 수양대군과 안평대군 세 분의 각각 다른 성격이 뚜렷이 눈에 보이듯 느끼어진다. 왕의 인자하기만 하고 무슨 일 처리에 무력하신 것과 수양대군의 우악스런 심술딱지와 안평대군은 선비다운 맑은 기품이나 또한 거기 따르는 자기 우월을 느끼는 좀 거만스런 풍모까지 잘 드러나 보인다. 그래서 안평쯤은 '형님이 무얼 아신다고 그러시오?' 할 뻔하고, 수양쯤은 '요 주둥이만 깐 것이' 하고 활을 벗겨들만도 하다. 모두 자연스럽다. 그 말, 그 행동들이 참스럽고 억지들이 없다.

[문례]

군수는 얼굴은 거무튀튀하였으되 키가 설멍하게 큰 데다가 떡 벌어진 어깨와 길고 곧은 다리의 임자이니 세비로나 입고 금테 안경이나 버티고 단장이나 두르고 나서면 그 풍채의 훌륭하기가 바로 무슨 회사의 사장이나 취체역같이 보이었다. 그는 쾌활한 호인물이었다. 결코 남을 비꼬든지 해치지 않는다. 혹 남이 제 귀에 거슬리는 말을 해도 마이동풍(馬耳東風)으로 흘려들었다. 그는 재판소와 도청에 출입하는 기자인데 아침에 들어오면 모자를 쓴 채로 단장을 휘휘 내두르며 편집실로 왔다 갔다 하다가 누구에게 향하는지 모르게 싱긋 웃으며

"인제 또 가 봐야지."

하고 홱 나가버린다. (…중략…)

세환은 군수와 정반대로 키도 작달막하고 몸피도 가냘펐다. 얼굴빛까지 해끔하되 새까만 눈썹과 오똑한 코며 얼굴의 째임째임이 제 체격과 어울리게 매우 조직적이었다. 대가리를 까불까불하며 궁둥이를 살랑살랑 흔들며 걸어 다니는 모양은 일본 사람으로 속게 되었다. 그는 경찰서를 도는 기자인데 군수와 달라 자료를 다부지게 수집도 하고 기사도 곧잘 만들어 쓰되, 제 쓴 것이 실리지 않는다든지 귀에 거슬리는 말을 듣는다든지 하면 왼종일 입을 꼭 다물고 쌔근쌔근하다가 기사 한 줄 안 쓰고 홱 뛰어나간다.

(현진건 씨의 소설『지새는 안개』에서)

우리는 군수라는 사람과 세환이란 사람을 실지로 사귀어 안 듯 그들의 각각 다른 풍모와 성격이 눈에 보인다. 누구에게 향하는지 모르게 싱긋 웃으며 '인제 또 나가 봐야지' 하고 홱 나가는 것은 키 설멍하고 사

람 좋은 군수에게 잘 어울리는 행동이요, 조금만 비위가 상해도 왼종일 입을 꼭 다물고 쌔근쌔근하다가 기사 한 줄 안 쓰고 홱 뛰어나가는 것은 키 작달막하고 얼굴 해끄므레하고 까불까불하고 다닌다는 세환이로서 또한 함 직한 행동이다. 그들의 생김생김과 하는 행동들이 제대로 어울리기 때문에 그들은 천연스러운 사람 즉 한 성격자들로서 움직이는 것이다.

21. 영탄에 대하여

서투른 글은 흔히 영탄에서 그 서투른 솜씨가 드러난다. 아껴야 할 '오!', '아!', '이여!' 들을 함부로 헤프게 쓰는 때문에다.

"오! 밝은 달이여!"

"아! 사랑하는 친구여!"

하고 읽는 사람의 입으로는 조금도 천연스럽게 나가지지 않는 경우에도 저 혼자 감격하였다 하여 첫머리 나중 할 것 없이 '오!', '아!'를 늘어놓는다.

쉽게 말하면 '오!'나 '아!', '이여!' 같은 것은 읽는 사람으로도 천연스럽게 나와지는 자리에만 놓여져야 할 것이다. '아!'나 '오!'는 말이 아니라 감격한 기운을 표현하는 부호다. 그렇기 때문에 글로 먼저 독자도 감격하리만치 적어 놓은 다음에 필연적으로 '오!', '아!' 하고 기운이 터져 나올 자리에 가서만 쓰는 것이 정말 영탄의 가치가 있을 것이다.

그러므로 영탄의 글일수록 발표하기 전에 저 혼자 많이 음독해 보

라. 소리를 내어 읽어 내려가다가 '오!'나 '아!'나 '이여!' 소리가 자연스럽게 터지는 듯 나오지 않거든 그 '오!', '아!', '이여!'는 지워 버려라. 그리고 만일 먼저 '오!', '아!', '이여!'를 적어 놓지 않은 곳이라도 정말 정열이 격하여 그냥 지나치기에는 가슴이 답답한 자리이거든 새로라도 용감하게 써 넣을 것이다.

[문례] 의(義)의 인(人)

"친구여 그대의 팔에 웬 허물인고?"

"이것은 쇠사슬 자국, 의를 위해 옥에 매였을 때의 쇠사슬 자국."

"친구여 얼마나 아팠을꼬. 아아 애달파라."

"그것도 아프기는 아프더라마는 불의를 보고 참기보다는 수월할러라. 팔목의 허물이 나아갈수록 불의의 아픔이 더욱 재우치니 친구여 나는 또 쇠사슬에 매이러 가노라."

"아아 거룩한 벗이여. 나도 함께 내 몸에도 의의 인을 맞히어지이다."

(이광수 씨의 시)

이 글에서 누가 '아아 거룩한 벗이여'에 '아'나 '이여'를 빼어 버리고도 천연스럽게 읽을 수 있을 것인가? 못할 것이다.

[문례] 대지와 생명

대지.

종자의 발아.

성장.

개화.

결실.

대지의 애(愛)여.

생명의 불가사의여.

(고 남궁벽 씨 시)

22. 글의 통일

글의 생명은 무엇보다 통일에 있다. 먼저 그 글이 가진 내용, 즉 사상이 통일 그것이라야 하고 다음으론 그 글의 형식 즉 문체가 통일된 것이라야 한다.

사상이라 하니까 큰 인생관이나 사회관만을 가리킴은 아니다. 크거나 적거나 어떠한 것이고 간에 그 글의 뜻, 그 글을 쓴 사람이 남에게 전해 주려는 그것을 가리켜 하는 말이다.

아무리 짧은 글이나 아무리 긴 글이나 그 글 속에는 무엇이고 뜻이 있을 것은 무론이다. 그 뜻이 한 가지 성질의 것으로 되라 함이다. 통일이란 쉽게 말하면 한 가지가 되라 함이다. 한 편의 글이면 그 속에는 한 가지의 뜻만 살리게 하라 함이니 가령

"나는 여름이 좋아."

하는 글에다가

"그렇지만 백 도가 넘는 더위를 생각하면 겨울이 더 좋아."

하고 끝을 맺으면 결국 그 글은 여름을 좋아한다는 것인지 겨울을 좋아

한다는 것인지 알 수가 없게 된다. 이런 글은 그 뜻이 통일되지 않은 글이다.

뜻만 아니라 형식 문체에 있어서도 그러하다. 한 편 글 속에 어떤 구절에서는

'…… 하며 있다.'

하고 어떤 구절에서는

'…… 했었다.'

해서 현재와 과거를 불규칙하게 혼동해 쓰는 것이나, 어떤 구절에서는

'…… 했습니다.'

하고 어떤 구절에서는

'…… 했다.'

해서 경어와 평어를 섞어 쓰는 것은 통일되지 않은 문체다. 이런 글은 읽는 사람의 정신을 혼미하게 할 뿐 아니라 쓴 사람의 머리가 얼마나 치밀하지 못하다는 것을 드러내 보이는 것이니, 발표하기 전에 주의해 볼 것은 물론이거니와 애초에 집필할 때부터 문체 통일에도 관심할 필요가 있는 것이다.

23. 점정(點睛)의 묘

용을 그리는데 몸과 비늘과 입수염까지 다 그리고 나서 눈을 맨 나중에 그린다. 눈을 그리기 전까지는 모든 형태가 다 훌륭히 그려졌더라도 이곳을 쏘아보고 움직이려는 산 기운이 나지 않다가 최후에 한 붓

으로 찍는 그 눈 한 점으로 말미암아 뻔적하고 꿈틀거리는 생기가 드러난다 한다.

그 눈을 그리는 최후의 한 점을 점정이라 한다.

글에도 그것이 있다. 글에도 점정의 묘미가 있는 것이다. 끝에 가서 한마디 말이 뻔적하고 빛을 내어 그 글 전체를 밝히고 빛내는 것을 볼 수 있다.

[문례] 고향 생각

어제 온 고깃배가 고향으로 간다 하기
소식을 전차하고 갯가으로 나갔더니
그 배는 멀리 떠나고 물만 출렁거리오

고개를 수그리니 모래 씻는 물결이요
배 뜬 곳 바라보니 구름만 뭉기뭉기
때 묻은 소매를 보니 고향 더욱 그립소

(이은상 씨의 『노산 시조집』에서)

이 글에서 나중 '때 묻은 소매'란 다섯 글자는 발광주(發光珠)와 같은 아름다운 글자들이다. 나중 한 점의 눈알이 용 전체를 살리듯 '때 묻은 소매'란 한 마디가 이 글 전체의 정을 불질러 놓는다.

24. 작문의 수정과 처리

1) 쓰려던 것과 써진 것

글을 다 쓰고 나서 무엇보다 먼저 살필 것은 '쓰려던 것과 써진 것'의 대조이다. 애초에 내가 붓을 들 때 쓰려던 글이 이런 글인가 즉 이 글이 내 마음먹은 대로 된 것인가 아닌가를 반드시 따져 보아야 할 것이다. 누구나 쓰던 글이 끝이 나면 대강 문체의 통일이나 보고 오자, 탈자나 한 번 더듬어 보면 고만인 것이 보통이다.

문체를 보고 오자, 탈자를 살피는 것도 으레 해야 될 일이겠지만 그보다도 먼저 필요한 것은 쓰려던 것과 써진 것의 대조이다.

글은 말처럼 얼른 마음먹은 대로 나와지지 않는다. 글은 마음먹은 대로 표현하기에 적당한 '문장을 만들어야' 하는 노력이 중간에 들기 때문이다. 그러므로 정신이 문장에 쏠리다 보니 처음 '이러한 글을 쓰리라' 하던 그 마음을 얼마간 잊어 버리고 달아나기가 쉽다. 그래서 다 써 놓고 보면 처음 쓰려던 것과 똑같지 않은 수가 많다. 그런 글은 결코 만족하지 말아야 할 것이다. 이렇게 길고 어렵게 쓰려고는 생각지 않았는데 왜 이렇게 길고 어려운 글이 되었나.

애초에 나는 오월 달 하늘의 맑고도 그 부드러움으로 가득 찬 것을 그리려던 것인데 써 놓고 보니 맑은 맛은 나왔으나 부드러운 맛이 나오지 않아 가을 하늘이 되고 말았다.

이렇게 쓰려던 것과 써진 것이 동일한 것이 되지 않은 때는 결코 그 글에 만족할 배 아니요 언제까지든지 자기의 쓰려던 그 글이 나오도록 몇 번이고 다시 지어야 할 것을 잊어서는 안 된다.

그러므로 내 자신이 써 놓은 글이라도 남을 시켜 쓴 것처럼 내 마음에 드나 안 드나 즉 내가 처음 마음먹은 대로 써 놓았나 못 써 놓았나를 살펴보고 조금이라도 당치 않은 것이면 아깝지 않게 내어 던지라. 몇 번이고 다시 써서 '써진 것'이 조금도 불만한 데가 없는 '쓰려던 것'이 되었거든 그제 발표하라.

2) 백 번이라도 고치고

글을 단번에 써서 한 자도 고치지 않고 내어 놓은 것을 자랑으로 아는 이가 있다. 또 한 번 쓴 글은 여러 번 고치는 것을 부끄러워하는 이도 있다.

이런 사람들은 똑같은 어리석은 사람들이다. 문장가로서 자격이 없다 해도 과언이 아닌 것이 문장의 성질을 모르는 사람들이기 때문이다.

문장의 성질은 고칠수록 좋아지는 그것이다. 같은 글이면 두 번 고친 것보다는 세 번 고친 것이 더 나을 것이요, 열 번 고친 것보다는 열한 번 고친 것이 또 나을 것이다. 이것은 문장의 법칙이라 해도 상관없을 것이다.

백 번이라도 고치고 또 고치고 하는 것처럼 무서운 것은 없다. 천재보다도 백 번이라도 고치고 또 고치는 그 성의와 여유야말로 무서운 것이다. 그러므로 러시아의 문호 도스토옙스키는 '나에게도 자꾸 고칠 시간의 여유만 충분히 있으면 결코 투르게네프에게 떨어지지 않는 문장을 발표하겠다마는……' 하고 한탄한 것이다. 도스토옙스키는 구차하였다. 그래서 원고를 쓰는 대로 출판사로 보내야 아침거리 저녁거리가 나오는 형편이니까 글을 오랫동안 자기에게 두고 고쳐 보지 못했다. 그러나 투르게네프는 부자였으므로 원고료가 급해 발표에 서둘러 본 적은 없었다. 몇 달이고 몇 해 동안이고 자기 책상 서랍에 넣어 두고는 늘 새 정신으로 고치고 또 고치고 해서 자기의 힘으로는 더 어찌지 못할 만치 된 후에야 비로소 발표했다. 그래서 그의 문장은 러시아 문학에서 으뜸이라 한다. 역시 러시아 작가인 고리키도 소설을 한 편 쓰면 어찌 오래 두고 고치기만 했던지 한번은 그의 친구가 '자네 그렇게 자꾸 고치기만 하다가는 나중엔 어떤 남녀가 있었다. 그들은 사랑하였다. 죽었다. 이 세 마디밖에 안 남겠네' 하였다는 말도 있다. 중국의 소동파도 그의 유명한 「적벽부」를 지었을 때 친구가 찾아가 '며칠이나 두고 고치었느냐' 물으니 소동파는 '무얼 지금 막 지었네' 하고 단번에 지은 것인 체 자랑하였다. 그러나 소동파가 밖에 나간 틈에 친구가 자리를 들춰 보니 그 밑에는 「적벽부」를 고친 종이 부스러기가 자리가 들썩하도록 수북하게 쌓여 있었다 한다.

아무리 천재라도 훌륭한 글일수록 난산(難産)인 것이다.

그런데 단김에 자꾸 고치는 것은 도리어 파다. 그 글을 쓴 그 자리에선 그 글에 냉정한 의식을 갖기 어려운 것이니 우선 뚜렷한 흠만 고쳐서는 넣어 두었다가 하루 뒤에고 며칠 뒤에 꺼내 놓고 냉정한 머리로 읽어볼 것이다. 그러면 자기의 글도 남의 글처럼 잘된 데와 못 된 데가 환하게 보이는 것이다. 이렇게 여러 번 할수록 그 글이 점점 더 좋은 글이 될 것은 물론이다.

여러 번 고치기를 부끄러워하거나 싫어하는 것은 훌륭한 문장을 낳아 보지 못할 장본이다.

3) 문제(問題)를 다시 보고

이제 여기서 '문제를 다시 보라' 함은 문제 역시 고칠 수 있나 없나 보라 함이다. 문제를 근본적으로 갈라는 것이 아니요 본문을 여러 번 고쳐서 자기 힘으로선 더할 나위 없이 최선의 글을 만들 듯이 문제도 그 글에는 오직 하나일 최선의 것을 찾아 붙이도록 노력하라 함이다.

문제는 그 글의 이름이다. 사람의 이름은 행렬 자에 맞춰 짓기라도 하는 것이지만 글의 이름을 짓는 데는 그 글 자체의 내용을 떠나서는 아무런 표준도 없는 것이다. 오직 그 글의 내용을 완전히 음미하여 가지고 가장 요령 있는 짧은 말로 그 글을 대표시키면 고만이다.

문제를 정하는 대로 적어도 다음과 같은 몇 가지의 용의(用意)가 필요하다.

첫째 동뜨지 않을 것이니, 어디까지 본문의 내용에만 솔직할 것이요.

둘째 매력이 있을 것이니, 본문보다 큰 글자로 쓰여지는 문제가 얼른 독자의 마음을 끌어야 자질구레한 본문까지 읽혀질 것이다.

셋째 새 것일 것이니, 사람의 이름도 흔히 있는 '정희'니 '복동'이니 하면 새로 듣는 맛이 없듯 글에서도 그럴 것이다. 될 수 있는 대로 남이 이미 붙여 놓은 이름은 피하고 새 것을 지어 문제만 들어도 새로운 맛이 나게 할 것이다.

4) 문집을 만들라

글은 마음의 사진이다. 학교에서 지었든, 집에서 혼자 지었든 자기의 마음에서 우러난 것임은 틀리지 않을 것이다. 글은 그때그때의 마음을 박아 놓은 사진이다.

우리는 얼굴을 박인 사진은 끔찍하게 간직하여도 마음의 사진 글은 함부로 굴리는 것이 보통이다.

학교에서 끗수를 받은 작문이라도 다시 정서(淨書)하여 꼭 모아 두라. 일 년치씩 모아서 아름다운 뚜껑을 만들어 책을 매어 두면 그것은 후일에 얼굴 사진의 앨범보다 더 몇 배 재미있고 유익한 '마음의 앨범'이 되는 것이다. 외국에서는 학교에서 다 '자기의 문집'을 만들게 시키기도 하는 것이다.

요즘은 잡지가 많이 나서 글을 처음 쓰는 사람도 널리 발표해 볼 기회가 많다. 그러나 발표하는 것만 수는 아니다. 차라리 자기 문집 속에 넣어 두었다가 이 담 문장이 훌륭해진 그 날에 자신이 있게 고쳐서 발표하는 것이 현명한 일일 것이다.

아무튼 한두 줄의 산문이라도 정서하여 모아 두라. 그것은 단순히 취미로 보더라도 고상한 것임에 틀리지 않음이니.

25. 문제(問題), 서식, 기타

1) 문제와 자연

자연계는 모든 것을 믿어도 좋다. 인간계에는 믿을 만한 사람보다 못 믿을 사람이 더 많고 참된 사실보다 거짓됨이 더 많지만 자연계엔 거짓된 것이라고는 조금도 없다. 바라보면 오직 아름답고 참되고 엄숙할 뿐 그리고 모든 것이 신비로워서 고요한 마음을 가진 사람에겐 무한

한 속삭임으로 지혜를 열어 준다. 아무리 어린아이에게라도 자연계는 아름다운 그림이며, 아무리 늙은 어른에게라도 자연계는 다 읽지 못한 진리의 독본이다.

그만치 자연계는 아름답고 또 한없이 깊은 것이다. 그 속은 선과 진의 바다다. 오직 아름다움과 참된 것으로 찬 자연계는 그것을 바라보고 느끼는 것도 오직 아름다움이요 참된 일일 것이다. 처음 무엇을 생각하는 사람, 처음 무엇을 글로 그려 보는 사람을 위해서는 자연계는 좋은 재료를 무한히 가진 보고(寶庫)이다.

자연계에서 쉽게 문제가 될 만한 것을 철을 따라 얼른 생각나는 대로 들어 본다.

봄. 삵, 남은 눈, 이슬비, 풀, 버들, 아지랑이, 나비, 진달래, 개나리, 살구꽃, 복사꽃, 꾀꼬리, 벌, 장다리꽃, 고사리, 뻐꾹새, 제비, 흙

여름. 신록, 방초, 매미, 구름, 소낙비, 오이, 참외, 복숭아, 반딧불, 무지개, 개미, 채송화, 백일홍, 활련, 단풍, 작약, 장미, 개구리, 개울, 딸기, 박꽃, 호박꽃, 창포, 도라지꽃, 해바라기, 백합, 달리아, 폭포, 박쥐, 이슬, 바다, 산, 모래밭, 은하, 노을, 안개

가을. 달, 조각구름, 찬바람, 찬비, 찬물, 코스모스, 밤, 배, 사과, 포도, 마른 풀, 과꽃, 잔디밭, 단풍, 국화, 오동, 기러기, 벌레 소리, 감, 대추, 배, 버섯, 높은 하늘

겨울. 눈, 얼음, 바람, 잎 떨어진 나무, 소나무, 참새, 수선화, 매화, 겨우살이, 별, 흐린 하늘, 눈보라, 긴 밤 개 짖는 소리

2) 서식에 대하여

직업 때문에 더러 남의 글을 취급해 볼 때마다 가끔 이런 몇 가지를 느끼곤 했다. 즉 이런 몇 가지를 글 쓰는 분들이 주의해 주었으면 하였다.

첫째, 문제는 선뜻 눈에 띄게 크게 쓸 것.

둘째, 이름은 끝에다 쓰지 말고 문제 다음 줄에 써 놓을 것.

셋째, 구두(句讀)를 똑 똑 떼어 쓸 것.

넷째, 적당한 데 가서는 새 줄을 잡아 쓸 것.

다섯째, 첫머리와 새 줄을 잡아 쓸 때마다 한 자씩 떨구어 쓰기 시작할 것.

여섯째, 말이 임시로 끊어지는 데는 점을 찍고, 아주 끊어지는 데는 동그라미를 칠 것.

일곱째, 페이지마다 차례 숫자를 기입할 것.

여덟째, 끝에는 '끝'이라거나 '연월일'을 적어서 끝이 났다는 것과 '계속' 하라거나 '미완'이라고 적어서 끝이 안 났다는 것을 얼른 보고 알게 해 줄 것.

아홉째, 흘려서 쓰지 말 것 들이다.

이 중에 무엇보다 필자 자신을 위해 손(損)인 것은 흘려 쓰는 것이다. 문장은 아무리 훌륭하더라도 흘려 써서 알아보지 못할 글자가 있으면 그 글은 문장이 훌륭한 채로 술술 읽혀지지 않고 떠듬거려질 것이다. 떠듬거려지는 글은 읽는 이의 마음을 제대로 울려주지 못할 것이다. 더구나 이것이 심하면 읽는 사람의 짜증을 사기 쉬운 것이니 그런 글은 끝까지 읽혀지기도 전에 흔히 휴지통으로 들어가고 마는 것이다.

문자는 모름지기 똑똑히 쓸 것이다.

3) 안 써야 할 한자 단어들

한자 글자를 많이 써야만 유식한 줄 여기던 그 어리석은 시대는 지나갔다.

"될 수 있는 대로 한자를 쓰지 말자."

이것이 오늘 시대에 있어서는 유식한 사람들의 주장이다. 될 수 있는 대로 한자를 쓰지 말자. 물론 '될 수 있는 대로'다. 일조일석에 한자를 전혀 폐지할 수는 없겠지만 우리글로 넉넉히 쓸 수 있는 말을 공연히 어려운 한자로 표시할 필요는 정말 없는 것이다.

그것도 '漢文'이라 '學校'라 '理想'이라 이와 같은 단어들을 한문으로 쓰는 것은 '한문'이라 '학교'라 '이상'이라 쓰는 것보다 차라리 우리 눈에 익기도 하고 정당하게 관념화한 문자들이니 구태여 쓰지 마라 할 필요가 없겠지만, 본래 한문으로 적은 말도 아니요 또 어원은 비록 한자에서 나온 말이기로니 우리글로 적어서 넉넉한 말임에야 하필 어렵고 당치않은 한자로 적지 못해 애를 쓸 필요는 없는 것이다. 음이 맞고 뜻이 비슷하다 해서 함부로 한자를 주워 맞추어 쓸 필요는 조금도 없는 것이다.

요즘 흔히들 무리하게 한자로 적는 단어들을 생각나는 대로 들어 보겠다.

'구경'을 求景
'지금'을 只今 卽今
'작란'을 作亂
'분주'를 奔走
'재미'를 滋味

'조용'을 從容

'자세'를 仔細

'생각'을 生覺

'내일'을 來日

'분간'을 分揀

'대신'을 代身

'생기므로'를 生起므로

'갑자기'를 急作이

'나'를 吾人

'우리'를 我等 吾等

'동무'를 同伴 同謀

'자연히'를 自然的

'간혹'을 間或 或間

'서랍'을 舌盒

'이치'를 理致

'애처롭다'를 哀悽롭다 등

　하기는 '구경'은 '求景'에서 나온 말이요 '생각'은 '生覺'에서 나온 말인지도 모른다. 그러나 그 말이 어디서 나온 말이든지 그 출처는 알 배 아니다. '구경'이라 하면 한자로 '求景'을 쓸 줄 모르는 사람들도 다 알아듣는 우리말이 되었고 '생각'이라 하면 한자로 '生覺'을 적을 줄 모르는 사람들도 다 알아듣는 우리말이다. 이미 우리의 말인 것을 구태여 한자로만 적기에 몰두할 필요는 없다. '구경'을 '求景'이라 쓰는 것은 털끝

만치도 이로울 것이 없는 일일진대 어려운 한자를 되도록 폐지하자는 주장에서 그냥 우리글로 '구경'이라 '생각'이라 쓰자.

적어도 위에 열거한 단어들은 반드시 우리글로만 썼으면 한다.

26. 작문의 사다(四多) – 다독(多讀), 다작(多作), 다사(多寫), 다개(多改)

이런 이야기가 있다.

한 사람이 아무리 글을 잘 지어 보려고 애를 써도 되지 않는다. 그래서 한번은 글을 잘 짓는 사람을 찾아가 물었다.

"자네는 어떻게 그렇게 글을 잘 짓나? 자네만 아는 무슨 방법이 있나?"

"암 방법이 있지."

"좀 알려 주게."

"한턱 잘 내야지."

정말 한턱을 내었는지는 모르되 이렇게 말했다 한다.

"별반 방법이 없네. 그저 다독다작하게."

좋은 이야기다. 다독다작이면 안 될 리 없을 것이다.

그런데 나는 이 '다독다작'에서 한걸음 더 나아가 다사(多寫), 다개(多改)를 더 붙여 말하고 싶다. 남이 써 놓은 좋은 문장을 많이 읽는 것도 좋지마는 그 문장을 한번 붓을 들고 베껴 보는 것은 열 번을 읽는 것보다 나으며 여러 번 새 글을 지어 보는 것보다는 한번 지은 글을 오래 두고 여러 번 고치는 것이 훨씬 나은 줄 믿는다.

남의 훌륭한 문장을 베껴 보라. 그냥 읽는 것과 베끼는 것이 엄청나게 다르다. 남의 글을 베낄 때는 그 사람의 글 쓴 심리와 호흡까지를 한 가지로 경험해 보는 때문이다.

　남의 글뿐 아니라 자기의 글도 그냥 놓고 고치려고 할 때에는 더 고칠 데가 없다가도 다른 종이에 다시 한번 옮겨 쓰다가는 흔히 더 고칠 데를 발견하는 수가 있다.

　그리고 다개, 즉 많이 고치라는 것은 위에서 말한 데가 있다.

　[부기(附記)] 첫머리에서도 말했거니와 첫째 내 공부 삼아 작은 경험임을 무릅쓰고 여기까지 써 왔다. 12월 11일.

『중앙』 2권 6호~3권 1호, 1934.6~1935.1

국어,
문장,
문학

소설과 문장

소설의 문장에는 회화문(會話文)과 지문(地文)의 두 부분이 있습니다. 우리는 이것을 확실히 구별해야 합니다.

1. 지문에 있어서

1. 감상적(鑑賞的)이어야 합니다. 감각적(感覺的)이라야 맛이 있어야 합니다. 맛을 너무 보지 말아야 합니다. 방이 추잡한 것을 '진날 돼지 우릿간 같으다'고 한 이가 있는데 진날은 고만두는 게 좋습니다.

2. 형용사에 진실성을 중요시해야 합니다. 가령 배가 몹시 고파서 쓰린 것을 '뱃속으로 구루마를 끌고 가는 것 같다'고 한 이가 있는데 이것은 너무 엉뚱함입니다. 그러나 물론 '채찍 같은 비', '지둥 치듯 하는 바람'이니 하는 말은 실상은 그렇기야 하겠습니까마는 우리가 항용 하는 말이니 이렇게 써도 좋습니다. 어느 시인은 시를 쓰느라고 몸이 마른다고 합니다. 문장을 쓰는 데도 그래야 합니다. 한 자 한 자를 허술히 쓰지 말아야 합니다.

3. 한 말에게 전권(專權)을 주어야 합니다. 한 말을 쓴 다음에는 그 말에 비슷한 말은 쓰지 말아야 합니다. 다음 글에 있어서

'그는 성구의 일행이 탄 배가 까뭇까뭇 저 멀리 보이지 않을 때까지 바닷가에 있는 바위 뒤에 홀로 서서 바래주고…….' 까뭇까뭇과 저 멀리 있다는 것을 알 수 있습니다. 또 바닷가에 있는 줄 알겠습니다. '저 멀리'와 '바닷가에 있는' 하는 말은 삭제하는 게 좋습니다.

4. 말이 정확해야 합니다. 그러나 이 정확은 과학적 정확과는 구별되어야 합니다.

5. 말에 부작용이 있으면 작용을 방해합니다.

6. 소주관(小主觀)을 피해야 합니다. 자기의 주관을 바로 써서 독자에게 마치 강제할 게 아니라 독자가 자연히 감정에서 그 주관을 얻게 해야 합니다.

7. 표준어를 써야 합니다.

2. 회화에 있어서

음성 본위여야 합니다. 문법은 생각지 말아야 합니다. 소설에 인물이 이렇게 말한다면……

"아야, 삼막 죽이네."

"질 아프레, 고깟 질."

이렇게 써도 좋습니다.

『사해공론』 1권 2호, 1935.6

한글 문학만이 조선 문학

『열하일기(熱河日記)』『구운몽(九雲夢)』 등의 문제(問題)는 조선 문학사(朝鮮文學史)를 쓸 이들이 연구 처리할 바이요, 한글이 유일한 또 완전한 우리글로 인정된 이 시대부터는(과거엔 어떤 예외가 있었던 간에) 첫째, 조선글로 된 것이라야 '조선 문학'일 터이지요. 조선 사람이 썼더라도 조선말이 아니면 '조선 문학'이 아니요, 외국인이 썼더라도 조선말이면 그것은 훌륭히 '조선 문학'이리라 생각합니다.

『삼천리』 76호, 1936.8

문장일어(文章一語)

『춘금초(春琴抄)』의 좋은 점은 그 문장에 있다. 그런데 『춘금초』의 나쁜 점도 또 문장에 있으니 그 문어체는 동양적인 점과 함축에 부(富)한 점에는 장(長)한 반면에 말들이 개념화되지 않을 수가 없어서 말초적인 감각성을 잃어 버리는 것이다. 그래서 단적으로 구체적이게 무엇을 묘사해 놓지 못한다. 보통 산문이면 모르거니와 소설이나 희곡에 있어선 아무래도 문어체는 부적당한 줄 느껴진다. 우리 문장에 있어서도 공연히 청각에만 좋은 번지르르한 문장에 끄을려선 안 될 것이라 생각된다.

『조선문학』 13호, 1937.6

국어에 대하여

민족과 언어

조선 의복만 입고 살던 사람이 갑자기 양복을 입고는 살 수가 있고, 조선 음식만 먹던 사람이 갑자기 양식을 먹고는 견딜 수가 있되, 조선말만 알던 사람이 갑자기 외국어로는 언어의 목적을 달하지 못하는 것이다. 습관을 가장 바꾸기 힘든 것이 언어이기 때문에 민족 문화의 가장 근본적인 것이 언어요, 가장 숙명적 고유 관계의 것이 언어라 하겠다. 어떤 민족이나 저희 문화 중에 의복이나 음식이나 주택은 일조일석에 개혁할 수 있으나 저희 언어만은, 설혹 타국 것에 비기어 결함이 많다 하더라도 타 부문의 문화처럼 일조일석에 개혁할 수는 없는 것이다. 소위 유신(維新) 오십 년의 문화를 세계에 뽐내던 일본도 그 오십음(音)밖에 없는 세계적으로 빈약한 언어만은 일 음을 가하거나 개혁하지 못한 채 왔을 뿐 아니라 도저히 정리해 낼 수 없을 정도로 외래어 혼란에 빠지면서도 거의 수수방관했던 것이다. 언어만은 일조에 어쩔 수 없는 민족 문화의 골수인 것으로서, 이것이 한번 길을 잘못 들어 자민족에게 도태되기 시작하면 여간해 만회하기 어려운 것이며 한번 그 언어가 자민족에게서 떠나 버리면 그때는 그 언어만이 소멸되는 것이 아니라 그 언어의 주인, 그 민족까지도 다른 새 어족이 되어 버리고, 본래의 원민족으로는 성격적으로 파산, 소멸되고 마는 것이다. 이것은 만주어와 만주 민족의 예로 요연(瞭然)할 것이니, 이러한 실례가 있기 때문에 일제가 조선 민족을 외과적으로 수술하려는 최후 정책으로서 우리 민족에게서 우리 언어를 도태시키려던 것이다. 만주 민족은 조선 민족과는 반대로 정치적으로는 한(漢)민족을 정복하고도 문화적으로는 도리어 삼켜진 것이니, 문화란 정치보다도 기동성(機動性)이 위대함을 느낄 수 있는 것이다. 만일 우리 조선이 그 언어에서부터 일상생활의 모든 문화가 일본 것보다 저열했다 하면, 조선 민족은 일본 정치가 강압적으로 저희 문화에 이끌지 않더라도 가속도로 동화되었을 것이요, 8·15 이후에도 좀처럼 일어(日語)나 일풍(日風)의 기반(羈絆)에서 벗어나기 힘들 것이다.

8·15 하루를 경계로 획연(劃然)하게 언어를 비롯해 모든 우리 문화의 면목이 일신(一新)하게 드러나는 것은, 과거에는 일본을 지도하는 위치에 있었던, 엄연히 저들의 것보다 우수한 문화 민족이었다는 것이 실증되는 것이다.

이제 우리 민족의 이 숙명 문화인 조선어는 어떤 언어인가?

아무리 숙명적인 것이라 하더라도 언어는 자연은 아니었다. 야생의 초목처럼 절로 낳아 있는 것을 사람이 섭취한 것이 아니요, 사람, 즉 그 민족이 그들의 표현 의욕에 의해, 그들의 언어 신경의 예둔(銳鈍)을 따라 우수하게, 혹은 저열하게 제작된 민족 최초의 수공업적인 문화인 것이며, 그러나 공업품과 같이 근본적 개혁은 되지 않는, 민족 최초이며 최후인 영원의 문화인 것이다. 그러므로 언어는 어느 문화보다도 그 민족과 운명을 같이할 것이다. 조선어가 없어질 뻔했으니 조선 민족이 성격적으로 없어질 뻔했고, 조선 민족이 해방되었으니, 그 순간부터 같이 해방된 것도 조선어인 것이다.

　그러면 먼저 조선어의 작자, 조선 민족은 언어 신경이 예리한 편인가 둔한 편인가? 다른 민족과 비기어 언어의 적정 표현에 보다 더 노력한 민족인가, 보다 더 방심해 버린 민족인가?

　나는 깊이는 모르나 상식 정도로 생각해 볼 때, 조선 민족은 다른 면에선 둔했을는지, 언어 신경만은 어느 문명 민족보다도 예리했고, 다른 면에선 방심했을는지, 언어의 적정 표현에만은 어느 문명 민족보다도 노력했다고 생각한다.

　일제 시대 조선 총독부에서는 조선인의 가축에 사용하는 말만 모흔 사전이 있었다 한다. 소로 밭을 갈 때 보더라도 조선 사람은 채찍보다 말(언어)을 더 많이 써서 소를 부리는 것이다. 어느 민족에게도 가축에 쓰는 말이 전혀 없을 리는 없지만 조선에는 사전이 되리만치 풍부한 것을 보더라도 조선인은 대답을 못하는 상대방에까지 말로써 의사를 전달하려는, 즉 표현 의욕이 언어 편에 왕성했던 것을 알 수 있는 것이며 아래에 순차로 이야기하려니와 감각어, 특히 의음어, 의태어 등과 '토'의 완비한 것이란, 언어 신경이 어느 민족보다도 예리했고 언어의 적정 표현에 어느 민족보다도 노력했다는 것을 알 수 있을 것이다.

조선어의 표현력

　말은 '소리'와 '뜻'이다. 소리만도 말이 아니요, 뜻만도 말이 아니다. '소리이되 뜻을 가진 것'이 말인데, 그 말의 우수하고 우수하지 못한 것은 곧 그 말의 뜻의 우열과 함께 소리의 우열로 결정될 것이다. 먼저 우리 조선어의 소리는 어떠한 것인가?

사람의 입에서 발음되는 소리에도 대체로 양성(兩性)이 있다. '봄'처럼, 입을 닫아 뚝 끊어 놓는 덩어리 소리, 언어학에서 폐음절(閉音節)이란 소리와 '이'처럼, 입을 열어 얼마든지 끌어 나갈 수 있는 실소리, 언어학에서 개음절(開音節)이란 소리가 있다. 폐음절 소리는 남성적이요 개음절 소리는 여성적이라 할 수 있는데, 상식적으로 생각하더라도 남성적인 폐음절 소리만 많은 언어는 너무 억셀 것이요, 여성적인 개음절 소리만 많은 언어는 너무 유약할 것이다. 남성적인 소리와 여성적인 소리가 적당히 섞이어서 의욕적인 표현일 땐 힘찬 소리가 나와 주고 정서적인 표현일 땐 보드라운 소리가 나와 주어 가급적 소리의 강유(強柔)를 조절할 수 있다면, 이야말로 이상적인 '말의 소리'일 것이다.

'봄이 오면 꽃이 핀다'(· 는 개음)

'ハルガ クルト ハナガ サク'

조선어엔 폐음 반, 개음 반인데 일본어엔 폐음은 하나도 없고 개음뿐이다.

'썩 힘찬……'

'ヒ キョウニ ツヨイ……'

제 아무리 힘찬 소리를 내려야 일본어엔 폐음이 없다. 일본어인 경우에는 성음의 강유를 조절할 수 없어, 어린아이들이 단조한 동요를 부르기에 쉬운 것만 장점이 될까, 벌써 소학생만 되어도 다소 의욕적인 성음이 필요함에는 그만 결함을 느끼는 것이며 행동적인 가극 같은 데서는, 일본어는 가장 그 빈약성을 폭로하는 것이다. 소위 대정치가

들의 연설하는 것을 들어 보아도, 개음절 소리만의 그것도 오십음에 제한된 것이라, 그 뜻을 버리고 소리만을 들어 보면 고작 동화에나 가능한 성음인 것이다. 힘은 내고 싶은데 폐음 소리, 덩어리 소리가 없으니까 오쿠마 시게노부(大隈重信) 같은 사람은, 'ソウデアルソデアル'라고 했다는 것은, 익살이기보다는 성음에의 불만이었던 것이다.

일본어와는 반대로 폐음절만이 많은 독일어는 너무 거세고, 일본어와 비슷하게 개음절이 많은 불란서어는 발성 영화에서 보더라도, 그 사람들의 정열적인 성격 때문에 굉장히 떠들썩은 하나 성음만은 모두 어미가 허(虛)한 것이다. 폐음과 개음이 반반 정도인 듯한 영어가 조선어와 동등으로 성음의 이상적 조건을 가졌으나, 영어에는 같은 FVTU 일색인 순경음을 가진 것이 큰 결점일 것이다. 순경음이란 가장 부자연한 발음이어서 좀 수다스런 사람들이 한참 영어로 지껄이는 것을 보면 얼굴 전체가 씰룩씰룩 발성 기계화하는 것이 사실이다. 문명국의 언어이니 가려지지 미개 민족의 언어라면, 그런 기괴한 순경음이란 여간 큰 흉이 아닐 것이다. 조선어의 성음은 이상적 조건인 '폐음과 개음의 반반'을 지니었을 뿐 부자연한 순경음은 가지지 않았다.

'그러면'이 약한 경우엔 '그럴진댄' 하면 되고, '그럴진댄'이 너무 억세면 '그럴지면' 또는 '그럴 바에'로처럼 조절이 된다. 『한중록(恨中錄)』에도 보면 '선비께서'라 하면 너무 거세기 때문에 '선비겨오서'라고 '께서'라는 말은 모두 '겨오서'로 폐음을 피해 쓰여 있었다. 우리 조선어는 먼저 그 '소리'에 있어 근본적 조건에 만점이라 생각한다.

그러면 다음으로 '뜻'에 있어선 어떠한가?

'전차'니 '우표'니 '반탁'이니 '통일 전선'이니 이런 문화어는, 이런 문

화 사태가 생김을 따라 얼마든지 생기고 없어지고 할 것이니, '문화어'
는 민족 언어의 기본적인 것은 아닐 것이다. 다만 오관 신경(五官神經),
시각, 청각, 미각, 후각, 촉각을 통해 준비된 감각어의 세계만이 한 민
족어의 기본적 범위일 것이다. 여기 졸저(拙著) 『문장강화(文章講話)』 제2
강의 1부를 인용할 필요를 느낀다.

　　— 우리 수수께끼에,
　　'따끔이 속에 빤빤이, 빤빤이 속에 털털이, 털털이 속에 오드득이가 무어냐?'
하는 것이 있다. 그것은 밤(栗)을 가리킨 것인데 모두 재미있게 감각어들로
상징되었다.
　　또 옛날이야기에,
　　이차떡을 늘어옴치래기,
　　흰 떡을 해야반대기,
　　술을 (병에 든 것을) 올랑쫄랑이,
　　꿩을 꺼꺽푸드데기
라고 형용하는 것도 있다. 이런 데서도 우리는 감각어가 얼마나 풍부한 사
실을 느끼지 않을 수 없다.
　　감각은 오관을 통해 얻는 의식이다. 시각, 청각, 미각, 후각, 촉각, 이 다
섯 신경에 자극되는 현상을 형용하는 말이 실로 놀랄 만치 풍부한 것이다.
　　몇 가지 예를 들면,
　　시각에 있어, '적색' 한 가지에도,
　　붉다, 뻘겋다, 빨갛다, 벌겋다, 벌—겋다, 새빨갛다, 시뻘겋다, 붉으스름,
빩으스름, 불그레, 빨그레, 볼그레, 볼그스름, 보리끄레, 발그레 등, 세밀한

시신경 성능을 말이 거의 남김없이 표현해 낸다. 동물이 뛰는 것을 보고도,

깡충깡충, 껑충껑충, 까불까불, 꺼불꺼불, 깝신깝신, 껍신껍신, 껍실렁껍실렁, 호닥닥, 후닥닥, 화닥닥 등, 의태어에 퍽 자유스럽다.

청각에서도 그야말로 풍성학루계명구폐(風聲鶴淚鷄鳴拘吠) 모든 소리에 의음(擬音) 못 할 것이 없다.

바람이,

솔솔, 살살, 씽씽, 쏴쏴, 쐐쐐, 앵앵, 웅웅, 윙윙, 산들산들, 살랑살랑, 선들선들, 획, 홱…….

미각에서도 감미(甘味)만 해도 '달다'만이 아니요,

달다, 달콤하다, 달큰, 달크므레, 달착지근, 들척지근……, 일어에 하나밖에 없는 'アマイ'에 비기면 여러 층하(層下)가 있고,

후각에서도,

고소하다와 꼬소하다가 거리가 있고 고소와 구수, 꾸수가 또 딴판이다.

촉각에 있어서도 '껄껄하지 않은' 하나만이라도, 매끈매끈, 미끈미끈, 반들반들, 번들번들, 반드르르, 번드르르, 반질반질, 번질번질, 반지르르, 번지르르, 빤지르르, 뺀지르르, 으리으리, 알른알른, 알신알신 등 얼마나 찰찰(察察)한가? 음악이나 회화에서처럼 얼마든지 감각되는 그대로 구체적이게 말해 낼 수 있다.

정확한 표현이란 가장 구체적인 표현이다. 삑 하는 기차 소리와 뚜 하는 기차 소리를 구별하지 못하고 이것도 저것도 다 'ポ─'라고만밖에 못 한다면 좋은 표현일 수 없다.

살랑살랑 지나가도 족제비의 걸음과 아실랑아실랑거리는 아낙네의 걸음을 살랑살랑, 아실랑아실랑으로 구별하지 못한다면, 그것은 우수한 표현

일 수 있다. 풍성구폐(風聲拘吠) 무슨 소리든 그 소리를 그대로 따라내는 의음어와 풍수주금(風水走禽) 무슨 동태이든, 그 동태 그대로를 모의(模擬)하는 말이 많은 것은, 언어로서 풍부는 물론, 곧 문장으로서 표현으로서 풍부일 수 있는 것이다.

…… 원산(遠山)은 첩첩(疊疊) 태산(泰山)은 주춤하야 기암(奇巖)은 층층(層層) 장송(長松)은 낙락(落落) 에이 구부러져 광풍(狂風)에 흥(興)을 겨워 우줄우줄 춤을 춘다. 층암절벽상(層巖絶壁上)에 폭포수(瀑布水)는 콸콸, 수정렴(水晶簾) 드리운 듯, 이 골 물이 주루루룩 저 골 물이 솰솰, 열에 열 골 물이 한데 합수(合水)하여 천방져 지방져 소코라지고 펑퍼져 넌출지고 방울져, 저 건너 병풍석(屛風石)으로 으르렁 콸콸 흐르는 물결이 은옥(銀玉)같이 흩어지니……

(「유산가」의 일절)

이 앨 쓴 해도(海圖)에
손을 씻고 떼었다.

찰찰 넘치도록
돌돌 구르도록

회동그란히 받쳐 들었다!
지구(地球)는 연(蓮)잎인 양 오므라들고…… 펴고…….

(정지용 씨 「바다」의 일절)

콸콸, 주루루룩, 쌀쌀, 으르렁 꽐꽐 등의 의음과 추춤, 우줄우줄, 찰찰, 돌돌, 회동그란 등의 의태가 얼마나 능란하게 문의(文意)의 구체성을 돕는 것인가?

운문인 경우엔 더욱 물론이지만, 산문에 있어서도 특히 묘사인 경우엔 이 풍부한 의음, 의태어를 되도록 많이 이용할 필요가 있다. 표현 효과를 위해서뿐 아니라 우리말, 우리글의 독특한 성향 등을 살리는 것도 된다. 황진이(黃眞伊)의 노래,

> 동짓달 기나긴 밤을 한 허리를 둘러 내여
> 춘풍 이불 아래 서리서리 넣었다가
> 어룬 님 오신 날 밤이여드란 구비구비 펴리라.

를 신자하(申紫霞)가

> 절취동지야반강(截取冬之夜半强)
> 춘풍피이굴반장(春風被裏屈蟠藏)
> 등명주난랑래석(燈明酒暖郎來夕)
> 곡곡포성절절장(曲曲舖成折折長)

이라 번역한 것이 능역(能譯)이라 하나 '곡곡(曲曲)' '절절(折折)'로는 원시의 구체성은 제이(第二)하고 성향만으로라도 '서리서리' '구비구비'의 말맛을 도저히 따르지 못하는 것이다.

그러나 나는 흔히 지식층 사람들에게서 '조선말이 부족하다!'라는 개

탄을 가끔 들었고, 과연 조선말은 다른 외국어에 비기여 부족한 것인가? 하는 의문도 가져 보았다. 그리고 흔히 조선말의 부족을 느끼는 사람들의 그런 경우가 외국어를 번역할 말이 조선말에 없음을 느낄 때임을 알았고, 그 부족이란 이유는 조선어만의 결함이 아니라 모든 언어의 공통적 일면임을 알았다. 이 점에서도 졸저 『문장강화』의 일절을 인용하려 한다.

　　말은 사람이 의사를 표현하려는 필요에서 생긴 것이다. 그러나 사람의 의식 속에 있는 것을 무엇이나 다 표현해 내는 전 능력은 없는 것이다. 말도 역시 신이 아닌 사람이 만든 한낱 생활 도구다. 완미전능(完美全能)한 신품(神品)이 아니다. 뜻은 있는데, 발표하고 싶은 의식은 있는데 말이 없는 경우가 얼마든지 있다. 그래 옛날부터 '이루 측량할 수 없다'느니 '불가명장(不可名狀)'이니, '언어절(言語絶)'이니 하는 말이 따로 발날되어 오는 것이나. 이것이 어느 한 언어에만 있는 결점이냐 하면 결코 그렇지 않다. 거의 세계어인 영어에도 'inexpressible'이니 'beyond expression'이니 하는 유의 말이 얼마든지 쓰이고 있는 것을 보면 세계 어느 언어에나 표현 불가능성의 암흑의 면은 다 가지고 있는 것으로 짐작할 수가 있다. 그런데 이 표현 가능의 면과 표현 불가능의 면이 언어마다 불일(不一)하다. 갑(甲) 언어엔 '그런 경우의 말'이 있는데 을(乙) 언어엔 그것이 없기도 하고, 을 언어에 '저런 경우의 말'이 있는 것이 갑 언어엔 없기도 하다. 영어 'wild eye'에 꼭 맞는 조선말이 없고 또 조선말의 '뿔뿔이'에 꼭 맞는 영어가 없다. 꼭 'wild eye'를 써야 할 데서는 조선말은 표현을 못하고 마는 것이요, 꼭 '뿔뿔이'를 써야 할 데서는 영어는 벙어리가 되고 마는 것이다. 어느 언어가 아직 그 표현 불가능성의 암흑면을 더 광대한 채 가지고 있나 하는 것은 지난한 연구 재료의 하나려니와 우선, 어느 언어든 표현 가능성의 일면과 아울러 표현 불가능성의 일면도 가지고 있는 것, 그리고 이 표현 불가능성은 언어마다 불일해서 완전한 번역이란 영원히 불가능한 사실쯤은 알아야 하겠다. 이것을 의식하기 전엔 무엇을 번역하다가 자기가 필요한 번역어가 없다 해서 이 언어는 저 언어보다 표현력이 부족하니, 저 언어는 이 언어보다 우수하니 하고 부당한 단정을 하기가 쉬운 것이다. 번역을 받는 원어는 이미 그 언어의 표현 가능 면의 말로만 표현된 문장이다. 그런데 표현의 가능, 불가능 면은 언어마다 불일하다. 나중의 언어로는 반드시 그 같은 표현이 불가능한 것도 있을 것은 오히려 지당한 이치다. 이 우열감은, 하나는 구속이 없이 마음대로 표현한 것이요, 하나는 원문에 구속을 받고 재표현해야 되는 번역, 피번역의 위치 관계이지 결코 어느 한 언어와 언어의 본질적 차이는 아니다.

여기서, 예를 조선어와 영어에 든다면 아직 조선의 경우엔 영어로 된 것을 조선어로 번역함이 더 많을 것이다. 조선어가 번역어의 위치로 놓일 때는 언제든지 조선어의 표현 불가능 면만에 부딪칠 것이니 조선어가 영어보다 표현력이 부족하다고 느끼기 쉬울 것이나, 바꾸어 조선어로 된 것을 영어로 번역하여 영어를 번역어의 위치에다 놓아 본다면 역시 영어의 표현 불가능 면이 폭로될 것도 사실이며「유산가」같은 것을 외국어로 번역해 보라. 어느 나라 말이고 조선어의 감각성을 도저히 옮겨가지 못할 것이다. 완전한 번역이란 절대 불가능한 것이어서 『파라밀다심경(波羅蜜多心經)』의 한역(漢譯)이 불경 중에서도 가장 명역으로 치는 것이나, 이를 범어(梵語)에서 번역한 역자 자신은 원문과 비교해 한탄하기를, 비단을 뒤집어 봄과 같다 한 것이다.

　나는 우리 문화의 모든 건설 면에서 국수적 태도를 가장 경계한다. 그러므로 나 자신, 조선인이기 때문에 조선어를 편벽되이 예찬하려는 것이 아니라 조선어의 세계적 우수성을 사실에서만 지적한 것이다.

　이런 우수한 언어이었으나 그 임자가 운명이 기구한 조선 민족이었기 때문에 정상적 발달을 보지 못했다. 문화의 교류를 따라 타국어의 영향을 받고 또 주고 하는 것은 불가피의 사실이나, 조선어가 한자 때문에 문화어는 대체로 자율성을 상실한 것은 통탄할 일이며, 교육의 보편으로 표준어를 중심으로 한 국어의 문법적 정리가 전국적으로 시행되었을 것이 일한합병 때문에 다른 면의 우리 문화보다도 뒤져 있는 것이 또한 통탄할 일인 것이다. 우선 교과서로 보더라도 가장 중요한 국어 독본이 문장으로나 문법으로나 다른 과목보다 오히려 난산(難産)이 예감되는 것이다.

『대조』, 1946.6

부록

이태준과 근대 문장의 형성

문혜윤

『이태준 전집』 7권은 이태준이 '문장'에 관해 논의한 글들을 모아 실었다. 이태준은 소설가로 활동하던 시기부터 이미 소설의 미학을 구현하는 작품들로 '문장에서는 이태준'이라는 평판을 쌓았기 때문에, 문장에 관해 논하는 이태준의 문장론들은 많은 주목을 끌었고, 권위를 인정받았다. 현재는 『문장강화』만이 주로 알려져 있지만, 이태준은 이화여전이나 경성보육학교 등에서 작문을 강의하면서 '조선어 글쓰기'에 대한 생각과 입장을 정리한 문장론을 발표하고 있었고, 언어와 문장에 관한 발언을 지속적으로 해 오고 있었다. 이 책에서는 신인 작가에 대한 심사평이나 다른 작가에 대한 작품평, 그리고 문장에 관한 언급이 들어 있는 경우라도 수필집 『무서록』에 실린 글들은 배제하고, 문장에 관한 이태준의 생각과 사유를 드러내는 글들만을 묶어 놓았다.

이 책에는 단행본 『문장강화』의 초판과 그 이외 5편의 문장론이 실려 있다. 발표된 순서에 따라 언급하자면, 「글 짓는 법 A · B · C」는 조선중앙일보사의 자매지 『중앙』에 1934년 6월~1935년 1월까지 총 8회 연재되었던 글이다. 「소설과 문장」은 『사해공론』 1935년 6월에, 「한글 문학만이 조선 문학」은 『삼천리』의 질의에 응답하는 형식으로 1936년 8월에, 「문장일어」는 『조선문학』 1937년 6월에 발표되었다. 『문장강화』에 실린 글들은 단행본으로 묶이기 전 잡지 『문장』에 1939년 2월~1939년 10월, 그리고 1940년 3월에 총 10회 연재되었고, 연재 중단 이후 많은 예문과 설명들이 첨가되어 1940년 4월 단행본 『문장강화』로 발간되었다. 해방 이후에는 국어 수립 문제에 대한 작가들의 좌담회가 열려 그 내용이 보고되거나 자신의 견해를 드러내는 글들이 발표되곤 했는데, 이때에도 이태준은 「국어에 대하여」란 글을 『대조』 1946년 6월에 발표하여 한국어와 한국어 문장에 관한 입장을 피력하였다.

『문장강화』가 발간되는 1940년을 전후하여 발표된 문장론들은 『문장강화』와 일정한 상관관계에 놓여 있다. 「글 짓는 법 A · B · C」는 글쓰기 초보들에게 작문이 무엇이고, 작문을 하는 데 주의해야 하거나 중점을 두어야 하는 사항들이 무엇인지를 알려주는 글인데, 이때 사용한 많은 예문들과 설명의 주요 논점이 『문장강화』에 다시 포함되었다. 「소설과 문장」은 지문과 회화문에서 표준어와 방언의 사용 문제를 언급하였는데, 이 내용은 『문장강화』에서도 많은 비중이 할애되어 논의되었던 것이다. 「한글 문학만이 조선 문학」은 조선 문학의 정의를 어떻게 내릴 것인가를 묻는 질문에 대해 한글로 쓰인 문학만이 조선 문학이라고 주장하는, 속문주의에 입각한 이태준의 견해를 밝힌 글이다. 「문장일어」는 청각이 아닌 시각(묘사)에 입각한 문장을 써야 한다는 내용으로, 이 역시 『문장강화』에서 전근대 문장과의 비교를 통해 줄기차게 주장하는 내용이다. 「국어에 대하여」는 해방 이후 이태준의 문장관이 『문장강화』 시기와 크게 달라지지 않았음을 보여주는데, 이 글의 많은 부분은 『문장강화』의 일부를 인용하는 방식으로 이루어져 있다. 『문장강화』를 전후한 시기의 문장론들은 이태준의 언어관, 문장관을 반영하는 글들로서 『문장강화』와 같은 흐름 안에 놓여 있다.

　『문장강화』는 당대 조선어(한국어) 문장의 형성 과정에서 돌출하였던 중요한 논의거리들을 아우르는 완성본의 형태를 띠고 있다. 무엇보다 『문장강화』는 소리나 음율 등의 청각에 입각한 '듣는 문장'으로부터 감각과 묘사 등의 시각에 입각한 '보는 문장'으로의 전환을 근대 문장의 중요한 지점으로 언급하면서, 끊임없이 전근대 문장과는 구별되는 근대 문장의 특징을 논하였다. 이는, 한국어로 말을 하면서도 글을 통한 표현에서는 한문을 사용하였던 우리나라의 상황이 근대 국민국가의 건설과 함께 언문일치 체제로 변화하였던 역사적 사정을 반영하는 것이다. 언문일치를 비롯한 근대적인 문어 체제의 정착이 요구되었던 것은, 민족어(국가어)의 형성, 표준어 및 맞춤법의 제정, 문장 부호의 통일 등을 통해 근대 국민국가의 근간을 마련하기 위함이었다. 문어 체제는 언어와 문장에 대한 공통의 감각을 형성하게 하는데, 이 감각은 한 나라의 구성원(국민)으로 자신을 인식하는 범위를 가르는 중요한 기준이 된다.

이태준은 이러한 언어관, 문장관에 입각하여 '보는 문장'으로서 갖추어야 할 내용에 대해서도 언급하였다. 도입-본문-맺음으로 이루어지는 글의 구조, 일기문·서간문·감상문·서정문·기사문·기행문·추도문·식사문·논설문·수필문 등의 각종 문종(장르)에 따른 글쓰기의 방법, 간결체·만연체·강건체·우유체·건조체·화려체 등의 문체별 특성 등 현재의 국어 교과서, 작문 교과서들에서 언급하는 내용들이 이미 『문장강화』에 나타나고 있다. 근대 문장의 기본은 언문일치로부터 마련되는 것이지만, 문장의 맛과 품격을 갖추기 위해서는 외부의 사물을 인식하는 감각적 능력, 묘사에 입각한 사고방식, 그리하여 개성을 드러낼 줄 아는 경지로까지 이어져야 한다고 언급하였다. 이러한 이태준의 문장에 관한 설명은 당대 그의 동료 문인이었던 박태원, 김기림 등이 발표했던 문장론들의 근저에 깔린 문장관과도 일맥상통하는 것이다. 이태준의 『문상상화』 및 여타 문상론들은 낭대 소선어 문장 형성의 수준과 방향을 알려주는 바로미터라고 할 수 있다.

『문장강화』는 1940년 초판이 출간되었고, 해방 이후인 1947년, 1948년 증정판이 발행되었다. 현재 유통되고 있는 창작과비평사(1988년, 2005년 개정판)의 『문장강화』와 깊은샘(1997년)의 『아버지가 읽은 문장강화』는 각각 박문서관의 1947년과 1948년 증정판을 텍스트로 삼고 있다. 통시적인 측면에서 생각해 본다면 『문장강화』는 해방 이후의 증정판 『문장강화』와 월북 이후 1952년 『신문장강화』로 형태상, 내용상의 변화를 보이면서 이어지고 있다.

1940년 초판과 1947년 증정판 사이에는 총 7군데, 9개의 예문 변화가 있었다. ① 이광수『애욕의 피안』이 염상섭『사랑과 죄』로, ② 주요한「샘물이 혼자서」가 김소월「금잔디」로, ③ 이광수「무명」이 안회남「노인」과 한설야「술집」으로, ④ 이광수「인생의 은혜와 사와」가 홍명희「죽은 사람을 생각하며」로, ⑤ 이광수「의의 인」이 민영환「결고문」으로, ⑥ 이광수「봉아제문」이 이태준「재외혁명동지환영문」으로, ⑦ 이광수「오동」이 안회남「병고」와 이선희「작난」으로 대체되었다. 초판과 증정판을 비교해 보면 예문 앞뒤의 설명에 별다른 차이가 없으므로, 두 판본 사이에 예문의 대체 말고는 큰 변화가 없다고 할 수 있다. 그러나 삭제된 예문과 대체된 예문 사이에는 '해방'이라는 정치적인 시기가 가로 놓여 있다. 주로 이광수의 글이 다른 작가의 글로 대체되고 있다는 점은 해방 이후 이광수의 작가적 위치의 하락과 연결될 수 있다. 친일 행적을 가진 작가가 해방 된 국가의 건설에서는 삭제되어야 했던 존재라는 점을 고려했던 것이라 할 수 있다.

　초판과 증정판 사이의 외면적(형태적) 유사성은 1952년 월북 이후의 『신문장강화』에서도 여전히 이어지는 듯 보인다. 그러나 실상을 들여다보면 『신문장강화』는 『문장강화』와는 다른 예문을 대거 차용하고 있어 변화의 폭이 클 뿐만 아니라, '르포르타주(reportage)', '격문(檄文)과 선언서', '메시지(message)와 호소문과 표어, 구호' 등의 새로운 문종(장르)가 대거 삽입되었다. 이태준이 그간 강조하던 감각, 묘사, 개성 등의 문제가 언급되면서도 문화의 기반으로 말과 글의 민중 공유를 더욱 중요시하는 내용으로 그 초점이 옮겨가고 있다. 달리 말하면, 『신문장강화』에는 그간의 이태준의 언어관, 문장관과 교묘하게 어긋나고 모순을 빚는 내용들이 함께 동거하고 있는 형국이다.

『문장강화』가 출간되었을 때 월탄 박종화는 "일찍이 우리는 이러토록 평(評)하고 이러토록 주밀하고 이러토록 간명한 문장강화를 문예부흥 30년에 한 책도 가져본 적이 없었다"고 고평하면서 "실상 말이지 위로는 선각자 없는 우리는 한 편의 문장강화를 듣고 보고 배우지도 못한 채 괴발개발 글을 써왔다"고 자조하였다(『조선일보』, 1940.5.18). 이태준 당대에서부터 이태준의 문장을 '미문주의자', '기교주의자'로 칭하며 비판하는 평론가들이 있었다. 후대의 연구자들에 의해서도 그러한 방식은 반복되었는데, 2000년 즈음부터 『문장강화』가 이태준 소설 연구의 부수적인 텍스트로서가 아니라 그 자체로 새롭게 조명되어야 할 대상이 되었고, 이때의 평가들에는 『문장강화』가 '표현에 치중하는 글쓰기'에 호의적이라거나 '아름다운 문장에 대한 편향적 기호'를 드러내고 있다고 비판하는 경우가 많았다.

이태준의 문장론 및 『문장강화』가 가지는 의의는 말과 글이 일치하지 않았던 전근대적 어문의 체제에서 조선어 글쓰기가 보편적인 것으로 확대되었던 저간의 상황, 즉 근대적 문장의 형성 과정 및 그 시기의 담론을 반영하고 있다는 것과, 그리하여 더 나아가 조선어 문장을 '아름다움'의 차원으로 구현할 방법을 모색하고 조선어 문장의 표현을 확장시키려는 노력을 담고 있다는 것이다. 『문장강화』 및 여타 이태준의 문장론은 전근대 문장과 근대 문장을 가르는 위치에 서려고 했다는 점에서 근대 조선어 문장 형성에 기여한 바 크다. 이 전집을 통해 근대적 문장의 보편적 보급을 계획한 이태준의 면모를 확인할 수 있을 것이고, 어쩌면 이러한 면모가 이태준의 월북 이후의 문장관을 설명할 수 있는 근거가 될 수 있을는지도 모른다.

작품 목록[*]

작품명	발표지	발표연도	분류
五夢女	시대일보	1925.7.13	단편
구장의 처	반도산업	1926.1.1	단편
모던걸의 만찬(晚餐)	조선일보	1929.3.19	콩트
행복	학생	1929.3	단편
그림자	근우	1929.5	단편
온실화초	조선일보	1929.5.10~12	단편
누이	문예공론	1929.6	단편
백과전서의 신의의	신소설	1930.1	단편
기생 山月이	별건곤	1930.1	단편
은희부처(恩姬夫妻)	신소설	1930.5	단편
어떤날 새벽	신소설	1930.9	단편
구원의 여상(久遠의 女像)	신여성	1931.1~8	장편
결혼의 악마성	혜성	1931.4・6(2회)	단편
고향	동아일보	1931.4.21~29	단편
불도나지 안엇소 도적도 나지 안엇소 아무일도 업소	동광	1931.7	단편
봄	동방평론	1932.4	단편
불우선생(不遇先生)	삼천리	1932.4	단편
천사의 분노	신동아	1932.5	콩트
실낙원 이야기	동방평론	1932.7	단편
서글픈 이야기	신동아	1932.9	단편
코스모스 이야기	이화	1932.10	단편
슬픈 승리자	신가정	1933.1	단편
꽃나무는 심어놓고	신동아	1933.3	단편
法은 그러치만	신여성	1933.3~1934.4	장편

---

[*] 이태준의 전체 작품 수는 콩트 6편, 단편 63편, 중편 4편, 장편 14편이다.

작품명	발표지	발표연도	분류
미어기	동아일보	1933.7.23	콩트
제2의 운명	조선중앙일보	1933.8.25～1934.3.23	장편
아담의 후예	신동아	1933.9	단편
어떤 젊은 어미	신가정	1933.10	단편
코가 복숭아처럼 붉은 여자	조선문학	1933.10	콩트
馬夫와 敎授	학등(學燈)	1933.10	콩트
달밤	중앙	1933.11	단편
박물장사 늙은이	신가정	1934.2～7	중편
氷點下의 우울	학등	1934.3	콩트
촌떠기	농민순보	1934.3	단편
불멸의 함성	조선중앙일보	1934.5.15～1935.3.30	장편
점경	중앙	1934.9	단편
어둠(우암노인)	개벽	1934.9	단편
애욕의 금렵구	중앙	1935.3	중편
성모(聖母)	조선중앙일보	1935.5.26～1936.1.20	장편
색시	조광	1935.11	단편
손거부(孫巨富)	신동아	1935.11	단편
순정	사해공론	1935.11	단편
三月	사해공론	1936.1	단편
가마귀	조광	1936.1	단편
황진이	조선중앙일보	1936.6.2～9.4(연재중단)	장편
바다	사해공론	1936.7	단편
장마	조광	1936.10	단편
철로(鐵路)	여성	1936.10	단편
복덕방	조광	1937.3	단편
코스모스 피는 정원	여성	1937.3～7	중편
사막의 화원	조선일보	1937.7.2	단편
화관(花冠)	조선일보	1937.7.29～12.22	장편
패강냉(浿江冷)	삼천리	1938.1	단편
영월영감(寧越令監)	문장	1939.2·3월호	단편
딸삼형제	동아일보	1939.2.5～7.17	장편
아련(阿蓮)	문장	1939.6	단편
농군(農軍)	문장	1939.7	단편

작품명	발표지	발표연도	분류
청춘무성(靑春茂盛)	조선일보	1940.3.12~8.10	장편
밤길	문장	1940.5~6·7 합병호(2회)	단편
토끼이야기	문장	1941.2	단편
사상의 월야(思想의 月夜)	매일신보	1941.3.4~7.5	장편
별은 창마다	신시대	1942.1~1943.6	장편
행복에의 흰손들	조광	1942.1~1943.1	장편
사냥	춘추	1942.2	단편
석양(夕陽)	국민문학	1942.2	단편
무연(無緣)	춘추	1942.6	단편
왕자호동(王子好童)	매일신보	1942.12.22~1943.6.16	장편
석교(石橋)	국민문학	1943.1	단편
뒷방마냄	『돌다리』에 수록	1943.12	단편
제1호선박의 삽화(일문소설)	국민총력	1944.9	단편
즐거운 기억	한성일보	1945.10	단편
너	시대일보	1946.2	단편
해방 전후(解放前後)	문학	1946.8	단편
불사조(不死鳥)	현대일보	1946.3.27~7.19(연재중단)	장편
농토	삼성문화사	1948.8	장편
첫 전투	문화예술(4권)	1948.12	단편
아버지의 모시옷		1949	단편
호랑이 할머니	『첫전투』(문화전선사, 1949.11)에 수록	1949	단편
삼팔선 어느 지구에서		1949	단편
먼지	문학예술	1950.3	단편
백배천배로		1952	단편
누가 굴복하는가 보자	『고향길』(재일본 조선인교육자동맹 문화부, 1952.12)에 수록	1952	단편
미국 대사관		1952	단편
고귀한 사람들		1952	단편
네거리에 선 전신주		1952	단편
고향길		1952	단편
두 죽음	미확인	1952	단편

1904   11월 4일 강원도 철원군 묘장면 진명리 출생. 부친 이창하(李昌夏), 모친 순
          흥 안씨의 1남 2녀 중 장남. 집안은 장기 이씨(長鬐 李氏) 용담파(龍覃派). 「장
          기 이씨 가승(家乘)」에 의하면 상허의 본명은 규태(奎泰). 부친의 정실은 한양 조씨이
          고 적자로 규덕(奎悳)이 있음). 호는 상허(尙盧)·상허당주인(尙盧堂主人). 부(父)
          이창하(1876~1909)의 자(字)는 문규(文奎), 호는 매헌(梅軒). 철원공립보통
          학교 교원, 덕원감리서 주사를 역임한 개화파적 지식인.

1909   망명하는 아버지를 따라 러시아 땅 해삼위(블라디보스톡)로 이주. 8월 부친
          의 사망으로 귀국하던 중 함경북도 배기미(梨津)에 정착. 서당에서 한문
          수학.

1912   어머니 별세로 고아가 됨. 외조모 손에 이끌려 고향 철원 용담으로 귀향
          하여 친척집에 맡겨짐.

1915   안협의 오촌집에 입양. 다시 용담으로 돌아와 오촌 이용하(李龍夏)의 집에
          기거함. 철원 사립봉명학교에 입학.

1918   3월에 봉명학교를 우등으로 졸업. 철원 읍내 간이농업학교에 입학하나
          한 달 후 가출하여 여러 곳을 방랑하다 원산 등지에서 2년간 객주집 사환
          등의 일을 하며 2년여를 보냄. 외조모가 찾아와 보살핌. 이때 문학서적
          탐독. 이후 중국 안동현까지 인척 아저씨를 찾아갔다가 뜻을 이루지 못하
          고 경성으로 옴.

---

*   이 연보는 상허학회의 민충환·이병렬 교수 등을 비롯하여 그간 축적되어 있던 연보에, 박
    성란·박수현이 작성한 이태준 연보와 연구사를 참고하였고, 최종적으로 박진숙 교수가 오
    류를 바로잡고 일부를 추가하여 만들었다.

1920	4월 배재학당 보결생 모집에 응시하여 합격하나 입학금 마련이 어려워 등록하지 못함. 낮에는 상점 점원으로 일하며 밤에는 야학에 나가 공부함.
1921	4월 휘문고등보통학교에 입학. 고학생으로 비교적 우수한 성적을 받음. 이때 상급반에 정지용·박종화, 하급반에 박노갑, 스승으로 가람 이병기가 있었음. 습작을 시작함.
1924	『휘문』의 학예부장으로 활동. 동화 「물고기 이약이」 등 6편의 글을 『휘문』 제2호에 발표함. 6월 13일에 동맹휴교의 주모자로 지적되어 5년제 과정 중 4학년 1학기에 퇴학. 이해 가을 휘문고보 친구인 김연만의 도움으로 유학길에 오름.
1925	일본에서 단편소설 「오몽녀(五夢女)」를 『조선문단』에 투고하여 입선, 『시대일보』(7월 13일)에 발표하며 등단함.
1926	4월 동경 상지대학(上智大學) 예과에 입학. 신문·우유 배달 등을 하며 '공기만을 먹고사는' 매우 궁핍한 생활을 함. 동경에서 『반도산업』 발행. 이때 나도향, 화가 김용준·김지원 등과 교유.
1927	11월 학교를 중퇴하고 귀국함. 각 신문사와 모교를 방문하여 일자리를 구하나 취업난에 직면함.
1929	개벽사에 기자로 입사. 『학생』(1929.3~10) 창간 때부터 책임자. 『신생』 등의 잡지 편집에 관여함. 『어린이』지에 소년물과 장편(掌篇)을 다수 발표함. 9월 백산 안희제의 사장 취임에 맞춰 『중외일보』로 자리를 옮김. 사회부에서 3개월 근무 후 학예부로 옮김.
1930	이화여전 음악과를 갓 졸업한 이순옥(李順玉)과 결혼.
1931	『중외일보』(6월 19일 종간) 기자로 있다가, 신문 폐간과 함께 개제된 『중앙일보』(사장 여운형) 학예부 기자가 됨. 장녀 소명(小明) 태어남. 경성부 서대문정 2정목 7의 3 다호에 거주.
1932	이화여전(梨專, 1932~1937)·이화보육학교(梨保)·경성보육학교(京保) 등

학교에 출강하며 작문을 가르침. 장남 유백(有白) 태어남.

1933 박태원·이효석 등과 함께 '구인회(九人會)'를 조직. 1933년 3월 7일『중앙
      일보』에서 개제된『조선중앙일보』학예부장에 임명됨.
      경성부 성북정 248번지로 이사. 이후 월북 전까지 이곳에서 거주함.

1934 차녀 소남(小枏) 태어남.

1935 1월, 8월 2회에 걸쳐 표준어사정위원회 전형위원, 기록 담당. 조선중앙일
      보를 퇴사, 창작에 몰두함.

1936 차남 유진(有進) 태어남.

1937 「오몽녀(五夢女)」가 나운규에 의해 영화화됨(주연 윤봉춘, 노재신. 이 작품이
      춘사(春史)의 마지막 작품임).

1938 만주 지방 여행.

1939 『문장(文章)』지 편집자 겸 신인 작품의 심사를 맡음(임옥인·최태응·곽하신
      등이 추천됨). 이후 황군위문작가단, 조선문인협회 등의 단체에서 활동.

1940 심녀 소현(小賢) 태어남.

1941 제2회 조선예술상 받음(1회는 춘원(春園)이 수상).

1943 강원도 철원 안협으로 낙향. 해방 전까지 이곳에서 칩거함.

1945 문화건설중앙협의회, 문학가동맹, 남조선민전 등의 조직에 참여. 문학가
      동맹 부위원장,『현대일보』주간 등을 역임.

1946 2월부터 민주주의 민족전선 문화부장으로 활동. 남조선 조소문화협회
      이사. 7~8월 상순 사이에 월북.「해방전후」로 제1회 해방문학상 수상.
      장남 휘문중학 입학. 8월 10일부터 10월 17일까지 '방소문화사절단'의 일
      원으로 소련의 모스크바, 레닌그라드 등지를 여행.

1947 5월 소련 여행기인『쏘련기행』이 남쪽에서 출간됨.

1948 8·15 북조선최고인민회의 표창장을 받음.

1949 북조선문학예술총동맹 부위원장, 국가학위수여위원회 문학분과 심사위

원이 됨. 단편 「호랑이 할머니」 발표. 이 작품은 해방 후 북한에서 발표된 '최고의 걸작'으로 평가됨.

1950   6·25동란 중 낙동강 전선까지 종군갔다가 돌아오는 길에 서울에 들러 문학동맹 사람들을 모아놓고 전과 보고 연설을 함. 10월 중순 평양수복 때 '문예총'은 강계로 소개(疏開)하였는데 이태준은 따라가지 않고 평양 시외에 숨어 있으면서 은밀히 귀순을 모색하였다고 함. 12월 국방군의 북진을 따라 문화계 인사들이 이태준을 구출하려 했으나 실패함.

1952   남로당과 함께 숙청될 위기에서 소련파 기석복(奇石福)의 후원으로 제외됨.

1954   3개월간의 사상검토 작업 중 과거를 추궁당함.

1956   소련파의 몰락과 더불어 과거 '구인회' 활동과 사상성을 이유로 1월 조선노동당 중앙위원회 상무회의 결의로 임화, 김남천과 함께 가혹한 비판을 받음. 2월 '평양시당 관할 문학예술부 열성자대회'에서 한설야에 의해 비판, 숙청당함.

1957   함흥노동신문사 교정원으로 배치됨.

1958   함흥 콘크리트 블록 공장의 파고철 수집 노동자로 배치됨.

1964   중앙당 문화부 창작 제1실 전속작가로 복귀함.

1969   김진계의 구술기록(『조국』, 현장문학사, 1991(재판))에 의하면, 1월경 강원도 장동탄광 노동자 지구에서 사회보장으로 부부가 함께 살고 있었다고 함. 이후 연도 미상이나 사망한 것으로 알려짐(북한의 원로 문학평론가 장현준과의 인터뷰 기사, 『한겨레』, 1991.12.19). 일설에는 1953년 남로당파의 숙청이 끝난 가을 자강도 산간 협동농장에서 막노동을 하다가 1960년대 초 산간 협동농장에서 병사한 것으로 알려짐(강상호, 「내가 치른 북한 숙청」, 『중앙일보』, 1993.6.7).